U0057055

【臺灣現當代作家研究資料彙編】57

陳紀瀅

國立台灣文學館
出版

部長序

時光的腳步飛快，還記得去年「臺灣現當代作家研究資料彙編第三階段」成果發表會當天，眾多作家、文友，以及參與計畫的學者專家齊聚一堂，將小小的紀州庵擠得水洩不通，窗外是陰雨綿綿的冬日，但溫潤燦麗的文學燭光，卻點燃了滿室熱情與溫馨。當天出席的貴賓，除了表達對資料彙編成書的欣喜之情，多半不忘殷殷提醒，切莫中斷這場艱鉅卻充滿能量的文學馬拉松，一定要再接再厲深入梳理更多資深作家的創作與研究成果，將其文學身影烙下鮮明的印記。

就在眾人引頸期盼與祝福聲中，國立臺灣文學館以前此豐碩成果為基礎，於 2014 年持續推動「臺灣現當代作家研究資料彙編計畫」第四階段，出版刻正呈現於讀者眼前的蘇雪林、張深切、劉吶鷗、謝冰瑩、吳新榮、郭水潭、陳紀瀅、巫永福、王昶雄、無名氏、吳魯芹、鹿橋、羅蘭、鍾梅音共 14 位前輩作家的研究資料專書。看到這份名單，想必召喚出許多人腦海中悠遠而美好的閱讀記憶：蘇雪林的《綠天》、《棘心》，謝冰瑩的《從軍日記》、《女兵自傳》，為我們勾勒了 20 世紀初現代女性的新形象；臺灣最早的「電影人」黑色青年張深切、上海名士派劉吶鷗的風采；人人都能琅琅上口的王昶雄《阮若打開心內的門窗》；無名氏純情而又淒美的《塔裡的女人》；鹿橋對抗戰時期西南聯大青年學子生活和理想的詠歎《未央歌》、鍾梅音最早的女性旅遊書寫《海天遊蹤》……。每一部作品，都是一幅時代風景，是臺灣人共同走過的生命絮語，也是涓滴不息的臺灣文學細流。只是，隨著光陰流轉，許多資深前輩作家逐漸滑進歷史的夾縫，淡出了文學的舞臺。

而「臺灣現當代作家研究資料彙編」叢書的出版，無疑正是重現這些文學巨星光芒的一面明鏡，透過相關資料的蒐集、梳理、彙整，映現作家的生命軌跡、文學路徑；評論者巧眼慧心的析論，則為讀者展開廣闊的閱讀視野，讓文本解讀的面向更加豐富多元。這不僅是對近百年來臺灣新文學的驗收或檢視，同時也是擴展並深化臺灣文學研究的嶄新契機。在此特別感謝承辦單位台灣文學發展基金會所組成的工作團隊，以及參與其事的專家、學者，當然更要謝謝長期以來始終孜孜不倦、埋首於文學創作的前輩作家們，因為有您們，才讓我們收穫了今日這一片臺灣文學的繁花似錦。

文化部部長　**龍應台**

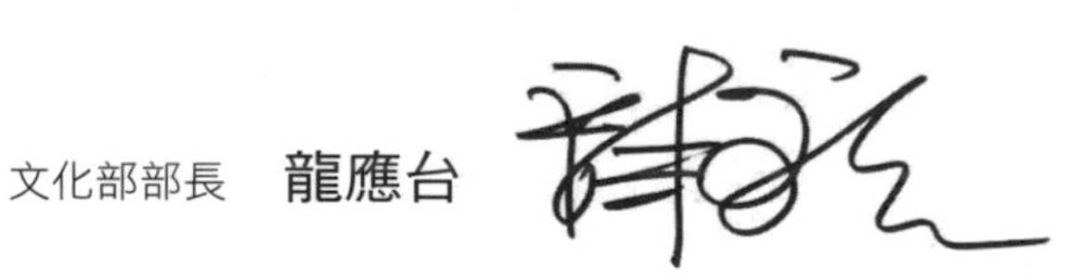

館長序

作家站在文學與時代的樞紐，在時代風潮、社會脈動中，用文字鋪展出獨具個人風格的作品。透過心與筆，引領讀者進入真與美的世界，與充滿無限可能的人生百態。而作家到底是什麼樣的一群人？他們寫什麼？如何寫？又為何寫？始終是文學天地裡相當引人入勝的問題之一。此所以包括學院裡的文學研究者和文壇書市中的讀者書迷，莫不對「作家」充滿好奇與興趣，想要一窺其人生之路的曲折、梳理其心靈感知的走向、甚至是挖掘、比較其與不同世代乃至同輩寫作者的風格異同。這些面向，不僅關乎作家自身的創作經歷和文學表現，更與文學史的演進有密不可分的關係。

作為一所國家級的文學博物館，國立臺灣文學館除了致力於臺灣文學的教育、推廣，舉辦各項展覽，另一項責無旁貸的使命即是文學史料的蒐集、整理、研究，並將這些資源和成果與社會大眾分享，以促進臺灣文學的活絡與發展。懷抱著這樣的初衷，本館成立 11 年以來，已陸續出版數套規模可觀的文學史料圖書，其中，以作家為主體，全面觀照其文學樣貌與歷史地位的「臺灣現當代作家研究資料彙編」系列叢書，可說是完整而貼切地回答了上述問題，向讀者提出對作家及其作品的理解與詮釋。

「臺灣現當代作家研究資料彙編計畫」啟動於 2010 年，先後分三階段纂輯、彙編、出版賴和等 50 位臺灣重要現當代作家研究資料專書，每冊皆涵蓋作家影像、生平小傳、作品目錄及提要、文學年表以及具代表性的評論文章和研究目錄。由於內容翔實嚴謹，一致獲得文學界人士高度肯定，並期許持續推展，以使臺灣作家研究累積更為深化而厚實的基礎。職是之故，臺文館於 2014 年展開第四階段計畫，承續以往，以經年的時間完成蘇雪林、張深切、劉吶鷗、謝冰瑩、吳新榮、郭水潭、陳紀瀅、巫永福、王昶雄、無名氏、吳魯芹、鹿橋、羅蘭、鍾梅音共 14 位資深前輩作家研究資料彙編。本計畫工程浩大而瑣碎，幸賴承辦單位秉持一貫敬謹任事的精神，組成經驗豐富的編輯團隊，以嫻熟縝密的工作流程，順利將成果呈現於讀者眼前；在此也同時感謝長期支持參與本計畫的專家學者，齊為這棵結實纍纍的文學大樹澆灌滋養。

國立臺灣文學館館長　**翁誌聰**

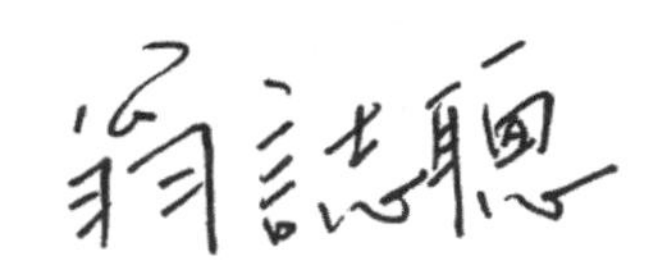

編序

◎封德屏

緣起

1995 年 10 月 25 日，在臺灣師範大學教育大樓的 201 室，一場以「面對臺灣文學」爲題的座談會，在座諸位學者分別就臺灣文學的定義、發展、研究，以及文學史的寫法等，提出宏文高論，而時任國家圖書館編纂張錦郎的「臺灣文學需要什麼樣的工具書」，輕鬆幽默的言詞，鞭辟入裡的思維，更贏得在座者的共鳴。

張先生以一個圖書館工作人員自謙，認真專業地爲臺灣這幾十年來究竟出版了多少有關臺灣文學的工具書，做地毯式的調查和多方面的訪問。同時條理分明地針對研究者、學生，列出了十項工具書的類型，哪些是現在亟需的，哪些是現在就可以做的，哪些是未來一步一步累積可以達成的，分別做了專業的建議及討論。

當時的文建會二處科長游淑靜，參與了整個座談會，會後她劍及履及的開始了文學工具書的委託工作，從 1996 年的《臺灣文學年鑑》起始，一年一本的編下去，一直到現在，保存延續了臺灣文學發展的基本樣貌。接著是《中華民國作家作品目錄》的新編，《臺灣文壇大事紀要》的續編，補助國家圖書館「當代文學史料影像全文系統」的建置，這些工具書、資料庫的接續完成，至少在當時對臺灣文學的研究，做到一些輔助的功能。

2003 年 10 月，籌備多年的「臺灣文學館」正式開幕運轉。同年五月《文訊》改隸「財團法人台灣文學發展基金會」，爲了發揮更大的動能，開始更積極、更有效率地將過去累積至今持續在做的文學史料整理出來，讓豐厚的文藝資源與更多人共享。

於是再次的請教張錦郎先生，張先生認爲文學書目、作家作品目錄、文學年鑑、文學辭典皆已完成或正在進行，現在重點應該放在有關「臺灣現當代作家評論資料目錄」的編輯工作上。

很幸運的，這個計畫的發想得到當時臺灣文學館林瑞明館長的支持，於是緊鑼密鼓的展開一切準備工作：籌組編輯團隊、召開顧問會議、擬定工作手冊、撰寫計畫書等等。

張錦郎先生花了許多時間編訂工作手冊，每一位作家的評論資料目錄分爲：

（一）生平資料：可分作者自述，旁人論述及訪談，文學獎的紀錄。

（二）作品評論資料：可分作品綜論，單行本作品評論，其他作品（包括單篇作品）評論，與其他作家比較等。

此外，對重要評論加以摘要解說，譬如專書、專輯、學術會議論文集或學位論文等，凡臺灣以外地區之報刊及出版社，於書名或報刊後加註，如中國大陸、香港、新加坡等。此外，資料蒐集範圍除臺灣外，也兼及中國大陸、香港、新加坡、日本、韓國及歐美等地資料，除利用國內蒐集管道外，同時委託當地學者或研究者，擔任資料蒐集工作。

清楚記得，時任顧問的學者專家們，都十分高興這個專案的啓動，但確定收錄哪些作家名單時，也有不同的思考及看法。經過充分的討論後，終於取得基本的共識：除以一般的「文學成就」爲觀察及考量作家的標準外，並以研究的迫切性與資料獲得之難易度爲綜合考量。譬如說，在第一階段時，作家的選擇除文學成就外，先考量迫切性及研究性，迫切性是指已故又是日治時期臺籍作家爲優先，研究性是指作品已出土或已譯成中文爲優先。若是作品不少而評論少，或作品評論皆少，可暫時不考慮。此外，還要稍微顧及文類的均衡等等。基本的共識達成後，顧問群共同挑選出 310 位作家，從鄭坤五、賴和、陳虛谷以降，一直到吳錦發、陳黎、蘇偉貞，共分三個階段進行。

「臺灣現當代作家評論資料目錄」專案計畫，自 2004 年 4 月開始，至 2009 年 10 月結束，分三個階段歷時五年六個月，共發現、搜尋、記錄了十餘萬筆作家評論資料。共經歷了三位專職研究助理，近三十位兼任研究助理。這些研究助理從開始熟悉體例，到學習如何尋找資料，是一條漫長卻實用的學習過程。

接續

「臺灣現當代作家評論資料目錄」的專案完成，當代重要作家的研究，更可以在這個基礎上，開出亮麗的花朵。於是就有了「臺灣現當代作家研究資料彙編暨資料庫建置計畫」的誕生。爲了便於查詢與應用，資料庫的完成勢在必行，而除了資料庫的建置外，這個計畫再從 310 位作家中精選 50 位，每人彙編一本研究資料，內容有作家圖片集，包括生平重要影像、文學活動照片、手稿及文物，小傳、作品目錄及提要、文學年表。另外每本書分別聘請一位最適當的學者或研究者負責編選，除了負責撰寫八千至一萬字的作家研究綜述外，再從龐雜的評論資料中挑選具有代表性的評論文章，平均 12～14 萬字，最後再附該作家的評論資料目錄，以期完整呈現該作家的生平、創作、研究概況，其歷史地位與影響。

第一部分除資料庫的建置外，50 位作家 50 本資料彙編（平均頁數 400～500 頁），分三個階段完成，自 2010 年 3 月開始至 2013 年 12 月，共費時 3 年 9 個月。因爲內容充實，體例完整，各界反應俱佳，第二部分的 50 位作家，接著在 2014 年元月展開，第一階段計畫出版 14 本，預計在 2015 年元月完成。超量的出版工程，放諸許多臺灣民間的出版公司，都是不可能的任務。

首先，工作小組必須掌握每位編選者進度這件事，就是極大的挑戰。於是編輯小組在等待編選者閱讀選文的同時，開始蒐集整理作家生平照片、手稿，重編作家年表，重寫作家小傳，尋找作家出版品的正確版本、版次，重新撰寫提要。這是一個極其複雜的工程。還好有宇霈帶領認真負責的工作同仁，以及編輯老手秀卿幫忙，才讓整個專案延續了一貫的品質及進度。

成果

雖然過程是如此艱辛，如此一言難盡，可是終究看到豐美的成果。每位編選者雖然忙碌，但面對自己負責的作家資料彙編，卻是一貫地認真堅持。他們每人必須面對上千或數百筆作家評論資料，挑選重要或關鍵性的評論文章，全面閱讀，然後依照編選原則，挑選評論文章。助理們此時不僅提供老師們所需要的支援，統計字數，最重要的是得找到各篇選文作者，取得同意轉載的授權。在起初進度流程初估時，我們錯估了此項工作的難度，因爲許多評論文章，發表至今已有數十年的光景，部分作者行蹤難查，還得輾轉透過出版社、學校、服務單位，尋得蛛絲馬跡，再鍥而不捨地追蹤。有了前面的血淚教訓，日後關於授權方面，我們更是如臨深淵、如履薄冰，希望不要重蹈覆轍，在面對授權作業時更是戰戰兢兢，不敢懈怠。

除了挑選評論文章煞費苦心外，每個作家生平重要照片，我們也是採高標準的方式去蒐集，過世作家家屬、友人、研究者或是當初出版著作的出版社，都是我們徵詢的對象。認真誠懇而禮貌的態度，讓我們獲得許多從未出土的資料及照片，也贏得了許多珍貴的友誼。許多作家都協助提供照片手稿等相關資料，已不在世的作家，其家屬及友人在編輯過程中，也給予我們許多協助及鼓勵，藉由這個機會，與他們一起回憶、欣賞他們親人或父祖、前輩，可敬可愛的文學人生。此外，還有許多作家及研究者，熱心地幫忙我們尋找難以聯繫的授權者，辨識因年代久遠而難以記錄年代、地點、事件的作家照片，釐清文學年表資料及作家作品的版本問題，我們從他們身上學習到更多史料研究可貴的精神及經驗。

但如何在規定的時間內，完成每個階段資料彙編的編輯出版工作，對工作小組來說，確實是一大考驗。每一冊的主編老師，都是目前國內現當代臺灣文學教學及研究的重要人物，因此都十分忙碌。每一本的責任編輯，必須在這一年多的時間內，與他們所負責資料彙編的主角——傳主及主編老師，共生共榮。從作家作品的收集及整理開始，必須要掌握該作家所有出版的作品，以及盡量收集不同出版社的版本；整理作家年表，除了作家、研究者已撰述好的年表外，也必須再從訪談、自傳、評論目錄，從作品出版等線索，再作比對及增刪。再來就是緊盯每位把「研究綜述」放在所有進度最後一關的主編們，每隔一段時間提醒他們，或順便把新增的評論目錄寄給他們（每隔一段時間就有新的相關論文或學位論文出現），讓他們隨時與他們所主編的這本書，產生聯想，希望有助於「研究綜述」撰寫的進度。

在每個艱辛漫長的歲月中，因等待、因其他人力無法抗拒的因素，衍伸出來的問題，層出不窮，更有許多是始料未及的。譬如，每本書的選文，主編老師本來已經選好了，也經過授權了，爲了抓緊時間，負責編輯的助理們甚至連順序、頁碼都排好了，就等主編老師的大作了，這時主編突然發現有新的文章、新的資料產生：再增加兩三篇選文吧！爲了達到更好更完備的目標，工作小組當然全力以赴，聯絡，授權，打字，校對，重編順序等等工作，再度展開。

此次第二部分第一階段共需完成的 14 位作家研究資料彙編，年齡層較上兩個階段已年輕許多，因此到最後的疑難雜症，還有連主編或研究者都不太清楚的部分，譬如年表中的某一件事、某一個年代、某一篇文章、某一個得獎記錄，作家本人絕對是一個最好的諮詢對象，對解決某些問題來說，這是一個好的線索，但既然看了，關心了，參與了，就可能有不同的看法，選文、年表、照片，甚至是我們整本書的體例，於是又是一場翻天覆地的大更動，對整本書的品質來說，應該是好的，但對經過多次琢磨、修改已進入完稿階段的編輯團隊來說，這不啻是一大挑戰。

1990 年開始，各地縣市文化中心（文化局），對在地作家作品集的整理出版，以及臺灣文學館成立後對日治時期作家以迄當代重要作家全集的編纂，對臺灣文學之作家研究，也有了很好的促進作用。如《楊逵全集》、《林亨泰全集》、《鍾肇政全集》、《張文環全集》、《呂赫若日記》、《張秀亞全集》、《葉石濤全集》、《龍瑛宗全集》、《葉笛全集》、《鍾理和全集》、《錦連全集》、《楊雲萍全集》、《鍾鐵民全集》等，如雨後春筍般持續展開。

經過近二十年的努力，臺灣文學的研究與出版，也到了可以驗收或檢討成果的階段。這個說法，當然不是要停下腳步，而是可以從「臺灣現當代作家評論資料目錄」所呈現的 310 位作家、10 萬筆資料中去檢視。檢視的標的，除了從作家作品的質量、時代意義及代表性去衡量外、也可以從作家的世代、性別、文類中，去挖掘還有待開墾及努力之處。因此在這樣的堅實基礎上，這套「臺灣現當代作家研究資料彙編」，每位編選者除了概述作家的研究面向外，均有些觀察與建議。希望就已然的研究成果中，去發現不足與缺憾，研究者可以在這些不足與缺憾之處下功夫，而盡量避免在相同議題上重複。當然這都需要經過一段時間去發現、去彌補、去重建，因此，有關臺灣文學的調查與研究，就格外顯得重要了。

期待

感謝臺灣文學館持續支持推動這兩個專案的進行。「臺灣現當代作家評論資料目錄」的完成，呈現的是臺灣文學研究的總體成果；「臺灣現當代作家研究資料彙編」套書的出版，則是呈現成果中最精華最優質的一面，同時對未來臺灣文學的研究面向與路徑，作最好的建議。我們可以很清楚的體會，這是一條綿長優美的臺灣文學接力賽，我們十分榮幸能參與其中，更珍惜在傳承接力的過程，與我們相遇的每一個人，每一件讓我們真心感動的事。我們更期待這個接力賽，能有更多人加入。誠如張恆豪所說「從高音獨唱到多元交響」，這是每一個人所期待的。

編輯體例

一、本書編選之目的，爲呈現陳紀瀅生平、著作及研究成果，以作爲臺灣文學相關研究、教學之參考資料。

二、全書共五輯，各輯內容及體例說明如下：

輯一：圖片集。選刊作家各個時期的生活或參與文學活動的照片、著作書影、手稿（包括創作、日記、書信）、文物。

輯二：生平及作品，包括三部分：

1.小傳：主要內容包括作家本名、重要筆名，生卒年月日，籍貫，及創作風格、文學成就等。

2.作品目錄及提要：依照作品文類（論述、詩、散文、小說、劇本、報導文學、傳記、日記、書信、兒童文學、合集）及出版順序，並撰寫提要。不收錄作家翻譯或編選之作品。

3.文學年表：考訂作家生平所進行的文學創作、文學活動相關之記要，依年月順序繫之。

輯三：研究綜述。綜論作家作品研究的概況，並展現研究成果與價值的論文。

輯四：重要文章選刊。選收國內外具代表性的相關研究論文及報導。

輯五：研究評論資料目錄。收錄至 2014 年 11 月底止，有關研究、論述臺灣現當代作家生平和作品評論文獻。語文以中文爲主，兼及日文和英文資料。所收文獻資料，以臺灣出版爲主，酌收中國大陸、香港、日本和歐美國家的出版品。內容包含三部分：

1.「作家生平、作品評論專書與學位論文」下分爲專書與學位論文。

2.「作家生平資料篇目」下分爲「自述」、「他述」、「訪談」、「年表」、「其他」。

3.「作品評論篇目」下分爲「綜論」、「分論」、「作品評論目錄、索引」、「其他」。

目次

【輯五】研究評論資料目錄

輯一◎圖片集

影像◎手稿◎文物

1953年，陳紀瀅（中立者）與王藍（左後）等中國文藝協會同仁攝於寧波西街會所。（張默提供）

1959年8月23日，於參加第30屆國際筆會年會途中，至羅馬梵蒂岡謁見教宗若望23世。右起：陳紀瀅、駐教廷大使謝壽康、若望23世、羅家倫。（成功大學蘇雪林研究室提供）

1950～1960年代，與文友合影。前排：王文漪（右二）、徐鍾珮（右三）；後排：王藍（右一）、陳紀瀅（右三）。（文訊文藝資料中心）

1950～1960年代，與中國文藝協會成員合影。前排：李辰冬（左一）、朱嘯秋（左三）、陳紀瀅（左五）、趙友培（右四）、鍾鼎文（右二）、馮放民（右一）；後排：郭嗣汾（左一）、鍾雷（左二）、王藍（左四）、朱介凡（左五）、何凡（右三）、龔聲濤（右二）、宋膺（右一）。（文訊文藝資料中心）

1950～1960年代，與文友合影。前排：葉曼（右四）、林海音（右五）、王琰如（左四）、琦君（左三）、劉枋（左一）；後排：何凡（右四）、陳紀瀅（右五）、張明（立者左二）。（文訊文藝資料中心）

1963年4月，陳紀瀅與母親董書詒（右）合影於陳母八十大壽壽宴。
（黃堯基金會提供）

1960年代，陳紀瀅（右）與程天放（中）、王藍（左）合影於當時位於水源路的「中國文藝協會」會所前。（張默提供）

1970年6月16日，陳紀瀅（左一）與黃得時（右一）等合影於中華民國筆會假臺北中泰賓館舉辦的「國際筆會第三屆亞洲作家議」。（國立臺灣文學館提供）

1970年7月8日，與文友合影於日本大阪舉辦的「世界博覽會」（萬國博覽會）中華民國館前。右二起：陳紀瀅、葉蟬貞、李曼瑰、南郭（後）、畢璞、鍾雷。（文訊文藝資料中心）

1970年，與家人合影。左起：次子陳廷標、陳紀瀅、母親董書詒、妻子汪綏英、次女陳慕甯。（翻攝自《陳紀瀅自選集》，黎明文化公司）

1971年5月4日，攝於中國文藝協會第12屆文藝獎章頒獎現場。中立者為陳紀瀅，前方為錢思亮（右）及文藝評論獎得主羅盤（左）。（文訊文藝資料中心）

1974年6月4日，率領「全國文藝界馬祖戰地致敬團」，前往馬祖北竿進行參訪與慰勞官兵。左起：牛哥、李牧、李中和、朱介凡、陳紀瀅、劉枋、梁中銘、金哲夫、瘂弦、高月。（文訊文藝資料中心）

1974年10月，陳紀瀅與黃得時（左）合影。（國立臺灣文學館提供）

1975年6月2日，與中國文藝協會常務理事同仁獲總統接見，合影於總統府。右起：朱嘯秋、吳若、趙友培、梁中銘、陳紀瀅、嚴家淦、王藍、宋膺、鍾雷、瘂弦。（張默提供）

1970年代，陳紀瀅（左）與劉枋（左三）、趙友培（右二）等合影。（國立臺灣文學館提供）

1970年代，與文友合影於中國文藝協會暑期活動「文藝研習會始業典禮」。前排左起：應未遲、張放、郭嗣汾、陳紀瀅、郎靜山、公孫嬿、趙淑敏。（文訊文藝資料中心）

1970年代，與中華民國筆會同仁合影。右起：彭歌、陳紀瀅、殷張蘭熙、陳裕清、余光中。（張默提供）

1980年11月10日，於中山文藝獎頒獎現場擔任頒獎人，與得獎人及長官合影。
右起：羅盤、貢敏、李義弘、陳紀瀅、楊亮功、陳立夫、蔡雄祥、涂靜怡。
（文訊文藝資料中心）

1982年5月4日，陳紀瀅（中）與鍾雷（右）、趙友培（左）攝於文藝節大會。（張默提供）

1984年5月4日，陳紀瀅（右）與朱嘯秋（中）合影。（文訊文藝資料中心）

1985年5月19日，與文友合影。前排左起：蔡文甫、上官予、陳紀瀅、趙友培、宋膺；後排左起：廖輝英、陳幸蕙、劉靜娟、楊小雲、蔡文甫夫人。（文訊文藝資料中心）

1985年12月4日，與臺灣代表團合影於世界華文作家協會於菲律賓馬尼拉舉辦的「第二屆亞洲華文作家會議」。右起：楊小雲、穆中南、郭嗣汾、陳紀瀅、鄭向恆、吳若、羅蘭、佚名、林煥彰、符兆祥。（文訊文藝資料中心）

1987年7月4～5日，陳紀瀅出席文訊雜誌社假國家圖書館國際會議廳舉辦的「紀念抗戰五十周年——抗戰文學研討會」，擔任張放〈從抗戰小說看中國農民意識改變〉講評人。（文訊文藝資料中心）

1988年4月，與文友合影於世界華文作家協會於馬來西亞吉隆坡舉辦的「第三屆亞洲華文作家會議」期間。前排左起：廖輝英、戴小華、陳紀瀅、小民；後排左起：林煥彰、郭嗣汾、鍾雷、吳若、蔡文甫、符兆祥。（文訊文藝資料中心）

1988年，攝於中國文藝協會榮譽文藝獎章頒獎現場，右前方為「文藝教育獎」得主黃得時，左起：吳水雲、郭嗣汾、陳紀瀅、陳奇祿。（文訊文藝資料中心）

1980年代，陳紀瀅與妻子汪綏英合影。（文訊文藝資料中心）

1980年代，與文友合影。前排右起：陳紀瀅、唐魯孫、佚名、夏元瑜；後排右起：汪綏英、劉枋、佚名、侯榕生、張明、徐鍾珮、郭晉秀、王琰如。（文訊文藝資料中心）

1980年代，陳紀瀅與鮑曉暉（左）、唐潤鈿（中）合影。（鮑曉暉提供）

1980年代，陳紀瀅 （左三）與劉枋（左一）、郎靜山（右一）、李中和（右三）等攝於中正紀念堂。（國立臺灣文學館提供）

1990年代，與文友合影。左二起：劉紹唐、無名氏、陳紀瀅、劉國瑞。（文訊文藝資料中心）

1990年代，與文友合影。前排左起：鍾雷、吳若、陳紀瀅、邱創煥、何志浩、程其恆；後排左四起：宋膺、袁睽九、蔡文甫、郭嗣汾、王藍。（文訊文藝資料中心）

陳紀瀅攝於「以文會友——中副春節作者聯歡茶會」會場，攝影時間不詳。（國立臺灣文學館提供）

陳紀瀅（右），攝影時間不詳。（文訊文藝資料中心）

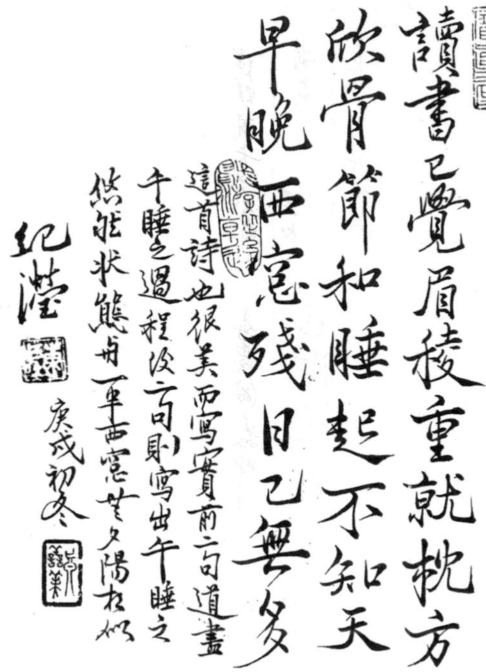

1970年冬，陳紀瀅「宋・釋有規〈絕句〉」墨寶。
（翻攝自《陳紀瀅自選集》，黎明文化公司）

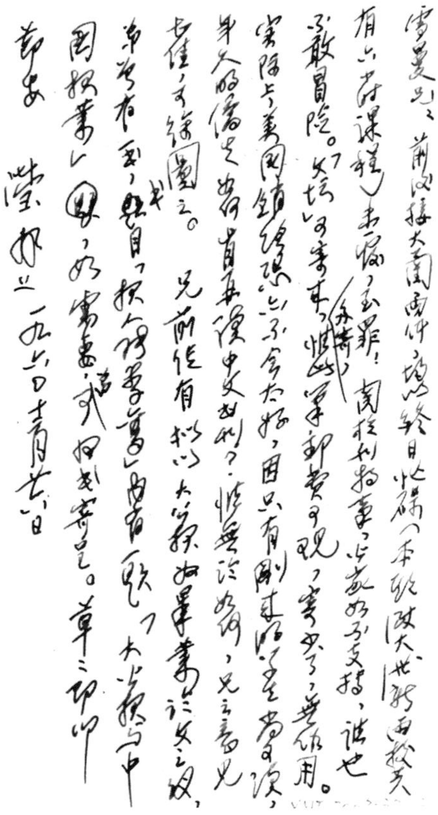

1960年12月26日，陳紀瀅致尹雪曼信函。
（國立臺灣文學館提供）

立法委員用箋

1977年5月，陳紀瀅致趙淑敏信函。（文訊文藝資料中心）

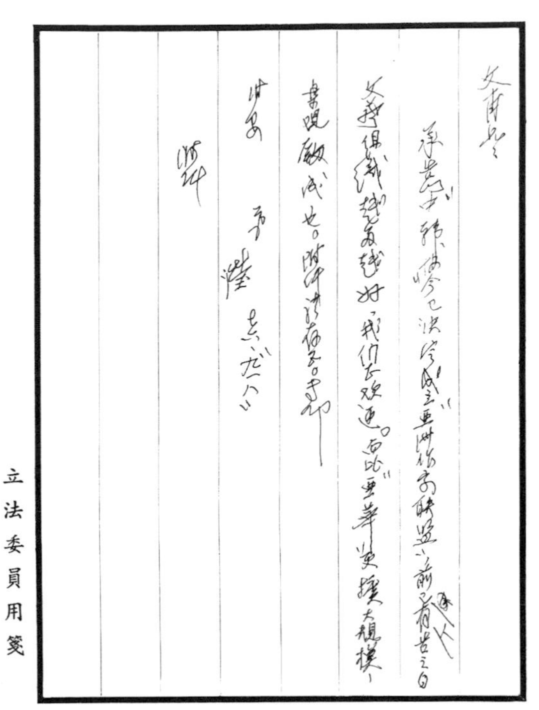

立法委員用箋

1987年9月18日，陳紀瀅致蔡文甫信函，信中表示樂見中韓作家共同成立「亞洲作家聯盟」。（國立臺灣文學館提供）

文訊月刊稿紙　No. 1

談起八年抗戰，那真可說是一言難盡。

在抗战初期，我早已是「大公報」的副刊編輯。我雖然不是東北人，但是却曾常往來於東北，因此，在抗战期間，所有東北作家一到武漢，莫不都與我联繫，再加上我又兼任湖北郵政管理局的第一支局局長，宿舍中除各廳外尚有個儲藏室，在那時段日子裡，為了濟急，我家的各廳與儲藏室经常成為招待来自北方以及京滬的男女作家，其中又以東北作家佔多數。如蕭軍、蕭红、罗烽、白朗、舒群、楊朔、李輝英、張周、黑丁、曾克等，都曾是我家的客人。

陳紀瀅

文訊月刊稿紙　No. 2

民國二十六年九月一日，大公報在漢口發刊。二十七年十月十七日，在漢口刊登了移渝出版的聲明，當日漢口版的大公報即停止發行。猶記得在移渝出版時，大公報曾籍社申明立場，與國人共勉。我們說：

「我們來此最短時日之遷徙停刊期間，向武漢及各地讀者重新表明我們的志趣。我們相信：在這抗战期間，一切私人事業，精神上都應認為國家所有。換句話說，就是一切的事業都應當貢獻國家，聽其徵發使用。各業皆然，報紙豈容例外。我們的報，在津在滬经多年经營，有相當基礎。但自暴敵進攻，我們的事業財產，已大抵隨國權以俱淪，所以在漢出版，實際上只是幾個人，此外毫無所有。而這些人之可能貢獻國家者，只是几枝筆与几條命。」

陳紀瀅《抗戰時期的大公報》部分手稿。（文訊文藝資料中心）

輯二◎生平及作品

小傳◎作品◎年表

小傳

陳紀瀅（1908～1997）

陳紀瀅，男，本名陳寄瀅，筆名瀅、生人、羈瀛、醜大哥、影影等，籍貫河北安國，1908 年 3 月 20 日生，1949 年 8 月來臺，1997 年 5 月 22 日辭世，享壽 90 歲。

北京民國大學暨哈爾濱法政大學畢業，美國加州世界開明大學（World Open University）文學榮譽博士。曾任記者、編輯主任、特派員、郵匯局經理、第四屆國民參政會參政員、立法委員、《中央日報》董事長、中國廣播公司常務董事、中國文藝協會常務理事、第 14 屆中國國民黨評議委員。

1923 年，陳紀瀅開始在北京《晨報》、《京報》及天津《河北日報》發表作品。1927 年與孔羅蓀等文友組成「蓓蕾文藝社」，以「蓓蕾周刊」之名隨哈爾濱《國際協報》刊出社團作品。1932 年接受天津《大公報》邀請擔任東北祕密通信員，因揭露日軍於東北活動概況而奠定其報界地位。1935 年與趙惜夢、于浣非、孔羅蓀等共同創辦《大光報》，先後主編「大光別墅」、「戰線」與《大公報》「小公園」等副刊。1938 年擔任「中華全國文藝界抗敵協會」理事。1949 年以第一屆立法委員身分來臺後，隔年與張道藩、王藍等成立「中國文藝協會」，擔任常務理事長達 25 年。1950 年與徐鍾珮、趙友培、耿修業、陸韓波發起「重光文藝出版社」，先後參加中華文藝獎金委員會、中央日報社、教育部學術委員會、中山基金會、國軍新文藝輔導會、中華民國筆會等文化組織。曾獲教育部文學獎、華文文學終身成就獎。

陳紀瀅創作文類包含文藝論述、小說、散文、傳記、遊記。當中以長篇小說爲其著作代表。《荻村傳》以寫實手法描繪「荻村」歷經義和團、日軍及共軍占領 50 年間的變遷及主人翁傻常順兒的一生，企圖表現「比阿 Q 更生動，更現實的這麼一個代表著大時代的小人物」；《華夏八年》描寫抗戰八年間的抗日過程及共產黨禍亂的社會動盪圖像；《赤地》描寫抗戰勝利後四年間東北失守及北平范氏家族衰敗的過程，陳紀瀅曾自言此書：「代大陸淪陷前的中國歷史做腳註，爲反共復國的誓師吹起前進的號角」。藉由一連串抗戰題材的小說書寫，陳紀瀅以作品中二元對立的刻畫，建立了 1950 年代臺灣反共文學作品的典範，誠如陳芳明言：「陳紀瀅作品是反共文學的典範，這不只是他在當時擁有非常的權力，他的創作方式大約也就是後來反共作家模仿的對象。他所發展出來的小說模式，基本上建立在人性的光明與黑暗之相互對比」。至 1960 年代後，其創作核心大幅轉向文藝運動論述、遊記、雜文與報業人物傳記，間或關注國劇發展。

在創作之外，做爲「中國文藝協會」核心人物之一，陳紀瀅在擔任常務理事期間落實官方文藝政策的執行，直接開闢了反共文學的創作管道及作家群的培養園地。他所參與發起的「重光文藝出版社」，除掌舵主流文學的出版市場，對於純文學作品出版的支持亦不遺餘力。自反共文藝機制的推動、以文學創作體現反共文藝理論的實踐，及其文學作品對臺灣反共文學的影響觀之，陳紀瀅在臺灣文學反共文藝歷史中的貢獻，足以被視爲奠基的磐石。

作品目錄及提要

【論述】

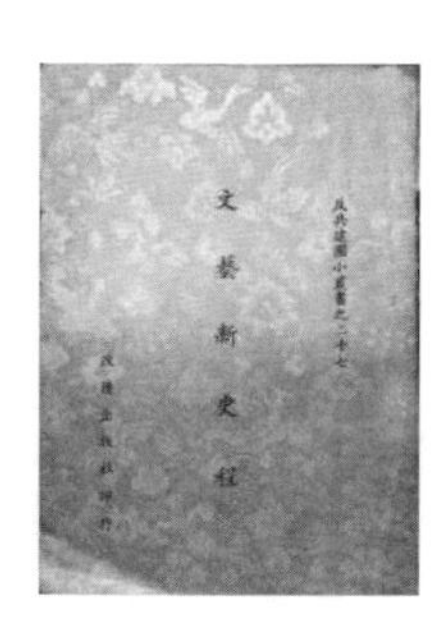

文藝新史程

臺北：改造出版社
1956 年 1 月，32 開，77 頁
反共建國小叢書之二十七

本書內容論述中國、臺灣文藝發展情況，並著重於「戰鬥文藝」與「文藝戰鬥」的重要性。全書分：1.文藝簡史回顧；2.自由與奴役的對照；3.戰鬥文藝論；4.論文藝戰鬥；5.文藝戰鬥工作大隊組織計畫大綱等六章。正文前有〈反共建國小叢書編輯說明〉、陳紀瀅〈《文藝新史程》自序〉。

百年來中國文藝的發展

臺北：重光文藝出版社
1977 年 3 月，40 開，114 頁

本書內容論述清末至 1960 年代間中國文學的發展與演變。全書收錄〈百年來中國文藝的發展——敬以本文紀念 國父百年誕辰〉、〈六十年來我國文藝思潮的演變〉共二篇。

論人才

臺北：重光文藝出版社
1976 年 9 月，40 開，82 頁

本書內容著重於臺灣外交。全書收錄〈論人才——以外交、新聞、文藝為例〉、〈怎樣在外交頓挫中光榮挺立？〉共二篇。

文藝運動二十五年

臺北：重光文藝出版社
1977 年 3 月，40 開，143 頁

本書內容完稿於 1975 年，記錄作者在中國文藝協會期間，所擔任的工作與扮演的角色。全書計有：1.引言；2.「不服氣」的感覺；3.文藝獎金委員會的誕生；4.中國文藝協會創立的新構思；5.發起人會的產生；6.中國文藝協會的誕生；7.成立大會及第一次會員大會宣言；8.文協前期工作等 23 部分。

施耐庵・蒲松齡・劉鶚

臺北：重光文藝出版社
1977 年 3 月，40 開，114 頁

本書內容爲作者對《水滸傳》作者施耐庵、《蒲留仙傳》及《老殘遊記》的研究文章。全書收錄〈施耐庵研究〉、〈《蒲留仙傳》釋論〉、〈《老殘遊記》的研究與分析〉共三篇。

抗戰時期的大公報

臺北：黎明文化公司
1981 年 12 月，25 開，446 頁

本書內容爲《大公報》發展歷史。全書收錄〈漢版停刊移渝出版〉、〈汪兆銘叛國與大公報建言〉、〈重慶大轟炸〉等 16 篇。正文前有陳紀瀅〈前記（代序）〉。正文後附錄〈吳達詮先生與《大公報》〉、〈哀范長江〉共二篇。

【散文】

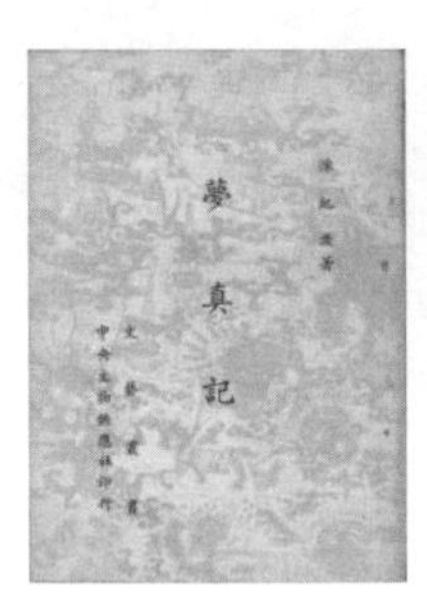

夢真記

臺北：中央文物供應社
1954 年 8 月，32 開，90 頁
文藝叢書

本書內容爲作者以回憶與夢境爲題的散文作品，全書收錄〈夢朵〉、〈夢真記〉、〈貓國恩仇〉等九篇。正文前有陳紀瀅〈自序〉。

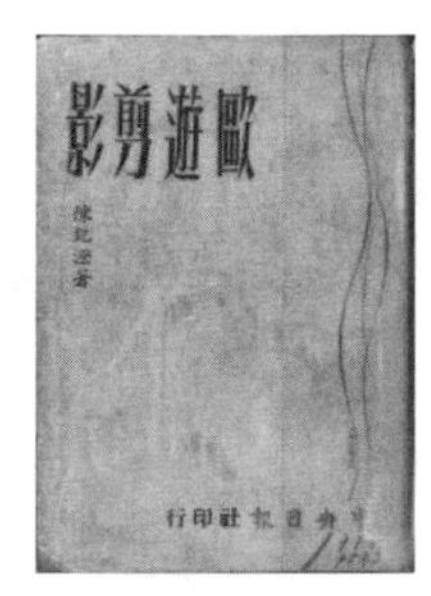

歐遊剪影

臺北：中央日報社
1960 年 2 月，32 開，226 頁

本書內容爲作者於 1949 年代表中華民國筆會出席在法蘭克福舉辦的第 30 屆年會紀錄及會後和羅家倫同遊歐洲 50 日的遊歷文章，全書分「甲篇・國際筆會」、「乙篇・西德」、「丙篇・巴黎」、「丁篇・倫敦」、「戊篇・瑞士」、「己篇・義大利」、「庚篇・希臘」、「辛篇・土耳其」、「壬篇・觀光設備」、「癸篇・感想」十部分，收錄〈國際筆會第三十屆年會〉、〈匈牙利筆會會籍案〉、〈科學時代的想像文學〉、〈筆會形色〉等 35 篇。正文前有羅家倫〈序〉、陳紀瀅〈自序〉。

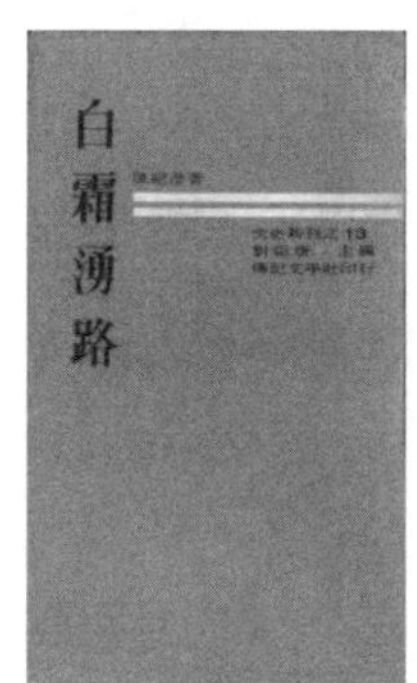

白霜湧路

臺北：傳記文學出版社
1969 年 12 月，40 開，171 頁
文史新刊之 13

本書內容爲作者追念前賢、懷念友人、會議與訪問紀錄。全書分三集，收錄〈白霜湧路〉、〈敬悼莫柳老〉、〈敬悼文藝鬥士張道藩先生〉等十篇。正文前有陳紀瀅〈自序〉。

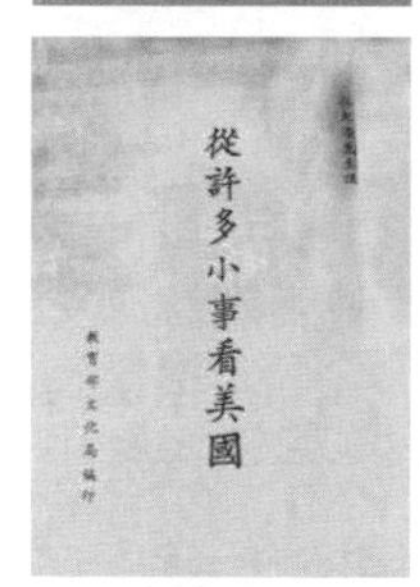

從許多小事看美國

臺北：教育部文化局
1972 年，25 開，24 頁

本書爲作者應教育部文化局邀請，以「從許多小事看美國」爲題的演講稿，內容自社會民生等細節切入，綜觀美國社會現況。

寂寞的旅程

臺北：重光文藝出版社
1977 年 3 月，40 開，281 頁

本書集結作者旅遊世界各地的所感所聞。全書收錄〈從許多小事看美國〉、〈在國際逆流中第四度訪美〉、〈寂寞的旅程——在國際一片陰霾、經濟蕭條下環遊亞、歐及五度旅美記〉等七篇。

憶南山

臺北：重光文藝出版社
1977 年 3 月，40 開，133 頁

本書內容爲作者追憶母親、亡妻，懷念遠在國外的女兒、友人與前賢小品。全書收錄〈我的母親〉、〈遙望佛州——敬悼亡妻李蕙蘭女士逝世周年〉、〈我的雙燕〉等五篇。

三十年代作家記

臺北：成文出版社公司
1980 年 5 月，32 開，352 頁
中國現代文學研究叢刊 5

本書內容針對作者所接觸過的 1930 年代文人老舍、老向、何容、胡風、蕭軍、惜夢等十位作家進行介紹。全書收錄〈記老舍〉、〈記老向〉、〈記何容〉等十篇。正文前有〈中國現代文學研究叢刊編印緣起〉、〈本書作者〉、〈本書題記〉、陳紀瀅〈自序〉、陳紀瀅〈引言〉。

親屬篇

臺北：成文出版社公司
1980 年 7 月，32 開，240 頁
中國現代文學創作叢刊 1

本書內容爲作者懷念感憶親人之作。全書收錄〈我的祖母——生我者父母，教我者祖母〉、〈我的父親——一個由舊時代邁入新世紀的榜樣〉、〈我的母親——「共產黨那一套，我知道得最清楚！」〉等九篇。正文前有孫陵〈中國現代文學創作叢刊序〉、〈本書作者〉、〈本書題記〉、陳紀瀅〈自序〉。

三十年代作家直接印象記

臺北：臺灣商務印書館
1986 年 8 月，25 開，377 頁

本書接續《三十年代作家記》筆調，針對作者所接觸的 1930 年代作家茅盾、沈從文、蘇雪林、黃堯、姚雪垠等 18 人進行介紹。全書分二部，收錄〈記茅盾——兼記中國「人民陣線」滲透新疆及失敗的經過〉、〈記沈從文〉、〈記蘇雪林——介紹《二

三十年代的作家與作品》〉等 16 篇。正文前有陳紀瀅〈自序〉。正文後附錄陳紀瀅〈記蕭一山〉、陳紀瀅〈記查良釗〉共二篇。

松花江畔百年傳

臺北：臺灣商務印書館
1990 年 3 月，25 開，495 頁

本書內容環繞近百年來的松花江畔歷史，時間軸自哈爾濱東清鐵路興建爲始，至 1987 年大興安嶺大火爲止，內容綜合史料、親身經歷與想像而成。全書計有：1.浩瀚壯麗的松花江；2.東清鐵路竣工典禮；3.甲午以後；4.郭宗熙繼任督辦；5.十月革命後的影響；6.陳際大的事業；7.哈爾濱的黃金時代；8.蓓蕾社同仁的時代等 38 章。正文前有陳紀瀅〈我爲什麼要寫《松花江畔百年傳》？——代序文〉。

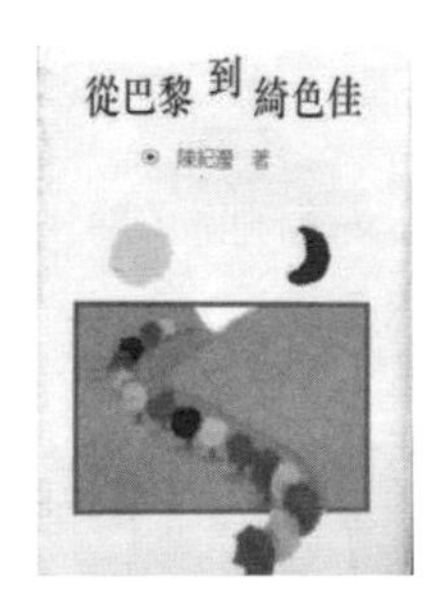

從巴黎到綺色佳

臺北：臺灣商務印書館
1991 年 12 月，25 開，332 頁

本書內容爲作者 1967 年應西德新聞局邀請訪問德國兩周及自遊歐洲、美國的紀錄。全書收錄〈西德再度邀訪兩周記〉、〈巴黎周記〉、〈幸遇唐納〉等八篇。正文前有陳紀瀅〈自序〉。

【小說】

建中出版社 1947

新中國幼苗的成長

重慶：建中出版社
1944 年 9 月，32 開，304 頁

上海：建中出版社
1947 年 6 月，32 開，305 頁

臺北：自印
1992 年 2 月，32 開，344 頁

短篇小說集。作者寓自身經驗於其中，以一位父親寫給女兒穆珍的書信及穿插的教育小故事構築中國學生在對日抗戰期間的成長。全書收錄〈敬獻給今日的父母、師長和幼童們〉、〈我幾乎做了失掉祖國和父母的嬰兒（爸爸的第一封信）〉、〈我的學校和校長先生〉、〈黎明的夢〉、〈抗屬之子〉、〈幫助一切不幸的人〉、〈榮譽屬於英勇的少年〉、〈萬里還鄉記（周末故事之

自印 1992

一)〉、〈課外生產的學生〉、〈你要做一個表裡如一的人〉、〈和他們生活在一起，不把他們當學生待！〉、〈過於相信，可能助長他的罪過〉、〈讓他們自悔〉、〈看畫（爸爸的第二封信）〉、〈參加童軍榮譽裁判庭途中〉、〈榮譽裁判庭上〉、〈記葉揚鯨的死（榮譽故事之一）〉、〈沒有什麼，我只是從池塘裡救活了一個人（榮譽故事之二）〉、〈我雖然殘廢了，但心裡很愉快（榮譽故事之三）〉、〈春江煦日（榮譽故事之四）〉、〈助人不計報酬（榮譽故事之五）〉、〈義植棠棣（周末故事之二）〉、〈祖父與樹榦〉、〈麻雀案〉、〈我愛中國，我尤愛我的祖國〉、〈尊重他人的名譽〉、〈不要使好人變爲瘋子〉、〈女校火災〉、〈全體健康〉、〈錯誤的幫助和錯誤的逞強〉、〈談正義（爸爸的第三信）〉、〈學期終了〉、〈散學日家庭晚會〉、〈少年號長（周末故事之三）〉、〈暑期課程表〉、〈媽媽的生日〉、〈莫叫歷史遺棄〉、〈暑期遠足〉、〈一喜一喪〉、〈讀書訪友〉、〈談友情（爸爸的第四信）〉、〈父與子（周末故事之四）〉、〈校長病牀前的晨禱〉、〈江海柔瀾（爸爸的第五信）〉共 44 篇。正文後有陳紀瀅〈後記〉、豐子愷〈插畫後記〉、〈勘誤表〉。

1947 年建中版：正文與 1944 年建中版同。正文後刪除〈勘誤表〉。

1992 年自印版：正文與 1944 年建中版同。正文前新增豐子愷〈豐子愷先生序〉、陳紀瀅〈《新中國幼苗的成長》臺第四版〉。正文後刪除〈勘誤表〉，新增陳紀瀅〈再版小言〉。

春芽

上海：建中出版社
1947 年 1 月，32 開

短篇小說。（今查無傳本）。

重光文藝 1951
（Ayano 提供）

重光文藝 1955

Rainbow Press
1959

新國民出版社 1974

MEI YA 1976

Aubier 1984

皇冠出版社 1985

荻村傳

臺北：重光文藝出版社
1951 年 4 月，32 開，208 頁

臺北：重光文藝出版社
1954 年 11 月，32 開，208 頁

臺北：重光文藝出版社
1955 年 2 月，32 開，208 頁

Hong Kong：Rainbow Press
1959 年，32 開，295 頁
Eileen Chang（張愛玲）譯

東京；新国民出版社
1974 年 10 月，32 開，268 頁
藤晴光譯

Taipei：MEI YA Publications（美亞書版公司）
1976 年 4 月，新 25 開，295 頁
Eileen Chang 譯

Nord Paris：Aubier
1984 年，21.8×13.5 公分，223 頁
Jacques Reclus（邵可侶）譯

臺北：皇冠出版社
1985 年 9 月，32 開，275 頁
皇冠叢書第 1178 種

長篇小說。主人公「傻常順兒」因義和團之亂流落至荻村，政治勢力的更迭使其逐漸發跡，卻在掌握權力的過程中日漸扭曲變態，最後死於共產黨的鬥爭。作者將「傻常順兒」視爲「苦難中國人」的代表，並藉描寫共產黨政權下混亂無序的社會景象控訴共產暴行。正文前有重光文藝出版社〈出版小言〉、陳紀瀅〈傻常順兒這一輩子（代序《荻村傳》）〉。
1954 年重光文藝版：正文與 1951 年重光文藝版同。正文後新增〈註解〉、陳紀瀅〈《荻村傳》再版記〉。
1955 年重光文藝版：正文與 1951 年重光文藝版同。正文後新增〈註解〉、陳紀瀅〈《荻村傳》再版記〉、陳紀瀅〈《荻村傳》三版記〉。
1959 年 Rainbow Press：由張愛玲譯爲 *Fool in the Reeds.*

1974 年新國民版：由藤晴光譯爲《荻村の人びと——動乱中国の渦巻》。全書共 13 章：1.義和団；2.荻村の名物；3.関公のお告げ；4.傾城の阿桃；5.豊年祭り；6.民国革命；7.決闘；8.內戦；9.人禍；10.皇軍；11.八路軍；12.竜妹の発狂；13.常順の最後の歌。正文後有李嘉〈あとがき〉。
1976 年 MEI YA Publications：本版爲 1959 年 Rainbow Press 版重新出版。
1984 年 Aubier 版：由 Jacques Reclus 譯爲 *L' Innocent du Village-aux-roseaux: chronique de Roisel en Chine du.*
1985 年皇冠版：正文與 1951 年重光文藝版同。正文前刪除重光文藝出版社〈出版小言〉。正文後新增〈附註〉、陳紀瀅〈《荻村傳》再版記〉、陳紀瀅〈《荻村傳》三版記〉、陳紀瀅〈《荻村傳》四版記〉、牟宗三〈虛僞的時代讓它過去〉、李荊蓀〈一疋錦緞〉、逸常〈一部農村傳記〉等 11 篇及陳紀瀅〈後記〉。

有一家

臺北：文壇社
1954 年 4 月，32 開，36 頁

短篇小說。描寫范家大小因韓戰爆發，對反攻大陸之日產生的熱切期盼。（今查無傳本）。

藍天

臺北：中央文物供應社
1954 年 10 月，32 開，182 頁
文藝叢書

短篇小說集。故事以 1945 年至 1950 年代前期的時空爲背景，敘述隨國民政府來臺的第一代外省人的在臺生活。全書收錄〈音容劫〉、〈孤鳳孤雛〉、〈碧若〉、〈協防前後〉、〈有一家〉、〈再嫁〉、〈邊緣詩存〉、〈菊車〉〈大地春回〉共九篇。正文前有陳紀瀅〈《藍天》自序〉。

重光文藝 1960

赤地

臺北：文友出版社
1955 年 6 月，24 開，430 頁

臺北：重光文藝出版社
1960 年 8 月，25 開，460 頁

長篇小說。故事以 1945 年抗戰勝利後至 1948 年間的北平范家爲敘述重心，藉由范家興衰與成員遭遇反映戰後四年中國政

治、社會的動盪不安。全書共 20 章：1.序曲；2.狂歡；3.迎新；4.滿炭；5.寒光；6.春夢；7.初蝕；8.蠱惑；9.歧路；10.夏陽；11.災年；12.情盲；13.萬象；14.再蝕；15.秋風；16.死谷；17.殘琴；18.追尋；19.苦果；20.尾聲。正文前有陳紀瀅〈著者自白〉。

1960 年重光文藝版：正文前新增趙家驤〈讀《赤地》有作〉。正文後新增〈《赤地》勘誤表〉及曾虛白〈讀《赤地》〉、張九如〈讀陳紀瀅著《赤地》後〉、邱楠〈寫實的創作方法抉微〉等九篇。

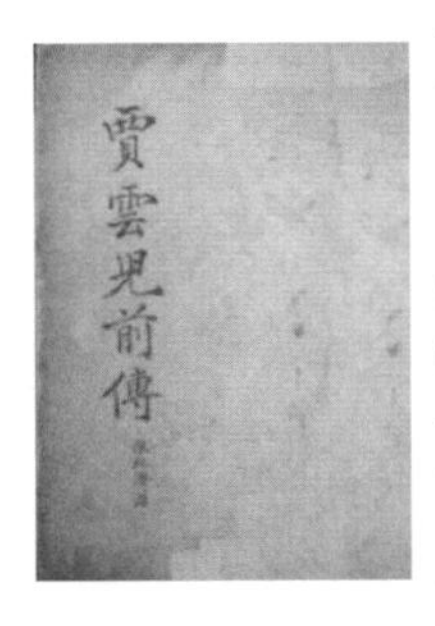

賈雲兒前傳

臺北：重光文藝出版社
1957 年 12 月，32 開，279 頁

長篇小說。故事以主人公賈雲兒自戰時中國到戰後臺灣的時空場景為序，描寫賈雲兒一連串的心路轉折與兩次婚變的遭遇。全書共 18 章：1.奇遇；2.童年；3.微笑；4.義肢；5.決河 6.開荒；7.鐘樓；8.重逢；9.歧途；10.喜嫁；11.突變；12.狂縱；13.風波；14.婚變；15.詛咒；16.再聚；17.探索；18.尋人。

華夏八年

臺北：文友出版社
1960 年 5 月，25 開，924 頁

長篇小說。故事以八年抗戰期間為時空背景，敘述結緣於同船避難的江南華家與華北夏家，在八年社會動盪間及戰後再次同行返回南京的經歷。作者力以寫實手法，呈現抗戰時期刻苦堅決的民族精神。全書共 30 章。正文前有陳紀瀅〈著者自白〉。

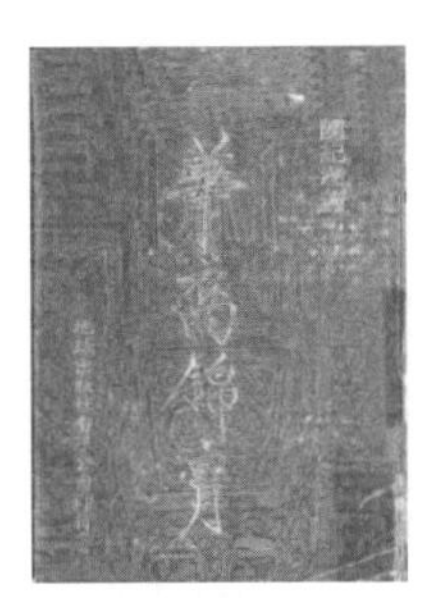

華裔錦胄

臺北：地球出版社
1975 年 7 月，24 開，412 頁

長篇小說。故事藉美國華僑陳恩奇口述，回溯百年前陳家先祖自廣東遠赴美國三藩市築路開墾，至參與韓戰、越戰的四代經歷。作者力求呈現美國華僑披荊斬棘的精神與展現的中國文化美德。全書共 44 章：1.陳思奇的迷惘；2.淘金潮與「中國孩子」；3.狂妄幻想的人；4.對東方人的驚奇；5.西部蠻荒時代；6.初獲勝利；7.開工第一天；8.第一個周末；9.合恩岬的隧道；10.杜納河畔的悲劇；11.義薄雲天；12.沙漠中的奇蹟；13.金釘紀

念；14.排華案層出不窮；15.因女人惹禍；16.煙、賭、娼；17.否決廢止條約案；18.卜零根條約的修訂；19.第二代華人的誕生；20.六十年屈辱的日子；21.外人眼中的紐約中國城；22.「堂戰」；23.第二代歡欣的淚；24.數十年滄桑史；25.改換門庭；26.我們這一代；27.開學日；28.加州大學種種；29.安娜的家；30.加大第一年；31.聖誕節前夕；32.我參加了韓戰；33.廣播戰；34.麥帥被黜；35.兩樁奇事；36.在醫院中；37.復員後；38.婚禮與蜜月；39.希臘古劇；40.匆匆十年；41.百年金釘記；42.越戰末期；43.中國大陸之旅；44.陳恩奇的覺醒。正文前有陳紀瀅〈序〉、地球出版社〈《華裔錦冑》出版獻言〉。正文後有陳紀瀅〈跋〉。

有情歲月
臺北：黎明文化公司
1979 年 8 月，32 開，276 頁

長篇小說。故事以國民政府播遷來臺後的社會、經濟建設及外交發展爲軸心，勾勒出臺灣在政權更迭後的欣欣向榮。全書共 15 章：1.白河的拜拜；2.黃金的穀粒；3.偶然的合作；4.自由的可貴；5.生活的劇變；6.公路的闢築；7.公路的完成；8.預伏的陷阱；9.歡欣的眼淚；10.播種與豐收；11.噩耗驚美夢；12.栗隊長之死；13.他們的覺醒；14.農場的收穫；15.有情的歲月。正文前有陳紀瀅〈這個長篇的時代與心理背景（代序）〉。

【報導文學】

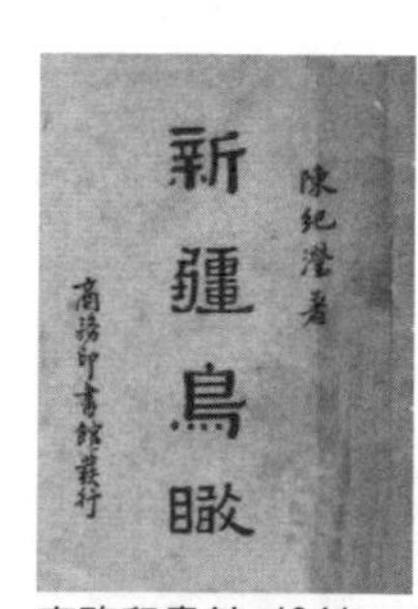

商務印書館 1941

新疆鳥瞰
香港：香港商務印書館
1940 年 5 月，32 開，329 頁

長沙：商務印書館
1941 年 5 月，11×17 公分，270 頁

重慶：建中出版社
1943 年 5 月，32 開，326 頁

臺北：臺灣商務印書館
1969 年 7 月，40 開，249 頁
人人文庫 1130-1131

本書內容爲作者針對新疆進行報導式的介紹與記載。
1940 年香港商務版：（今查無傳本）。

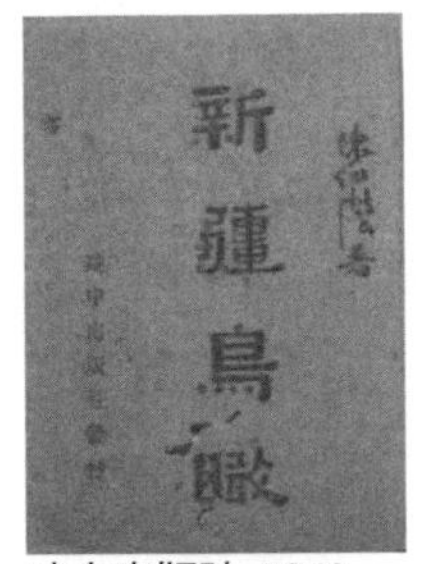

建中出版社 1943

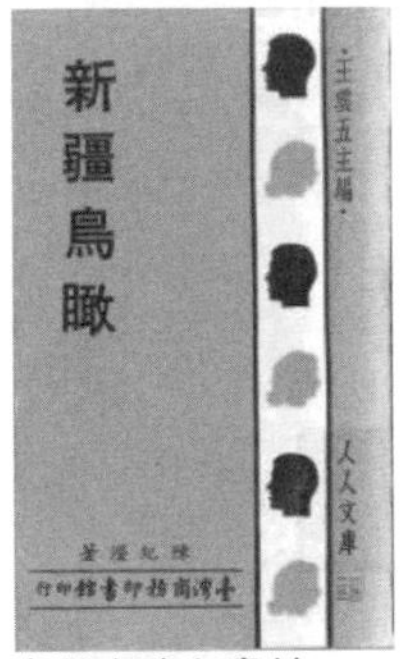

臺灣商務印書館 1969

1941 年長沙商務版：全書分「第一部・盛世才及六大政策」、「第二部・新新疆的政績及其他」、「第三部・十四個民族各代表訪問記」、「第四部・烏魯木齊河的一葉」、「第五部・新疆詩歌輯」五部分，收錄〈盛世才是怎樣的一個人物〉、〈八項宣言及六大政策〉、〈新新疆的民政〉、〈新新疆的教育〉、〈新新疆的財政〉等 82 篇。正文前有陳紀瀅〈自序〉、相關圖片 25 張。

1943 年建中版：正文增加〈盛世才的近年生活〉、〈天山三度蕪草〉二篇，刪去〈我們的路線〉、〈雜感〉二篇。正文前改陳紀瀅〈自序〉篇名為〈初版自序〉，新增陳紀瀅〈再版自序〉。

1969 年臺灣商務版：正文刪去「第五部新疆詩歌輯」。正文前新增王雲五〈編印人人文庫序〉、陳紀瀅〈臺版自序〉。

在柯峯

臺北：重光文藝出版社
1962 年 2 月，32 開，133 頁

本書內容為作者於 1961 年出席「世界道德重整大會」紀錄及會議相關人事介紹。全書收錄〈重建一個新世界——世界道德重整大會記〉、〈布克曼與道德重整〉、〈道德重整是什麼〉等 11 篇。正文前有陳紀瀅〈自序〉。正文後附錄胡軌〈我的報導，我的呼籲〉、布克曼著；潘碩譯〈勇於抉擇的人〉共二篇。

《讀者文摘》是怎樣辦起來的？

臺北：重光文藝出版社
1964 年 12 月，40 開，88 頁
研究美國文化與生活叢書之四

本書內容為作者簡介《讀者文摘》及拜訪《讀者文摘》編輯總部過程。全書分「《讀者文摘》的故事」、「我闖入了女兒國與智識樂園」二部分，收錄〈華萊士的生平〉、〈莉拉・貝爾・艾期森〉、〈《讀者文摘》創刊號〉等 17 篇。

時代雜誌四十年

臺北：重光文藝出版社
1964 年 12 月，40 開，68 頁
研究美國文化與生活叢書之五

本書內容爲《時代雜誌》（*Time*）發展歷程側寫。全書收錄〈在時代與生活大廈中〉、〈時代雜誌四十年〉、〈自從時代開始〉等四篇。

美國訪問

臺北：重光文藝出版社
1965 年 4 月，40 開，1096 頁
研究美國文化與生活叢書之一

本書內容爲作者自 1961 年 12 月至 1962 年 7 月接受美國國務院邀請的訪美行程紀錄。全書分上、中、下三冊，收錄〈一次作客人，永遠作朋友！〉、〈怎樣邀請和怎樣接待客人？〉、〈華盛頓國際中心〉、〈華盛頓泱泱大都〉、〈國會山巡禮〉等 148 篇。正文前有陳紀瀅〈樂園中的巨創——代自序〉。正文後有陳紀瀅〈歉疚和愉快——代後記〉，附錄插圖四幅。

常春藤盟校及其他（美國的學校）

臺北：重光文藝出版社
1965 年 7 月，40 開，340 頁
研究美國文化與生活叢書之二

本書內容爲作者 1962 年接受美國國務院邀請赴美訪問期間，對美國高等教育大學的觀察及資料整理。全書收錄〈美國教育縮影〉、〈人有求知識的權利——哥倫比亞大學〉、〈哥倫比亞大學東亞研究所〉、〈哥倫比亞近代中國研究〉等 30 篇。正文前有陳紀瀅〈自序〉。

美國的新聞事業

臺北：重光文藝出版社
1965 年 7 月，40 開，251 頁
研究美國文化與生活叢書之三

本書內容爲美國新聞業發展歷史介紹。全書收錄〈美國新聞事業三十二問〉、〈美聯社〉、〈合眾國際社〉等 25 篇。正文前有陳紀瀅〈自序〉。

美國的圖書館

臺北：重光文藝出版社
1965 年 10 月，40 開，246 頁
研究美國文化與生活叢書之六

本書內容介紹美國各大圖書館，意使讀者了解、認識圖書學。全書收錄〈國會圖書館〉、〈紐約公共圖書館〉、〈哈佛大學圖書館〉等 19 篇。正文前有陳紀瀅〈自序〉。

美國的博物館與陳列館

臺北：重光文藝出版社
1965 年 11 月，40 開，159 頁
研究美國文化與生活叢書之八

本書內容介紹美國藝術的發展、收藏現狀及中國藝術被美國博物館收藏概況。全書收錄〈美國藝術論〉、〈國家美術陳列館〉、〈菲力普斯收藏〉等 15 篇。正文前有陳紀瀅〈自序〉。

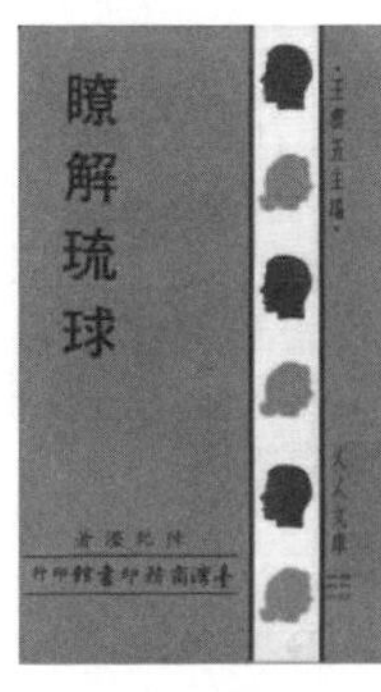

瞭解琉球

臺北：臺灣商務印書館
1967 年 6 月，40 開，225 頁
人人文庫 360-361

本書內容爲作者於 1955 年 5 月赴琉球進行訪問後所撰寫而成的琉球介紹。全書收錄〈琉球訪問〉、〈琉球現狀〉、〈琉球王朝與中國〉等五篇。正文前有王雲五〈編印人人文庫序〉、陳紀瀅〈自序〉。

西德小駐

臺北：重光文藝出版社
1969 年 11 月，32 開，180 頁

本書內容爲作者赴西德兩周後所撰寫的德國簡介。全書分「德國概況」、「德意志年表」、「德意志年表」、「再訪西德」、「德國、德國人」四部分。正文前有陳紀瀅〈自序〉。正文後有〈著者重要作品簡目〉。

歐洲眺望

臺北：重光文藝出版社
1969 年 12 月，32 開，262 頁

本書內容爲作者 1967 年赴歐洲遊記，全書分「第一部：西班牙」、「第二部：比利時」、「第三部：德意志」、「第四部：奧地利」、「第五部：丹麥」、「第六部：英國」六部分，收錄〈世外桃源西班牙〉、〈西班牙皇宮〉、〈浦拉圖博物館〉等 29 篇。正文前有陳紀瀅〈寂寞的歐洲（代序）〉。

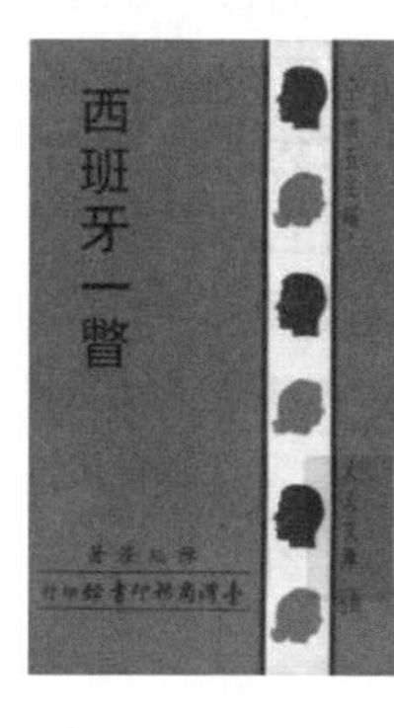

西班牙一瞥

臺北：臺灣商務印書館
1969 年 12 月，40 開，154 頁
人人文庫 1259-1260

本書內容爲作者自 1968 年起，於《自由談》發表之「歐洲旋風」專欄文章結集，爲作者 1967 年赴馬德里訪問六天的資料整理與遊記。全書收錄〈西班牙紀要〉、〈西班牙的社會〉、〈西班牙的民俗〉等 11 篇。正文前有王雲五〈編印人人文庫序〉、陳紀瀅〈自序〉。正文後附錄「西班牙記遊」：〈世外桃源西班牙〉、〈西班牙的皇宮〉、〈浦拉圖博物館〉等八篇。

國際筆會與亞洲作家會議

臺北：重光文藝出版社
1977 年 3 月，40 開，272 頁
逆流時期雜寫叢書

本書內容爲作者參加第 35、37～39 屆國際筆會大會紀錄、第一～二次亞洲作家會議紀錄以及對菲律賓、泰國文學的觀察等。全書收錄〈第三十五屆阿必尚國際筆會大會記〉、〈第三十七屆漢城國際筆會大會簡記〉、〈第三十八屆都柏林國際筆會大會記〉等十篇。

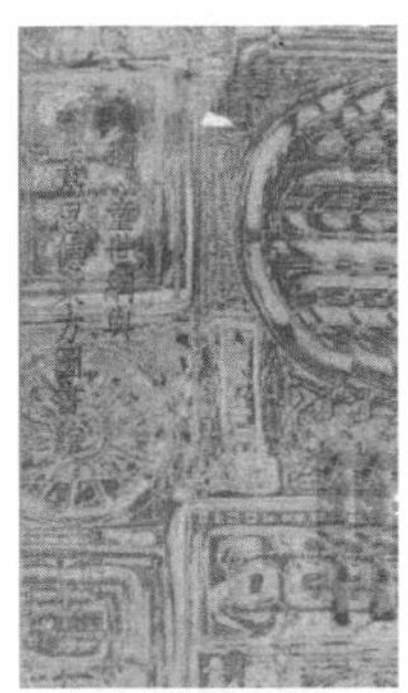

胡適、童世綱與葛思德東方圖書館

臺北：重光文藝出版社
1977 年 3 月，40 開，86 頁

本書內容聚焦於普林斯頓大學葛思德東方圖書館，並簡介葛思德東方圖書館藏書與特殊門類，收錄〈胡適、童世綱與葛思德東方圖書館〉。

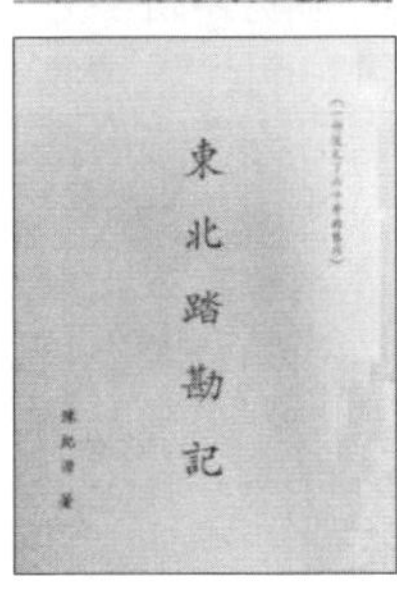

東北踏勘記

臺北：自印
1991 年 10 月，25 開，119 頁

本書內容為作者於 1932 年擔任《大公報》駐哈爾濱祕密通訊員，揭示日軍於「九一八事變」後在中國東北活動的概況報導及 1933 年秋再度前往東北採訪的「淪陷兩年之東北踏勘記」文章結集。正文前有陳紀瀅〈《東北踏勘記》序——一部分未刊出的遺稿〉、陳紀瀅〈四十年前舊著複印記〉。

【傳記】

文友出版社 1957

重光文藝出版社
1957

報人張季鸞

臺北：文友出版社
1957 年 9 月，25 開，110 頁

臺北：重光文藝出版社
1957 年 9 月，32 開，110 頁

臺北：重光文藝出版社
1967 年 7 月，32 開，168 頁

本書為紀念張季鸞逝世 15 周年小冊。全書收錄〈張季鸞先生與中國報業〉、〈弔《大公報》〉、〈季鸞先生和我〉等五篇。正文前有陳紀瀅〈自序〉。正文後附錄張季鸞所著論文〈《大公報》一萬號紀念辭〉、〈給西安軍界的公開信〉等七篇。
1957 年重光文藝版：內容與 1957 年文友版同。
1967 年重光文藝版：正文前新增陳紀瀅〈再版序〉。正文後新增張季鸞所著論文〈美國新總統今日就職〉、〈學生與政治〉、〈今後之《大公報》〉等 13 篇及陳紀瀅〈寄《大公報》諸友〉。

傳記文學 1967

黃山書社 2008

齊如老與梅蘭芳

臺北：傳記文學出版社
1967 年 1 月，32 開，311 頁
傳記文學叢書之六

合肥：黃山書社
2008 年 12 月，32 開，166 頁

本書內容追憶戲劇理論家齊如山與京劇名角梅蘭芳在傳承、改革京劇藝術中的往來及友誼。全書分「從信札中所見」、「一齣汾河灣建立了畢生關係」、「編戲與排戲」、「梅蘭芳這個人」、「齊梅之友」、「綴玉軒訪問記」、「國劇學會與國劇陳列所」七部分。正文前有「插圖四幅」、「齊如山先生墨蹟說明」、「齊如山先生墨蹟」。正文後附錄「梅蘭芳遊美記」，劉紹唐〈關於傳記文學叢書與叢刊〉。
2008 年黃山書社版：正文刪去「從信札中所見」部分。正文前刪去「插圖四幅」、「齊如山先生墨蹟說明」、「齊如山先生墨蹟」，新增齊如山、梅蘭芳相關照片。正文後刪去「梅蘭芳遊美記」，劉紹唐〈關於傳記文學叢書與叢刊〉，新增附錄「齊如山談梅蘭芳」：〈編戲〉、〈國劇發揚到國外〉、〈梅蘭芳遊美別記〉等六篇及〈編後記〉。

胡政之與大公報

香港：掌故月刊社
1974 年 12 月，32 開，335 頁
掌故叢書第二種

本書內容為作者根據史料所撰寫的 1926 至 1945 年間《大公報》發行概況。全書計有：1.引言；2.再彈衷曲；3.新聞企業；4.最初接觸；5.由東北至上海；6.初晤國聞通訊社；7.祕密採訪偽滿政情前後；8.一日之內寫了三萬多字等 46 章。正文前有陳紀瀅〈胡夫人的四封信（代序）〉。正文後有岳騫〈出版後記〉。

一代論宗哀榮餘墨

臺北：重光文藝出版社
1976 年 9 月，40 開，112 頁

本書為作者補遺《報人張季鸞》闕漏而作，全書計有：1.話說從頭；2.噩耗傳來中外震驚；3.「悼張季鸞先生」；4.唁電雪片飛來；5.重要悼念文等 11 章。正文前有陳紀瀅〈一代論宗哀榮餘墨——敬悼張季鸞先生逝世三十一周年〉。

齊如山・林語堂・武者小路實篤

臺北：重光文藝出版社
1977 年 3 月，40 開，102 頁

本書內容爲作者懷念齊如山、林語堂、武者小路實篤文章。全書收錄〈齊如山先生百年祭〉、〈我所知道的林語堂先生〉、〈敬悼武者小路實篤先生〉共三篇。

一代振奇人——李石曾傳

臺北：近代中國出版社
1982 年 8 月，25 開，349 頁
近代中國叢書・先賢先烈傳記叢刊 35

本書內容爲中國社會教育家李石曾傳記。全書計有：1.家世與祖籍；2.石曾先生的誕生與幼年；3.石曾先生的青年時期；4.從義和團到民國成立；5.留洋與革命生活之自述等 20 章。正文前有秦孝儀〈先烈先賢傳記叢刊序言〉、陳紀瀅〈自序〉。

齊如山先生傳

臺北：自印
1984 年 3 月，25 開，40 頁

本書內容爲中國戲劇理論家齊如山簡記。全書分「家世」、「兒童時代」、「考試情形」、「入同文館時期」、「拳匪之亂與作生意」、「記問之學」、「往歐洲」、「協助革命」、「辦儉學會」、「研究戲劇的由來」、「幫助梅蘭芳的經過」、「梅蘭芳得博士學位」、「國劇學會與國劇陳列所」、「晚年綜述」、「一生的貢獻」16 節。正文前有齊熙〈序〉。正文後有〈齊如山先生世系表〉。

我的郵員與記者生活

臺北：臺灣商務印書館
1988 年 8 月，25 開，694 頁

本書爲作者 1926 至 1950 年間生活紀錄。全書分「在哈爾濱的年代」、「在上海的年代」、「在漢口的年代」、「在重慶的年代」、「在北平的年代」、「自大陸撤退來臺」六編，計有：1.在道外；2.在五道街郵局；3.在南崗管理局；4.再回到五道街郵局；5.生活在十字路口；6.中俄戰役；7.我當了行動郵局長；8.滿州里一年等 28 章。正文前有陳紀瀅〈自序〉。

【書信】

寄海外甯兒

臺北：重光文藝出版社
1952 年 12 月，32 開，107 頁

本書爲作者寫給出國求學的長女家書，喻教化於殷殷囑咐的文字之間。全書收錄〈你是幸運兒〉、〈光明的碑記〉、〈臺灣在哪兒〉等 20 封。正文前有陳紀瀅〈自序〉。

【合集】

陳紀瀅自選集

臺北：黎明文化公司
1975 年 12 月，32 開，313 頁
中國新文學叢刊 39

本書分「懷舊」、「探訪」、「圖書」、「名勝」、「史料」五輯，收錄〈遙望佛州——敬悼亡妻李蕙蘭女士逝世周年〉、〈白霜湧路〉、〈前代金蘭後輩友——宋殿選先生及宋陳兩代交易續拾記〉等 18 篇。正文前有「素描」、「生活照片」、「手跡」、陳紀瀅〈前記〉、陳紀瀅〈自傳〉。正文後有〈作品書目〉。

陳紀瀅文存／許驥編

北京：華齡出版社
2011 年 1 月，17×24 公分，198 頁
遺忘的文存

本書內容爲作者早期文稿。全書分三輯，收錄〈僞滿洲國周年祕密採訪記〉、〈在漢口的年代〉、〈憶新疆之行〉等 17 篇。正文前有〈出版說明〉、陳紀瀅〈陳紀瀅自傳〉。

文學年表

1908 年	3 月	20 日，出生於直隸省祁州縣（今河北省安國縣）齊村。本名陳寄瀅。父陳式銘，母董書詒。
1913 年	本年	就讀齊村中的四年制學堂。
1917 年	本年	閱讀祖母訂購的「平津報紙」，再向全村講述時事，就此奠定後續從事新聞記者與寫作的基礎。 考入安國縣城內高等小學堂。
1922 年	本年	畢業於安國縣內高等小學堂。
1923 年	本年	赴河北保定，考入保定第六中學。 開始發表文章於北京《晨報》、《京報》與天津《河北日報》。
1925 年	本年	加入因應「五卅慘案」而成立的學校後援會，後因故被保定第六中學革除學籍。 考入北京市通州潞河中學。 於年末受同儕鼓勵，考入北京民國大學預科。
1926 年	春	就讀北京民國大學預科。
	秋	受父命，赴哈爾濱。
	12 月	26 日，與李蕙蘭結婚。
1927 年	本年	考入哈爾濱吉黑郵政管理局，以揀信生職位就職。 與孔羅蓀邀集青年文友組成「蓓蕾文藝社」，展開文藝創作，並以「蓓蕾周刊」之名隨《國際協報》刊出社團作品。 短篇小說〈聽筒側面〉、〈哈爾濱的一夜〉、〈紅氍毹的誘惑〉發表於《國際協報》「蓓蕾周刊」。

		就讀哈爾濱法政大學夜間部，學習法律與經濟。
		長子陳廷楙出生，後於抗戰期間因肺病亡故。
1928 年	冬	長女陳雅甯出生。
1931 年	本年	畢業於哈爾濱法政大學夜間部。
1932 年	4 月	因「蓓蕾文藝社」文友趙惜夢引介，接受天津《大公報》邀請，擔任駐哈爾濱祕密通訊員，揭露日軍於「九一八事變」後在中國東北活動的概況，至 8 月止，就此奠定在《大公報》的寫作地位。
	8 月	隨東北郵政管理局三萬名員工奉命撤退，前往上海。
	10 月	開始爲《國聞通訊》撰稿，報導東北新聞，至 1935 年離開上海止。
	11 月	開始爲《真報》撰寫社論與小品文。
	本年	次女陳慕甯出生。
1933 年	8 月	11 日，受《大公報》總編輯張季鸞委託，爲「九一八」特刊赴東北祕訪、蒐羅「僞滿州國」新聞，至 9 月 16 日返。
	9 月	18 日，赴東北採訪文章〈東北勘察記〉以筆名「生人」發表於《大公報》，後由《國聞周報》轉載。
	本年	參與《大公報》副刊「小公園」與「本市附刊」編輯工作。
1935 年	2 月	自上海調往湖北郵區，後出任江漢路支局長。
	3 月	1 日，與趙惜夢、丁涜非、孔羅蓀等共同創辦《大光報》，主編綜合性副刊「大光別墅」與負責特別採訪。
	本年	與孔羅蓀、王禪等合資創辦同仁刊物《小意見》。
1936 年	本年	次子陳廷標出生。
1937 年	10 月	天津《大公報》接收《大光報》資源，遷移至漢口。
	12 月	《大公報》於漢口重新發刊，擔任副刊「戰線」主編。
	本年	抗日戰爭開始後，共產黨進行清算鬥爭，居留於故鄉齊村的父母親遭扣留。

1938年	3月	27 日，「中華全國文藝界抗敵協會」成立於武漢，與張道藩、王平陵、郭沫若、茅盾、郁達夫等當選爲第一屆理事，並由老舍任常務幹事兼總務部主任。
	10月	4 日，赴新疆採訪，因武漢遭共產黨攻占，滯留新疆 40 天，後輾轉至重慶，赴東川郵政管理局報到。
1940年	5月	《新疆鳥瞰》由香港香港商務印書館出版。
	8月	接受交通部聘定，以中蘇航空公司董事會祕書身分赴阿拉木圖協助處理中蘇航空事宜，並二度赴新疆採訪。
	本年	調往郵政儲金匯業局擔任課長。
1941年	5月	《新疆鳥瞰》由長沙商務印書館出版。
1942年	11月	因抗戰導致新疆情勢變化，第三度赴新疆採訪。
1943年	5月	《新疆鳥瞰》由重慶建中出版社出版。
1944年	9月	短篇小說集《新中國幼苗的成長》由重慶建中出版社出版。
	本年	短篇小說集《新中國幼苗的成長》獲教育部文學類獎金。
1945年	1月	當選第三屆國民參政會參政員
		任郵政儲金匯業局（簡稱「郵匯局」）東北籌局委員，返東北長春。
		擔任哈爾濱市政府文化指導委員會主任委員，進行接收工作，後前往北京。
	10月	抗戰結束後，輾轉將十年未見的父親接至北平相聚，母親仍遭扣留於故鄉齊村。
1946年	5月	1 日，辭去《大公報》職務。
		任郵匯局北平分局副經理。
1947年	1月	短篇小說集《春芽》由上海建中出版社出版。
	春	調鄭州郵匯局任經理。
	6月	短篇小說集《新中國幼苗的成長》由上海建中出版社出版。
1948年	2月	調升爲河南鄭州分局經理。

	4月	當選第一屆立法委員。
	6月	與逃出故鄉齊村的母親重逢。
	7月	接任瀋陽郵匯局經理。
	9月	10日，父親陳式銘因血管硬化症病逝。
1949年	1月	8日，因國共內戰，舉家逃離南京。 赴桂林進行桂林分局開設工作。
	8月	12日，以立法委員身分來臺。
	12月	11、13～14日，〈齊如山先生戲劇著述簡介〉連載於《中央日報》第6版。
1950年	3月	1日，「中華文藝獎金委員會」成立，擔任委員，由張道藩任主任委員，發行機關刊物《文藝創作》。
	4月	應雷震邀請，長篇小說〈荻村傳〉連載於《自由中國》第2卷第7期～第3卷第8期，至1950年10月止。
	5月	1日，接受郵匯局資遣，結束長達24年的郵局工作。 4日，中國文藝協會於臺北市中山堂光復廳成立，任常務理事及中國國民黨中國文藝協會黨幹事長；〈爲「五四」請願——並向羅家倫先生請教〉、〈感慨而不悲哀——祝中國文協成立〉分別發表於《中央日報》第3、6版。
	7月	9日，〈論心鬧——從四個青年說起！〉發表於《中央日報》第4、6版。
	8月	21日，擔任中國文藝協會「暑期青年文藝研習會」主任委員。 短篇小說〈協防前後〉發表於《中國一周》第16期。
	9月	7日，〈文藝教育的推廣運動〉發表於《臺灣新生報》第6版。
	10月	28日，〈今後文藝工作重點〉發表於《臺灣新生報》第11版。

30 日，〈介紹齊著《征衣緣》〉（齊如山著）發表於《中央日報》第 8 版。

〈你是幸運的——寄海外甯兒第一信〉發表於《自由青年》革新卷第 2 期。

〈創作，創作，再創作〉發表於《半月文藝》第 2 卷第 1 期。

11 月　與徐鍾珮、趙友培、耿修業、陸韓波成立「重光文藝出版社」，任負責人。

〈光明的碑記——寄海外甯兒第二信〉發表於《自由青年》革新卷第 3 期。

〈臺灣在哪兒？——寄海外甯兒第三信〉發表於《自由青年》革新卷第 5 期。

〈克難曲〉發表於《軍中文摘》第 12 期。

12 月　〈你當了一次 Baby Sister——寄海外甯兒第四信〉發表於《自由青年》革新卷第 7 期。

〈論自由中國文藝創作時期〉發表於《火炬》第 1 期。

1951 年　1 月　15～16 日，〈評介《我在臺北》〉（徐鍾珮著）連載於《中央日報》第 5、6 版。

〈梅訊——寄海外甯兒第五信〉發表於《自由青年》革新卷第 9 期。

〈教堂樓角盲者——寄海外甯兒第六信〉發表於《自由青年》革新卷第 11 期。

與張道藩、王平陵、許君武、李辰冬、趙友培組成中國文藝協會「小說研習組」第一期教務委員會，擔任教務委員及講座講師，對外徵選學員，教授文藝寫作等相關課程。

2 月　〈布種愛國的毛神父——寄海外甯兒第七信〉發表於《自由青年》第 2 卷第 1 期。

〈禮讚太原五百完人〉發表於《軍中文摘》第 18 期。

3 月　〈天涯覓得芳隣女——寄海外甯兒第八信〉發表於《自由青年》第 2 卷第 3 期。

〈遙寄三次被俘者——寄海外甯兒第九信〉發表於《自由青年》第 2 卷第 6 期。

擔任中國文藝協會「小說研習組」教務委員（共二期）與第一期「分組指導」授課教師。

4 月　長篇小說《荻村傳》由臺北重光文藝出版社出版。

〈歌唱我們的陸海空軍——加緊訓練〉發表於《自由青年》第 2 卷第 7 期。

5 月　4 日，〈這一年——祝中國文藝協會成立周年〉發表於《中央日報》第 4 版。

〈論小說創作〉發表於《文藝創作》第 1 期。

〈歌唱我們的陸海空軍——祖國在呼喚〉發表於《自由青年》第 2 卷第 8 期。

〈歌唱我們的陸海空軍——反共怒火高燒鐵幕〉發表於《自由青年》第 2 卷第 9 期。

〈立志做中國南丁格爾——寄海外甯兒第十信〉發表於《自由青年》第 2 卷第 10 期。

6 月　〈祝你戴帽——寄海外甯兒第十一信〉發表於《自由青年》第 3 卷第 1 期。

9 月　24 日，〈喝下這杯醇酒——讀《藍色小夜曲》後〉（鄧禹平著）發表於《中央日報》第 6 版。

〈臺灣心情——寄海外甯兒第十二信〉發表於《自由青年》第 3 卷第 8 期。

與王平陵、林海音、王藍等中國文藝協會成員 20 餘人訪問北部軍隊，與軍中作家舉行座談，為軍中文藝座談之始。

	10月	17 日，〈關於朗誦詩——跋鍾雷著《生命的火花》〉發表於《中央日報》第6版。
		〈兩謁總統談文藝〉發表於《中國一周》第79期。
	11月	11日，〈創作庫藏論〉發表於《中華日報》第6版。
		〈遊美小品評介〉發表於《暢流》第4卷第6期。
	12月	22 日，〈陳香梅《寸草心》讀後〉發表於《中央日報》第 6 版。
		〈不要再怕我脾氣壞了！——寄海外甯兒第十三信〉發表於《自由青年》第4卷第5期。
1952年	1月	4日，〈祖國・榮譽〉發表於《中央日報》第5版。
		〈論發揚人性〉發表於《自由談》第3卷第1期。
		〈一年來自由中國文藝的發展〉發表於《文藝創作》第 9 期。
	2月	6 日，〈《探芳錄》序〉（鄭七珪著）發表於《中央日報》第 6 版。
		擔任中國文藝協會於《公論報》刊出的「文藝評論周刊」編輯，至9月停刊止。
	3月	17 日，出席於高雄市政府會議廳舉辦的中國文藝協會南部分會成立大會，並於會中致詞。
		〈我的建議〉發表於《中國一周》第100期。
	5月	〈文學再革命〉發表於《自由青年》第5卷第8期。
		〈川端橋畔——世界上光明與黑暗往往同在，美麗與庸俗常常並存。〉發表於《軍中文摘》第39期。
		〈幾點語文上的建議〉發表於《中國語文》第1卷第2期。
		〈貓國恩仇記〉發表於《自由談》第3卷第5期。
	6月	24 日，〈《大風雪》的時代與人物〉（孫陵著）發表於《中華日報》第6版。

短篇小說〈有一家〉發表於《文壇》第 1 期。

7 月 2 日，〈《三色堇》讀後感〉（張秀亞著）發表於《中央日報》第 6 版。

〈溽暑寄情〉發表於《自由青年》第 6 卷第 3 期。

8 月 4 日，出席由中國文藝協會在中國廣播公司「自由中國之聲」舉辦的「揭穿共匪文藝整風運動的陰謀」文藝廣播座談會，由張道藩任主持人，與會者有謝冰瑩等十餘人。

27 日，〈《沒有走完的路》〉（師範著）發表於《中央日報》第 6 版。

〈評介《大火炬的愛》〉（朱西甯著）發表於《自由中國》第 7 卷第 3 期。

〈略論現階段文藝運動——黨政方面還需要對文藝運動再加重視〉發表於《火炬》第 2 卷第 1 期。

〈夜聲〉發表於《讀書》第 1 卷第 2 期。

9 月 〈瀚海憶〉發表於《海島文藝》第 3 輯。

10 月 〈總有這麼一天——爲未來國慶預祝〉發表於《自由談》第 3 卷第 10 期。

11 月 〈一年來自由中國的文藝創作〉發表於《文藝創作》第 9 期。

〈季鸞先生和我〉發表於《國風》第 2 期。

12 月 《寄海外甯兒》由臺北重光文藝出版社出版。

〈胡適之先生與文學革命〉發表於《暢流》第 6 卷第 8 期。

〈登高望遠〉發表於《中國一周》第 140 期。

〈「異鄉人」〉發表於《自由談》第 3 卷第 12 期。

1953 年 1 月 3 日，〈關於《寄海外甯兒》〉發表於《中央日報》第 6 版。

15 日，〈送別適之先生〉發表於《中央日報》第 6 版。

〈我是一個失敗的動物園園丁——爲讀書新年之頁作〉發表

於《讀書》第 1 卷第 12 期。

2 月　長篇小說〈赤地〉連載於《暢流》第 7 卷第 3 期，至 1955 年 1 月止。

〈歲首描春〉發表於《文壇》第 4、5 合期。

4 月　7 日，〈論文學作品與報告文學〉發表於《中華日報》第 6 版。

28 日，〈文學再革命的對象〉發表於《中華日報》第 6 版。

擔任中國文藝協會「小說研究組」第二期教務委員及講座講師。

7 月　23 日，〈梁雲坡的畫〉發表於《中央日報》第 6 版。

〈空軍文藝的特質〉發表於《中國一周》第 170 期。

〈橋變〉發表於《國風》第 11 期。

應空軍某文化示範中隊邀請，與王平陵、趙友培、王藍、何容等十幾人前往該部基地，以「怎樣創造空軍文藝」進行文藝座談會。

9 月　〈論自由中國文藝趨勢〉發表於《自由報》第 266 期。

10 月　〈內在的敵人〉發表於《自由中國》第 9 卷第 7 期。

〈論文學創作目的〉發表於《文壇》第 10 期。

11 月　〈臺灣文藝的創作究竟在哪裡？〉連載於《自由報》第 282～283 期。

〈文藝閒筆〉發表於《晨光》第 1 卷第 9 期。

〈國家強弱的秤針〉發表於《中國一周》第 188 期。

12 月　31 日，〈除夕之憶〉發表於《聯合報》第 6 版。

〈文藝閒筆（二）〉發表於《晨光》第 1 卷 10 期。

〈藤蘿〉分別發表於《軍中文摘》第 58 期與《文壇》第 11 期。

本年　〈論新聞事業的人事制度〉發表於《報學》第 1 期。

1954年 1月 14日，〈論《傳記文學》〉發表於《聯合報》第6版。
〈文藝閒筆（三）〉發表於《晨光》第1卷第11期。
〈夢朵〉發表於《自由談》第5卷第1期。
〈文藝怎樣表揚民族文化〉發表於《文藝月報》第1期。

2月 〈文藝閒筆（四）〉發表於《晨光》第1卷第12期。

3月 〈文藝閒筆（五）——要一個話劇劇場〉發表於《晨光》第1卷第13期。

4月 短篇小說《有一家》由臺北文壇社出版。
慶祝中國文藝協會成立四周年，主編《自由中國文藝創作集》、《自由中國文藝評論集》、《海天集》、《耕耘四年》，由臺北中國文藝協會出版。
〈文藝閒筆（六）——論批評〉發表於《晨光》第2卷第2期。

5月 4日，〈中國文藝協會四周年〉發表於《公論報》第3版。
與王平陵、蘇雪林、謝冰瑩、何志浩、王集叢等20人組成「專門研究小組」，推行「文化清潔運動」。

6月 9日，〈豫劇與民間藝術〉發表於《中華日報》第6版。
16日，〈介紹李輝英先生〉發表於《聯合報》第6版。
〈文藝閒筆（七）——記王道明先生〉發表於《晨光》第2卷第4期。

7月 26日，以「某文化人士」名義，於《中央日報》、《新生報》發表對社會的談話，籲請各界推動清除三害：「赤色的毒、黃色的害、黑色的罪」，做爲中國文藝協會推行「文化清潔運動」的第一聲。
〈文藝閒筆（八）〉發表於《晨光》第2卷第5期。

8月 9日，參與文藝界「自由中國各界爲推行文化清潔運動厲行除三害宣言」簽名。

		〈文藝閒筆（九）——讀〈殘荷〉〉發表於《晨光》第 2 卷第 6 期。
		《夢真記》由臺北中央文物供應社出版
		〈國劇學會與國劇陳列館〉發表於《三民主義半月刊》第 32 期。
	9 月	〈為什麼要發起文化清潔運動？〉發表於《自由人》第 367 期。
		〈文清運動觸及的問題〉發表於《自由人》第 371 期。
	10 月	14～16 日，與徐鍾珮、謝冰瑩、劉枋、李辰冬、趙友培等 20 人組成「中國文藝協會軍中訪問團」，赴南部三軍基地參觀訪問，期間出席多次文藝廣播座談及文藝座談會。
		短篇小說集《藍天》由臺北中央文物供應社出版。
		〈文藝閒筆（九）——次文化考驗〉發表於《晨光》第 2 卷第 8 期。
	11 月	〈文藝閒筆（十）——木皮散客鼓詞（上）〉發表於《晨光》第 2 卷第 9 期。
		長篇小說《荻村傳》由臺北重光文藝出版社再版。
	12 月	〈文藝閒筆（十一）——木皮散客鼓詞（下）〉發表於《晨光》第 2 卷第 10 期。
1955 年	1 月	31 日，〈一部連環圖畫——評《地獄天堂》〉發表於《中央日報》第 6 版。
		〈劉著《顏習齋學傳》評述〉（劉錫五著）發表於《晨光》第 2 卷第 11 期。
	2 月	〈文藝閒筆——我與顏習齋的故居〉發表於《晨光》第 2 卷第 12 期。
		長篇小說《荻村傳》由臺北重光文藝出版社再版。
	3 月	〈客問〉發表於《晨光》第 3 卷第 1 期。

4月 〈「女畫家」與《春風吹綠湖邊草》〉（叢靜文著）發表於《晨光》第3卷第2期。
〈戰鬥是「戈矛」不是「皇冠」——「戰鬥文藝漫談」〉發表於《文壇》第26期。
5月 19日，〈〈音容劫〉創作簡要經過〉發表於《中央日報》第6版。
30日，〈《赤地》的取材和寫作〉發表於《中央日報》第6版。
〈泛論五四及新文藝運動〉發表於《文藝創作》第49期。
〈祝賀文協會員工作成績展覽會〉發表於《晨光》第3卷第3期。
6月 25日，〈從胡風事件說起〉發表於《中央日報》第3版。
長篇小說《赤地》由臺北文友出版社出版。
〈《赤地》創作種種——（一）我怎樣蒐集資料〉連載於《晨光》第3卷第4～5期，至7月止。
8月 〈要不得的贈書風氣〉發表於《晨光》第3卷第6期。
9月 〈胡風事件簡介〉發表於《晨光》第3卷第7期。
10月 〈暑日雜感〉發表於《晨光》第3卷第8期。
11月 〈穆穆、文壇、戰鬥文藝叢書〉發表於《晨光》第3卷第9期。
12月 20日，〈祝齊如山先生壽言〉發表於《中央日報》第3版。
短篇小說〈音容劫〉由文泉改編爲同名劇本《音容劫》，由臺北重光文藝出版社出版。
〈時間的教訓〉發表於發表於《晨光》第3卷第10期。
長篇小說〈賈雲兒前傳〉連載於《海風》第1卷第1期～第2卷第6期，至1957年6月止。
1956年 1月 《文藝新史程》由臺北改造出版社出版。

〈詩人紀弦和詩刊‧陳暉與今日文叢〉發表於《晨光》第 3 卷第 11 期。

2 月　19 日，〈劇運的新里程碑〉發表於《中央日報》第 2 版。

〈冬青樹賞植記〉發表於《晨光》第 3 卷第 12 期。

〈序何志浩先生詩〉發表於《海風》第 1 卷第 3 期。

3 月　〈蕭軍還活著——由《八月的鄉村》到《五月的礦山》〉發表於《晨光》第 4 卷第 1 期。

4 月　1 日，〈從文學創作論《碧海同舟》〉（鍾雷著）發表於《中央日報》第 6 版。

〈觀眾的合作與需要〉發表於《晨光》第 4 卷第 2 期。

〈泛論創作與自修〉發表於《革命文藝》第 1 期。

5 月　4 日，〈自由與奴役的對照——爲紀念中國文藝協會六周年作〉。

〈海外文藝運動的方向〉發表於《晨光》第 4 卷第 3 期。

〈文藝節勉女作家〉發表於《婦友月刊》第 20 期。

6 月　〈論當前文學寫作與欣賞——（一）性感滲透文學〉發表於《晨光》第 4 卷第 4 期。

7 月　27 日，〈成功一半——《二城復國》公演觀後〉

〈論文學作品的欣賞——（二）同情心的重要〉發表於《晨光》第 4 卷第 5 期。

8 月　〈反色情運動的展開〉發表於《晨光》第 4 卷第 6 期。

9 月　〈茉莉花江畔〉發表於《晨光》第 4 卷第 7 期。

10 月　〈〈音容劫〉小說、劇本與演出〉發表於《政論周刊》第 93 期。

〈從兩篇童話論前途〉發表於《晨光》第 4 卷第 8 期。

〈復興〉發表於《革命文藝》第 7 期。

11 月　10 日，〈中國戲劇與文學關係〉發表於《中央日報》第 6

版。

〈從最近文藝批評論創作〉發表於《晨光》第4卷第9期。

12月　〈關山行·還我河山與絳帳千秋〉發表於《晨光》第4卷第10期。

1957年　1月　〈八卦山記遊〉發表於《晨光》第4卷第11期。

2月　〈遊美人鄉關子嶺〉發表於《晨光》第4卷第12期。

3月　3日，長篇小說〈華夏八年〉開始連載於《香港時報》，至1958年10月7日止。

12日，〈張季鸞與中國報業〉發表於《中央日報》第11版。

〈《毛振翔傳》評介〉（范韻詩著）發表於《暢流》第15卷第11期。

〈屏東、恆春、四重溪〉發表於《晨光》第5卷第1期。

〈新認識與新要求〉發表於《筆匯》創刊號。

4月　〈南遊雜記〉發表於《晨光》第5卷第2期。

〈我們有什麼面子？〉發表於《筆匯》第3號。

5月　〈一峰遊記序〉發表於《晨光》第5卷第3期。

6月　〈接待師大家政系師生記〉連載於《晨光》第5卷第4～5期，至7月止。

7月　〈總統新著讀後感〉發表於《中國一周》第376期。

8月　〈追思胡政之〉連載於《自由報》第676～678期，至9月止。

〈憶安平〉發表於《晨光》第5卷第6期。

9月　9日，〈陳紀瀅《報人張季鸞》序〉發表於《自由報》第679期。

《報人張季鸞》分別由臺北文友出版社、臺北重光文藝出版社出版。

〈太平山大元山記遊〉連載於《晨光》第5卷第7～8期，至

		10 月止。
	11 月	〈遙寄姚雪垠〉發表於《晨光》第 5 卷第 9 期。
	12 月	1 日，〈看臺語片，說老實話論臺語片的前途〉發表於《中國時報》第 5 版。
		長篇小說《賈雲兒前傳》由臺北重光文藝出版社出版。
		〈論臺語影片〉發表於《晨光》第 5 卷第 10 期。
1958 年	1 月	16 日，〈繪畫攝影——集錦的前提〉發表於《中央日報》第 6 版。
		〈迎送韓國文化親善訪問團〉發表於《晨光》第 5 卷第 11 期。
		〈歲首獻詩〉發表於《海風》第 3 卷第 1 期。
		〈文章之累〉發表於《人間世》第 2 卷第 1 期。
	2 月	〈向讀者傾訴心情〉發表於《晨光》第 5 卷第 12 期。
	3 月	〈漫談國劇〉發表於《晨光》第 5 卷第 13 期。
	4 月	〈迎賀胡適之先生歸國就職〉發表於《暢流》第 17 卷第 5 期。
		〈施耐庵〉發表於《中國文學史論集》第 3 期。
		〈關於讀書風氣〉發表於《晨光》第 5 卷第 14 期。
	5 月	4 日，〈創作自由與自由創作——為紀念四十七年文藝節作〉發表於《中央日報》第 2 版。
		8 日，〈大有迴旋餘地的于右老〉發表於《中國時報》第 5 版。
		〈「五四運動」對大陸青年的新影響〉發表於《自由青年》第 19 卷第 9 期。
		〈哀大陸文藝工作者〉連載於《晨光》第 5 卷第 15～16 期，至 6 月止。
	6 月	〈《藍與黑》的人物說話研究〉（王藍著）發表於《晨光》第

6卷第4期。

短篇小說〈檢場〉發表於《文壇》季刊第2號。

7月 〈風雨憶故人〉發表於《中國一周》第430期。

〈關於文藝政策與輔導問題的我見〉發表於《晨光》第6卷第5期。

應空軍作戰司令部邀請，與王藍等人以軍中文藝之戰鬥進行文藝座談會。

8月 〈話劇四十年〉發表於《文學世界》第20期。

〈語言與小說〉發表於《中國語文》第3卷第2期。

〈文協有了新會所〉發表於《晨光》第6卷第6期。

9月 22日，擔任中國文藝協會爲推行文藝教育所舉辦的「文藝研習部」主任及教務委員，開設文學、音樂、美術、影劇相關課程及座談會，至1959年1月結業止。

10月 〈中國的小說〉發表於《中國一周》第443期。

〈文藝研習部的創立〉發表於《晨光》第6卷第8期。

11月 〈文藝閒筆〉發表於《晨光》第6卷第9期。

12月 14～17日，與李辰冬、王藍、朱介凡、鍾雷、童世璋等17人組成「中國文藝協會前線訪問團」，以團長身分率領訪問團赴金門、澎湖一帶參訪，期間除進行多場文藝座談，並於會後集結、主編團員作品爲《井與燈》。

21～22日，〈迎戰第二回合前夕訪金門〉連載於《中央日報》第2版。

〈無自由的榜樣——爲巴斯特納克事件向大陸文藝界廣播詞〉發表於《晨光》第6卷第10期。

1959年 1月 〈金澎紀行——「千金」「太保」戰地行〉發表於《晨光》第6卷第11期。

2月 〈《國父年譜》初編出版〉（羅家倫編）發表於《晨光》第6

卷第 12 期。

〈文協同人金門訪問專集前記〉、〈金玉雙燈記〉發表於《革命文藝》第 35 期。

3 月　〈戲劇節後應努力的方向〉發表於《晨光》第 7 卷第 1 期。

4 月　〈文藝閒筆〉發表於《晨光》第 7 卷第 2 期。

5 月　3 日，〈文學與電影〉發表於《中央日報》第 2 版。

主編《井與燈》，由臺北中國文藝協會出版。該書爲 1958 年 12 月擔任團長率領中國文藝協會訪問團赴金門作品集。

〈中國文藝協會九周年〉發表於《晨光》第 7 卷第 3 期。

〈她竟去了？〉發表於《文壇》季刊第 4 號。

6 月　〈綠洲春色〉發表於《晨光》第 7 卷第 4 期。

7 月　12 日，與羅家倫代表中華民國筆會參加第 30 屆國際筆會年會，至 9 月返，歸國後完成「歐遊剪影」系列文章。

〈中國電影的方向〉發表於《晨光》第 7 卷第 5 期。

9 月　7 日，〈國際筆會年會追紀——歐遊隨影之一〉發表於《中央日報》第 5 版。

8 日，〈匈牙利筆會會籍案——歐遊剪影之二〉發表於《中央日報》第 5 版。

9～10 日，〈科學時代的想像文學——歐遊剪影之三〉連載於《中央日報》第 5 版。

12 日，〈筆會形形色色——歐遊剪影之四〉發表於《中央日報》第 3 版。

13 日，〈招待會繽紛錄——歐遊剪影之五〉發表於《中央日報》第 3 版。

14 日，〈禮數與鋪路——歐遊剪影之六〉發表於《中央日報》第 3 版。

15～16 日，〈萊茵河上——歐遊剪影之七〉發表於《中央日報》第 3 版。

17 日，〈訪歌德故居與悲多芬之家——歐遊剪影之八〉發表於《中央日報》第 3 版。

18～19 日，〈科侖、高德斯堡與波昂——歐遊剪影之九〉發表於《中央日報》第 3 版。

20 日，〈記余建勛教授——歐遊剪影之十〉發表於《中央日報》第 3 版。

21、23 日，〈今日克虜伯——歐遊剪影之十一〉發表於《中央日報》第 3 版。

24 日，〈由杜塞爾道夫到明興——歐遊剪影之十二〉發表於《中央日報》第 3 版。

25 日，〈夜訪慕尼黑酒店——歐遊剪影之十三〉發表於《中央日報》第 3 版。

26～27 日，〈伊薩爾河畔——歐遊剪影之十四〉連載於《中央日報》第 3 版。

29 日，〈三頓飯的故事——歐遊剪影之十五〉發表於《中央日報》第 3 版。

30 日、10 月 1 日，〈巴黎閒話——歐遊剪影之十六〉分別連載於《中央日報》第 3、5 版。

〈科學時代的想像文學〉發表於《筆匯》第 43 號。

10 月　2 日，〈塞納河邊風景線——歐遊剪影之十七〉發表於《中央日報》第 3 版。

6～7 日，〈古老倫敦——歐遊剪影之十八〉連載於《中央日報》第 3 版。

9 日，〈我對《蕩婦與聖女》的觀感〉發表於《中央日報》第 8 版。

8、12、14 日，〈酒宴之間——歐遊剪影之十九〉連載於《中央日報》第 3 版。

15 日，〈洛桑——伊甸園——歐遊剪影之二十〉發表於《中央日報》第 3 版。

16 日，〈日內瓦嘉年會——歐遊剪影之二十一〉發表於《中央日報》第 3 版。

17、19～20 日，〈藍夢湖與茫白浪——歐遊剪影之二十二〉連載於《中央日報》第 3 版。

22 日、11 月 2～4 日，〈羅馬獵奇——歐遊剪影之廿三〉連載於《中央日報》第 3 版。

〈走馬歐洲〉發表於《文星》第 24 期。

〈我們所乘的飛機〉發表於《晨光》第 7 卷第 8 期。

11 月 13 日，〈拜倫、濟慈、雪萊〉——歐遊剪影之廿四〉發表於《中央日報》第 3 版。

14～17 日，〈教皇若望二十三世謁見記——歐遊剪影之廿五〉連載於《中央日報》第 3 版。

19～24 日，〈羅馬歌劇——歐遊剪影之廿六〉連載於《中央日報》第 3 版。

〈出租汽車與其他〉發表於《晨光》第 7 卷第 9 期。

12 月 11 日，〈重視文學翻譯工作——《赤地》英文本出版經過〉發表於《中央日報》第 7 版。

16 日，〈淺談散文——論言曦先生的短論〉發表於《中央日報》第 5 版。

〈歐洲旅館概況——歐遊剪影〉連載於《晨光》第 7 卷第 10～11 期，至 1960 年 1 月止。

本年 長篇小說《荻村傳》英文版（*Fool in the Reeds*）由香港 Rainbow Press 出版。（張愛玲譯）

1960 年 2 月 母親董書詒病逝。

《歐遊剪影》由臺北中央日報社出版。

〈迎接新的時代！〉發表於《自由青年》第23卷第3期。

〈巴黎蠟人館參觀記——歐遊剪影〉發表於《晨光》第7卷第12期。

〈涂莎德夫人蠟人館參觀記〉發表於《婦友月刊》第65期。

3月 〈歐遊剪影——倫敦郵政總局參觀記〉發表於《晨光》第7卷第13期。

4月 7日，〈《歐遊剪影》前記〉發表於《中央日報》第5版。

〈《每日電訊報》參觀記〉發表於《晨光》第8卷第2期。

5月 4日，〈十年文藝工作透視〉發表於《中央日報》第5版。

長篇小說《華夏八年》由臺北文友出版社出版。

〈關於《歐遊剪影》——關於這本書〉發表於《晨光》第8卷第3期。

〈請以我為戒〉發表於《文壇》季刊第6號。

出席於瑞士柯峰舉辦的「世界道德重整大會」，歸國後完成《在柯峯》。

6月 11～14日，〈《華夏八年》自白〉連載於《中央日報》第7版。

〈十年結帳〉發表於《晨光》第8卷第4期。

7月 30日，〈《四海遊踪》評介〉（郝遇林著）發表於《中央日報》第7版。

〈陳白秋的畫〉發表於《中國一周》第532期。

〈高尚艱辛的歷程——中國小姐評選記〉連載於《晨光》第8卷第5～6期，至8月止。

8月 長篇小說《赤地》由臺北重光文藝出版社出版。

9月 〈《華夏八年》答客問〉發表於《晨光》第8卷第7期。

〈漫論方言與文學〉發表於《中國語文》第7卷第3期。

擔任中國文藝協會文藝研究班主持人，教授小說理論與寫作實習，至12月因經費不足而停辦。

10月 14日，〈從小說到電影——《音容劫》影片的誕生〉發表於《中央日報》第8版。

20日，短篇小說〈音容劫〉改編爲同名電影上映，由丁衣、王大川編劇；宗由導演。

〈關於《五十年來中國文藝史》〉發表於《晨光》第8卷第8期。

短篇小說〈拿騷述情〉發表於《文壇》季刊第8號。

11月 14日，〈《華夏八年》自序〉發表於《中央日報》第5版。

〈《音容劫》影片的曲折誕生〉發表於《晨光》第8卷第9期。

12月 〈淺註文化諮詢案〉發表於《晨光》第8卷第10期。

1961年 1月 15日，〈囂俄與《狄四娘》〉發表於《中央日報》第8版。

〈童年憶——憶前小語・一、我的家世〉發表於《晨光》第8卷第11期。

2月 12日，獲「四十九年度文藝獎金文學類」。

〈童年憶——二、過年樂〉發表於《晨光》第8卷第12期。

3月 〈童年憶——三、我的祖母〉連載於《晨光》第9卷第1～2期。

4月 〈悼賢寧之死〉發表於《文藝生活》》第2期。

5月 4日，〈論近代文藝的趨勢〉發表於《中央日報》第4版。

27日，〈寂寞、創作的源泉！——評介王文漪女士著《花棚下》〉發表於《中央日報》第6版。

長篇小說《華夏八年》由鍾雷改編爲同名劇本，由臺北中央文物供應社出版。

〈童年憶——四、永難忘懷的六姑〉連載於《晨光》第9卷第3～4期，至6月止。

〈不必擔心——作者應有反抗讀者趣味的勇氣〉發表於《文壇》第11號。

	6月	〈論武俠小說〉發表於《中國語文》第8卷第6期。
		〈論近代文藝趨勢〉發表於《中國一周》第581期。
	9月	〈柯峰四次講話記〉發表於《晨光》第9卷第7期。
	10月	〈紀讓奮戰僞領館——記去年僞國慶在日內瓦所發生的一段事實〉發表於《晨光》第9卷第8期。
	11月	〈關於文藝輔導機構〉發表於《自由報》第183期。
		〈在柯峯〉連載於《晨光》第9卷第9～11期，至隔年一月止。
	本年	訪問美國七個月（時間待查），並據此訪問行程完成十本美國相關專著。
1962年	2月	《在柯峯》由臺北重光文藝出版社出版。
	3月	19日，〈國劇的學術化〉發表於《中國一周》第621期。
		妻子李蕙蘭病逝於美國。
		〈從華盛頓到波士頓〉發表於《文壇》第21期。
	4月	〈不幸的遭遇——謹以此文敬抒悼念亡妻李蕙蘭女士的無限哀思〉發表於《文壇》第22期。
	6月	〈從布盧明頓到羅安琪〉發表於《文壇》第24期。
	7月	〈渺無一人・茫茫一片！——敬煩中南兄代致《文壇》讀者第五信〉發表於《文壇》第25期。
	9月	〈訪問日本老作家武者小路實篤先生〉發表於《傳記文學》第4期。
	10月	10日，〈從拆大廟到天安門遊行——半世紀金色年代述往〉發表於《中國時報》第9版。
		〈日本走馬〉連載於《晨光》第10卷第8期～第11卷第12

期，至 1964 年 2 月止。

11 月 〈沃農山莊之旅〉發表於《自由談》第 13 卷第 11 期。

本年 出席國際筆會於菲律賓馬尼拉召開的第一屆亞洲作家會議。

1963 年 1 月 6～8 日、10～16 日，〈亞洲作家會議紀實〉連載於《大華晚報》第 1 版。

〈啓示與鼓勵〉發表於《自由談》第 14 卷第 1 期。

3 月 18 日，〈如山先生周年祭〉發表於《中央日報》第 6 版。

〈遙望佛州——敬悼亡妻李蕙蘭女士逝世周年〉分別發表於《中國一周》第 674 期與《文壇》第 33 號。

〈我的五叔〉發表於《晨光》第 12 卷第 1 期。

4 月 12～19 日，〈以一日爲例〉連載於《徵信新聞報》第 8 版。

〈齊如山先生的家世與幼年〉發表於《傳記文學》第 11 期。

〈遺恨終生的六叔〉發表於《晨光》第 12 卷第 2 期。

5 月 5 日，〈文學創作的三股潮流——逆流、協流與下流〉發表於《中央日報》第 2 版。

〈齊如山先生的戲劇研究與中年〉發表於《傳記文學》第 12 期。

〈大學文學課程之研究〉發表於《文壇》第 35 期。

〈一面既光又暗的鏡子——記我的九叔一生〉連載於《晨光》第 12 卷第 3～5 期，至 7 月止。

6 月 〈齊如山先生著述與晚年〉發表於《傳記文學》第 13 期。

7 月 〈四十年來語文進步了多少？〉發表於《中國語文》第 13 卷第 1 期。

〈日本的雜誌界〉發表於《中國一周》第 691 期。

8 月 〈謝雹神唱戲〉連載於《晨光》第 12 卷第 6～8 期，至 10 月止。

11 月 〈悼子豪〉發表於《文壇》第 41 期。

〈藥王廟〉連載於《晨光》第 12 卷第 9～11 期，至 1964 年 1 月止。

1964 年 1 月 〈一本書的醞釀——《美國訪問》內容一斑〉發表於《自由談》第 15 卷第 1 期。

3 月 15 日，與汪綏英於臺北懷恩堂結婚。

〈論讀者作者與批評家的關係〉發表於《婦友月刊》第 114 期。

4 月 〈富勒摭莎士比亞圖書館〉發表於《文壇》第 46 期。

5 月 4 日，〈文藝節十願〉發表於《聯合報》第 7 版；〈文藝的倡導與培養——紀念五四文藝節〉發表於《中央日報》第 4 版。

12 月 《《讀者文摘》是怎樣辦起來的？》、《時代雜誌四十年》由臺北重光文藝出版社出版。

本年 出席國際筆會於泰國曼谷召開的第二屆亞洲作家會議。

1965 年 2 月 〈泰國總理他農主持揭幕式——曼谷第二次亞洲作家會議記實之一〉發表於《晨光》第 12 卷第 12 期。

〈國際筆會與兩次亞洲作家會議〉發表於《傳記文學》第 38 期。

3 月 〈泰皇拉瑪九世御花園招待會——第二次亞洲作家會議紀實之二〉發表於《晨光》第 13 卷第 1 期。

4 月 《美國訪問》由臺北重光文藝出版社出版。

〈亞洲思想與世界瞭解——第二次亞洲作家會議紀實之三〉發表於《晨光》第 13 卷第 2 期。

〈忙碌生活〉發表於《婦友月刊》第 127 期。

〈歉疚與愉悅〉發表於《文壇》第 58 期。

5 月 4 日，〈開闢環境創造機會——配合國軍文藝運動應做的幾樁事〉發表於《中央日報》第 6 版。

年	月	事項
		28 日，〈我對推行新文藝運動之意見〉發表於《青年戰士報》第 2 版。
		〈語詞創造——第二次亞洲作家會議紀實之四〉發表於《晨光》第 13 卷第 3 期。
	6 月	〈齊如老與梅蘭芳〉連載於《傳記文學》第 37 期～第 48 期，至 1966 年 5 月止。
		〈亞洲作品與中國小說——曼谷第二次亞洲作家紀實之五〉發表於《晨光》第 13 卷第 4 期。
	7 月	《常春藤盟校及其他（美國的學校）》、《美國的新聞事業》由臺北重光文藝出版社出版。
		〈湄南河上——曼谷第二次亞洲作家會議紀實末篇〉發表於《晨光》第 13 卷第 3 期。
	10 月	《美國的圖書館》由臺北重光文藝出版社出版。
		〈急需創辦中國語文訓練中心〉發表於《中國語文》第 17 卷第 4 期。
		〈《天地悠悠》序二〉（葉蘋著）發表於《文壇》第 64 期。
	11 月	《美國的博物館與陳列館》由臺北重光文藝出版社出版。
	12 月	〈百年來中國文藝的發展〉發表於《建設》第 14 卷第 6 期。
		〈論通俗小說的範型與技巧〉發表於《幼獅文藝》第 144 期。
	本年	訪問琉球，歸國後完成《瞭解琉球》。
1966 年	1 月	1 日，〈抹乾了眼淚後的一絲微笑——以一年工作慶賀元旦〉發表於《中國時報》第 6 版。
		〈我家阿美〉發表於《婦友月刊》第 136 期。
		〈美國的博物館與陳列館〉發表於《自由談》第 17 卷第 1 期。
	2 月	20 日，〈論副刊〉發表於《中華日報》第 6 版。

	3月	21 日，〈張君惠女士的插花藝術〉發表於《中國時報》第 7 版。
	6月	24 日，〈我看《故鄉劫》〉發表於《中央日報》第 6 版。
	7月	11 日，〈毛共爲什麼清算「三十年代文藝」〉發表於《中華日報》第 2 版。 〈我所知道的張道藩先生——以近四十年的文藝積累爲張氏壽〉與中篇小說〈故退〉發表於《文壇》第 73 期。 〈守禮之邦紀行〉發表於《自由談》第 17 卷第 7 期。
	8月	〈從消極變爲積極——以鼓勵代替限制〉發表於《自由談》第 17 卷第 8 期。
	10月	10 日，〈簡介陳吳畫展〉發表於《中央日報》第 9 版。
	12月	〈願《自由談》與豪老大名同垂不朽——謹悼老友趙君豪兄〉發表於《自由談》第 17 卷第 12 期。
1967年	1月	《齊如老與梅蘭芳》由臺北傳記文學出版社出版。
	2月	〈狄斯耐樂園小史與記遊〉發表於《自由談》第 18 卷第 2 期。
	3月	3 日，〈永在人間的大畫家梁鼎銘先生〉發表於《中央日報》第 6 版。 「臺灣省電影製片場」爲響應「中華文化復興運動」，開始於國軍文藝中心演出話劇《音容劫》。
	6月	《瞭解琉球》由臺北臺灣商務印書館出版。
	7月	30 日～8 月 5 日，出席於西非象牙海岸阿比尚舉行的第 35 屆國際筆會大會，會後遊覽西班牙及歐洲國家，歸國後完成《西班牙一瞥》、《西德小駐》。 《報人張季鸞》由臺北重光文藝出版社出版。
	12月	〈陳雋甫吳詠春伉儷在美舉行國畫展覽〉發表於《中國一周》第 920 期。

1968年　2月　〈春節給人間帶來喜悅與更新——簡記華北農村過年實況〉發表於《自由談》第19卷第12期。

3月　〈國際筆會第三十五屆大會記〉發表於《傳記文學》第70期。

4月　〈歐洲旋風——寂寞的歐洲〉發表於《自由談》第19卷第4期。

5月　〈敬悼莫柳老〉發表於《傳記文學》第72期。

〈歐洲旋風——世外桃源西班牙〉連載於《自由談》第19卷第5～6期，至6月止。

7月　〈敬悼文藝鬥士張道藩先生〉分別發表於《文壇》第97期與《傳記文學》第74期。

〈歐洲旋風——墮落的山谷與歐利多〉發表於《自由談》第19卷第7期。

8月　〈西班牙鬥牛目覩記〉發表於《自由談》第19卷第8期。

9月　〈西班牙紀要〉發表於《自由談》第19卷第9期。

10月　〈歐洲旋風——西班牙社會民俗與政治〉發表於《自由談》第19卷第10期。

11月　〈歐洲旋風——西班牙外交與教育〉發表於《自由談》第19卷第11期。

12月　30日～1969年1月4日，〈評介劉階平編《清初鼓詞俚曲選》——並論中國通俗文學的危機〉連載於《大華晚報》第3版。

〈西班牙的文化、科學、經濟與未來——文化與科學〉發表於《自由談》第19卷第12期。

1969年　1月　〈前代金蘭後輩友——宋殿選先生及宋陳兩代交誼續拾記〉發表於《傳記文學》第80期。

〈比利時一周散記〉發表於《自由談》第20卷第1期。

2月　〈幾個不同地區春節景況素描〉、〈憶舊盼新〉發表於《中央月刊》第1卷第4期。

3月　27日，〈宋宇女士畫展簡介〉發表於《中央日報》第9版。

4月　27日，於臺北學苑舉辦的「四月份青年學術講座」以「當前文藝成果的檢討」爲題進行演講。

5月　〈當前文藝成果泛論〉發表於《中央月刊》第1卷第7期。

6月　《第一、二次亞洲作家會議概況及國際筆會第三十五屆大會記事》由臺北重光文藝出版社出版。

7月　《新疆鳥瞰》由臺北臺灣商務印書館出版

〈豫劇展望——地方戲的新里程碑〉發表於《中原文獻》第1卷第5期。

〈高陽、齊如山書札及淺註〉發表於《傳記文學》第87期。

8月　〈美國圖書館與中國圖書收藏〉發表於《傳記文學》第87期。

11月　《西德小駐》由臺北重光文藝出版社出版。

12月　12日，〈求新求行・從事創作倡導革命的新文藝〉發表於《青年戰士報》第6版。

《西班牙一瞥》由臺北臺灣商務印書館出版。

《歐洲眺望》由臺北重光文藝出版社出版。

《白霜湧路》由臺北傳記文學出版社出版。

〈奧伯拉摩皞的宗教劇〉發表於《傳記文學》第91期。

1970年　1月　30日～2月20日，〈劉階平《蒲留仙傳》釋論〉連載於《大華晚報》第7版。

〈「想」家病〉發表於《婦友月刊》第184期。

2月　〈談國內文藝獎〉發表於《文藝》第8期。

〈羅家倫先生與中華民國筆會〉發表於《傳記文學》第94期。

	3月	16 日，〈七十年代中國文學的展望——《文藝月刊》小說作家座談會〉發表於《青年戰士報》第7版。
	5月	15 日，〈《紫藤花下》新版贅言〉（張奚麗著）發表於《中央日報》第9版。
	6月	7 日，〈第三屆亞洲作家會議的意義〉發表於《中央日報》第2版。 16～19 日，出席中華民國筆會於臺北舉辦的國際筆會第三屆亞洲作家會議。 29 日，出席於韓國漢城（今首爾）舉辦的第 37 屆國際筆會大會。 〈陳通伯先生一生的貢獻〉發表於《傳記文學》第97期。
	8月	23 日，〈非善意的幽默在蘇俄〉發表於《中央日報》第 9 版。 〈國際筆會第三十七屆大會記〉連載於《傳記文學》第 99～100期，至9月止。
	11月	〈仰之彌高〉發表於《中央月刊》第3卷第1期。
	本年	長篇小說〈荻村傳〉英譯版發表於《英語月刊》（英千里譯），該譯版後未出版。
1971年	1月	1～3 日，〈六十年來我國文藝思潮的演變〉連載於《中華日報》第12版。
	3月	7～8日，〈我的母親〉連載於《中央日報》第10版。 〈文藝圈四十年〉連載於《中華文藝》第1卷第1～6期、第2卷第1期，至9月止。
	4月	〈憶南山〉發表於《傳記文學》第107期。
	7月	8 日，〈精神與力量的匯合——記文友雅集盛會〉發表於《中華日報》第9版。 〈論文藝批評〉發表於《文壇》第133期。

	8月	〈憶迪化——從三度天山談到與盛世才會晤經過〉發表於《傳記文學》第111期。
	9月	〈僞滿建國周年祕密採訪記〉連載於《傳記文學》第112～113期，至10月止。
	11月	〈第三十八屆國際筆會大會記——並祝國際筆會成立五十周年〉連載於《傳記文學》第114～115期，至12月止。 〈愛爾蘭國際筆會大會現況〉發表於《文壇》第137期。
	12月	〈在一片陰霾下望光明的前途〉發表於《文壇》第138期。
	本年	出席於愛爾蘭都柏林舉辦的第38屆國際筆會大會。
1972年	2月	6日，〈悼費德林〉發表於《中央日報》第9版。
	3月	7日，〈辨交代——「世系表」與「事略」〉發表於《聯合報》第9版。 〈在國際逆流中第四度訪美〉發表於《傳記文學》第118期。
	4月	24日，〈爲「數典忘父」註解〉發表於《中央日報》第9版。 25～26日，〈中國文學系課程的革新〉連載於《中華日報》第9版。
	5月	〈豫劇展望——地方劇的新里程碑〉發表於《中原文獻》第4卷第5期。
	6月	〈中國文學系課程的革新〉發表於《文壇》第144期。
	7月	10日，〈喜見華副倡導文藝批評風氣〉發表於《中華日報》第9版。
	9月	〈一代論宗哀榮餘墨——敬悼張季鸞先生逝世三十一周年〉連載於《傳記文學》第124～125期，至10月止。
	10月	16日，〈《西伯利亞問題論戰》序〉（趙尺子編）發表於《中央日報》第9版。

〈論日本作家〉發表於《暢流》第46卷第5期。

11月　〈三部重要歷史書籍評介——蔣君璋著：《臺灣歷史概要》、《戰國風雲人物》與《漢初風雲人物》〉發表於《傳記文學》第126期。

12月　主編《六十年代小說選》、《六十年代散文選》由臺北正中書局出版。

〈悼念一位忠厚長者〉發表於《傳記文學》第127期。

本年　《從許多小事看美國》由臺北教育部文化局出版。

1973年　1月　2日，〈英譯《白蛇傳》試聽記〉發表於《聯合報》第12版。

17日～6月16日，〈胡政之與《大公報》〉連載於《中華日報》第9版。

2月　12、19日，〈讀《縣志記》〉連載於《大華晚報》第10版。

〈如何在外交頓挫中光榮挺立〉發表於《海外文摘》第229期。

25日，〈春節三日遊——對於旅遊事業的不同感觸〉發表於《中央日報》第9版。

4月　〈大學文學教育論戰以後〉發表於《文壇》第154期。

〈中國文化與兒童文學的關係〉發表於《中國語文》第32卷第4期。

5月　〈三十年代中國文壇回顧與毛共迫害作家的事實〉連載於《傳記文學》第132～133期，至6月止。

7月　12日，〈《大風雪》序〉（孫陵著）發表於《中央日報》第9版。

13日，擔任中國文藝協會暑期活動「文藝創作經驗研習會」主任。

	8月	14 日，〈我看當代中國劇作家論〉發表於《中國時報》第 18 版。
		29 日～9 月 2 日，〈侯榕生迷途知返〉連載於《中華日報》第 9 版。
	10月	〈詞彙的產生與使用〉發表於《中國語文》第 33 卷第 5 期。
	11月	〈中韓文化加強合作之必要〉發表於《華學月刊》第 23 期。
	12月	〈重慶時代的《大公報》〉發表於《傳記文學》第 139 期。
	本年	「三十年代中國作家」系列文章日譯版連載於東京《問題與研究》，至 1976 年止。（藤井彰治日譯）
1974年	1月	〈汪兆銘叛國與《大公報》建言〉連載於《傳記文學》第 140～142 期，至 3 月止。
	2月	6～7 日，〈小說創作新趨向〉發表於《青年戰士報》第 7 版。
	3月	〈《有情歲月》上場引——我寫作這個長篇的時代與心理背景〉發表於《文壇》第 165 期。
	4月	〈重慶大轟炸〉連載於《傳記文學》第 143～144 期，至 5 月止。
		長篇小說〈有情歲月〉連載於《文壇》第 166～174、180～185 期，至 1975 年 11 月止。
	6月	4 日，率領「全國文藝界馬祖戰地致敬團」前往馬祖北竿慰勞官兵。
		30 日，〈爲企業家預謀——高速公路參觀後〉發表於《中央日報》第 10 版。
		口述〈小說創作新趨勢〉由魯岱整理發表於《新文藝》第 219 期。
		〈幾股安定人心的力量〉發表於《傳記文學》第 145 期。
	7月	〈副刊作者、稿源與處理態度〉發表於《傳記文學》第 146

期。

8月　17 日，〈皇甫翼《陋巷春曉》序〉發表於《臺灣新生報》第10版。

〈記徐繼莊〉發表於《傳記文學》第147期。

9月　〈憶阿拉木圖〉連載於《傳記文學》第 148～149，151 期，至12月止。

10月　6 日，應東京新国民出版社邀請赴日，出席於 8 日舉辦的《荻村の人びと——動乱中国の渦巻》出版紀念會。

11 日，〈半世紀以來中國文壇與日本文學〉發表於《中央日報》第12版。

13 日，於大阪舉辦的「大阪學術演講會」以「半世紀以來中國文壇與日本文學」爲題進行演說。

長篇小說《荻村傳》日文版（《荻村の人びと——動乱中国の渦巻》）由東京新国民出版社出版。（藤晴光譯）

11月　12～21 日，因應國父誕辰及中華文化復興節，長篇小說《華夏八年》由「中國廣播公司」改編爲同名廣播劇播出。

18～19 日，〈《荻村傳》英、日文本出版經過〉連載於《聯合報》第12版。

12月　《胡政之與大公報》由香港掌故月刊社出版。

赴以色列耶路撒冷參加第39屆國際筆會大會。

1975年　1月　自以色列轉赴義大利、荷蘭、瑞典等國，14 日赴美國至 3 月9日返臺，後完成《寂寞的旅程》。

〈從札幌到旭川——訪晤《冰點》作者三浦綾子女士記〉發表於《傳記文學》第152期。

3月　15 日，〈「傳播光明」的查良釗〉發表於《青年戰士報》第 10版。

4月　15 日，〈敬悼一顆巨星的殞落——故總統　蔣公對文藝界每句話都受用無窮〉發表於《聯合報》第12版。

18日，〈敬悼曠世偉人逝去——兼記一些親歷的小故事〉於《青年戰士報》第10版。

〈寂寞的旅程——在國際一片陰霾、經濟蕭條下環遊亞、歐、美諸洲記〉連載於《傳記文學》第155～156期，至5月止。

5月　31日，〈《文壇先進張道藩》〉（趙友培著）發表於《中央日報》第9版。

6月　4日，〈創造文藝的新世紀〉同時發表於《中央日報》第10版、《中國時報》第3版。

7月　27日，〈老龍著《江青外傳》評介——一部可讀性甚高的小說〉發表於《臺灣新生報》第11版。

長篇小說《華裔錦胄》由臺北地球出版社出版。

〈胡適、童世綱與葛斯德東方圖書館〉連載於《傳記文學》第158～159期，至8月止。

9月　15～30日，〈文藝運動二十五年〉連載於《中華日報》第9版。

10月　〈今後的電視節目——立法院諮詢案後的申論〉發表於《音樂與音響》第28期。

12月　9日，〈齊如山百年誕辰紀念〉發表於《中央日報》第10版。

《陳紀瀅自選集》由臺北黎明文化公司出版。

〈憶往事懷新願——齊如山百年冥誕紀念文〉發表於《文藝復興》第68期。

1976年　1月　9日，〈延委員的回憶錄〉發表於《中央日報》第10版。

4月　長篇小說《荻村傳》英文版（*Fool in the Reeds*）由臺北MEI YA Publications出版。（張愛玲譯）

	6月	〈我所知道的林語堂先生〉發表於《書和人》第289期。
	8月	短篇小說〈名人之死〉發表於《文壇》第194期。
	9月	《論人才》、《一代論宗哀榮餘墨》由臺北重光文藝出版社出版。 〈記何容〉發表於《書和人》第280期。 〈廣播電視在自由中國〉發表於《廣播與電視》第30期。 〈三十年歲首獻詞與米蘇里獎章〉發表於《傳記文學》第172期。
	12月	3日，〈我看夏元瑜《以蟑螂為師》〉發表於《中華日報》第11版。 〈《老殘遊記》的研究與分析〉連載於《暢流》第54卷第9～10期，至1977年1月止。 短篇小說〈蓉鏡姐姐〉發表於《文壇》第198期。 〈美國東西兩岸見聞記〉發表於《傳記文學》第175期。
1977年	1月	〈關於中國筆會與「新人生觀」〉、〈保母・耕者・前驅——趙惜夢逝世二十周年（上）〉發表於《傳記文學》第176期。
	2月	〈我的父親——一個由舊時代邁入新世紀的榜樣〉發表於《幼獅文藝》第278期。 〈保母・耕者・前驅——趙惜夢逝世二十周年（下）〉、〈由謝壽康大使引見教宗談到外交人才之凋零〉發表於《傳記文學》第177期。 〈迎丁巳〉發表於《文壇》第200期。
	3月	《文藝運動二十五年》、《施耐庵・蒲松齡・劉鶚》、《寂寞的旅程》、《憶南山》、《國際筆會與亞洲作家會議》、《胡適、童世綱與葛思德東方圖書館》、《齊如山・林語堂・武者小路實篤》、《百年來中國文藝的發展》由臺北重光文藝出版社出版。

〈只覺時間不夠用〉發表於《臺灣文藝》第 54 期。

〈紀治弟弟〉發表於《文壇》第 201 期。

〈評中央廣播電臺「自由中國之聲」〉發表於《廣播與電視》第 31 期。

4 月　10～11 日，〈遷漢初期的《掃蕩報》〉發表於《中華日報》第 10 版。

5 月　2 日，〈張翼彤《國劇圖譜》序〉發表於《中華日報》第 5 版。

〈抗戰時期中國文壇見聞錄〉連載於《新文藝》第 254～259 期，至 10 月止。

〈論五四〉發表於《文藝》第 95 期。

〈蓓蕾文藝社年代〉發表於《文壇》第 203 期。

6 月　27 日〈關於「逆流時期雜寫十種」〉發表於《中華日報》第 9 版。

〈范長江與《大公報》〉、〈我對季鸞先生及《大公報》的體認〉發表於《傳記文學》第 181 期。

〈萬分慚愧、萬分感激！〉、〈文莊六姑〉發表於《文壇》第 204 期。

7 月　〈漫天冷雨〉發表於《婦友月刊》第 274 期。

8 月　25 日，〈關於丁秉鐩《北平、天津及其他》〉發表於《中華日報》第 9 版。

9 月　〈大地沉埋〉發表於《婦友月刊》第 276 期。

10 月　3 日，〈魏紹徵《發揚重慶精神》介紹〉發表於《中華日報》第 9 版。

29 日，〈「鄉土文學」的正常觀念〉發表於《中華日報》第 11 版。

發表於《傳記文學》第 185 期。

〈八叔式鈺〉發表於《文壇》第208期。

1978年 2月 〈彭品光先生主編「當前文學問題總批判」——瞭解文藝思潮的鉅典〉發表於《中華日報》第9版。

3月 17日，〈書緣〉發表於《中華日報》第11版。

4月 〈我的平淡生活〉發表於《中華文化復興月刊》第11卷第4期。

〈張季鸞先生的逝世〉發表於《傳記文學》第191期。

〈瞭解文藝思潮的鉅典〉發表於《文學思潮》第1期。

5月 〈季鸞先生過世後的《大公報》〉發表於《傳記文學》第192期。

〈名報人黃天鵬——《天廬論叢》代序〉發表於《中外雜誌》第23卷第5期。

6月 〈獨山震撼的勝利與接收〉發表於《傳記文學》第193期。

8月 6日，〈悼于宇飛先生〉發表於《中央日報》第10版。

〈胡適、童世綱與葛斯德東方圖書館〉發表於《書和人》第344期。

〈自渝經平至長春途中〉發表於《傳記文學》第195期。

9月 18日，〈多斷句，少驚歎〉發表於《中央日報》第10版。

〈憶滿炭〉發表於《傳記文學》第196期。

〈美國的廣播與電視近況〉發表於《廣播與電視》第34期。

10月 25日，與鍾雷、鄧藹梅、林適存、羅門等七人參與《青年戰士報》舉辦的「戰鬥文藝座談」，座談紀錄於31日以題名〈戰鬥文藝座談〉發表於《青年戰士報》第10～11版。

31日，〈國劇發展的方向〉發表於《大華晚報》第14版。

〈記榮屋〉連載於《傳記文學》第197～198期，至11月止。

12月 〈李兆林之死與東北的淪亡〉發表於《傳記文學》第199

期。

〈往日情懷〉發表於《婦友月刊》第291期。

1979年 1月 16日，〈迎接新的挑戰〉發表於《中國時報》第34版。

〈論《大公報》〉發表於《傳記文學》第200期。

2月 23日，〈評介《舊釀新焙》〉發表於《中央日報》第10版。

3月 5日，〈「三十年代作家記」引言〉發表於《中華日報》第11版。

17～22日，〈記胡風〉連載於《中華日報》第11版。

〈吳達詮先生與《大公報》〉發表於《傳記文學》第202期。

4月 6日，〈記蕭軍〉發表於《中華日報》第11版。

5月 〈哀長江〉發表於《傳記文學》第204期。

6月 1日，〈蕭一山周年祭〉發表於《青年戰士報》第11版。

13～24日，〈記羅蓀〉連載於《中華日報》第11版。

〈如何寫小說〉發表於《幼獅文藝》第306期。

8月 10～11日，〈「中共文藝及其對外抗戰」座談〉連載於《青年戰士報》第11版。

長篇小說《有情歲月》由臺北黎明文化公司出版。

〈寄贈普大葛思德圖書館原稿記〉於《傳記文學》第207期。

9月 13日，〈謝嘉珍編印「抗戰文選」的意義〉發表於《中華日報》第9版。

14日，〈悼邱楠〉發表於《中華日報》第10版。

10月 〈高蘭——三十年代作家記〉連載於《中外雜誌》第26卷第4～6期，至12月止。

11月 〈敬悼金融界重鎮張公權先生〉發表於《傳記文學》第210期。

12月 10～12日，〈文藝向大陸進軍〉發表於《青年戰士報》第11

版。

26 日，〈「齊如山全集」重排出版經過〉發表於《中華日報》第 10 版。

〈荷蘭萊頓大學漢學研究院簡介與贈書記〉發表於《傳記文學》第 211 期。

〈關於大陸作家、作品種種〉發表於《文壇》第 234 期。

1980 年 1 月 〈紀念一位首倡國劇學術的人——齊如老〉發表於《傳記文學》第 212 期。

2 月 15 日，〈悼雷震遠神父——與雷鳴遠同是熱愛國家的比裔中國人〉發表於《中央日報》第 10 版。

〈安國縣藥材市場〉分別發表於《大成》第 75 期與《河北平津文獻》第 6 期。

3 月 〈記老舍〉發表於《傳記文學》第 214 期，爲「三十年代作家直接印象記」專欄文章，該欄至 1984 年 3 月止。

〈介系詞「和」字讀音爲「汗」運動經過〉發表於《廣播與電視》第 37 期。

〈齊如老逝世十八周年紀念〉發表於《大成》第 76 期。

4 月 〈悼一枝青春永恆的筆——記炎秋先生給我的懷念〉發表於《書和人》第 388 期。

〈記老向：王向辰——小事聰明，大事糊塗〉發表於《傳記文學》第 215 期。

5 月 4 日，〈中國文藝協會三十年——一些扼要回顧與檢討〉發表於《青年戰士報》第 11 版；應邀出席《聯合報》副刊召開的「在飛揚的年代——50 年代文學座談會」。

《三十年代作家記》由臺北成文出版社公司出版。

〈記光未然〉連載於《傳記文學》第 216～217 期，至 6 月止。

6月　25 日，〈蘇雪林先生及其近著介紹《二、三十年代的作家與作品》〉發表於《中央日報》第 10 版。

7月　5 日，〈老報人龔德柏〉發表於《中央日報》第 12 版。

23 日，〈《歲月就像一個球》——劉靜娟女士的新著〉發表於《中央日報》第 10 版。

《親屬篇》由臺北成文出版社公司出版。

〈老報人龔德柏〉發表於《湖南文獻季刊》第 8 卷第 3 期。

〈我的朋友龔大砲〉發表於《大成》第 81 期。

〈老向並未來臺〉、〈四訪琉球〉發表於《傳記文學》第 218 期。

8月　〈記黃堯〉發表於《傳記文學》第 219 期。

9月　〈記王芸生〉連載於《傳記文學》第 220～221 期。

10月　〈悼一代巨人的驟逝——蒙族國之大老白雲梯先生之一生〉發表於《中外雜誌》第 28 卷第 4 期。

11月　〈記徐盈、子岡〉發表於《傳記文學》第 222 期。

12月　〈中學時代的兩位老師——記宋屛周與郝步蟾二先生〉發表於《大成》第 85 期。

〈徐訏逝世紀念特輯〉發表於《中華文藝》第 20 卷第 4 期。

〈戴幼梧先生編印「我的家庭教育」第二輯序〉發表於《傳記文學》第 223 期。

本年　應邀擔任美國加州世界開明大學（World Open University）教授。

1981年　1月　〈記李輝英、張周〉發表於《傳記文學》第 224 期。

2月　〈抗戰歌曲《永定河》歌詞全文補刊〉發表於《傳記文學》第 225 期。

3月　〈悼念一位財政與金融界重鎮與強人——記徐柏園先生與當年「午餐會」〉發表於《傳記文學》第 226 期。

4月 〈記沈從文〉發表於《傳記文學》第227期。

5月 〈抗戰歌曲希望能編印流傳〉、〈沈從文與張兆和結縭經過〉發表於《傳記文學》第228期。

6月 〈記茅盾〉連載於《傳記文學》第229～231期，至8月止。

7月 7日，〈抗戰文藝簡記〉發表於《自由日報》第10版。

8月 〈關於徵集抗戰歌曲答讀者〉發表於《傳記文學》第231期。

9月 〈悼林墨農兄〉發表於《傳記文學》第232期。

10月 13～15日，〈李嘉其人與其書〉連載於《中央日報》第10版。

〈「如何展開對大陸文藝進軍」座談會〉發表於《中華文藝》第22卷第2期。

11月 23日，〈中共必亡於作家——汪濱女士著《重逢》序〉發表於《中央日報》第11版。

獲選爲第一屆「亞洲華文作家協會」會長。

〈李嘉其人與其書〉發表於《大成》第96期。

12月 8～10日，〈評歌劇《雙城復國記》——兼論歌劇在中國之前途〉連載於《中央日報》第10版。

16日，〈爲什麼召開「亞洲華文作家會談」？〉發表於《中央日報》第10版。

17～21日，擔任「亞洲華文作家會談」大會主席。

《抗戰時期的大公報》由臺北黎明文化公司出版。

1982年 2月 〈記姚雪垠〉連載於《傳記文學》第237～239期，至4月止。

3月 23日，〈請維護文化自尊——有感於濫用外交音譯等〉發表於《中央日報》第10版。

4月 28日，〈請再創作我們的話劇時代——華視公司《春望》話劇觀後〉發表於《中央日報》第12版。

6月 〈李石曾先生一生事業平議〉發表於《近代中國》第29期。

7月 〈爲「近代史」發光〉發表於《傳記文學》第242期。

8月 《一代振奇人——李石曾傳》由臺北近代中國出版社出版。

〈一字運動再推廣——國語連詞「和」應讀爲「汗」的推廣經過〉發表於《中央月刊》第14卷第8期。

〈關於「現代史料」〉、〈三訪南韓（上）〉發表於《傳記文學》第243期。

9月 5～7日，〈曾虛白先生與《晨曦集》〉連載於《中央日報》第10版。

〈三訪南韓（下）〉發表於《傳記文學》第244期。

10月 〈記王語今〉發表於《傳記文學》第245期。

11月 3日，〈三浦綾子的《青棘》〉發表於《中央日報》第10版。

〈環遊歐洲二十八天記〉連載於《傳記文學》第246期～248期，至1983年1月止。

〈集中力量，掀起詩的高潮〉發表於《葡萄園》第81期。

1983年 1月 〈傳播光明的查良釗先生〉發表於《傳記文學》第248期。

2月 〈道德重整運動的今昔〉發表於《河北平津文獻》第9期。

4月 〈敬悼圖書館專家童世綱先生——葛思德東方圖書館的守衛者〉發表於《傳記文學》第251期。

5月 〈記孫陵〉連載於《傳記文學》第252～254期，至7月止。

7月 〈悼孫陵兄〉發表於《傳記文學》第254期。

8月 10～11日，〈從多倫多到溫哥華——加拿大旅遊簡記〉連載於《中央日報》第10版。

〈八度旅美兩月記〉連載於《傳記文學》第255～257期，至10月止。

9月 2～3日，〈西雅圖小駐〉連載於《中央日報》第10版。

		13 日，以《李石曾傳》獲美國加州世界開明大學頒授文學榮譽博士學位。
	11 月	22 日，任「亞洲華文作家菲港友好訪問團」團長，率領劉紹唐、符兆祥、華嚴、劉靜娟、姚宜瑛等十人赴菲律賓及香港進行訪問與交流。
		〈清室善後及故宮博物院——《李石曾傳》之一章〉發表於《大成》第 120 期。
		〈日本埼玉縣大曾根伯姪會〉發表於《傳記文學》第 258 期。
1984 年	1 月	1 日，〈倖得博士學位記——坦白的紀述經過〉發表於《大成》第 122 期。
		12 日，〈敬悼陸京士兄——謹願「恆社」諸君子效法他的品德與精神〉發表於《中央日報》第 12 版。
		14、16 日，〈贈書記〉連載於《中央日報》第 10 版。
		〈亞洲華文作家菲港訪問記〉連載於《傳記文學》第 260～261 期，至 2 月止。
	2 月	口述〈《大公報》與我〉由李宗慈整理發表於《文訊》第 7、8 期合刊。
		〈敬悼陸京士兄〉發表於《大成》第 123 期。
		〈寫「日記」與「貼信」運動〉發表於《傳記文學》第 261 期。
	3 月	31 日，〈三浦綾子新著《石林》簡介〉發表於《中央日報》第 10 版。
		《齊如山先生傳》由作者自行出版。
		〈憶梅音〉發表於《傳記文學》第 262 期。
	4 月	〈悼國劇耆宿，憶舊遊往事——記盧李冬真女士〉發表於《傳記文學》第 263 期。

5 月　4 日，〈感謝「五四」對我輩的賜與——並紀念文藝節及中國文藝協會成立三十四周年〉發表於《中華日報》第 10 版。

獲「國家文藝基金會」頒發「文藝特別貢獻獎」。

〈中國人應以奉中國正朔爲榮〉發表於《傳記文學》第 264 期。

6 月　〈抗戰以前及抗戰時期的中國文藝發展述要〉發表於《近代中國》第 41 期。

〈謹向胡建人先生致由衷的歉意〉發表於《傳記文學》第 265 期。

7 月　〈《荻村傳》英日法文譯印紀詳〉發表於《傳記文學》第 266 期。

8 月　〈替于立忱喊冤！〉發表於《傳記文學》第 267 期。

9 月　9 日，〈見證〉發表於《中央日報》第 12 版。

〈《李石曾傳》未用兩文補刊記〉發表於《傳記文學》第 268 期。

10 月　31 日，出席「國軍第 20 屆文藝金像獎頒獎典禮」，並於典禮中獲頒「國軍新文藝運動特別貢獻獎」。

12 月　〈巴黎幸遇唐納〉發表於《傳記文學》第 271 期。

本年　長篇小說《荻村傳》法文版（*L'Innocent du Village-aux-roseaux: chronique de Roisel en Chine du*）由 Nord Paris：Aubier 出版。（Jacques Reclus 譯）

1985 年　1 月　〈巴黎周記〉發表於《傳記文學》第 272 期。

2 月　21～24 日，〈中國戲劇的發展與未來〉連載於《中央日報》第 6 版。

〈將節約蔚成風氣〉發表於《中央月刊》第 17 卷第 4 期。

〈西德再度邀訪兩周記〉連載於《傳記文學》第 273～274 期，至 3 月止。

	3 月	〈中國戲劇的發展與未來——代序《章謁雲自傳》〉發表於《大成》第 136 期。
	4 月	24 日，〈我看廣東戲〉發表於《中央日報》第 12 版。 〈給剽竊仿冒者以迎頭痛擊〉發表於《傳記文學》第 275 期。
	5 月	〈奧斯陸的深秋〉發表於《傳記文學》第 276 期。
	6 月	〈我們參加前期國際筆會的經過〉發表於《大成》第 139 期。 〈綺色佳紀行〉連載於《傳記文學》第 277、279 期，至 8 月止。
	7 月	〈抗戰時期文藝界概況〉發表於《幼獅文藝》第 379 期。
	8 月	13 日，〈紀念李曼瑰委員逝世十周年〉發表於《中央日報》第 12 版。
	9 月	長篇小說《荻村傳》由臺北皇冠出版社出版。 〈從歐洲到美國〉連載於《傳記文學》第 280～283 期，至 12 月止。
	10 月	11 日，〈喜樂畫北平——建築物與民俗均值懷念〉發表於《中央日報》第 12 版。
	12 月	4 日，與臺灣代表團出席於菲律賓馬尼拉舉辦的「第二屆亞洲華文作家會議」。
1986 年	1 月	〈我的求學歷程〉連載於《大成》第 146～147 期，至 2 月止。
	2 月	接受李宗慈採訪文章〈《大公報》「戰線」副刊——專訪陳紀瀅〉發表於《文訊》第 22 期。 〈中學時代的國文〉發表於《國文天地》第 9 期。
	4 月	19 日，〈展現時代生活的畫卷〉發表於《中央日報》第 12 版。

〈菲愛國僑領兼收藏家莊萬里先生——兼記其愛女菲華女作家莊良有女士〉發表於《傳記文學》第 287 期。

5 月　〈我的記者生活歷程〉連載於《大成》第 150～151 期，至 6 月止。

7 月　〈我的祖母——生我者父母・教我者祖母〉發表於《大成》第 152 期。

8 月　《三十年代作家直接印象記》由臺北臺灣商務印書館出版。

9 月　〈抗戰那一年——一些往事瑣記〉發表於《大成》第 154 期。

10 月　〈悼念禮賢下士的周至柔將軍——一位多方面有功勳的人〉發表於《傳記文學》第 293 期。

11 月　30 日，〈西貢煙雨中〉發表於《中央日報》第 10 版。

〈茅盾及其新疆行〉發表於《大成》第 156 期。

12 月　〈茅盾及其小說《子夜》〉發表於《大成》第 157 期。

〈北美事務協調委員會考察記〉連載於《傳記文學》第 295～297 期，至 1987 年 2 月止。

1987 年　3 月　〈《荻村傳》翻譯始末——兼記張愛玲〉發表於《聯合文學》第 29 期。

4 月　4 日，〈留學生家長的代言〉發表於《聯合報》第 8 版。

〈一代報人張季鸞〉發表於《中外雜誌》第 242 期。

〈張季鸞先生百年誕辰紀念〉發表於《傳記文學》第 299 期。

6 月　〈我爲什麼要寫《荻村傳》〉發表於《文訊》第 30 期。

〈張季鸞先生小傳〉發表於《哲學》第 7 卷第 8 期。

7 月　4～5 日，出席文訊雜誌社於國家圖書館國際會議廳舉辦的「紀念抗戰五十周年——抗戰文學研討會」，擔任張放〈從抗戰小說看中國農民意識改變〉講評人。

〈祝賀本刊廿五周年題詞〉發表於《傳記文學》第 302 期。

9 月　17 日，〈文人典範，事業榜樣——敬悼田原兄的去世〉發表於《青年日報》第 10 版。

〈抗戰時期重慶三張民營報〉發表於《大成》第 166 期。

1988 年　1 月　〈一個絕頂聰明的人——悼梁實秋兄〉發表於《大成》第 170 期。

〈敬悼近代史學家沈雲龍兄〉發表於《傳記文學》第 306 期。

2 月　29 日～3 月 1 日，〈我為什麼要編著《松花江畔百年傳》？〉連載於《臺灣新生報》第 23 版。

8 月　《我的郵員與記者生活》由臺北臺灣商務印書館出版。

10 月　〈我所知道的費彝民這個人〉發表於《傳記文學》第 317 期。

1989 年　5 月　〈五四人物的影響與貢獻——胡適、羅家倫、傅斯年〉發表於《大成》第 186 期。

〈陳紀瀅先生致詞〉發表於《中國語文》第 64 卷第 5 期。

1990 年　2 月　〈《齊如山先生手札》前言〉發表於《大成》第 195 期。

3 月　《松花江畔百年傳》由臺北臺灣商務印書館出版。

5 月　〈于右老詩文研究〉發表於《陝西文獻》第 79。

6 月　〈替于立忱鳴冤〉發表於《傳記文學》第 337 期。

1991 年　4 月　〈記崔萬秋兄〉發表於《傳記文學》第 347 期。

10 月　《東北踏勘記》由作者自行出版。

12 月　《從巴黎到綺色佳》由臺北臺灣商務印書館出版。

1992 年　2 月　短篇小說集《新中國幼苗的成長》由作者自行出版。

4 月　〈夢中圓〉發表於《中央月刊》第 25 卷第 4 期。

〈讀《中國新文學史》〉（司馬長風著）發表於《傳記文學》第 359 期。

	11 月	23 日，出席「世界華文作家協會」成立大會，並於會中獲總統頒發「華文文學終身成就獎」。
1993 年	1 月	〈紀念一位首創國劇學術的人——齊如老百零五誕辰獻文〉發表於《河北平津文獻》第 19 期。
	4 月	10 日，出席於中央圖書館（今臺灣圖書館）舉辦的贈書儀式，捐出手稿、著作及藏書 37 箱。
1997 年	5 月	22 日，逝世於臺北新店，享壽 90 歲。
		25 日，家屬於臺北市林森北路的中山長老教會舉行追思會。
2008 年	12 月	《齊如老與梅蘭芳》由合肥黃山書社出版。
2011 年	1 月	許驥編《陳紀瀅文存》，由北京華齡出版社出版。

參考資料：

- 陳紀瀅，〈自傳〉，《陳紀瀅自選集》，臺北：黎明文化公司，1975 年 12 月，頁 3～12。
- 陳紀瀅，〈我的求學歷程（上、下）〉，《大成》第 146～147 期，1986 年 1～2 月，頁 27～31、42～46。
- 陳紀瀅，《我的郵員與記者生活》，臺北：臺灣商務印書館，1998 年 8 月。
- 簡弘毅，「陳紀瀅年表、著作繫年」，〈陳紀瀅文學與 1950 年代反共文藝體例〉，靜宜大學中國文學系碩士論文，2003 年 7 月，頁 169～178。
- 封德屏主編，〈陳紀瀅〉，《臺灣現當代作家評論資料目錄（五）》，臺南：國立臺灣文學館，2010 年 11 月，頁 3074～3087。

輯三◎

研究綜述

陳紀瀅作品及評論現象綜述

◎應鳳凰

一、前言

1908 年出生於河北的陳紀瀅，抗日戰爭前後，以哈爾濱郵務人員身分兼職記者、編輯。年輕精力充沛，工作之餘跑採訪、編副刊，很活躍於 1930 年代東北文壇。1949 年隨國民黨迢迢到了東南海島臺灣，除了寫作更兼黨國文藝政策重要推手，於 40 歲之後又開啓另一段新的人生。換言之，渡海抵臺的 1949 年是他一生明顯分界點——之前在大陸，與之後在臺灣，不僅時代與環境大不相同，其身分職業，扮演的社會角色、所占的文壇位置，更大相逕庭。探討其一生文學歷程及其作品之研究評論，不得不隨之分成「大陸」、「臺灣」全然獨立兩個部分。

寫作人的生平際遇、職業身分，無不影響他的文學生產。同樣的，寫作者資歷背景、在文壇所占的優勢位置，更深深影響其作品評論與研究狀況。陳紀瀅在大陸時期本是郵政公務人員，臨時頂替採訪工作而兼職新聞記者——中日戰亂與東北政權更替的社會背景，讓他有了傳奇性的採訪壯舉，例如潛入東北滿州國淪陷區，及西北新疆邊區採訪，這是當時專職記者也難以做到的。此一「因緣際會」乃主觀興趣加客觀偶然；還多虧他「郵務員身分」的掩護，既避人耳目，靠郵政傳遞的安全管道，還能迅速將稿件送抵報社編輯手中。這時期出版之《東北踏勘記》(天津大公報，1933 年)、《新疆鳥瞰》(商務印書館，1940 年)，即是業餘記者生涯兩部具體作品。參與新聞工作的 15 年中，也曾客串副刊編輯，因而結交不少東北作家。他自己也把編副刊、鼓勵青年創作，因而獲得豐富人脈引爲當年得意業績。此一經歷後來更成爲他在臺灣一系列「三十年代作家直接印象記」，源源不絕的寫作材料。

1948 年國府撤退海島前夕，陳紀瀅當選立法委員。此後在 1950 年代臺灣文壇既有「立法委員」崇高身分，加上過去文藝界資歷，他順理成章當了「國民黨文藝政策」重要推手。在黨國機器運作於文壇的年代，擁有舉足輕重的優勢地位——既是全國最大文藝獎項：「中華文藝獎金委員會」核心執行委員，又是政府支持的作家團體：「中國文藝協會」實質領導者。如此背景下，他卻不因文藝運動而減少寫作，且以身作則發表一系列「反共小說」。在大力提倡「戰鬥文藝」的時代，其小說不僅直接於主流刊物連載，隨即能在他自已主持的出版社一部接一部出版。戒嚴時期文壇禁忌多多，一般百姓很難經營雜誌或出版。而陳紀瀅橫跨學官兩界，初來臺向文友集資，很快地成立了「重光文藝出版社」；其經營得當，不僅吸引大批寫作菁英，如知名女作家張秀亞、徐鍾珮等，更提攜文壇後進，陸續出版朱西甯、林海音、余光中、鍾肇政等新人新作。重光產品質量俱佳，叫好又叫座，很快成爲文學出版界龍頭。大量文學生產與豐厚人脈，說明他擁有雄厚文化資本，占有文壇領導位置。總體而言，大陸與臺灣是兩個截然不同的時代與環境，陳紀瀅在兩地的文學活動、文壇位置亦大不相同。檢視其文學生產，明顯地，陳紀瀅開始大量創作小說，尤其反共小說，是到臺灣以後才充分展開的。探討其研究與評論現象，重點還在 1949 年以後的「臺灣部分」，特別是他創作量最多，文藝活動最活躍的 1950 年代。至於陳紀瀅在大陸東北文壇的編採活動，不妨做爲他在臺灣文學生產與文壇位置的背景資料。

二、來臺前東北郵務編採生涯（1931～1946）

1927 年讀完大學預科，他考進哈爾濱一家郵局，也進入哈爾濱法政大學夜間部。難得的是，在學習法政與郵務工作空隙，陳紀瀅還勤於寫作投稿。後來他在臺灣寫〈自傳〉時，不無得意地描述自己在 1930 年代東北文壇的位置：

> 我的寫作浮名已「騰揚」東北半壁。……所有「東北作家」如蕭軍、蕭紅、羅烽、白朗等，都在我們之後。與我同時的有趙惜夢、于浣非、孔羅蓀等數十人。那時我們被目為東北文藝界的「中心人物」，並非誇耀。[1]

發生「九一八事變」的 1931 年，日軍節節進逼，東三省相繼淪陷。天津《大公報》駐哈爾濱一位李姓特派員突然被捕，急需一位祕密通信員，取代他報導東北淪陷區實況的職務。陳紀瀅經人介紹，接下天津《大公報》聘書，成爲《大公報》駐東北祕密通信員。通訊工作帶有冒險性質，既需在淪陷區報導占領者惡行，撰稿後還得透過特殊渠道快速寄達報社。基於報國心切，他慨然接下工作，以化名定期撰稿。也拜其郵務工作之便，不僅通訊較方便，職業身分亦能避人耳目。

透過他的供稿，在其他各報沒有東北消息時，《大公報》聲譽更加提高。隔一年，郵局已撤離東北，他全家在上海，卻接受報社特殊任務，請一個多月長假祕密潛回哈爾濱，在東三省明查暗訪，爲《大公報》收集資料撰寫「僞滿建國一周年」專刊特稿。在「九一八特刊」上，連同照片大幅刊出三萬多字，大爲轟動。這些報導集成《東北踏勘記》一書，開啓他往後時時寫報導文章的習性，在臺多次組團訪問歐美，或單人旅行總有書籍出版。採訪之餘也曾接編一陣《大公報》的「小公園」副刊，得到與 1930 年代東北作家密切交往通信的機會，這是他到臺灣後，一系列撰寫、出版《三十年代作家記》（成文出版社公司，1980 年），以及《三十年代作家直接印象記》（臺灣商務印書館，1986 年）的由來。在當時大約像陳紀瀅這般「公務員兼編報紙副刊」的身分並不多見。他自述：「我是大公報唯

[1]陳紀瀅，〈自傳〉，《陳紀瀅自選集》（臺北：黎明文化公司，1975 年 12 月）。

一以兼職身分工作的正式編制人員」。

公務員薪資較穩定，主持《大公報》的張季鸞能夠體諒，遂讓他編較不具時間性的副刊，偶爾兼外勤採訪。於是 1930 年代的陳紀瀅「日間忙郵務，夜間忙編務」，遊走於新聞與創作之間。另一個機緣是郵局准假，加上報社的良好關係，讓他在 1940 年前後，得以三度赴新疆採訪。當時新疆呈半獨立狀態，一般人根本進不去。此趟新疆之旅，於公於私都有利，報社得到獨家新聞，他個人除了增廣見聞，且與新疆當局建立良好關係與人脈，增加日後寫作資源。商務印書館也很快出版了《新疆鳥瞰》一書。

新世紀以後尺度漸寬的大陸文化界，2011 年首度出版簡體字《陳紀瀅文存》一冊。大陸書淡化陳紀瀅在臺灣任國民黨高官及反共作家身分，突出他在大陸東北的記者形象。從封面醒目標明：「新聞史上具有傳奇色彩的票友記者」，可知其意圖。本書由許驥主編，從簡短內容介紹，不難看到選文角度，給作者的定位：

> 陳紀瀅的新疆採訪記，對日本作家的訪問，以及他對張季鸞、王芸生、范長江、沈從文、子岡等人的回憶，都與眾不同。有獨特而珍貴的文學價值、文獻價值和歷史價值。[2]

本書分成三輯。第二、第三輯選文皆集中於「人物」：不是作家訪問便是個別報人回憶，唯有第一輯四篇採訪，充分印證封面所言傳奇色彩「票友記者」身分。這四篇選文依序是：1.偽滿建國周年祕密採訪記；2.在漢口的年代；3.憶新疆之行；4.新疆鳥瞰（節選）。列出這四篇篇名，既呈現編者所強調的，陳紀瀅記者身分的文獻價值，也像是對「票友記者」工作成果的驗收。最有意思是本書為陳紀瀅寫的「作者介紹」。除了提到作者是「業餘記者、編輯。卻因緣際會，成了著名的記者，有過幾次傳奇的採訪

---

[2]許驥編，《陳紀瀅文存》（北京：華齡出版社，2011 年 1 月）。

壯舉」之外，還形容他：

> 因為編副刊的原因，他認識那個時代的大批作家，自己也成了很出色的作家。他在當年的新聞界和文學界都有重大影響。他有濃厚的大陸情結，主張統一。[3]

上述兩段文字，除了代表晚近大陸學者對陳紀瀅地位的概括、1930 年代文壇位置的觀察，還可用來和陳紀瀅本人撰寫的「作者介紹」相對照。自從 1931 年起「進入新聞界，前後達十五年」，他自稱：「擴大了文學活動，創下了生命史上的光輝」。關於排在第一位的記者身分，他自言：「至東北祕密採訪日軍暴行、僞滿真相、民眾愛國活動，第一次有系統的向全國報導」。

關於自己的副刊編輯角色，他說：「……特別鼓勵情緒高昂的東北青年寫作，創造了抗戰初期東北作家羣在現代文學上的特別成就」。[4]

關於彼時新疆採訪，陳紀瀅更加得意：「三度天山，遠及蘇俄，以文彩飛揚的筆觸，把新疆的風物人情介紹給國人，使大家對於邊地由了解而關心」。[5]

第四項關於朗誦詩的提倡：「適應抗戰需要，鼓吹朗誦詩，並幫助詩人發表作品，編印朗誦詩集」。以上四項寫於 1980 年出版的《三十年代作家記》書前，此時他已出版圖書 52 種，自稱是當代作家裡「一棵健壯的長青樹」。

過去數十部《臺灣現當代作家研究資料彙編》裡，每部都有「作家生平資料篇目」一欄。此欄再分成「自述」與「他述」兩類，如此設計相信是藉以結合作家本人與他人敘述，有利於更加完整地呈現作家面貌。倒是

---

[3]同前註。
[4]陳紀瀅，《三十年代作家記》（臺北：成文出版社公司，1980 年 5 月）。
[5]同前註。

歷來「自述者」、「他述者」性格有異，親疏有別，敘述案例百花齊放各不相同。讀者從中可看到，礙於個別環境個性或政治因素，「自述」、「他述」文字可能互補，也可能重疊，然而兩者加在一起無論如何不等於百分之百。這裡嘗試將陳紀瀅「自述」與「他述」同列，也讓不一樣的「自述文本」形成有意思、有意義的對照。期望以此提出不一樣的研究方式與呈現案例，見證當代作家有的保守拘謹，有的擅長自我宣傳的多元風貌。

三、1950年代陳紀瀅評論現象概述

自嚴格意義的學術角度看，陳紀瀅作品研究數量不算多。如以具體的碩士研究論文爲例，相較於其他臺灣小說家，別說如鍾理和、王禎和、陳映真等碩論研究數量在二十部上下，即使活躍於 1950 年代的同輩作家如姜貴、徐鍾珮、朱西甯等也有十種左右的碩士生研究論文。而半世紀以降，研究陳紀瀅碩士論文，目前爲止僅有一部：是靜宜大學中文系研究生簡弘毅 2003 年所撰的〈陳紀瀅文學與五〇年代反共文藝體制〉。檢視此論題內容，還不完全是研究他的文學創作，一半還在探討作家與當時文藝體制的關係。

但身後的學術研究不多，並不代表身前他得到的評論數量比別人少。相反的，他的「作品評論」相對地相當多。在 1950 年代文壇，以陳紀瀅擁有的優勢位置與豐厚人脈，加上十年間龐大的創作量：每有作品出版，同輩作家「評論與回應」不僅多而且迅速。固然大多篇章並非嚴格意義的「書評」或「文學評論」，比較像是「書訊型」的內容敘述，或送花籃式的「讚好讀後感」。但這些文章透過主流媒體刊出，在戒嚴與報禁環境下，充分發揮「傳播出版訊息」的良好效果。1950 年代是陳紀瀅一生小說寫作高峰期。除了 1951 年出版《荻村傳》，1955 年推出《赤地》，1957 年《賈雲兒前傳》，1960 年完成《華夏八年》——以上四本皆爲長篇小說。另有短

篇小說集《藍天》，散文集《夢真記》、《歐遊剪影》。[6]十年間能創作並出版這麼多作品，尤其《赤地》、《華夏八年》還分別是四百頁、九百頁以上的大部頭小說，就作者還忙於策畫、參與不少文藝運動而言，是相當豐碩的寫作成績。

如何看出陳紀瀅小說擁有「數量可觀且回應迅速」的評論文章？仍是拜陳紀瀅擁有「出版社」的優勢——戰後初期臺灣「文學創作」本已出版困難，冷門的「評論文集」更不用說。但陳紀瀅 1951 年才出版小說《荻村傳》，各家評論反應之熱烈、數量之多，讓身兼出版者的他，在三年後，即 1954 年便出了一本各家評論文章的結集，書名《《荻村傳》評介文集》。檢視 1950 年代政府出的各版「全國圖書目錄」，像這類「單部作品評論文集」是極少見的。收入此書的作者與評論篇章如下：

1.蕭　鐵　〈《荻村傳》底主題、人物和口語〉
2.葛賢寧　〈評介《荻村傳》〉
3.李荊蓀　〈一疋錦緞〉
4.鍾梅音　〈我看傻常順兒〉
5.牟宗三　〈虛偽的時代讓它過去〉
6.逸　常　〈一部農村傳記〉
7.穆　穆　〈《荻村傳》的時代〉
8.穆　穆　〈傻常順兒〉
9.黃公偉　〈《荻村傳》的時代性〉
10.張愍言　〈我讀《荻村傳》〉
11.楊念慈　〈一座待開採的金礦——由《荻村傳》談到「文學語言的　再創造」〉

[6]陳紀瀅作品多由自己經營的「重光文藝」出版，遊記散文《歐遊剪影》卻是例外，於 1960 年由中央日報社出版。

各篇章作者，大多是當時知名作家或評論家：穆穆是《文壇》雜誌主編「穆中南」的筆名；李荊蓀當時是《中央日報》副總編輯——知名報社主筆卻在白色恐怖時期因案被捕，那是後話。楊念慈、鍾梅音皆是知名作家；葛賢寧、黃公偉兩人則身兼編輯與評論家。他們各從不同角度談論荻書的優點，談最多的是小說呈現的「時代性」——意味此時此刻，推出這部「以中國北方農村爲背景，藉主角傻常順兒一生遭遇，呈現半世紀以來中國農村的荒謬與痛苦」的小說，別具時代意義。另外幾篇指出小說人物刻畫如何成功、土語方言如何生動。雖然荻書男主角有魯迅〈阿 Q 正傳〉的影子，但鍾梅音認爲小說主角「傻常順兒」的刻畫比阿 Q 還生動：「他實在比阿 Q 有個性、有人性、有血肉、有感情、比阿 Q 生動，而且比阿 Q 接近現實，較之阿 Q 那種莫名其妙的性格，簡直不可以道里計。」[7]

各篇中較特殊的角度，是小說家楊念慈提出「小說（文學）語言」再創造的問題，認爲作品的成功，是因爲作者將中國北方「土語」提煉活用於小說敘述之中：

> 陳先生在《荻村傳》運用的語言並非純粹的「土語」，它們是「在意義上加以提煉，在形式上加以改造」過了的。就是說，陳先生開採了「故鄉的語言」這一座金礦。[8]

楊念慈以他寫作經驗豐富的敏銳視角，精闢地看到「小說語言」在創作過程的重要性，並肯定陳紀瀅在語言提煉上耗費的功夫。

類似《《荻村傳》評介文集》的出版速度，1955 年陳紀瀅才推出長篇小說《赤地》，1960 年即出版一冊《赤地》的評論合集，書名《赤地論》。這部小說的長度本就是《荻村傳》的兩倍，同樣的，收 14 篇文章的「評論

[7]鍾梅音，〈我看傻常順兒〉，《自由中國》第 5 卷第 1 期（1951 年 7 月 1 日），頁 38～39。
[8]楊念慈，〈一座待開採的金礦——由《荻村傳》談到「文學語言的再創造」〉，《《荻村傳》評介文集》（臺北：重光文藝出版社，1954 年 11 月），頁 31～34。

合集」，作者人數與篇數也同樣後來居上。作者與篇名依序如下：

1.曾虛白　〈讀《赤地》〉
2.張九如　〈讀陳紀瀅著《赤地》後〉
3.邱　楠　〈寫實的創作方法抉微〉
4.朱介凡　〈《赤地》——良心論〉
5.李金曄　〈現實政治的警鐘〉
6.李輝英　〈從創作經驗論《赤地》〉
7.稼　青　〈我讀《赤地》〉
8.黃公偉　〈往東南天邊走〉
9.歸　人　〈赤地〉
10.糜文開　〈臺灣文壇的異彩——《赤地》〉
11.會　池　〈陳紀瀅的《赤地》〉
12.江　東　〈我看《赤地》〉
13.郭紘綾　〈形象、格局、風緻〉
14.趙家驤　〈讀《赤地》有作〉

以朱介凡近萬字論文〈良心論〉爲例，他認爲這部長三十多萬字，「本文四三〇面，分爲二十章」的書，「寫述出現代中國最有希望，最是苦難的一段歷史。」長篇《赤地》的時代背景——從抗戰勝利寫到大陸淪陷，時間雖短短四年，但小說場景遼闊，除了以北平爲中心，還旁及長春、瀋陽、東北鄉下和南京、上海等大都市。陳紀瀅自言：寫《赤地》是要「爲正義招魂；替失敗後的國人記取教訓，爲抗戰勝利後四年的社會悲歌！」朱介凡不僅認同作者的運思意旨、結構布局，賦予作品生命和形象，更認定本書「極具有藝術的良心。」[9]此文發表於 1955 年 8 月的《自由中國》

[9]朱介凡，〈《赤地》——良心論〉，《自由中國》第 13 卷第 3 期（1955 年 8 月），頁 27～30。

半月刊，距離 6 月剛面世的《赤地》短短一個多月而已。若非朱介凡有一枝快筆，就是事先取得原稿做爲評論依據。無論如何，朱介凡對於「良心（或德行）表現的重視」遠超過一般文學批評偏重於風格、文辭、意識、心理等因素。

此外，這兩部小說一面世即吸引文壇作家紛紛寫評，且迅速成集出版的文化現象，也具體而微地呈現 1950 年代一個「評論界風景」或戒嚴時期「文學出版生態」。即使在後來商業掛帥的年代，讀書市場能夠「一出書百回應」，書剛上市即有「書評圍繞」的現象也是難得一見的。戒嚴時期文字出版動則得咎，出版事業禁忌多多，生存不易。而陳紀瀅作品的出版現象卻是：1.自己擁有一家出版社，不論小說或散文，皆可隨寫隨即出版；2.各副刊媒體充分配合刊登「書訊或書評」；3.評論文章數量多到短時間內即可結集成一部「專書」出版；4.作家本人擁有立法委員身分，善於運用黨國資源；由於幾部小說皆標榜反共，於是名正言順動用公帑，請來名家翻譯成英文、日文、法文等外文出版。

陳紀瀅橫跨藝文、政治兩界，常代表國府參加各地國際筆會，比其他島內文人自然更具有「國際觀」；將作品譯成外文以幫政府宣揚「反共精神與立場」的主張，沒有理由不得到政府認同。其中最有名的例子是請來當時居留香港的張愛玲爲他翻譯小說《荻村傳》。[10]眾所周知，就藝術技巧言，張愛玲是一等一的小說家，其實當時她自己正進行著長篇小說《秧歌》[11]的創作。1950 年代她逃離共產中國，流落香港依賴筆墨維生。如今事隔多年，我們不難想像出身上海的她，爲五斗米折腰，翻譯這部寫滿北方土語方言的《荻村傳》是多麼辛苦的工作。若非兩人文壇位置有異，掌握權力不同，當時寫的同樣是反共小說，荻書藝術性儘管比不上，卻比《秧歌》早早擁有各種外文譯本。

[10]Chen Chi-Ying, *Fool in the Reeds*, trans. Eileen Chang (HK: Rainbow Press, 1959).

[11]張愛玲小說《秧歌》於 1954 年元月起在香港美新處辦的《今日世界》雜誌上連載，同年七月由該社初版。

綜合而言，陳紀瀅作品的研究現象，以數量言，呈現「倒金字塔」的圖形——越靠近作品出版時間，評論的文章越多；距離越遠，評論與研究越少。

四、1980年代各版文學史裡的「陳紀瀅論述」

臺灣 1980 年代末的政治解嚴前後，兩岸有如競賽一般，接二連三開始了「臺灣文學史」的撰寫。中國大陸甚至比臺灣更早完成「有史以來第一部」臺灣文學史。精彩的是：各版臺灣文學史很有默契地，都將「1950 年代臺灣文學」這一章內容，不是定爲「反共文學」，便是「戰鬥文藝」，並且大多數史書認定「作家陳紀瀅」是數一數二「反共文學」代表作家，《荻村傳》正是他最重要代表作。

1980 年代海峽兩岸學者意識形態儘管南轅北轍，左右統獨大不相同，但兩邊文學史家對「反共文學」，尤其對《荻村傳》的看法，卻頗爲類似。1986 年大陸最早一本由三人合寫的文學史，書名《臺灣新文學概觀》，其中第三章「五十年代小說創作」，開篇第一節便是「戰鬥文學的氾濫」。提到「反共題材的長篇小說」第一部舉的例子，即陳紀瀅 1951 年發表的《荻村傳》。文中先介紹作者生平，大略描述小說內容。於引用書中主角傻常順兒一句「殺共產黨」的對白之後，接著評論道：「這（段話）不僅是對中國共產黨的惡意攻擊，也是對中國革命和人民群眾的肆意歪曲。」[12]

此書與另一部古繼堂的文學史一樣，認爲所謂「戰鬥文學」，「純是充當國民黨當局『反共復國』的宣傳工具，完全失去藝術價值……終於變成了八股文學，很快地沒落下來」。[13]

出版於 1989 年，古繼堂一人撰寫的《臺灣小說發展史》[14]由於專論小說一個文類，因而有更大篇幅詳細討論陳紀瀅作品。在專論 1950 年代一

[12]黃重添等編著，《臺灣新文學概觀》上冊（廈門：鷺江出版社，1986 年 7 月），頁 65。
[13]同前註。
[14]古繼堂，《臺灣小說發展史》（瀋陽：春風文藝出版社，1989 年 11 月），頁 119。

章，他認爲《荻村傳》極力模仿魯迅〈阿 Q 正傳〉，但作者筆下主角「傻常順兒」這種二流子農民典型，只是模仿了阿 Q 的外部形象，「陳紀瀅卻沒有學到魯迅先生刻劃人物的本質」。他認爲：魯迅是以同情和關懷來描寫農民的不幸：「……而陳紀瀅則把農民的不幸歸到共產黨身上，從根本上歪曲了歷史事實。從而也就從根本上歪曲和破壞了農民的性格與形象。」（頁 119）

古繼堂的結論是：「傻常順兒」不但不是成功的農民典型，而且是作者按照自己的主觀願望任意捏造的一個反共工具。

評論家葉石濤在 1987 年出版了由臺灣人撰寫的第一部文學史《臺灣文學史綱》，書中如此評論陳紀瀅小說《荻村傳》：

> ……作者除著重描寫北方農村的景觀以外，以多向性的角度來刻劃中國農民被剝削的窮苦生活。然而《荻村傳》有太多魯迅〈阿 Q 正傳〉的陰影，這損傷了作品的時代性意義。[15]

這些發表於 1980 年代的評論意見，無論關於作品的「時代性」，或與魯迅〈阿Q正傳〉的對照比較，觀點角度皆大不相同。此例見證臺灣 1950 年代與 1980 年代不論社會背景與文學思潮都有很大差異，轉折點當在 1970 年代後半的「鄉土文學論戰」，以及 1979 年底「美麗島事件」之後，本土文學思潮之逐漸興起。

五、解嚴後學界的陳紀瀅研究與評論

任教於臺大外文系的齊邦媛教授，1990 年出版她第一本臺灣當代文學評論集《千年之淚》。書中一篇總論臺灣小說的文章，給反共文學代表作《荻村傳》予新的評價。她認爲：《荻村傳》藉傻常順兒的一生遭遇標示了

---

[15]葉石濤，《臺灣文學史綱》（高雄：文學界雜誌社，1987 年 2 月），頁 94。

這個時代的荒謬與痛苦，不能以簡單的「懷鄉文學」定義或歸類。她更指出小說文字簡潔：「作者筆下的荻村實際上是所有中國村鎮的典型，書中的鄉野、街道、房舍都是我們熟悉的。『無數個荻村的接壤即是中國。』」[16]

齊教授認爲 1950 年代這十年間的小說，「多見客觀反映時代的有力作品」。用作書名的另一篇文章〈千年之淚〉，副標題即爲「反共懷鄉文學是傷痕文學的序曲」。此文專論「反共小說」，用更大篇幅詳細討論《荻村傳》的主題與藝術。

> （小說）這幅以北方鄉村方言組成的人物風貌畫，本身即是鮮活的。這些鄉村的基層人物和傻常順兒之間的恩恩怨怨構成了《荻村傳》最大的特色。[17]

齊教授與前述評家一樣，拿它與〈阿 Q 正傳〉作比較。有別於葉石濤的觀點，她認爲陳紀瀅將「這個典型的愚民和苦難故鄉的土地融合爲一，心懷哀矜，口調親切，甚少嚴峻的批判」。或許齊教授與小說作者同樣生長於北方，她對於「荻村」所代表的土地與象徵，讓她讀來特別有親切感；認定陳紀瀅寫活了共黨控制大陸之前，中國鄉村中「牽牽扯扯的群聚世界」。

承繼齊邦媛老師「傷痕文學序曲」觀點的，是當時任教美國哥倫比亞大學的王德威教授。1995 年發表〈一種逝去的文學？——反共小說新論〉[18]一文，對兩岸文學史家（本土派與大陸的評論者），一致地撻伐「反共文學」，他提出不一樣的意見。王教授提醒讀者重思反共文學在 1950 年代所具有的「傷痕意義」，認爲：「它應被視爲近半世紀以來傷痕文學的第一波」。「不論我們如何撻之伐之，反共文學是臺灣文學經驗中的重要一環。」

[16]齊邦媛，《千年之淚》（臺北：爾雅出版社，1990 年 7 月），頁 11。
[17]齊邦媛，《千年之淚》，頁 35。
[18]王德威，〈一種逝去的文學？反共小說新論〉，《如何現代，怎樣文學？——十九、二十世紀中文小說新論》（臺北：麥田出版公司，1998 年 10 月），頁 149。

（頁 141）

論文對臺灣 1950 年代「反共小說」重新歸類並詳加討論，更爲陳紀瀅小說翻案。不僅認定：「陳紀瀅應是當年反共作家的重鎮之一」，且爲他抱不平：「由於他與黨政的密切關係，許多日後的批評往往因人廢言，其實並不公平。」至於其作品：「陳的作品雖乏一鳴驚人式的風采，但他經營文字場景，酣暢詳實，爲許多徒以呼口號爲能事的作家所不及。」（頁 149）王德威文中同時討論陳紀瀅三部長篇小說。其中對《荻村傳》的評論是：

> 此作上承魯迅〈阿 Q 正傳〉的傳統，看「小」人物在「大」時代中的升沉。笑謔無奈，兼而有之。陳不如魯迅般尖銳的追究國民性問題。他的關懷側重於市井人物的無知與殘酷。
>
> ——頁 149～150

聚焦於臺灣文學發展史並將鏡頭拉遠一點看，上世紀 1990 年代的學者評論家，對於「戰後五〇年代反共文學」的新評價，是「傷痕文學的一環」，有別於鄉土文學論戰後的本土文學陣營，認爲反共文學是：「政策附庸、口號八股與遠離生活現實」。文學思潮周而復始，文學律動分久必合，彷彿生命週期。時間來到新世紀，臺灣文學成爲「學科」，進入大學殿堂。「臺灣文學研究」得以體制化，臺灣有了國家級建置的「臺灣文學館」做典藏與研究。從南到北的國立大學紛紛成立「臺灣文學系所」，從而個別作家研究得到更細緻的推展。2003 年以陳紀瀅爲題的碩士論文，是這個發展進程最好的例子。

靜宜大學研究生簡弘毅的畢業論文〈陳紀瀅文學與五〇年代反共文藝體制〉，是首度將陳紀瀅與他背後的威權體制、文學社會一起觀察。文中指出：陳紀瀅身兼文藝領導者與文學創作者雙重身分，「既直接參與反共論述的建立，也透過其文學作品與創作」，強化反共論述，並影響同時期反共作家作品。將作家與文學體制一起觀察，有利於作家歷史定位的判定，也有益於一整段文學歷史的建構。例如碩論中既揭露作家「文學生產」與 1950 年代「反共文藝體制」、「反共論述」之間如何相互作用，也釐清反共文學生產、建構、傳播等階段錯綜複雜的權力關係。

輯四◎

重要評論文章選刊

自傳

◎陳紀瀅

一、關於「自傳」

「自傳」是近人的事。古人「立傳」大多數託之後人、親友或子孫。其中具有褒貶意義。今人因印刷方便，未得「人傳」先「自傳」，固然直截了當，但畢竟不足爲訓。因「自吹」、「自捧」與「自抑」、「自謙」都有失真實。不真實還有什麼「自傳」價值？唯一好處，可能是時間準確，大事不漏，以及從自己筆下寫出來的，有權威性。可是，也不盡然。這種「自傳」，時間也未必準確，工作未必盡在其中；反不如別人因細心研究而得到的爲正確。因爲既是「小傳」就不能太長。在此情況下，不正確、有遺漏是正常事。何況在急就章下，一切錯誤、疏漏更難免。所以我喚醒讀者注意：縱然我寫下「小傳」，也不是一篇完整、無誤而具有一字不可更易的文章。僅是大體上無誤，出諸作者自己一時偶興之作而已。假設我在未來還有被人探討的價值，只有仰賴對我有興趣的作者，從我所有著作中整理一部「陳紀瀅傳記」，那才是權威。因爲我已寫了許多有關自己的事。就是自己寫的，錯誤仍難免；不過我從來沒故意往錯處寫，既未誇大，也未掩飾。如果我在寫作途徑中，還有一點什麼價值，我那份「真誠」可能是重要資料之骨幹。

二、出生及家世

我於民前四年出生於河北省（當時還叫「直隸省」）中部一個農村裡。

那個縣叫「安國縣」（當時叫「祁州」，民國後稱「安國」）。是自隋唐以來，全中國藥材聚散的中心。縣雖小，經濟價值則大。

我常說：平生有兩大特點：1.我的父親是一個由舊學（秀才）改讀新學（法律）的人。父親於民國初年就在東三省哈爾濱執行律師業務。2.我沒有上過一天私塾，一開始就讀小學。照我的年齡應先讀私塾。雖然我家外院就是私塾，我也常跑到私塾裡去玩，看學生們如何死背四書。小學畢業後，就離開本村，到縣城裡去讀高小（三年），於民國 11 年，再到保定去讀中學。

這中間，我享受著大家庭的天倫樂，尤其過年過節，另有氣氛。但也過著天災人禍的日子，非澇即旱，而且長年過逃兵。所以在高小作文，一開始總是「旱澇頻仍、兵燹連年」。那真是寫實之至！

我的祖輩（高曾祖）家道小康，有房屋院落為證。占的地點是全村最中心地帶，四面臨街。而且四個院子（祖父輩）四兄弟，分做東西南北院，都可以互通。有走廊、甬道、正房、廂房等。高、曾祖及祖父輩均有功名，做過京官與縣官。鄉下人曾給我祖上編了一首歌，以形容宅第玄昂：「齊村村、霧騰騰，陳洛孝家的房子像北京。」陳洛孝是我的高祖。可是到了祖父輩就家道中落，成了破落戶。說起來，這是大家庭制度一定的過程。因子孫眾多，不得不分居、析產、以及各立門戶。原來產業聚於中樞，顯得火火爆爆；等一分家，由集中變零碎，豈不支離破碎？小時候，讀祭文，常有「食指日繁，捉襟見肘」之句，以說明家道中落，也是受人口的壓力。

我父親幹了半輩子律師，窮了一生。然而供養將近二十口人丁的家用，同時供應我兄弟五人的讀中學、讀大學，算是他老人家的貢獻。幼年間，因父叔輩常年在東北奔波，家裡全憑祖母帶著母親、嬸母等三人，指揮長短工，肩起田畝的責任。祖母是一個大家閨秀出身、知書達理之人，不但就近督導我上學，還能額外每月給我一元三角錢讓我訂閱一份平津報紙，叫我向村人講述時事，以明瞭何方與何方作戰，及為什麼作戰的事實。因爲天天過逃兵，殺了人放了火，卻不知道誰爲主動跟爲什麼打仗？我從九歲起閱報，當本村「發言人」，就奠定了我後來從事新聞記者與寫作的基礎。我祖母真是了不起與影響我一生最大最多的人。祖母於民國 17 年病逝，享壽 77 歲。我每一思念，虧欠祖母的最多。

民國 12 年，我曾試投北京《晨報》一首小詩倖蒙錄取，給我最大鼓勵。以後《京報》上也刊出過我的小詩。民國 16 年我讀完了大學預科，遵父命到哈爾濱考入吉黑郵政管理局。在五年內，我服務南崗總局、五道街、長春、火車郵局、滿洲里一等局等郵政機構。同時我也進入哈爾濱法政大學（夜間部）學習法律與經濟等課。最重要的是在這五年內，我利用郵局「鐵飯碗」的生活保障，努力寫作。自民國 17、18 年直到「九一八」，我的寫作浮名已「騰揚」東北半壁，而且也成了報界的「小人物」。所有「東北作家」如蕭軍、蕭紅、羅烽、白朗等，都在我們之後。與我同時的有趙惜夢、于浣非、孔羅蓀等數十人。那時我們被目爲東北文藝界的「中心人物」，並非誇耀。

三、從事新聞工作之始

我從民國 20 年（九一八）年底接受了天津《大公報》之約聘，擔任東北祕密通信員工作，在冒險中有愉快。從此我與該報發生了關係。從此我也便在新聞與創作兩界中浮沉。21 年秋，東北郵政三萬餘名員工全體撤退關內，表示不在日、僞治下工作，反映了漢賊不兩立的骨氣。這是空前的一項志節展示。

我到了上海。一面在郵局服務，一面仍從事新聞與創作。22 年我奉《大公報》之命潛回東北，察勘日本撫育下的僞滿洲國一年的「政績」。採訪歸來後，22 年「九一八」《大公報》出特刊，四分之三的文章皆出自我手。內容震驚全國，也引起日本政府的抗議。我在《大公報》停留半年幫忙編「小公園」與「本市附刊」。23 年春，我又回到上海，結交 1930 年代文人甚多。24 年 2 月去武漢，與友人趙惜夢、于浣非、孔羅蓀等共同創辦

《大光報》。我主編綜合性副刊「別墅」。26 年「盧溝橋」事件爆發之時，我正在幫助惜夢兄苦撐《大光報》。10 月，《大光報》讓渡生財給天津版的《大公報》。我又回到《大公報》，擔任副刊編輯、記者、特派員等職務，迄 35 年 5 月 1 日辭職。前後計有 15 年之久，我爲《大公報》工作。中間於民國 27 年、29 年、31 年，我三渡天山，歸著《新疆鳥瞰》一書（商務版）。29 年並曾去蘇聯開會。我對邊疆因有接觸，發生興趣。從東北到西北到處有我的足跡。

四、浮名與際遇

我的浮名愈彰，顯著我的正式職業愈重要。除《大公報》外，別的文化工作都是在貼錢狀況之下幹的。至少到今天還有許多老朋友，不知道我是一個小小公務員出身，規規矩矩每天上八小時班之後，才從事業餘生活的。記者、作家容易得浮名，但很難填飽肚子。我仗著有噉飯的職業，所以才敢從事文藝工作。

我在郵局方面曾作過許多特殊業務，如行動郵局局長、如郵袋組組長、如要密組組長。如在上海郵區負責東北在自衛軍治下的 18 個局所，如作國際規算等等。這些都不是一般普通員工所能遇到的工作機會。在漢口我作過兩任支局長。在東川，我任「要密組組長」，被稱「要命組」組長。因專司軍事委員會給前方作戰所頒的「密電碼」郵件封發郵遞，如果發生任何一點錯誤，都吃罪不起。嚴重的還可以判死刑。我負責三年，倖無舛錯。我於 29 年調往郵政儲金匯業局（以下簡稱郵匯局）在儲金處當課長。如現在郵局所通行的「劃撥」就是我的「傑作」。其他如掛號、撕條就走、無需久等，也是我跟幾位同事向上邊建議的。這些都屬於郵政史上的「革命」業績。

我在報館工作完全是興趣。我雖非《大公報》的全部時間的工作人員，始終是客卿地位，但我享受過一個正式職員的待遇，還參加高階層會議。我編輯部的什麼事都幹過。自寫社評起，國內外要聞都編過。當然以副刊爲久，自「小公園」至「戰線」、「文藝」，自天津至漢口，再到重慶，前後歷經 15 年。如果說，人有所謂「黃金時代」，那便是我的「黃金時代」。

最特殊的職務是祕密訪問僞滿洲國與三渡天山。前者冒險，後者際遇難得。當年是前輩的善意，希望派我以特殊任務，藉機會使我離開郵局，專門幫忙他們致力於新聞工作。可是我始終能保持郵局職務，這是郵政當局對我的偏愛。在大陸時代，有人批評我不全副精神爲《大公報》工作是一大敗筆。於今想來，我倖未作「職業報人」，故仍能以「票友記者」爲《大公報》鳴冤。我已有三部書寫張季鸞、胡政之與《大公報》。（已有兩部出版）。假如我作了「職業報人」我不淪爲毛共政權下的「文奴」才怪！

所以天下事有幸與不幸。當年，青年學子爭著求入《大公報》的何止千萬？我卻不知好歹，硬是不識抬舉，沒把我的本職丟掉。其間默默中也有我的「智慧」與「命運」。

34 年我當選國民參政會參政員。勝利後，我去東北接收。一片幻想：想爲《大公報》辦東北版，想爲哈爾濱市政府辦地方報。但我正式的職務，是以「郵政儲金匯業局」東北籌局五委員之一，到達長春。然後又奉哈爾濱市長楊綽庵先生之任命我爲市府「文化指導委員會」的主任委員。

五、三年中四任經理

35 年 5 月在重慶開完了參政會，攜眷復員，到北平郵匯局報到，任副經理。兩年內，過足了北平生活之癮。37 年 2 月升任鄭州郵匯局經理。4 月第一屆立法委員選舉揭曉，我膺選立法委員。同年 7 月又接任瀋陽郵匯局經理，東北淪陷前逃出。38 年 1 月 8 日，在匪共圍城聲中全家逃離故都。元月 25 日，又由上海至廣西桂林，籌設郵匯局任經理。8 月離桂林來臺北。12 月底離開郵匯局專任立法委員，迄今已 28 年。

六、多次參加國際筆會

來臺後，除出席立法院外，其餘時間，從事寫作與文藝運動。先後參加「文獎會」、「中國文藝協會」、「中央日報」、「教育部學術委員會」、「中山基金會」、「國軍新文藝輔導會」及「中華民國筆會」等文化組織。1959 年與羅家倫氏出席西德法蘭克福國際筆會第 30 屆大會，歸著《歐遊剪影》。1960 年出席瑞士柯峰世界道德重整會議，歸著《在柯峯》。1961～1962 年，奉邀訪問美國七個月，歸後出版十本有關美國的專著。1962 年底出席菲律賓馬尼拉所召開的第一屆亞洲作家會議。1964 年出席泰國曼谷的第二屆亞洲作家會議。1965 年訪問琉球。歸著《瞭解琉球》。1967 年出席西非象牙海岸首都阿比尙舉行的國際筆會第 35 屆大會，會後並遊覽西班牙及歐洲大陸。應比、德之邀作友好訪問，歸著《歐洲眺望》與《西德小駐》及《西班牙一瞥》三書。

1970 年出席臺北所舉行的第三屆亞洲作家會議及在漢城所舉行的國際筆會第 37 屆大會。1971 年出席在愛爾蘭首府都柏林所舉行之第 38 屆大會，並再遊英倫四遊新大陸。1974 年先去日本，出席東京「新國民出版社」所譯拙著《荻村傳》日文本出版紀念會，會後去大阪演講。又去北海道旭川訪問《冰點》作者三浦綾子女士。12 月初率「中華民國文藝界東南亞訪問團」去菲、越、新、泰、香港等地，然後去以色列參加在耶路撒冷召開的國際筆會第 39 屆大會。會後遷特拉維夫住兩周，遊覽北部名勝並訪友，與文教界人士晤談。1975 年（民國 64 年）元月由以色列去義大利、荷蘭、瑞典等國遊覽，爲第四次旅歐。元月 14 日由歐轉美，在東西兩岸各停兩周，經舊金山、檀香山等地，爲第五次旅美，於本年 3 月 9 日返臺，歸後著《寂寞的旅程》。

七、我的家庭

我有兩女一男。長女陳雅甯，美國凱柔護理專科畢業，佛州大學及南加州大學教育學碩士，先後任職各大醫院護士、護士長，現任加州聖安娜大學護理系主任。次女陳慕甯，美國韋伯學院畢業，任職紐約天主教傳信署。小兒陳廷標，紐約大學建築系畢業，任職烏爾渥斯公司建築部工程師。

先父陳公式銘業律師，於 37 年病逝北平，享壽 77 歲。先母陳董書詒 60 年在臺逝世，享壽 88 歲。先室李蕙蘭女士於 51 年病逝美國佛州，享年 55 歲。繼室汪綏英女士，北京大學畢業，刻任職中央黨部婦工會。

八、痛苦與喜悅

以上是我半生以來大略情形，因為既是「小傳」，當然越短越好。不過寫慣了長篇，求短相當不易，只好就此打住。

我平生很服膺「人生即悲劇」之說。尤其對一個文人而言，天天在製造悲劇，天天也在扮演悲劇中的角色。人是感情動物；文人，是感情中之最需富有感情者。有感情的人，對於喜悅事往往淡然處之；反之，對於痛苦，則痛上加痛。六、七十歲的人，哪有一天好過的日子？即有，一刹那就過去了；可是痛苦，則無時或忘。

一個文人最大的快樂，莫若把要寫的東西寫出來。寫出來還能印出來，那更是快樂中的最大快樂。假如印出來，還能有些影響，那便是額外收穫了。因此，可能悲劇結束後才有喜劇。不過喜劇要扮演的則不是自己。所以，還是……。

民國 64 年 9 月 6 日張季鸞先生逝世 33 周年紀念日，於木柵興隆山莊。

——選自陳紀瀅《陳紀瀅自選集》

臺北：黎明文化公司，1975 年 12 月

我的求學歷程

◎陳紀瀅

拆了大寺蓋學堂

「中華民國大改良，拆了大寺蓋學堂。」

這是辛亥革命，民國成立，流行在全國的兩句口號。直到民國六、七年，北方各省還到處可聽見這種聲音。那些年所有農村的廟宇，尤其是專門供奉地獄諸鬼的大寺都被拆除，改建了「學堂」。在此以前，全中國無論大江南北，最大的是「書院」，其次便是「私塾」。這兩項教育機構所占地方都較小，規模也不大。但拆了的大寺（廟）所蓋的「學堂」面積寬敞，幅員廣大，不但有了像樣的教室，並且也有了不小的操場。

我們村裡（河北中部安國縣齊村）的大寺名東嶽寺，位於東頭中間，占地約二十畝。裡邊所供奉的是閻王，也叫閻羅王，即地獄之主。由於祂是地獄之主，跟著「判官」、「小鬼」及所有地獄之神都有了。再有「上刀山」、「下油鍋」、「牛頭」、「馬面」，一應「設備」應有盡有。這本是佛教的教義之一，無非警誡世人，在陽間要做好事，否則死後到了陰間必有報應。

在民國以前，中國地方，要論大江南北，無地無村沒有這種寺的。如北平也叫「東嶽寺」，其他則叫「廟」，如「藥王廟」、「三官廟」及「巫道廟」等等，但這些廟都占面積較小，唯有「東嶽寺」各地均有較大面積。所以「拆了大寺蓋學堂」，拆的大多是「東嶽寺」。

我村「東嶽村」簡稱「大寺」，沒拆除前，我在五、六歲時曾跟大人前去玩過。第一次印象極爲深刻。「小鬼」、「判官」青臉紅花、鋸齒獠牙，非常可怕。「上刀山」、「下油鍋」，陰曹地府的景象，也令人可畏。又見「十殿閻君」那副陰森恐怖的面容以及全殿大小鬼怪紛布在殿內的一邊使人不敢細瞧它們的架勢，對於全殿無一吸引人處。我看了一會兒，就要求大人帶我走出寺門，寺外有前後大院，古柏森森，約有百餘株，有小橋、石階等點綴。在那兒逗留一會兒就回家了。

這是我遊逛大寺的一般印象。但後來據同學說，他們常常去東大寺玩捉迷藏，揪判官和小鬼的鬍子，從來也沒遭到過報應？我聽說了，不得不佩服他們膽大。

我沒有讀過一天私塾

我生於民前四年。民國二年，我已六歲開始上小學。但村中許多家長，寧肯令子弟讀「私塾」不肯上「學堂」，說:「上學堂讀不了書，人還要學壞了。」我家外院就有一所有名於遠近的「私塾」。主持「私塾」的是本村秀才周景彬。他極嚴格，常常拿戒尺打學生。這所「私塾」只能收留七、八個學生。他們唸《百家姓》、《千字文》及《三字經》等唸幾年後，才唸《唐詩》。唸「四書」、「五經」要在五、六年以後了。我下學後，常到他們這裡玩，我的左右鄰居小孩們都在這裡上學。老師在一旁監視著。他們一上午朗朗唸書、背書，跟我們在學堂裡上課，大異其趣。當時我確實懷疑究竟「私塾」與「學堂」誰優？然而爲了遵從國家的命令，只有上「學堂」一個選擇。

四年級都在一個教室上課

大約在民國二、三年，全國「學堂」都拆蓋成功了。我村的「學堂」當然就是東大寺的舊址。我七歲上學，好像第一天上學，並無家人陪伴，獨自一人前往。座北朝南，門前一溜臺階，當中一個大門，再進去是映壁牆，另外有東、西兩個小門以便行人出入。再進去，就是校園，還有不少柏樹保留著，然已無當初的繁密。再往前走，便是「學堂」的正身了，約有目前一般學校的禮堂大，大概可容一、二百人。桌子已擺整齊。一座大課堂內，尙有老師的預備室及一間住室。室內並有爲冬季升火的爐灶等物。課堂後邊便是一個大操場，以供學生體操及運動之用。我入學堂時，已開辦了兩年，故在我入學時，已有乙、丙兩班，初入生算是丁班，再過一年才有甲班。教室內除了有八排桌椅外（每年級有二排約四十張桌椅）也就是說，每年級頂多四十人，共計 160 人的座位，課室當中黑板有一張教桌，有一條藤子教鞭。老師是周景山先生，他與我家「私塾」周景彬是堂兄弟，都是秀才出身，而且都住在西頭。

那時候小學是四年制，也就是讀完了教科書一、二、三、四本就算畢業。主要課程除了國文、算術、修身外，尙有大小楷及珠算等課，體育、音樂、手工及圖畫也有。不過不如主要的三門課程爲多。主要課程每天都有，其他隔日，或一周僅一次，如大小楷、體育、音樂、圖畫等課是。

因爲四個年級在一個大教室內上課，老師往往每小時教不同的一個年級，別的年級在老師不授課時，則自習。所以一邊聽老師給別的年級上課，一邊則靜靜的自習，如同沒聽見一樣。

如照今日情形說來，則不可思議。因爲在同一教室，一邊老師給別的年級講課，一邊卻令其餘三個年級的學生，如同沒聽見似的在一旁自習，豈不擾亂了視聽嗎？

然而，這就是民國初年教學與受課的環境，而且長達四年之久。周老師教學非常嚴格，動不動就拿教鞭打人，有時候不只打身上，還朝著頭上打。我也挨過他的教鞭，忘記爲什麼，大概是爲算術吧！我從來算術不好，有若干四則題始終弄不清楚。打得脖子後頭，血痕一縷縷的。有一次我祖母心疼我，要到校裡去找老師評理，我哭著勸止，說那樣以後老師越發忌恨我了。大約四年之內，我挨過兩次打，都是爲了算術問題。可是我的「國文」、「修身」永遠是滿分的。我手很笨，手工做得不好，音樂好，體育平平。這樣混了四年就畢業了。畢業成績，因算術不好，所以平平，算乙等。

我留心事務

這個期間，我因自幼興趣廣泛，留心鄉下許多習俗與稼穡之事，所以常識（彼時尚無此名詞，後來才有。）豐富，比一般同歲小孩知道的事多。常蒙祖母、嬸母等誇獎。記得有一次秋收打場，連做活的（傭工）及全家男女都在忙碌，忽然有一隻釘笆（清穀子所用）不見了，大家找了半天找不到，都十分焦急，但我一眼就看見在倉房屋內一進門處，當我把釘笆拿到我祖母面前，大家高興的那個樣子，真是難以形容。又那些年北洋軍閥整年混戰，我村經常過逃兵，鄉人騾馬常被掠走，糧食與佚子也被劫去。但這些逃兵是屬哪方及為什麼打仗，鄉人一概不知。我往往從由平（京）、津來的報紙內知道些消息，告訴家人及村人，使大家受了損失，也知這個究竟。

我這樣「小常識」比別人知道得多。因此受到村人及家人的注意。

關於在同一教室教四個年級的學生一事，在民國初年的鄉間，遍地皆是，因拆了的寺，僅夠蓋一間大教室。且因學生不多，同時在鄉間也只能請一位老師教全校，不像現在城內的學校分班授課，有足夠的地方。如今偏僻的鄉間，恐怕仍是一間教室，等於闔班上課。中國數十年來，大率如此。

有一年，大約 1970 年代，我旅行歐洲，到日內瓦小住。見報紙上大登一則新聞，說什麼聯合國在開世界學術大會，討論的題目是：「小學教育在同一教室教課的可能性」。好像是聯教組織主辦的。我看了新聞內容，不由得笑道：「中國六七十年以前，已是如此辦過，沒想到歐美人士尚在以大題目，集合數百名專家來討論？」我曾把中國早年實行的辦法，介紹與住同一旅館的代表們。附贅於此，以供參考。

上高等小學堂

民國六年，我考入安國縣城內高等小學堂，等於現在的初中。我們村裡在我以前只有張照一人，可是張照失敗了，不是逃學，就是跟壞學生一塊兒打混混。我們考高小時，正是他被村中人批評得體無完膚的時候。多數村中父老說：「這是上洋學堂的榜樣，有什麼好處，哪如讀私塾好？」我因父親常年在關外，家中一切事情均由我祖母做主。我祖母說：「不能因爲張家孩子壞了，我家孩子一定要壞！還是讓他到城裡去念書！」於是我便在眾人「等著瞧吧！」的情況下入了高小。

跟我一同去的，還有三人，李春和、李建中及張用中，都是本村西頭人，他們後來都念到高小爲止，沒再升學。

高小在城內北關，文廟隔壁與校內有十幾間新建的大教室，好像都是新蓋的。一切設備比「初小」好多了，有教員預備室、閱報室等。校長是李鏡湖先生，據說北京師範大學畢業的，是我縣南鄉人。教員們有位劉芹圃先生，外號「大鼻子劉」，教國文。還有一位江先生也教國文，東鄉人。還有一位戴培堉先生教數學與音樂。據說這幾位都是北師大畢業的。還有幾位教員，分別教歷史、地理與常識。有一位邢倬如先生專教英文。只有一位叫胡同菊先生，年紀輕輕的，據說是保定第二師範畢業的，教體育。按說，北師大畢業的先生們應該教中學，師範畢業的才應該教高小。我們那些老師寧肯屈就，以現代術語來說是「降格以服務鄉梓」。有了那麼多高資格的人屈尊教我們，自然歡迎之不暇了，但對適格教我們的人則有點瞧不起，何況又教的是體育！同學們常常有流言，對某一教員有批評，大家對於「大鼻子劉」最怕，他教國文，他講過一遍，你如未注意，趕他問你時，你如答不出來，他會拿教鞭打你，同時他還用尖酸苛薄的話來嘲弄你。其餘教歷史、地理的老師都相當和善。那時候的國文仍然是文言文，然而是較以前淺顯多了。到今天還能背過一課，如「吾之心意，懷而不宣，人莫能知，必賴語言、文字以達之……」那位教英文的邢先生，據說是保定育德中學畢業，按說他的學歷最淺，然而教的則特別好。先教 26 個英文字母，然後教拼音。再其次教課文與簡易文法，每周有五堂課。似乎我們三年下來，所學英文比今天的初中稍多。

課業成績分析

我自小喜愛國文、歷史、地理，此刻又加入英文，但仍拙於算術。所以我的課業成績，前四種往往都在 80 分以上，算術則經常不及格。其他副課音樂、體育勉強；手工仍是最低分數。

這個時候，我偏愛地理、歷史兩課。因爲暑假、寒假，我趁機會看許多舊小說，如《三國演義》、《水滸傳》等及「小唱本」。那個時候，我的知識與興趣，尙不能與《紅樓夢》和《西遊記》接近，這是中學時代的事了。鄉間「小唱本」最多，那是上海坊間印的民間故事，如《白蛇傳》、《小姑賢》、《小姑刁》、《小五義》、《小八義》、《包公傳》、《施公案》及《梁山伯祝英台》等等，差不多有百八十種，64 開本，用毛筆寫的正楷字，石印的。好像是上海四馬路文明書局印的，一本也不過兩文錢。我家應有盡有，因爲字小容易壞眼，所以後來變成了近視眼，與看這些小唱本，不無關係。可是，從這些「小唱本」中，既得了許多知識，也增長了不少學問。打抱不平、見義勇爲、暗箭傷人、世故人情等等，都深深印入腦海中了。

體育課除籃球、隊球（即排球）外，尙有「打野外」。學校後背靠北城牆有一片空地，專供學生們「打野外」，所謂「打野外」，即每人持一枝只具槍形，卻無子彈設備的木製步槍，由胡老師帶著學生排隊，變形成單雙行，跑步、打靶及搜索敵人等等動作。恰好，操場附近是一片壕坑，坑內有小路徑無水，學生們藏在裡邊以待發現。

學生們最喜歡「打野外」，比較輕鬆些。又由安國城內回齊村有兩條路。一條經東關往河西村走，一條經北城牆，越牆下坡，一溜煙兒跑下去，路捷，少走一里路，所以上學時經東關至城內，回家時經北城牆順人行路跑下去。

祭孔

學校東邊隔著一道牆便是「孔廟」，也叫「文廟」。這座孔廟與我們學校一樣長度與寬度，但柏樹森森，古木參天，顯著特別幽深。有東、西兩道門，再就是通過「泮橋」，便是一條修長的甬路，走上正殿，兩廊是東西廂房，供奉著七十二大賢人，各有名諱與神位。正殿前有敞大的廣場。門都是雕鏤成花的朱色楡木長門，那道門檻既寬又高，小學生時代很吃力地才能跨過去。進了大殿，正殿供奉著「大成至聖先師之神位」，祭孔日，桌上擺著豬頭三牲、太牢、少牢及鮮果之類。兩旁則是亞聖孟子及子思的神龕，大案上也擺著供品。

早年祭孔是每年陰曆 8 月 27 日。向例在子夜舉行，由縣長（早期叫「縣知事」，後改爲「縣長」）親自主祭，另有縣紳襄祭，爲一年一度之大典也。那但「唱禮的」（即今日司儀）一定要實大聲宏，響徹雲霄，一字一句遠近皆聞。學生們則分爲兩隊，名爲襄祭。每隊約四、五十人，分列殿前廣場兩旁，並有老師按琴（風琴）引導唱「祭孔歌」。誰要是選上參加祭孔，在同學中間，無形中是一種榮譽，被人稱羨。我每年被選上，所以那時也最高興。當祭孔日，等於放假，白天音樂隊與老師練習唱歌，並穿上制服；夜晚飽餐一頓，不到十一時就列隊到大殿前等候縣長來了。祭孔開始時，縣長進門時，前邊有八人持團紗糊的燈籠導引，唱禮的一面隨著縣長步伐，一面唱「過泮橋」、「過拱門」、「走甬路」、「上大殿」等等，學生們這時就開始唱歌了，縣長進了大殿。先向正殿孔子像行禮，並獻爵、獻花、獻果等等。案前執事的人則是畢業班最優秀的同學。

我參加音樂隊一次，參加「亞聖」案前執禮兩次，執禮有二人，無非等縣長向「至聖先師」行跪拜禮後，再到兩旁來祭拜，這時候，執禮的人獻爵、獻花、獻果，一人遞給縣長，一人由縣長手中接回。等縣長祭了東西兩廂的七十二賢人之後，祭孔大典才算完畢。

平時，孔廟大門不開。柏樹上有許多老鸛做窩，並有鴟鴞，所以夜晚叫起來驚人。當學生時代對於孔廟鴟鴞的聲音印象尤深。

藥王廟與親情

高小學生們的伙食團，分三個飯廳，用飯的誌號是敲一個碩大無朋的橫型木質梆子，由一個「聽差」手掄兩隻木槌往梆上連續敲打，每次約敲五分鐘。學生們聞梆聲即在飯廳前排隊等候人齊了，由排長發號令入房廳，吃的東西早已由廚師擺在長型桌上，盛齊了，也喊聲:「開動」才舉箸。北方人多吃麵食與豇豆稠粥。我記得膳費是一月兩吊制錢，不願意繳錢，可以實物代金。我祖母娘家是本縣南關崔家，崔家是著名的中藥經紀，我祖母的弟弟崔洛樸又是一個戲班班主，遠近百八十里的村莊都「寫」（邀或訂）他的戲。我縣自隋唐以來，就是全國藥材的聚散中心，也就是現代術語的「加工出口區」，每年 4 月 28 日藥王爺生日及 10 月 1 日秋忙後均有大廟會，附近百里之內的鄉民都來趕廟會。因此這兩個節日，祖母一定藉機回娘家，順便給我送膳費或來城內看看我。

有時她乘蒲輪車，有時乘轎車。當車子停在學校門前，校役通知我，我趕快跑去會她時，祖母見了我，她那份喜悅與那份激動，雖時間已逾一個甲子，但恍如目前。尤其當祖母拿出親戚回禮的餑餑蒸食叫我拿幾個或交與我膳費時，常常使我感激得泫然不止。我記得有一次帶給我的膳費是小米，我送走了祖母，才背著小米袋交與受伙食的人收下。

祖母的娘家在南關片子棚一帶。我大姑家則在西南關，也叫做「西場裡」，廟會時固然常藉機去看姑母，就是平時趕星期天或假日不回家時，我也常常去姑母家看望。姑母知書達禮，爲人和善，只因爲生了三個女兒沒生兒子，飽受姑父虐待，日困愁城。姑父姓卜，卜家是安國縣南關首富，除了在本縣有錢莊、藥鋪外，並在奉天（後來的瀋陽）開著「寶和」、「萬玉」兩家參茸藥行。這兩家屬於卜家四個院的，每年各院分配紅利不貲，所以家家戶戶，青堂瓦舍，騾馬成群，是遠近有名的財主。每次去看姑母，離開她時，我往往強顏爲笑，眼中含淚而別。因爲我太同情她了。

一個表姐，兩個表妹與我的姐姐等都是民國初年（民一、二）第一班小城內高等女小學的，算是我縣首批女性受新式教育的，比我上高小早了四、五年。他們因受家庭教育，所以未經過小學階段越級入校的。

河西村的沙灘與叢林

從我村（齊村）到安國縣城內，計共 12 華里。我村在安國北鄉。要往城裡，當中要經過河西村和東關。由我村向南走，順大路要到五里處才是河西村的西部。這一帶都是沙灘地，一片黃沙，但處處有叢林，綿亙很長，一眼看不見邊界。五里以內，除了黃沙之外，就是密密的叢林，而且在漫天漫地裡常常有路劫。

有一年，我的八嬸母因回深澤娘家回來稍晚，車便被劫了。後來好不容易，賴父親給當縣長的金蘭把弟寫信才找回了牲口，因此對於走這一段路懷有戒心。自家中去城內上學都是在上午，還無所謂，自城內回家，因爲走七里路到了這裡便黑天了，便怕被劫，所以必須聯合同學四人一齊回家，也倖免被劫。

直到今天，還常常作夢，夢見走這塊叢林邊的沙灘，往往被驚醒，由此可知，幼年時腦海裡的印象，一生難怯除！

因摘杜梨摔折了腿骨

我 11 歲那年，正是高小二年級，差一年就要畢業了。暑假期間在家裡，有一天祖母提到村北頭在一座墳地裡，有一棵杜梨樹，那上邊的梨很好吃。我也記得過去跟著老人去幫助田畝。田畝北邊有這麼一棵杜梨樹，那上邊結的梨不像普通梨，果實小，但既甜又沙，非常好吃。祖母這麼一說，把我提醒，我未經說明，便悄悄離家，走到那棵杜梨樹下，想要摘梨，但梨樹甚高，必須攀登樹幹，才能摸到枝葉，不料等我攀登到頂端，要摘取杜梨時，一不小心，便從樹上掉了下來，正遇上一塊硬土丘，我的左腿下部，碰在那硬土丘稜上，就折斷了骨。於是我大喊求援，正好我家傭工，在不遠處收拾田裡的莊稼，聞聲即至，問清楚了我折了骨，才把車拉來，把我扶上車，趕回家去。全家聞變，都來看我，我羞愧地說明經過，乃派傭工，把我抱上祖母室的炕上倒下。我哭著說：「奶奶！我對不起您，原來是一份孝心，沒想到把您拖累！」

祖母一面叫我躺下，一面叫做活的去中羊村請接骨先生來，這位接骨先生是馳名的，我忘記姓氏，總之他治療跌打損傷一類病痛，是很拿手的。我忍著疼，倒在祖母的炕上，全家尤其我母親圍繞著哭泣，心疼我折了骨，約兩小時以後，醫師來了，他讓我平身倒下，看準了骨折處，兩隻手用力地一接，好像接合，又用繃帶把骨折處繃緊，又給了些吃的藥粉。祖母付了手術費，又令車伕把接骨先生送回。

約五、六天後，我的傷處仍疼痛不止，於是二次接骨，這次所受的疼痛，比第一次尤甚。好歹經過兩次接骨，總算合縫了。

我因此休學一年。躺在炕上，與祖母作伴達近八個月之久。在此期間，白天我看小說。這時能看《紅樓夢》及《西遊記》了。特別是小唱本及《花月痕》及《玉梨痕》一類鴛鴦蝴蝶派小說。但仍有許多詞句不懂，囫圇吞棗地看下去。晚上祖母給我講故事，我也給祖母講白天看的書。冬天，在煤火爐煮掛麵吃，及在火爐臺上烤紅薯。深夜後街上有賣包子的，奶奶也叫人給我買來。總之，這個擋口我所享受的祖母恩情以天高地厚形容，也不能表達萬一。後來讀李密〈陳情表〉形容他祖母對他之鍾愛，實不及我享受祖母恩情爲多。我祖母知書達禮，能背多少首唐詩及名人故事，都教給了我。所以我在拙著《親屬篇》一書中（成文出版社公司出版）〈記祖母〉一文，前邊標題曰：「生我者父母，教我者祖母。」就是這個原因。

八個月後我便能下炕試走路，又經過兩個月才完全復原。幸好不留下殘跡。

借糧的故事

民國六年，北方各省鬧水災，民國九年，又鬧旱災，一片汪洋之後，又赤地千里，再加時常遇逃兵，所以在小學時代作文，大多數同學經常以「旱潦頻仍，兵燹連年」作全文的提綱。說完了這兩句，才有下文。這確實是寫實之作。這兩次災情我都親經目睹。於是才有我自博野縣政府借糧之舉。那年我才 13 歲。以一個 13 歲的小孩子居然能達成使命，借糧食來，在今天開通的社會不算什麼，在那年頭，實不容易！

原來安國鄰縣叫「博野」（即顏習齋出生之縣），縣長與我父親有盟兄把弟之誼。縣長宋殿選（武軒）是東北吉林德惠縣人，因博野縣也鬧水災、旱災，他就從東北買來了許多糧食（包括大豆、高粱與穀米等）。除了救濟博野縣民外，尚有餘賸。所以我父親遠從哈爾濱寫信來，向他借糧。我拿著信去博野縣城，也是我首次出遠門，約三十里路。自然我臨去前，我祖母也囑咐一番，如何行禮，如何說詞，把進退的禮節說明。我到了縣衙門，見了縣長，也是宋大叔，把來意說明，又遞上父親的親筆信。宋大叔見我進退，十分中肯，便請我到客廳去坐，問了些語言，我也應對如流。中午時分，並帶我去與宋大嬸等一齊用飯。飯後並由宋大叔親自領我去參觀衙門內各辦公室及一所小學。

下午四、五點鐘，宋大叔叫人幫忙我們的車伕把所借糧食 20 大袋運上車去。臨去時，宋大嬸還贈我銀洋三圓，以充見面之禮。我來時也帶有禮物，忘記是什麼了。

總之，以一個高小畢業生能從遠方辦完這樁事，在當時也是值得誇獎之事。約五十年後，我曾在《聯合報》副刊上寫過一篇〈前代金蘭後代友〉便是記載與宋氏長女宋宇（雅貞）在臺北相見的經過。宋女士是前教育電臺臺長宋乃翰弟之賢妻，也是故宮博物院書畫組專員，刻在美國任聖地牙哥美術館東方系主任。

我的中學崎嶇路程

民國 12 年，我高小畢業之後，要投考中學，恰好高小同班黨季川要考保定省立第六中學，因爲他的伯父黨夢齡任「六中」的學監，於是我們有四、五個同班同學聯袂從安國僱早車（轎車）同去至保定。安國距保定 100 華里，當時算是出遠門。

那時候，正是北洋軍閥時代直隸督軍曹錕駐節保定，冠蓋往來，商賈雲集，把保定點綴得如大都市。初出茅廬的高小畢業生，一看保定街市，處處新鮮，好生羨慕。我們在城內住定了旅館，就僱洋車到北關跟著同學黨季川去拜訪他伯父黨先生。黨先生叫我們馬上報名，因後天就要考試了。有他領導著，很快地就完成報名手續。然後我們又在校園走了一遍。這才知道「天外有天，人外有人」的說法。原先以爲安國縣高小就規模不小了，看了六中校園的教室、宿舍及各種附帶設備，實在開了眼界，覺得安國縣高小的規模沒有它十分之一大，氣派也不同。從此以後，才知道什麼叫「開眼界」了。

隔了一天去考試，一天考完。考的課目，是國（文）、英（文）、算（術）。我從小學起，算術就不好，高小三年仍是不好。我最怕的是四則題。那時候，考試命題，不像現在，除了算術出四道題外，國文只出一道作文題，英文則出中譯英、英譯中及若干造句及改錯。半天考試下來，四道算術題與同考的同學們研究起來，我只答對了一道，錯了三道。其餘國文、英語還差不多。一般同學自覺考得滿意。所以回到旅館，無不高高興興；我則因數學題明知四道題錯了三道，垂頭喪氣，自忖必名落孫山，無臉見人。

校方公布隔一天就放榜。同行四人，有三個人高高興興等候揭曉，我則惴惴不安，自忖落選，因此畏懼去看榜。

等第三天，我跟隨三位同學去看榜時，我走在最後邊，以表示我的心情，因自忖我的成績最不好。

等大家走近貼榜處，大家抬眼衝著貼榜處去看，有一位大聲叫道：「陳紀瀅，你是第三名！」

我在身後，驚了一下子，就說：「別開玩笑了！」

「你不信，你走近來看看！」

果然，我的大名赫赫是第三。其餘都在十名以下，包括黨季川。

我看了，第一名是一位叫段耀林的，第二名就忘記了。我是第三名，這也不錯！我們四個人都被錄取，只有我這個四道算術題錯了三道的人考得可前，我不免納起悶來。

我被錄取第三名

看完了榜，各人懷著不同心情去到舍監辦公室看黨先生。黨老師一見我們四人就說：「恭喜你們四個人都被錄取，而且陳紀瀅還得了第三名！你如果再對一道題，就可名列第一！」原來算術四道題，我實答對兩道，其餘國文與英文均是第一名，平均起來，我被列爲第三。我一面聽黨老師講閱卷經過，一面既高興，又慚愧。在他的辦公室耽了約半小時，他又告訴了我們開學日期及須準備的東西等等，我們道謝後辭去。

第二天，僱車回到城內，再各回自己的家。

六中與保定軍校為鄰

暑假後，我們四人分別自家鄉到保定入學，寬敞的宿舍（齋）與明朗的教室予人以新奇之感。註完了冊與繳完了費，有兩天空閒工夫可瀏覽全校及校外附近環境。原來我校在保定北關之北，與東關之「軍官學校」（俗稱「軍官大學堂」即「保定軍校」）呈犄角之望，彼此可以望見，站在校門口，可以望見他們的大校場及校址。我校門前一片墳地，也是軍校的操練與休憩之所。那時八期（即陳辭修、楚溪春及周至柔將軍等那一期）還未畢業，九期正在訓練。九期有我村張晉賢在上學。我當時就盤算著等哪天去拜訪張晉賢，順帶著參觀參觀保定軍校——全國最有名的軍事學校。後來果然去了，看到裡邊設備及環境。張晉賢畢業後任傅作義的團長，抗戰時陣亡。

學校設備一瞥

學校當中一溜有二、三十間大教室，供全校學生上課之用。我們被編列爲 32 班，還有 33 班爲同一年級。上邊到 27 班，算是以往的最高年級班次。在校的班次爲 28、29、30、31、32 及 33 班等六個班次，每組人數不同，少者五十人，多者六十餘人，合著在校學生共有四百餘人。共有 12 個「齋」，每齋大小不同，有容四個人的，也有容六個人的。在高小時代，我因傷腿，留了一級。原來跟我同班的那幾位同學，已先我一年前入學，那個時候都跟他們見著了，如趙子璉，是我村東鄉人，我倆還換過帖，外號兒「小可憐」，人最聰明，數學最好。另外一位叫劉從謙，是我縣北鄉黃台村人，人也與趙子璉同樣聰明，尤其音樂好，胡琴拉得好，笙也吹得好。他倆帶領我們東看西瞧，很快就把學校環境弄熟了。尤其是對於「博物」、「物理」及「音樂」教室，所有桌椅均排成波狀，一層層地覺著新鮮。操場裡有各種球場，如網球、排球及籃球等，無不應有俱有。

門前有一座三層樓房，什麼校長室、教務長室、舍監室、總務室內均極齊備。教室後邊那個可容七八百人的大飯廳，擺著一溜一溜八仙桌子及凳子。第一天，我們被帶領去飯廳吃飯，只見桌子雖有四面，卻只三面有凳子，一面擺著兩個圓型不大不小的鑌鐵桶，桌上擺著四碟菜，其中一味，每頓必有，即保定名產「春不老」。其餘有豆腐乾、炒牛肉一類。那兩隻鑌鐵桶內，原來一個裝的是饅頭，一個裝的是蛋花湯。這又比高小吃的好多了，每月須繳伙食費兩元大洋。

從 28 至 33 班，至少有我縣同學二、三十位，不久就都認識了。其餘的同學，南自大名府、順德府、望都、滿城、清苑、容城、唐縣一帶的同學也多。保定當時共有 18 個公私立中學，因民風樸實、物價便宜，比到平津兩地上學所費便宜甚多，故北平、天津一帶的青年，也有來此就學的。

新舊交替時代的教學

那時候，中學一年級的課程如下：國文、英文、代數、歷史、地理、博物（包含動、植、物三科）、作文、圖畫、手工、體育等部門。老師們大多是北京（那時還未叫「北平」）師範大學及北京大學畢業的，已有多年教書經驗，所以教的都很好。但是正當「五四」以後，新的尚未完全確立，舊的已走上被擯棄之列，所謂「新舊交替時代」。我們班上的國文老師叫宋屏周，博野縣人，他是師大的畢業生，人很維新。國文有教科書，但仍是文言文。補充教材則採自小說，如《水滸傳》、《紅樓夢》、《三國演義》及《西遊記》。還有《老殘遊記》及《鏡花緣》上的一段或一章。如《水滸傳》摘採一段〈武松打虎〉、《老殘遊記》則摘錄〈白妞兒說書〉，還有〈王冕傳〉等。教科書上的文言課照講，補充讀物，以講義的方式發給同學們。

上了兩堂後（每周五堂），正當大多數同學感到興趣時，忽然有一位同學質問宋老師：「老師，這些補充教材考不考？」老師答：「既教你們閱讀，當然要考試。」那位同學又問：「爲什麼發這些講義？」老師答：「爲了引起你們讀書的興趣。又爲了順應潮流，你看過胡適之先生的『文學革命』嗎？你看過那些文學論戰的文章嗎？」那位同學又說：「我都看過，我看白話文站不住腳，遲早要被淘汰的！」老師說：「這倒未必。」

原來這位領頭質問宋老師的同學，就是入學考試名列第一名的人，他名叫段耀林，滿城縣人，個頭兒很高，說話伶俐，態度也激昂。大多數同學都覺得他的話有點兒冒失。

老師這樣講課外的東西，並非自己擅做主張，也是得著上邊許可的。學校也因爲「五四」之後，中國文學受到革新影響，在沒有修訂教科書以前，先以白話文學引起學生的閱讀興趣，確實是智慧的舉措。

段耀林仗著他對文言文懂得多，以後就時常拿一些生疏的典故來爲難宋老師。宋老師既非《辭源》（那時《辭海》尚未出版），又非「字書」，當然有時被他難住。老師只有說：「容我查查再告訴你。」因此段耀林就在學生中間散布「宋老師只懂白話文，不懂文言文」的說法，弄得一般同學就附和著，以至於從此之後，輕視宋老師。

這真是時代的矛盾。有一陣子，段耀林任班長，想聯合大家轟走宋老師，大家都不贊成，因爲宋老師不是不能講文言文。

我在這個時候，因得宋老師教學的益處。因爲他不是只照文宣讀一番，他分析全文的結構、人物、對話以及描寫的重點及所用文詞，使我後來寫文章獲益甚多。

另一位老師便是歷史老師郝步蟾，高陽縣人，師大畢業。他講歷史，除正文以外，還講課文的時代背景、思想、人物及相關事物，使學生們同時對於它的附帶資料知道很多。

訂報讀報成新聞傳播人

我因宋、郝兩位老師的啓示，使我原來也排斥新的觀念、學識，而開始接受了。

又因我自上高小起，即閱讀平津報紙，說起來這是極感傷痛的記憶，因民國初年，北洋軍閥作亂，家鄉門口天天過逃兵，打家劫舍，無所不爲，但誰在跟誰打仗則一概不知。甚至牲口被拉走了，糧食被搶了，被誰拉的，被誰搶的，也都蒙在鼓裡。有鑑於此，我祖母特地於暑假寒假代我訂一份平津報紙，那時是《京報》與《益世報》，每份報紙費一元加郵費三角，計共一元三角。這在鄉下，不是一個小數目，誰肯花這閒錢訂報？我村恰有一處郵政代辦所，平津報紙大約有三天，即可收到。收到後，我忙先看國內要聞版，知道誰在跟誰打仗，他們打仗爲了什麼，什麼人帶兵？在什麼地方打仗，誰勝誰負？一一弄清楚，我先給我祖母報告，然後她就鼓勵我去街心廟臺上說給村人聽，因廟臺是村人時常聚會之所也，因此引起鄉人的興趣，我也無形中成了新聞傳播人。

我清楚地記得，在上高小時，偌大的一間閱報室，大約有十幾份平津報紙，供學生們閱讀，但往往只有我一人。我也讀不了那麼多，揀一兩份主要報如《晨報》及《益世報》(那時《大公報》還銷不到鄉下)。看完之後，回到齊村，我的三祖父躺在炕上，一面抽著鴉片（也叫大煙），一面聽我報告時事。他聽了那份高興勁兒，至今印象猶深。他因軍閥互相混戰，不免憤憤地說：「中國人有什麼資格講共和！」他的意思是說，中國仍應實行帝制。

到了中學，一方面因歷史老師的啓示，一方面我繼續讀報的習慣，並在下午完課後，抽空到閱報室去讀報，往往也只有我一人。那裡除北方報外，南方報如《申報》、《新聞報》及《時報》都有了。

因考歷史影響了我一生

民國十年「九國會議」在華盛頓舉行，故亦簡稱「華盛頓會議」。於那年 11 月間由美國總統哈定所發起召集，以裁減軍備，解決太平洋遠東問題爲主旨，與會者中、美、英、日、法、義、荷、比、葡等九國參加。議長爲美國國務卿許士（Hughes）議決之要案爲：1.限定各國主力艦噸數爲英、美各五，日三之比率；2.英、美、日、法四國協約規定：四國互相尊重各國所屬之太平洋島嶼，如有爭議，由四國會商解決之；設受非協約國之侵略，則彼此爲有效之處置；並廢美日同盟，而以此約代之；3.九國公約，係指對中國而締結，其要旨爲尊重中國主權及領土與行政之完整，維持各國在華工商業之機會均等。4.山東問題，於 1922 年由中國向日本收回青島，並得籌款贖回膠濟鐵路。

當時各報均有刊載。郝步蟾老師除照教科書講解外，並將詳細經過與條款以講義方式發給同學們參考。

等期考時，就出了一道題「論華盛頓會議」。我因爲熟讀報紙，不但把所有資料運用上去，並且大發議論。不久，卷子發下來，郝老師拿著我那份試卷，向全體同學介紹，說：「這一次陳紀瀅同學答得最完整，故得滿分。你們拿去傳閱一下，看看他怎麼答的？」

說著，說著，從教臺上把我那份試卷傳給前排同學去看。我一面高興，一面也惴惴不安，心裡撲咚撲咚亂跳。我自忖也不過是根據報紙消息，少加渲染，並述當時的感想而已！但我這份榮譽，卻得來不易。郝老師在此以前還沒有當著眾人之面，誇獎過一個學生呢！

我承認後來我之從事文學創作與新聞業務，完全是受宋老師與郝老師的影響之故。

不幸的「五卅慘案」

民國 14 年 5 月 30 日，上海租界發生槍殺華人之事件。先是，開設在上海之日本棉織會社工廠工人罷工，要求改善待遇，因起齟齬，而工人顧正洪被害，並傷七人，各校學生大憤，遂起而援助，旬日之間，被工部局捕房拘捕多人，至 5 月 30 日午後，又有學生二人被捕，同行者二百餘人，尾隨至老閘捕房，意在要求釋放學生，行人成群隨往者亦眾，英捕頭愛伏生忽召集巡捕不預發警告，突向徒手民眾開槍轟擊，死傷多人，遂激起上海全埠罷工、罷市、學生罷課之絕大風潮，亦引起全國各界之響應、罷工、罷市、罷課以示聲援，後北京外交部派調查團到滬，公使團亦派人接洽，由滬商會提出 13 條件，迫令英工部局接受。至民國 19 年始由上海工部局出銀 15 萬兩以充死者撫卹費了案。此之謂「五卅慘案」。

「五卅慘案」到六月中旬鬧得如火如荼的時刻，保定各學校隨平津各校之後，也罷了課。18 個中學各推代表十人組織後援會，以示響應。

我與其他九人被同學舉為代表之一，我們認為這是一個愛國運動，內容十分單純，照例參加，並無軌外行動。不料，一個名叫蘇瑞三的訓育員在舍監室辦公，他年紀既輕，又無學問，學生們平常就瞧不起他。他出來干涉，阻止學生們遊行，遂引起學生們對他的不滿。乘一個黑夜，把他叫出來，趕出校外。這是什麼人的主張，當時在混亂情形之下，已無法分辨。他位列老師，雖然他的主張不對，學生們也太激烈了一點。不久，學校就放暑假了，風潮也由此平息下來了。詎料在暑期內，我們十個人都接到校方一份通知，大意說：「爲五卅慘案，鼓動風潮，並脅迫老師，應予革除。」等語。這真是天大的冤枉！我們十個人誰也不承認爲首闖禍，也不知道到底是誰的主張，這樣便糊裡糊塗被校方給開除了！

我們在接到通知後，一度彼此聯繫，想齊集保定，研究對策，無結果而散。我至今記得，被革除名單之內，除我之外，尚有郝繼良、黃金彪、邢兆榮等，另六個人的名字就記不起來了！那個最調皮搗蛋的段耀林反倒沒有，可知他的鬼詐。

合著中學我只讀了三年，差一年沒畢業，是我此生認爲最冤枉、也最後悔的事！

潞河半年

民國 14 年 8 月底，「五卅慘案」還未結束，別的學校也開除了許多學生，都以學生「鬧風潮」爲罪名。在今天這個時代，尚可訴諸輿論請求救濟，那個時代，既無輿論可訴，又無處請求救濟，只得任憑宰割而已！

一個偶然的機會，六人中有四個人（並非全是革除的。）聯袂到距離北平 40 里處的通州，考取潞河中學高一年級。我們完全憑考試進去的，毫無人情。早已聞知這個學校的大名，它的英文名是 Jefferson Academy，校長是田馬丁（Henry Martin）。潞河是教會學校，又是燕京大學的預備學校。燕大剛剛開辦，已有一班，完全由潞河錄取來的。我們四個人是孫森、何養正、郝繼良及我。我們考取後，因有二人學費不足，需要緩繳，去見校長。沒想到田馬丁四十餘歲，一派傳教人的氣息，非常和藹，並講一口北平話。他立刻答應了，並分別問了我們幾句話。這次接觸，給我們留下了永生難忘的印象。然後察看宿舍、教室、操場、飯廳。這兒爲了紀念捐款人，每一處房子由一個人名代表，大多數是洋人名。教英文、音樂的都是女性美國人。校園甚大，且洋式，又與保定省中不同，好像到了外國校園，有很大的果園，那時蕃茄剛剛傳入中國，我們從來沒見過這種瓜果，覺得很稀奇；洋蔥以前也沒見過。鐘樓上有一口大鐘，上課、吃飯都打鐘。禮拜天人人都須入教堂，禱告、唱詩及謝飯等等。那個時期，正是「反宗教大同盟」時代，外邊反對宗教的聲浪，如潮似湧。我們因有了保定被革經驗，所以老老實實奉行校規，倒也相安無事。

雖然大部分課程很洋氣，但國文一科則保持著舊傳統。教課的老師，不是舉人、秀才，就是拔貢。教我們這一班的就是位拔貢，他講的完全文言文。校長田馬丁就是位經學家，我們也上過他的課，四書、五經背得滾瓜爛熟，而且在黑板上也寫中國字，令人衷心欽佩。

教英文的是位美國女性。以今日眼光來說，她教的課本，是活學活用，完全從實驗中教學。查宿舍的是位美國女性，我們最怕她，她到自習完了（下午七至九時），就到宿舍查看，依次點名，點完名才敲息燈鐘。

特別考試

潞河中學有一種特別規定，即平時除各班有各種考試外（如「作文」）每一個月還要全校混合考試一次，我只記得「作文」採取這種辦法，其用意在測驗平均成績及天才學生。因爲全校由最低年級到最高年級，平常所受教育既不同，天才亦各異，只有混合在一起考試可以測驗出他們（其時尚無女生）的成績與天才來。

我入校未及兩月即遇上全校混合考試「國文」，題目是「竊鉤者誅，竊國者侯論」。我不記得在潞河高一國文課中有無此題目，但我在他處雖知道舊時有此說法及其意義。大意是說：「一個偷了一隻鐵鉤子的人則判成死刑，當了賣國賊的人反倒可封侯。」這是不公道的。

那時候，試卷要完全用毛筆寫，而且已用標點。我既懂得了命題的意義，自也容易發揮。於是我想了一會兒，才動筆作文，不用打草稿，直接寫在試卷上。我想了幾點意思，又分了層次及用語，於是振筆直書，力闢竊國者侯之不當。大約寫了一千五百字，沒有塗改，沒有落字，沒有別字，沒有錯字，不到一個半小時，恭恭敬敬走到臺前，繳了卷。

過了一周，上周會的時候，老師發下考卷來，說：「這次是高一陳紀瀅考的最好，是第一名！」然後就叫我前去領試卷。我向前去的當兒，同學們鼓掌歡迎，久久不停。

我拿到試卷後，見卷子上多處打著圈，封面上批著兩字：「最優」。這是我在中學因「華盛頓會議」一題後，得到的最大鼓勵。

總之，除了在小學，高小時代算術最差外，其餘功課，我都能名列前茅；而且在中學時代，我的「代數」、「幾何」、「三角」已考高分了。

潞河門口風景線

這個期間，假日我們也常和同學們去運河划船。隋煬帝造運河，起自北通州，歷經河北、山東、江蘇到達揚州，爲昔日運輸糧食的孔道。其他地方我沒見過，至少通縣的運河還是非常波瀾壯闊的，兩岸很寬，河身也深，也有魚船在捕魚，鄉下人來往運送農產品往城內送。通州（縣）城內也很熱鬧，最出名的是吃運河裡的鮎魚，飯館子裡家家戶戶賣鮎魚。

通州距離北平（那時還稱「北京」）車站只 40 華里，京通鐵路支線當中只有一個雙橋站，有很大的變電所。我們也時常乘火車去北平看同學。因車站就在校門前。學校老師們大多是美國人，假日上午也去北平，所以往往一輛車內，有一半是美國人，大人小孩一大群，等天快黑了，大家又回到學校。車站上既可以看見紅男綠女，又可以看碧眼黃髮，真是熱鬧極了。當時，通州城內還有許多中國學校，名作家侯榕生女士便是通州人，她讀的是城內女校，只有潞河是個「化外之區」。後來這裡變成「冀東僞政府」所在地，爲殷汝耕當漢奸所統治。這是「九一八」以後，抗戰以前的事了。

改讀民國大學

規規矩矩在潞河上了半年高一（民國 14 年下半年），寒假前又因爲同學的鼓動，改變了主意。郝繼良與孫森二位，有一天對我說：「我們可以不上潞河了，可以改上大學。我們有門路，只要經過一個簡單筆試，就可以入學。」我問是哪個大學。他們諱莫如深，欲言又止。

那時因六中變故，心中煩悶；潞河雖好，但洋味太重，好像也不是我理想所在。經他們這麼一說，也動了心。他們說，你如贊同，我們便可替你向校方索取高一半年證明書。

我等於被他們脅迫離開潞河，而入了民國大學。

那幾年，北京大學情形極複雜，「北大」與「師大」是兩所國立的正規大學，然而整年價鬧風潮，一年倒有七、八個月在罷課中，不是要求改善待遇，就是爭人事。清華及燕大成立均未久。因風潮不絕如縷，這幾所有名大學，都並非完全爲青年嚮往之所。於是轉而求私立大學。私立大學有朝陽、中國及民大三所最爲通行，另有稅務、鐵道學院。

我們選擇了民國大學。爲什麼呢？也不是全無理由。朝陽是學法律的，江庸任校長，我們無志於法，中國大學已成立多年，王正廷任校長。聽說一般私校校規都不甚嚴格，進很容易。我們也不樂意進不嚴格的學校，唯有民大，還差強人意。1.它是民國四年由革命領袖黃克強（興）先生創立的，以「革命」爲號召，他那時是國會議員，中山先生的有力幫手；2.創辦才十年，正有朝氣；3.現任校長雷殷（渭南，也是國會議員），也是主張革命的，他在國會中所發表的言論，是全國民眾所景仰，而且他年齡不過四十歲，正英年有爲。4.民大校址在西城國會街的北邊舊醇王府舊址，寬敞氣派，緊依太平湖，風景幽美。該校正以體育馳名。其餘教授如北大的馬寅初、辜鴻銘、聞一多等都在此兼課。考慮結果，無妨一試，所以在學期結束以前，我們跑了一趟北京，經過一番交涉，我們四人以高中一的程度被民大錄取爲預科一年級生。

因父親遠在關外無法事前奉商，回家跟祖母商量，祖母只好依著我。

民國 15 年過了舊曆正月，祖母爲了籌足了半年學費 120 元現大洋束裝就道，與同學四人共同住在眾議院夾道一處民房內，共三間，中間一間是堂屋，可燒飯吃。

開學後，我們先辦妥報到手續，並繳了費，取得學生證後，我們參觀校園。這裡跟一般學校又有不同。無所謂校園，都是宮殿及附帶的廊廡，共有三座大殿，其中一個叫做銀安殿，爲學生聚會之所，其餘兩殿爲學校各種辦公室、圖書館等。兩廊內的房屋闢爲教室。大殿西邊有一溜房屋，約有幾十間，均爲教室占用。進大門處是講義室。左首據說原是個大花園，後改闢爲操場，可供踢足球之用，又有籃球場及網球場，可知其大。民大的足球，在當時首屈一指，獨霸京城。因校譽甚佳，故青年爭著入學。校長經常穿灰布軍裝對同學們作精神講話。

經常給我們上課的，國文彭禹，外文日文保君健，教育概論邱椿（邱楠之長兄、燕雲之父。）還有許多名字想不起來了。在此校，聽過于右任、馬寅初、徐謙等人的講演，也聽到聞一多的課。學校開始有女生，我們這一班，有四個女生，都坐在前面。每堂課，訓導處派人點名，不以人卻以座位順序點名，所以你必須坐在自己位置上，否則，則打缺課，缺課多了，不是記過，則是默退，比現在還嚴格。

預科有必修課七八門，選課也有四五門，每月均有考試。

到民國 15 年暑假，正好讀完一年，本打算再讀下去，不料我八叔式鈺病死哈爾濱，我父親正好在家，非要叫我跟他同去奔喪，並希望我開始就業。

自民國 16 年起，我考入了哈爾濱吉黑郵政管理局當小職員。並從那年起，我也開始讀「法政大學」的夜校，恰好校長又是雷殷老師。

學校設在南崗，我每天上完了一天班，夜晚仍到法大去讀三小時的書，終於民國 20 年「九一八」前夕，拿到了一張大學畢業文憑，結束了前半生的求學歷程。

我的感想

坦誠敘述我的求學歷程已畢，我此刻感想萬千、思緒起伏。其中若干情節，從來沒有形諸文字，也沒有口頭與人講過；不但我的子女不知，父母不詳，尤其朋友與讀者也不明白，就是現在我的妻子也不知曉，因平時沒工夫敘舊也。

現在我綜合起來，說說我的感想，以求教於讀者：

一、我常常與人說，我一生無特點，卻有兩種情形與人不同，1.照我的年齡，我應該有「私塾」的經驗，我卻一天私塾沒念過。一入就是新式學堂；2.我的家人是由舊學再讀新學。我父親是清朝末科秀才，然後他又入了吉林「法政學堂」，在哈爾濱自民初執行律師業達二十年之久。

二、我的小學與高小歷程算是完整的。基礎也在這時打定。雖然在這兩個階段，算術始終不好，但國文、英文與常識，總名列前茅。現在想來，我深深感謝我祖母、母親與父親的多方教養。父親因常年在外，只有過年時回家，雖然短短一個月，但隨時教我讀《古文釋義》、《唐詩》等等。祖母的教我看「小唱本」與「說故事」，都對我幼年教育，起了莫大影響。

三、我自幼知道愛國，故我長大了，也是一個愛國青年。「五卅慘案」之犧牲學業，雖感後悔，但未失望。種下我後來「只要我隨時努力，不怕沒好的學業歷程」的心理根苗。

四、到如今，我雖然對於沒上完潞河高中有點後悔，但我並沒有完全失望。如果我讀完了潞河高中，必順序進燕大，那時我不是選「新聞」，就是選「外交」，因此我不能不以「正式學新聞」而進入報界。倒不如我今天以「票友記者」代替了「職業報人」來得自由。那樣我於大陸淪陷期間，必被職業羈絆，留守大陸，我就無能寫了三本書：《報人張季鸞》、《胡政之與《大公報》》及《抗戰時期的《大公報》》及無數文稿替《大公報》申冤了！若入了外文系，其結果恐怕也難有今日我的外文知識與成就。今天，除英文外，我尚通曉俄文。

五、我的大學歷程確實不好。由於不好，才在「新聞」與「文藝」方面求發展。所混的一張文憑卻無用。我雖不主張「文憑無用論」，卻也不主張「混資格」。一定要求「真學問」、「真知識」。能力產生於知識，爲我畢生之信條。我平生主張一切順乎自然，但也不主張「宿命論」。凡事順自然，不可強求。

六、我並不鄙視教書一道，我也教過書。但年輕時，對教書先生，一面尊敬，一面也歎息。我中學同學趙子璉、劉從謙二位，以北大優秀生畢業，都變爲教書匠，在敵僞時期，貧困不堪，我曾稍事濟助，以盡幼年同學之誼。那位郝繼良勝利後在北平教書，我也濟助過。在當年，他們均是比我優秀的同學。37 年春，路過開封，我還特地拜望我的鄉長及老師黨夢齡先生，在北平我也拜望過宋屏周老師，淺淺薄禮，代表了我當年受教之恩。最失悔的我在北平找不到教歷史的郝步蟾老師。聽說他的少爺是空軍曾任過地區司令的郝中和將軍，但多方找尋無結果，耿耿迄今。

七、最高興不過的乃是在南京、在臺北與「民大」、「法大」校長雷殷（渭南）老師同選爲立法委員。在他有生之年，除平常致敬外，每年過年我必親至他的府上拜年，以報師恩！

八、爲了不忘舊，我的「潞河」、「民大」同學孫森，曾於空軍退役後，我推薦他到國史館當科長，以迄他逝世，我都多方面照拂他。

九、「民大」、「法大」均有同學會，每年至少聚會一次。別的會我可以不參加，只有同學會，幾乎無次不參加。除了念舊之外，再溫習青年時期也。

十、小學、高小、六中、潞河、民大與法大，凡待過的地方，與接觸過的人，無不有記憶，而且這些地方，常入夢中；新的地方、新的人物一個也不入夢。

我是個極不容易忘舊的人！

——選自《大成》第 146～147 期，1986 年 1～2 月

我的平淡生活

◎陳紀瀅

我是一個極平淡的人。平淡的人，也有平淡的生活。記得小時候家鄉有一副對聯「傳家有道唯存厚，處世無奇但率真。」我很喜歡它，尤其下一聯，影響我半生最大。「率真」二字更深深注入我的血液。因此我教育子女，也是本乎這個原則，既不望子成龍、望女成鳳，只希望他們規規矩矩做人成爲一個夠格的公民而已。我之對自己，也如此要求、如此自勉。說起來，似乎消極，其實不然。一個人應守本分，規規矩矩做人，按部就班做事，盡心盡力。按照中國文化傳統，處人行事，已經不很容易；若想建功立業，出人頭地與大展鴻圖，爲天地立命，爲百代開太平，那不是像我這樣才具的人所能企及的。那是非常的人，那也是聖哲一類的人物的志趣。恕我無此大志，無此能力，然而我卻恭敬此等人物與羨慕此等人物。

在大陸時代，曾經有一個刊物，徵求「我的一日」的文章，藉每個人的一天生活，反映社會種種形態。我想藉我的平淡生活，做一次忠實描寫，以反映像我這樣一個人，究竟每天怎樣打發日子？以及所代表的意義是什麼？有沒有法子改善？向什麼路上改善？我佇待讀者指教。也希望邦人君子和我共同討論這一問題。

一、生活背景與生活習慣

談生活不能不談生活背景與生活習慣，我以爲一個人生活的背景與家庭、教育、職業背景有關。生活習慣又與家庭環境、職業環境，甚至社交環境與人際環境都有關。

我是一個舊家庭出身破落戶的子弟。雖然完成了高等教育，卻在動亂年代中接受的教育。我有兩個職業背景：一是交通員工，從小職員做到較高級的位置；二是新聞記者出身，一直到現在還算沒脫離關係——做了數十年「票友記者」。家庭背景，使我體會到農村社會生活的艱苦、勤儉、悠閒與狂歡等等日子；教育背景，使我體認到雖在動亂年月中受教育，但一個知識分子的責任與學習的動機，好像與今日青年大不相同。我們這一輩讀書人還重視歷史。也可以說過分重視榮譽。我的職業背景，使我養成循規蹈矩，一絲不苟，不走捷徑，辦事有分寸、吃苦耐勞、與做事求效率等等習慣。您也別認爲我就是一個普通的事務員，我從新聞事業與文學寫作方面，也培養了一點「勤學好思」與「追尋理想」的習慣，所以只恨窮忙終日，卻無寂寞之感，因爲我沒有時間感覺寂寞。

二、以開會為生活

我今天是民意代表之一，我的職業是立法，但我的興趣卻在寫作。換言之，靠立法吃飯，靠寫作度精神生活。

我們每年有八個月的會期，還有兩個月到三個月的延長，等於全年在開會。有人說：「你們的職業就是開會。」不錯，如今除了民意代表之外，請問，又有幾個不是整天在開會？「開會」是 20 世紀的「特產」。怪不得好多小孩說：「我爸爸是開會的！」誠然，要想免去「開會」甚難，這就是「民主政治」的「特點」。然而，民主政治的開會，伸縮性很大，你可以簽個到就溜，或不到也可；您從頭到尾開完會，也不會有人向您表示謝意；反之，您不終場就走，也無人挑剔。民主政治的最大缺點是伸縮性過大，除了那些決定成敗、預算、宣戰以及生死關頭的重要會議，一般而言，都是例行公事而已。

雖然，這裡邊有一點「良知」作用，所以立法院二五院會以及我主要參加的外交委員會，除非不得已，我總是有會必到，不如此，心理就得不到平衡，吃睡不安。

想當年（民國 36 年），競選立法委員之時，僅希望幹三年，三年以後，另尋出路。沒想到，一幹就是 30 年！現在已是第 61 會期了。（每年兩個會期）很慚愧，個人毫無貢獻。但我不能說其他委員無貢獻。今天能維繫一個強有力的政府，立法院不能說不是有力的支柱之一。我常說，今天我們當立法委員，應時時引爲愧對國人，但並不自羞；因爲確實也做了些事。應感謝時代的賜與與政府的安排；否則，令我們三年一選，不知別人，我是無能力競選的。

我也曾對搬進新社區的同人開玩笑說：「這是我們最後一次遷居，除非五年之內有回大陸的希望」。因立法委員平均年齡已逾七十，還有多少歲月可供搬家？但死在委員任內最合算不過，有人治喪，還有保險、喪葬費留給家人。這話似乎不幸，但確是實情，不必忌諱也。

三、以看報紙為每日必修之課

我既是新聞記者出身，多少年來，養成以讀報爲每天生活的最重要項目之一，除吃、睡以外，必辦之事，則是讀報。有關方面贈閱報紙五、六份不計外，自己訂閱的也有三、四份。可以說每天就在這幾份報裡打滾兒。

我每天清晨六時起床，有時五時。起床後第一樁工作，便是 20 分鐘到半小時的運動。我已有 15 年跑步的習慣。在永和時，我有一個小院子，足夠我跑步之用。62 年遷至興隆山莊，有山上的道路可資利用。65 年搬到大湖街，最得意的是有一個寬闊的院落，別人修花圃、蓋涼棚，我卻修築成一個足供我跑圓場的紅鋼磚小院落，每天跑上六周有二百步之總和。然後一套八段錦，十六手太極拳。這樣不間斷，至少已有 15 年之久。我不是什麼衛生專家，攝生也無道，只覺得人是動物，非動不可；我也不精於拳術，只是藉幾個姿勢，使身體活動而已。多年以來，我體驗到：食物勝於藥物，運動又勝於食物。運動出來的身體比吃維他命好得多，更比吃大魚大肉爲強。道理簡單如此。但運動必須要有恆，不可一曝十寒，「有恆爲成功之本」。雨天在室內來回跳動數十下，以資活動身體。

運動完了；即開始整理前一天的報紙。隨剪隨整，把前一天看著有價值的專欄或短文，一一剪下來。如有時間，即加黏貼。我已有 30 年的剪報紀錄。一個知識分子的家庭，最容易使室內紛亂的是書報與每天來的郵件。如果不按天按時處理，堆上兩天，就不得了。所以必須隨時處理。我有專擺廢報紙的架子，積多了（一個月）讓廢紙販子收去。

七點鐘日報來了。以一個報為主，先看國內外新聞大標題，然後及於地方新聞及副刊。然後再看其他報，以尋找不同消息，這樣可能花上 20 分鐘或半小時。

再用 20 分鐘沐浴盥漱。7 點 40 分早點。我的早點很簡單，一杯牛乳兩片吐司就夠了。八點鐘搭交通車進城。如到立法院，必抽暇到圖書館看香港報與外文報及新出版而我未訂的雜誌。我雖不懂日文，但日本報則願意看，窺其編排與查看版式而已。英文報中，我最喜歡巴黎出版的《先鋒論壇報》。但也只能選擇數段看看了。美國出版的《現代史料》（*Current History*）有時也翻翻。香港出版的畫報，也是我翻閱的對象。在圖書館有時花費半小時或 40 分鐘。以補我閱讀的未周。

中午，一面用午餐，一面欣賞電視新聞。我的午餐也非常簡單，兩碗菜湯（輪換著吃，由內子前一夜煮好，擺在冰箱，我用幾分鐘就可熱好），和兩隻菜包（市內買下的，在電鍋一熱就得，也是幾分鐘。）如果那天上午我不出門，12 時半就可看罷電視新聞。如果上午出門而又乘交通車回家，則須下午一時開始午睡前的功課。

中午功課是這樣的：挑選專欄文章或重要新聞，早晨只簡略讀了內容或根本只看了標題的，這時候必詳讀，大約費一小時，眼睛也飽和了，迷糊十餘分鐘或半小時。如果我上午不猛喝茶（我只有愛飲茶習慣），午覺可睡一小時。總之，三點鐘是我下午功課的起點。

四、有信必回及自動寫信

下午，午睡一起，必先處理郵件。如不出門，12 時以前，已將來件處理好。平均每天收到十件到二十件信函、印刷品、報紙、雜誌等物。這些東西，隨拆隨處理，否則一擱下來，就可能亂成一團。主要要處理書籍與印刷品，該丟的丟，該擺在什麼地方的擺在什麼地方，不能聽其散置。因為我曾是郵局員工，對於處理信件養成有效率的精神。我是有信必覆，最長隔一夜（待決者例外），很多是當天覆。我常常利用明信片答覆或寫簡單的事由。對於友人贈書，我是一定要寫信致謝的，而且很快，贈書人往往收到的第一封謝信是由我所發。有些人非等到看完了才寫信，那又何必？有些人明明還沒看，卻把書不痛不癢地恭維一番，說些謊言，都是多餘。我則是「收到了大著xxx一冊。容暇拜讀，先此致謝。」我覺得這樣既盡了禮貌，又沒有說謊。至於您以後真看了，有意見，恭維也好，質疑也好，都是贈書人所歡迎的。贈書人最怕的是：書一送出去，如石沉大海；甭說不寫信致謝，見了面也若無其事。我最瞧不起這種人，切記以後再不送他書。

自動與人寫信是我的一種習慣。工商業社會除商業團體必須向外寫信外，一般人則是常作覆信，自動與人寫信則較少，除非有事。我近來養成以信代打電話的習慣。何以呢？因為工商業社會，如果是片言可解決的事，自以打電話方便，否則，我寧肯花二元郵票寫一封信去，比打電話少驚擾人。何況，如今社會結構大變，家庭組織也與以往不同。現在大部分家庭，僅有夫婦二人，即有小孩子者，或因夫婦二人都上班，或因孩子上學，平常家裡大部分是空城計，因此白天打電話找不到人，吃飯時間及欣賞電視節目時間，打電話去又是攪人。因此打電話的時刻就難找了。西洋人早上八時前與晚上十時後，均不習慣有人以電話相擾。我們近來也差不多如此。所以與其打電話令人不快，就不如寫一封簡單的信，通知也好，詢問也好。此中情形與往昔大不相同。至於以電話談天，一說就是半小時，那是另一階層的人群，迥非我輩。我們只能說他們、她們有此雅興，無法加以禁止，訕笑。

我現在結交著八十歲以上的老人有三、四位之多，有的在國內，有的在國外。我不時寫信給他們，藉機會求教，獲益匪淺，莫可言宣。我近來深深體味到「不如意事常八九，可與人言無二三」。與「酒逢知己千杯少，話不投機半句多」這四句成語的真諦。「可與人言無二三」可能有兩種解釋，即：「可跟人說的沒有兩三樁事」或「可談的沒有兩三個人」。「話不投機半句多」更是久經世故人的一種結論。我常通信的這幾位長者都有學問，都有經驗，所以很得益處。

前些年，我嘗說：「老官僚，值得尊敬，新官僚，則不可理。」其故何在？「老官僚」多半通達世故，不悖人情，態度謙和與見多識廣；新官僚則不然，一瓶不滿，半瓶咣噹，態度傲慢，舉止浮誇，盛色凌人，不可一世；但胸無點墨，不守成規，處世無方，且起伏幅度甚大，令人莫測高深。遇到這種人，我寧肯「巴結」老官僚，不願「攀附」暴發戶。這也是我人生態度之一斑。

如果處理完了一天的公私事務，再有餘暇，便是我讀書與寫作時間了。說來非常慚愧，幼年讀書太少，如今後悔莫及。正應了「少年不努力，老大徒傷悲」一句話的感覺。想讀的書太多，可惜如今不但時間不許可，精力與趣味也難配合。最近我有一篇小文，題名「書緣」就是寫我對書的愛好與存書的經過。企盼青年朋友，及時有計畫讀書，最緊要也最快樂。看電視與聽歌星都不能成爲專家，只有閱讀不但可成爲專家，並且還啓迪人生。

我又嘗說：「青年人的文章是寫出來的，老年人的文章是逼出來的。」因爲老年人名利之心，都已淡薄，想做的事又多，如果沒人逼，讓別的人事一岔，也就馬虎過去了。如果有人逼，迫於情面，寫些應酬文章，也是交友之道。

五、靠旅行找靈感找刺激

近十數年來，我有幸時常到國外跑一跑，美其名曰因公開會，實際上則是藉機會找靈感與尋求刺激而已。自退出聯合國後，我國國際地位微妙，光是辦理簽證，就可以讓你氣餒、打退堂鼓；好在咱們講「莊敬自強」，過在對方，罪不在己，到了外邊，還得挺起腰板來，具有大國民風度。回來以後，寫些遊記是小事，把刺激訴諸國人，才是收穫。所以這些年來，有機會就寫些小文，一方面抒感，一方面也為了人情。至於拿起筆來，寫小說，那需要培養多日心情才敢開始。寫文章最需要的不只是靈感，還是平和心情。不過像我，還沒有像職業作家那樣「吃的是草，擠出來的是牛乳。」

我的寫作。多半完成於一天不出門，有很好的心情時。而且都是在白天，不在夜晚。自來到臺灣後，不再熬夜了。一方面馬齒日增，不得不保重身體；另方面，白天可利用的時間尚多，何必非夜晚不可？我算是善於利用時間的一個人。我很少浪費時間，雖然我不是整天埋頭書案或惶惶不可終日。我善於發揮我的興趣：聽平劇、看電影，甚至於看一場球賽。三軍球場時代，我是「老球迷」。近年來非好隊伍比賽我不看，但對體育新聞則關注如故。如今住在郊外，可「悠然見南山」。附近有山有水，傍晚繞湖一周，見鷺鷥騎在老牛背上，見農夫背鋤而歸，青年男女野餐唱晚，紅日垂落，夕陽晻嵫，郊外風光還是好的。

六、閱讀書報多半在晚上

我訂有英文《時代》雜誌、《新聞週刊》及《讀者文摘》三種刊物。我每期必翻一翻。以前我還能閱讀三分之一或四分之一文章。近來時間不夠用，僅能把「發行人致詞」、「讀者投書」及有關「中國的記事」看一看，其餘文章都無法盡讀。《文摘》因係每月一本，有時讀的較多些。看這些雜誌與香港的書報也多半在下午或晚飯前的一段時光。

七時是我們晚飯的時間，內人自城內歸來，算是一天家庭歡聚的時刻。一頓豐盛可口（也不過兩個菜）的麵食，也就心滿意足了。

七時半的電視新聞，是每晚必要的課目。八至九時的連續劇選擇好的看一看，近來夠水準的不多，為了打發時間，明明不喜歡，還得硬著頭皮要看下去。這就是電視害人之處，電視臺的罪過。可能再看半小時的三臺連映節目，也就開始準備休息了。

所謂休息，即開始安安靜靜地躺在床上，先欣賞晚報未看完的專論與副刊文字。二十餘年來，我以一份水準較高的晚報作精神主要食糧。看得很仔細，渠渠縫縫都看到。假如還不睏的話，再讀一會兒雜誌與外文刊物。大約共一小時半，兩隻眼睛就開始打閃了。

我喜愛在睡前，以電晶體收音機聽聽「中央廣播電臺——自由中國之聲」的「對大陸同胞廣播」。這個節目關係著我方對匪方的心理戰。多少年來，我就注意收聽，遇有應改進的地方，我也會寫信給電臺朋友，希望他們改進。因為我們整天價說收復大陸解救同胞，如何實現我們的願望？其中之一，便是向他們宣傳。而最直接與有效的方法，便是利用廣播。近年來，凡自大陸逃往香港，甚至於像反共義士范園焱之投奔自由，都受了聽臺灣廣播的影響。我聽這種廣播也無異自己對他們講話，覺著自己曾參與其中，所以聽後心中很覺愉快。不知有無與我同好，而感受是否相同？

有時候，清晨醒得很早，但睡眼朦朧，還不想起，也以聽廣播等候清醒。這時刻，中廣公司的新聞來了，可在未閱報紙前知道許多新聞。有時候，有大新聞，可提前一、二小時知道（郊外七時後早報才能送到）。美國彭蒙惠女士的高級英語，也是我常聽的節目。我也有晨間沐浴的習慣。

七、生活片片

以上是我每天正常的生活。所謂不正常的生活，則是往往上下午都有會，而且是必到之會。有時中午與晚上都有應酬，又是非去不可的應酬。這樣便把平淡的生活攪個亂七八糟，一天陷於不安情況之中。像我的職業與環境，每周接到兩份請柬是尋常的事，我不是不樂意吃飯，是太耽擱時間。而且生張熟魏，強湊在一起，不見得情投意合。每頓飯吃下來，少則二小時，多則三小時，如在家吃飯，只半小時就夠了。所以非事前約定的應酬，往往多是婉謝。湊熱鬧的場面，可免，盡量避免，我頗不願處處有我。人生苦短，時間不可不善為利用。每周也常接到一兩份紅白帖子，紅事，非至親好友，往往禮到人不到，人到禮到還坐下吃飯是重大禮節，也可知非泛泛之交。白事，則盡可能前往弔祭一番。每周跑兩三次殯儀館是常事。如今死者，非長輩即同輩，因為都上了歲數，事件本身很悲哀，可是任何人都不能避免。我最不同意拿殯儀館充做交際場所。凡見大聲話，滿面笑容與人周旋的交際家，我則避之若浼。我也最怕在婚禮堂上講話，因為這種講話，最不受尊重，以少講為妙。

我也常常邀至親好友餐敘。吃早點、午飯及晚飯都有。我不太注重菜的品質，以求吃飯為度。如今凡在臺灣久住的人營養都過剩，吃熱量高的食物都不需要，然好友藉機會談談心，聯絡聯絡感情，比虛情假意大吃大喝，實在好得多。我們對吃上，太浪費了，尤是我熟知外國人的習慣，故宴外國人更不可奢侈，饒花了錢，還招人譏笑。

我信奉基督教，但不是好基督徒，因為我不能按時入教堂，我也不能裝出一個基督徒的樣子。如謝飯及禱告等類是；可是在做人、做事方面，基督教的教義對我影響至深，宗教信仰，無論如何是好的，一個人應有宗教信仰。

因為我的職業出身養成我許多習慣，也可以算毛病。譬如說，我寫信一定記年月日，絕不會只寫月日。因為從郵員職業中，不但郵戳一定是年月日，各種單冊記載時間齊全。這一點，胡適先生最重視，他一直提倡寫信要記年。如在臺灣，一晃兒就是 30 年，若不記年，什麼事，什麼東西是屬於哪年？日久天長，豈不混亂了嗎？如今友人贈一本書或自購一本書，都記上年月日。

同時我寫完的信，一定及時投入郵筒，並不絕對為了它快到，乃是習慣如此。我熟知附近信筒收攬的時間，我縱然不重視它早到半天或一天，但我總覺得信寫好了，擺在家裡，不是辦法。

新聞記者出身，養成「記」的習慣。雖然不是爲了寫作，但外邊去旅行，總是帶一個小本子，隨時把所看的東西記下來，把自己的感受記在本內。覺得不如此，就如同空跑一趟。年來寫了些遊記，雖無價值，卻真是自己所親見與自己真實的感受。

我有寫日記的習慣。談起寫日記來，許多人都覺太難。我從前也是失敗的一位。30 年前曾立志寫日記，每年年底買一本，以備次年年初開始寫，寫著寫著就間斷了，不是三言兩語，即是空白，再不然就是起居注。自從 1959 年（民國 48 年）我追隨羅家倫先生到歐洲參加第 30 屆國際筆會以後，再也間斷不了了。將近二十年來，我有固定的日記簿，（一種外國形式與附註的，紙好易寫且輕，帶起來很方便），每日地位可容 600 字。我從國際新聞記起，然後記國內要聞，再記社會雜事，最後家庭瑣事。這樣不愁沒的可寫。寫日記要有時間，要有寫日記的心情。這是一般人最感困難的。所以寫日記前一定要把心情平靜下去。基督徒於禱告前有一段「平靜時間」（quiet time），我認爲寫文章與寫日記，一定要先把心情安定下來，才易著筆。我寫日記的時間沒有一定，有時候，半天一寫，或到了睡前寫，甚至次晨寫。我一定非等心情安定下來不動筆。

日記對我的用處太大了，不但可把遺忘之事，尋找出來；把許多思想也拉回記憶之中。天長日久，日記就是時代的紀錄，也是個人的生命史。但我有一個原則，我所寫的日記，不是爲讓別人看的，更不是供後世發表的；只是爲了個人補記憶力之不足。我倒覺得如此可免去說謊，保存幾分真誠。質之高明以爲然否？

我個人學疏才淺，胸無點墨，磨練不夠，修養欠缺。但我也有我個人的人生觀，我的人生觀如何？順乎自然而已。我從不與天爭、人爭、社會爭。一切順乎自然，包括不怕老、不諱言死。但我也非宿命論者。我總覺得天生萬物，孳生不息，有一定軌道可循，人類才賴以生存。雖然人類生活，可隨時代演進而變化，但默默中順乎天理，順乎自然，仍是求生之道。我也最受《大公報》張季鸞先生的教誨影響，因為我追隨他老人家有 15 年之久的歷史。他所說「報恩主義」已影響了將近五十年。何謂「報恩主義」？就是「國家對我有恩、社會對我有恩、朋友對我有恩，一切人都對我有恩。我只是求報答而已。這樣想，心安理得，還有什麼不滿意的？」

季鸞先生曾說：「我的主張，並沒什麼理論根據。」我倒覺得他的主張有深厚的學問修養，有哲學的理論；看起來好像有點消極，其實卻甚積極不過。不是人人可以做到而已。我個人也未見其做到，只是時時刻刻以此自勉。

八、拉雜記感

上邊這些言語，冗長而瑣碎，既不成系統，也不成理論，僅是個人生活片段的自白。按一個人的生活，無向人「宣傳」的必要，更不必說得如此仔細。這也無非是文人的一種「率真」。社會上有許多人，尤其達官貴人，絕不洩漏他們生活面的絲毫。甚至於他府上看什麼報也不告知，深恐使人知道他的底細，以影響了他們的政治生涯，我是個自由人，則無此顧慮。但我絕無向人「誇耀」之意，草草勞人，不足為訓。何況這種生活，也是時代的產物？非所願也。您如果認為我「平淡的生活」是一種天真的「自白」，您就應引以為戒，千萬莫再蹈我失敗的覆轍。好嗎？

——民國 67 年 3 月 11 日於大湖街

——選自《中華文化復興月刊》第 11 卷第 4 期，1978 年 4 月

自序（《新疆鳥瞰》）

◎陳紀瀅

這本東西完成在我去新疆周年之日（民國 28 年 10 月 4 日），並且是在長江上流的一個小縣城中。

按現時印刷困難情形，若是印好再送到讀者面前，最快也要在民國 29 年夏天了。這種延遲，一因我個人職務關係，沒能夠把它一氣寫完；二因在寫的期間，鑑於印刷的困難，使我的筆益發遲緩了；但後經許多注意新疆問題的熱心朋友們的督促，纔把它寫完付印。這些經過都令我非常感奮。

新疆之惹人注意雖已在若干年前，新疆境內的各種問題能走到圓滿解決的途徑，卻是近幾年來的事。在早先新疆問題的重心在邊防，在民族問題未得合理解決；而現在的重心卻在如何建設，如何擔當抗戰建國的任務上；換言之，過去的新疆問題，多半是國家的隱憂，現在則多是有關國家的福利的問題。這個大轉變需要我們來認識，同時也需要我們來研究。草這本書的目的就在此。

這本書大部分是一種報導性的記載，其中間或有一些個人的觀感。最感抱歉的是蒐集好了的許多材料，如新疆的反帝會、民聯會、話劇運動，官藥房，盛世才遊蘇記，蘇聯人在新疆等等情形，都有專篇記載的價值，可是因時間關係都付之闕如了。

關於怎樣開發新疆以及修築西北大鐵路等問題，因前人記載已不少這裡則缺而不錄。因為現在的問題不是該不該的問題，而是怎樣實行的問題。所以筆者也願附筆在此，藉可喚起國人的注意。

一個新聞記者並非預言家，他的記載務求其真實客觀，與國家有利，纔是他的本職。我在新聞界濫竽了幾年，每每對自己的職業感到悚懼，對於自己的作品也常以「無私」自勉。

我和新省任何人沒有私人關係，有之，則是我因他們的業績，他們對於中央愛戴的熱情，對他們不禁起了一種敬慕心理。這裡面的文字雖難免令人讀了覺有過火處，但請不要誤會，有任何私人情感羼雜其間。

假使能因這本書使地方與中央更密切起來，使新省當局更進一步爲國家爲民族擔當起重大任務來，那是我最高的企望了。

我愛護這祖國的一大角落，我也愛護這生存在遼闊大地上的人群。創造歷史的任務已在你們眼前展開了，努力吧，新疆的四百萬同胞們！

末後，我特別感謝新疆督辦公署副官處長盧毓鄰先生及啓文照像館贈送許多照片，使本書增光不少。

——民國 28 年 12 月 22 日，在重慶

——選自陳紀瀅《新疆鳥瞰》

長沙：商務印書館，1941 年

傻常順兒這一輩子

代序《荻村傳》

◎陳紀瀅

抗戰勝利兩個月後，我便由重慶到了北平，第一件事是先找到我的親戚，向他們打聽我父母的消息。幾經尋覓之後，在西城小絨線胡同才和我的表姐表妹等會見。當她們告訴我：「大舅和大妗子身體還很結實」時，我立刻淌下歡欣的眼淚。因爲我有足足八年不和兩位老人通信，生死存亡，在我的信念中，實在毫無把握，而我的兩位老人年紀衰老，又過著那種不可想像的苦日子，一般的想法，確實凶多吉少，所以我和親戚們乍一見面時，我竟不敢先開口問問老人的情形，等她們先告訴我後，我記得我一面拭著淚，一面說：「只要還活著就好！」八年離亂所給人們的苦樂，我是深深體味過了。

我那時決定把兩位老人接到北平，重敘天倫之樂。因爲我急於去東北，所以把接老人到北平的事，拜託了我的親戚。等我於 11 月間由長春返回北平，我的老人還接不了來，使我才知道我們父子歡聚的事並非如理想的容易。我的鄉村早已「解放」，每個人行動無自由，尤其是村幹們知道我已到了北平，對於我的家人的一舉一動越發注意起來。後來我拜託了一位堂姐由北平回鄉間去接，行前多方設計，怎樣措詞，怎樣買通村幹，再加上那位堂姐常川來往北平和我鄉之間，於是在十天之內，我的父親竟到了北平。

父子們相聚那番情景是可想像的。我和父親有十年不見面，八年不通信，他老人家一向身體康健，精神愉快，這次見面，顯得衰老了很多，而精神雖在興奮中掩飾不住頹痴，使我頓覺十年光陰的可怕。

後來我才知道他老人家在日軍占領時期，幾次為徵糧徵伕的事挨過日軍和保安隊的辱打，日軍投降後，又變成八路軍鬥爭的對象。我父親是一位在東三省幹過二十多年律師業務，卻清苦不堪的人。因為九一八事變後，不樂意看日本人的顏色，才結束業務，回到河北老家。一生篤信基督教，不肯違背良心，做一點不正義的事，所以也就始終窮苦，滿想退隱田園，窮樂餘年，卻不料既不容於日偽，更不見諒於八路軍。使他老人家最傷心的事，莫過於八路軍村幹們誣陷他當律師時，發了財和挑詞架訟。雖然八路軍村幹們拿說謊變成家常便飯，而這種與事實完全相反的誣衊，使他老人家傷心透了。

我為極力安慰他，使他老人家歡心，就借了親戚家一間房，陪他老人家同食同眠，差不多有一個月光景，日夜在話家常。有一天忽然談起傻常順兒來，他老人家一五一十把常順兒的事詳詳細細說了很多，使我不禁把童年的影子又從逝去的記憶中重新拉回來。

在我有記憶力以來，我們村裡便有了傻常順兒，上額極圓，下頦極尖的一副臉，兩條掃帚眉，既黑且粗。兩隻牛眼，圓而凸出。塌陷的鼻樑，像一道溝渠。兩隻牛鼻孔，又大又圓。兩隻貓耳朵，不但小，而且捲成一團。胳膊、手掌、腳片、肌肉都是粗壯的。鼻孔裡永遠淌著鼻涕，嘴唇邊不住流著吐沫。眼角裡包藏著眼屎。說話時，結巴、擠眼、向上抽繫鼻子。走路時，兩隻腳一齊向外撇。一個怪模怪樣，極傻極骯髒的莊稼漢。他整天給村裡人起糞、挑水，做極費力的工作，他是全村大小人取笑的對象。但是他也有所謂「思想」和「欲望」，他終天每日想為什麼老是被欺負？世間為什麼這樣多的不平？他和常人一樣喜歡喫好的，穿好的，住好的，一至於結婚。

那時我年紀輕，只深深把這個人的形象印入記憶。我 12 歲離家在外求學，有時暑假寒假回家，對他才更多了解。19 歲時完全離開家，對於他的印象漸漸淡忘。但當我第一次讀魯迅所著〈阿 Q 正傳〉時，又想起了他。多少年來，傻常順兒和阿 Q 就在我腦子裡翻騰。民國 22 年，我在家鄉前後住過兩、三個月，使我對傻常順兒又多了一些認識。從那時起，我就想寫他，但是始終覺得材料不夠，遲遲不能動筆。

相隔十幾年，我的家鄉和所有北方農村一樣，都由封建保守，安土重遷，和極不易接受外來影響的環境下，起了急遽重大的變化。而像傻常順兒這一類人物也竟翻了身！傻常順兒能翻身代表著一個時代，好一個驚天動地的喜謔殘酷的時代！喜的是勞動者應該享受他應得的權益，我們站在人類平等立場，不但不反對，而且雙手贊成；謔的是連他們自己都沒法子受用他們那一身榮耀。北方有句土話「硬拿著鴨子上架」，鴨子本是水中物，不是架上的東西，讓牠上了架，等於叫牠受罪。在人類生而平等，以民主自由思想爲出發點，我們擁護真正勞動大眾實行參政，但是代議制的；如今天共產黨以利用土包子消滅知識分子的辦法，不但不會成功，也必然是他們所謂的一種包袱，一種永遠裝滿錯誤，而不能補救的包袱。

民國 37 年夏天，我的母親又由鄉間逃出，正慶幸全家團聚，我的父親是年 77 歲，因在鄉間多年驚悸成病，又加年老氣衰，血管僵硬，言語行動都有不便，纏綿三、四個月，到 9 月 10 日與世長辭。我那時正因爲公務不斷來往於南京、北平、瀋陽之間，在極度哀痛中辦完了喪事。父親去世給予我的打擊，非常之大，使我在多時的哀痛中不忘共黨所給我老人的迫害。我相信他老人家如果不遭受日軍和八路軍的雙重欺壓，他仍可以多活幾年的。

父親死後，爲安慰母親，常常拿家鄉事做爲談話資料。從他老人家口內，才知道傻常順兒這班人物一個一個的結局。當我聽說釦兒蘑菇被一碗藥麵毒死，張一刀被完蛋蛋兒一刀砍死，龍姝怎樣發瘋被打死，她母親歪歪桃兒上吊吊死，我自己簡直要捂起耳朵來，不敢再聽下去，最後我也忍不住要發瘋了。世間上竟至有這樣慘事！等我又聽說傻常順兒怎樣被玩弄，共黨幹部怎樣把大腳蘭兒和他配婚，結果他也被活埋了，而且活埋他的人正是他最恨的仇人完蛋蛋兒時，我反倒覺得慰貼了！這才是共產黨的「傑作」，這才是傻常順兒的必然下場！

從那時起，我便計畫寫傻常順兒這一輩子，比阿 Q 更生動，更現實的這麼一個代表著大時代的小人物！

可是民國 38 年度，我一直過著逃難的日子，實在塌不下心來動筆。雷儆寰先生因辦《自由中國》，使我的計畫鼓起了很大的勇氣，但我每天仍是胡忙，寫文章的時間比開會的時間太少，因之，我是隨寫隨發表，好在沒誤過一次，經過半年之久才刊完了。現在我決定把它印成單行本，並由八萬字增爲 12 萬字，使愛護我的讀者們能夠免去零星閱讀之苦。

荻村這班人物和中國任何農村人物並沒有兩樣，他們隨著時代的輪轉，踏入每一段行程，他們的遭遇雖不盡同，但在基本性質上沒有什麼差別。他們保守、愚蠢、貧苦、狡詐、盲昧，永遠是被支配者；然而他們中間也有智慧、忠實和樂天知命的大眾。他們是大愚和小愚，大貧和小貧的差別。這個問題怎麼解決，自有順著民主政治去尋求方法，但可斷言，絕不能用共產黨這套八股可以得到成功的。傻常順兒，這一個時代的玩偶，在任何輪齒上，他都扮演悲劇角色，而在他個人的尺度上，渾渾噩噩，是悲是喜，平常他自己不能十分辨得清，等到重要結果眼兒，他才覺悟了，分明了恩怨。他這一輩子正代表著中國北方廣大農村的變化，每個來自田間的讀者是熟習的；傻常順兒這個人物是農村中的可憐蟲，代表著生活在夾縫中勞動者，他幻想了一輩子，但當他被活埋時，他還希望做人！阿斗、阿 Q 之流是沒有他這份勇氣的！

荻村的傳記無法寫完，可是傻常順兒這一輩子卻把它勾畫成另一段落。所以這本書也可以叫做「傻常順兒這一輩子」。

最後，我謹以本書紀念父親的死和安慰他老人家在天之靈！

——選自陳紀瀅《荻村傳》

臺北：重光文藝出版社，1951 年 4 月

著者自白（《華夏八年》）

◎陳紀瀅

回憶是快樂的，也是辛酸的！

歷史是一面鏡子，卻容易被塵垢沾染。現代人爲保持美麗端莊的丰采，也許在一日之內數度攬鏡整容；從歷史的鑑光中，尋找成敗痕跡的，卻不多見。

世人在患著健忘症！世人最難克服的是惰性！

人類爲爭求生活的不斷進步，智慧漸次升高，品德卻隨時低落。自由世界害著嚴重的神經系統病，極權陣營則另加身體迫害。

目前是人類安危的轉捩點，也是大風暴的前夕。

文學作家面臨這麼一個時代，既不能超然世外，無動於衷；也不可只望將來，忽視過去。世間一切變化，總難逃歷史掌握。然而，歷史，虛僞的多，真實的少。鑑別當代歷史，只有當代人有資格；可是心的底處那點心聲，才是真正批評。

愛默生（Ralph Waldo Emerson，1803～1882）說：「只有以全部歷史才能把人性解釋清楚。人的心靈寫出了歷史，這心靈也必熟讀歷史。每一種改革最初都是私人意見；當它成爲另一個私人意見時，它就會解決這一時代問題了。他人敘述的事實，必須與我心中有符合的地方，才能是可信的，可理解的。」

我絕對同意愛默生的意見，但文學不完全是歷史。

歷史家用的是記憶力，小說家用的是想像力。歷史家取的是科學態度，要忠於客觀；小說家取的是藝術態度，要忠於主觀。歷史家重證據，小說家重描寫。文學是顯示的，而不是教導的。應該做一個表現的人，而不是討論的人。一個小說家有權利說出對人事的意見，他應該模擬上帝，也就是說要創造，然而要沉默。

現代英國小說家毛姆（William Somerset Maugham，1874～1965）對於近代小說有許多精闢的議論，我願在此加以引用，他說：「沒有一本小說，是十全十美的；但是讀一本小說，就是要讀得有趣，如果不能使人感覺有趣，那就是一本毫無價值的小說。所以每一個讀者就是他自己最好的評論家，因爲只有他自己知道是否感興趣。」又說：「小說家也有權對讀者有所要求，他有權要求讀者讀三四百頁書籍時，稍有耐心。他有權要求讀者應有充分的想像力，以使作者爲求使他們感到興趣而描寫的情景，他們能直覺到；他所描寫的人物，他們能領會。最後小說家也有權要求他的讀者們要有同情心，因爲如果沒有同情心，他們對小說中人物的愛和悲傷、奉獻、危急和冒險，就無法有共鳴。除非讀者自己也能給予一些；否則，他無法從一本小說裡，取得這小說能給予的東西的！」

上邊我的解釋和引用，請讀者千萬莫誤會我是爲本書——《華夏八年》求情，或者是尋找避難所，以使讀者在閱讀時，先有某項心理準備。我絕無此企圖。但是，我確實在要求讀者對我的解釋和引用，先加以批判，然後再讀本書，或者不無幫助。如果讀者逕直讀原文，我更爲歡迎。正如我欣賞電影之前，經常不看說明書，等到散場回家，再拿起說明書來讀，反覺餘味無窮。縱然我的自白與電影說明書有顯著不同。

現在結束了這些閒話，讓我把寫這本書的經過，給讀者作一忠實報告。

民國 44 年 6 月間，我的《赤地》出版後，得到讀者與朋友們無限鼓勵，除在文字方面希望我繼續寫《沃野》、《青天》（見《赤地論》），也有人建議我寫一本對日抗戰八年的故事，以反映當時人民的生活思想及一切。對於這兩項善意，我都非常感激，卻無法立刻決定。

同年年底，香港時報社長許孝炎和總編輯李秋生二兄聯袂來臺，他們鄭重地向我提出，為該社寫一長篇，以抗戰八年作背景；希望我以寫實手法，把抗戰時期，全國上下，堅苦卓絕的事實，藉故事烘托出來，以糾正某些歪曲宣傳。使海內外讀者留下一公正的印象，也好對抗戰八年死難同胞有一交代。並且希望我早日開始，他們樂意把較多篇幅留給我。

在重重鼓勵之下，促使我把寫作次序表，立刻加以決定。就是我暫時放棄寫臺灣，先寫抗戰八年。這一決定，孝炎與秋生二兄的動議關係最大。現在想來，不能不向他二位表示深摯的謝意。

可是，隨著問題來了，抗戰時期，全國軍民堅苦卓絕的事實，是何等廣泛？它包含的意義，又是何等莊嚴？我怎能夠在這漫長八年中，浩瀚無邊的大海裡，有蛙人那樣本事，打撈一支珍貴的珠寶，向世人奉獻？我又怎能夠在黃金遍地的神聖陣營裡，鍛鍊更精純的質料，建築一座紀念塔？這在歷史家或不感困難，因為他們可以不同的幾種寫法，據實記載。小說作者則誠如大海撈針，沙裡淘金那樣困難。

這是我接受邀請之後，遲遲未能動筆原因之一。

我從來有一種極固執的偏見，就是凡稱為有藝術價值的文學作品，它必具有充分的獨立性；重複與模擬，都會失敗。我知道許、李二兄是於讀了我所作《赤地》以後，才向我作此約定的。也許我若以類似風味完成本書，他們就心滿意足；然而，我的藝術良心，卻不容許那樣作。我一定要努力創作與《赤地》風格不同的一本書，才覺得慰貼。這是沒能夠早日動筆的另一原因。

經過半年時光，故事與人物醞釀漸次成熟，華夏兩家的重要角色大體確定。於民國 45 年 6 月 8 日開始撰稿，一口氣寫完了三章。隨後，我就把它冷凍起來，以便考驗它是否有充作基石的能力？一直到民國 46 年初，我重新把三章文稿取出來，經修改後，才寄出去。於是由民國 46 年 3 月 3 日起，《華夏八年》開始在《香港時報》刊登。

從此之後，每月需要稿量是三萬至四萬字，在我忙亂生活中，不能不算是一樁重大負荷。但我寫的時候，經常保持愉快心情。除了因郵寄延誤，在我自己工作時間表中，從來沒有耽擱。直到民國 47 年 9 月 20 日晚八時，我寫完了最後一節，共得 60 萬字，分刊 24 章。我如身負重擔，一旦卸下肩來，輕鬆無比；也如同背了多年的一筆高債，償還清楚之後，愉快莫名！

因爲那天正是舊曆中秋，明日高懸，涼風送爽，遠近鄰居正在歡度佳節，我懷著無比興奮的心情，自中和鄉竹林路寓所，獨自漫步中正橋下的新店溪邊，佇立岸上，遙望對面耀眼爭光的霓虹燈管，和茶座前五彩繽紛的燈光，以及麕集在堤坎上賞月嘈雜聲中的幢幢人影。

我在本書末章，描寫五五還都前夕，南京市各界大事慶祝情況，因爲剛剛擱筆，記憶猶新，因而玄武湖畔情景與新店溪濱的喧鬧聲音，竟相混淆，使我驟增惆悵。

在溪邊徘徊多時，我才默然回家。

在歸途中，夏繼綬、葉靈、華薔薔、夏紫棋、張亞男、錢韻琴、徐眾、陳薏、金玉和華雲霓，甚至於黃玉、蘇秀等一班劇人的身影，都在我眼睛交替出現。這一夜，我又在夢中與我書中人物一一會見。

本書全文於 47 年 10 月 7 日刊完。在刊登期間，我經常接到海內外讀者對書內故事的討論，尤其詢問書中人物姓名的最多，有幾位讀者自動索隱，指出某人是某人。這種熱誠，的確令人感動；然而任何一個小說作者，都不會也不應答覆這些問題。現在我坦白告訴讀者：本書時代背景毫無含混，至於故事與人物，除去部分眾所周知的真人實事外，其餘完全是作者憑想像所虛構，但是可信的想像。假使書中人與事妨礙著什麼人，那僅是偶合，並非作者故意製造。自然，我也不否認，我曾捉住若干典型，用來增減我的刻畫。因此，我有權要求讀者不把這本書當成歷史看待。

本書在發表時，是 60 萬字，經我一再削減，現在賸下 55 萬字。原來是 24 章，現在擴大爲 30 章。發表時，每章有一題名，現在全部刪除。

聰明的讀者一定會知道，厚書並不見得就是好書。特別在今天，多數讀者都缺乏讀書時間，像這麼長的小說，究竟有多少讀者能讀得完，我非常懷疑。

有人說：「最盡職的作者給予讀者最多的知識，而花去他最少的時間。」這句話，說在此時此地，更爲需要。

我深知現代讀者的癖好，可是我著書目的，並非爲迎合讀者癖好。

因此，我忍痛削減本書文字，既是爲自己，也是爲讀者；然而這比凌遲還慘痛啊！

譬如有時候，白天我把某段刪掉，夜晚在夢中那一段又突然出現，一種意念向我提出嚴重抗議，因互相爭辯而驚醒。於是午夜披衣而起，重新伏案，再度考慮後，把已刪的一段，重予保留。也有時候，自認某段描寫最得意，絕對不可更動，但爲整個結構，最後竟被迫割愛。諸如此類情形，無法一一例舉。

在整個風格上，我曾努力使這本書不但與《荻村傳》、《賈雲兒前傳》不同，也與《赤地》有別。如果喜歡《赤地》的讀者，讀了這本書感覺失望，我毫無怨言。

不過，我也必須向讀者致歉，我雖竭力避免重複，至少本書男主角夏繼綬的性格與《赤地》男主角范志英有過多相像，也許還有其他人物在兩本書內，可以找出化身來。但是除去夏繼綬外，別的人物都不是故意安排。這種故意安排的重要目的，是在保持本書與《赤地》的若干連貫性。

我願意再提醒讀者一點：人性與人體總不過若干類型，要求絕對不同，幾乎是不可能。我只求在整個風格上有差別。但是否有差別？仍賴聰明的讀者去批判。

作者深知自己的短處，在本書裡，我又無可避免地蹈襲了冗長對話的前轍。也正應了前人所說：「用許多字句去解釋任何一件事的人，像烏賊樣，以本身的墨汁掩蔽了自己。」雖然如此，我有權向讀者要求，請您讀這本書時，付予同情心與耐心，如果實在讀不下去，請您跳過它去。假若我的對話，尙有幾分可取之處，您也許就不感覺它冗長。

至於本書主題故事與人物的穿插結構等等，請允許我保持緘默，那是讀者與書評家的事。附刊的人物表，僅作部分內容的參考。

本書自開始撰稿到出版，耗時五載，僅排校一項，也歷時一年。雖然勉效前人苦心經營，但深愧貢獻太少。所能引爲自慰的，只是完成一樁心願而已！

承何容、何欣、穆中南、季薇、魏子雲五位先生，先後參加本書校對工作。何容先生又於百忙中完成人物表。梁雲坡、王王孫、馬志安三位先生爲本書封面、扉頁設計，在此謹致最深的謝意！

——民國 49 年 4 月 18 日

——選自陳紀瀅《華夏八年》

臺北：重光文藝出版社，1960 年 5 月

自序（《歐遊剪影》）

◎陳紀瀅

去年七月，羅家倫、陳源、曾恩波、洪珊四位先生和我共五人，代表中華民國筆會，參加在西德法蘭克福所舉行的國際筆會第 30 屆年會。中國筆會於 1930 年（民國 19 年）參加國際筆會爲會員，但以去年推派代表出席會議爲首次。我忝附驥尾，躬逢盛會，倍感榮幸！

會後，我和羅先生又同遊德國萊茵區各重要城市，並先後訪問英國倫敦、法國巴黎、瑞士日內瓦、義大利羅馬、希臘雅典與其他名城、土耳其安哥拉；經伊朗、印度、泰國、香港等地返回臺北，共耗時 50 日，途程逾兩萬哩。

我們去歐洲時，正遇上多年來未有的炎熱季節，有好幾個星期，都在揮汗如雨中度過。因之，對於所參觀的東西，都沒能夠加以詳細記錄。回來以後，承中央日報社諸位友好的雅意，囑將此行觀感，寫成短文，刊在報端，盛情可感。隨後，就憑記憶和簡單日記，寫成 26 篇小文，於九月份起到十一月底止，陸續發表。在刊行期間，我時常得到朋友和讀者們的鼓勵，希望我多寫幾篇，並且越詳盡越好，使我深深領略到國人對於歐洲情況的陌生與關切。

現在本書包括 35 個題目，較原在報上發表的多出九篇，其中有部分是專爲本書出版所寫，而未經刊載。

本書雖名《歐遊剪影》，但實際僅限於歐洲幾個較大都市，並沒能夠把整個歐洲地區包括淨盡。同時，因受時間限制，走馬觀花的情形，既勢所難免，對事物觀察，更難期深刻；僅能就耳目所及，把一些瑣碎接觸，注入個人的膚淺觀感，擇要平實記述而已。嚴格說來，這本書的體裁，距離正統遊記很遠。假若讀者讀後對本書有任何偏愛，那只是歐洲文化對大家的誘惑。或者是，我替大家作了一次採訪，提供了一些資料，還沒掃盡大家欣賞的興趣。

居住在歐洲和到歐洲旅行過的國人，都是本書的重要證人和公正的批評家。他們能寫而不寫，或者缺少發表機會。我僥倖沾了報紙的光，既發表又出書。因此，縱然我的記載掛一漏萬，見識也極爲膚淺，我卻希望它能代表了眾人的心聲。倘因此，再能發生些良好的影響，更是馨香默禱的了。

這次旅行，有 50 天工夫與羅志希先生有同行的光榮，也受益不淺，現在又承他於百忙中作序文，在此一併致謝。

——民國 49 年 3 月 30 日

——選自陳紀瀅《歐遊剪影》
臺北：中央日報社，1961 年 5 月

平生風義兼師友

悼懷陳紀瀅先生

◎鍾雷*

文藝耆宿陳紀瀅先生去了！這顆文壇巨星雖已遽然殞落，但他不朽的閃耀著人間風義的光輝，卻永恆照亮著這個世紀末的允稱「濁世」的年代。

在這個近半世紀來動盪而又承平、傳統而又變革的年代之中，陳紀老以他的一貫耿介、方正、潔身自好的文人風骨，與樂於助人的長者風範，樹立了他成爲許許多多的文藝界人士的良師益友的典型。四十餘年以來，由於我也曾在中國文藝協會追隨於墾耕的前輩行列之後，因而個人也深深體會到這種「平生風義兼師友」的可敬與可貴，而且得來不易。

紀老畢生致力文藝創作，熱心文藝工作，除了著作等身，文名蜚聲國際以外，對於近半世紀來國內文藝運動工作的推動與領導，一向是身體力行，不遺餘力。他和張道藩先生等諸位文藝前輩，發起成立中國文藝協會，即是爲了團結全國文藝工作者，期能以文藝力量貢獻於國家，貢獻於時代；而他個人對於「文協」的貢獻，也爲所有文藝工作者共同欽佩與肯定。但他卻曾在民國 64 年所寫的《文藝運動二十五年》一書的前言中，自謙的說：「我曾自比是中國文藝協會的撿場。舞臺上的撿場爲演員正衣冠，送刀槍，撿失落，只是服務，不算腳色；他僅在需用時露面。」

這種有功不居而但以樂於服務奉獻爲職志的態度，也正可以說明了紀老具有何等淡泊超邁的胸襟。

---

*鍾雷（1920～1998），本名翟君石，河南孟縣人。詩人、散文家、小說家。

民國 39 年「五四」中國文藝協會成立，我因爲剛在《新生報》連載了多幕劇本〈尾巴的悲哀〉，有幸得以應邀入會，從抗戰「老兵」成爲文藝新兵；並且認識了久已仰慕的文壇前輩張道藩、陳紀瀅和王平陵等諸位先生。而其後更有兩點「無巧不成書」的際會，使我與「文協」日漸結了不解之緣。

其一，民國 40 年夏，我奉派擔任中央電臺的組長，在中國廣播公司辦公，使我成爲當時「中廣」董事長張道藩先生的部屬。而且那時的「文協」會址，也就在「中廣」樓下由一間車庫改裝而成的克難辦公室之中，和我近在咫尺，無論參加工作活動或者結識文友，都可說是占盡了地利之便。

其二，不久之後，我服務的機構分配宿舍給我，抽籤的結果，我抽到了永和竹林路的宿舍，正巧就在陳紀老和王藍先生的對門。因而在此後多年的歲月裡，紀老的亦師亦友，王藍老棣的如兄如弟，自然而然的，我就從文藝的新兵逐步成爲「文協」的老兵了。

在《文藝運動二十五年》的〈文協人物論〉一章中，紀老對於曾經在「文協」工作過的同事都有簡短的論述；寫到我的時候，他說：

> 鍾雷兄既是文藝寫作的全能，也是處理公務及撰寫一般文稿的能手。文協許多編寫的事靠他，如《耕耘四年》、《文協十年》、《井與燈》與「國父百年誕辰紀念文藝創作集」——《播種》、《耕耘》、《收穫》、《豐年》等四本巨著，雖然名義由我與他合編，實際他偏勞特多。文協二十五年以來，得力於他的協助實在不少。

猶記得去年（民國 85 年）春節前後，「聯副」在一系列的「趨寒送暖行動」中，前往新店拜訪紀老，並在報導中引用了我在民國 84 年「道藩文藝中心」董事會後爲紀老所寫的一首詩：「春風滿座盡耆賢，語若醍醐笑若泉；最是無言陳紀老，使人感慨憶當年！」

陳紀老暮年退隱，久患耳聾重聽，因而日常沉默無言。那天散席之後，我和王藍、應未遲、魯稚子等友好多人，特別留請紀老合影，紀老不僅欣然答應，而且合影後還和我們大家殷殷握別……沒想到，紀老就是這樣無言而去了！回憶當年，感慨於濁世清流之難得，良師益友之無多；撫今追昔，不禁熱淚盈眶……。

——選自《聯合報》，1997 年 6 月 12 日，第 41 版

陳紀瀅

孜孜不倦的小說大家

◎師範*

文胸武肚僧道領，媒肩差袖妓扇襠。

——陳紀瀅

紀瀅先生在小說組裡給我們講授的是「中國小說的分類」、「人物描寫」、「創作經驗」三門課程，以及以指導老師的身分，擔任學員們作品的批改。對於一個把重心放在小說創作，以及後來越來越傾向於短篇小說創作的我來說，前輩名家的創作經驗，無疑是我亟欲了解以為比較、取捨、借鏡的重要寶鑑，而人物描寫則更是小說創作中最重要、也最難掌握的重點。所以每逢紀瀅先生的課，我就屏息凝神的去聽，唯恐在稍一不慎中少聽到了什麼緊要的重點，而也許這一段是他這節課程中最關鍵的經驗，而完全的停止了跟鄰座的同學間那種常有的小組討論、即興式的短句筆談，包括對老師正在講授中的內容或某點的質疑完全停止。

對於一個曾任名報記者、副刊主編的小說名家，足跡遍天下，他的遊記、小說早在大陸時即相當有名，已有 20 年左右的寫作經驗。所以我在課外的老師分組批改中，毫不猶豫的選了紀瀅先生主持的這一組，另外自由參加其他幾位老師指導的小組，變成任何一個小組集會研討時，我只要有時間或覺得必要，就可自由參加另外的任何一個小組，但在任何情形下，我一定以參加紀瀅先生指導的這個小組研討與學習為優先，而每一次在永

*本名施魯生，小說家，曾創辦、主編《野風》，現已退休。

和竹林路紀瀅先生的家裡集會時，我都是第一個報到，也順便幫忙師母給大家倒茶。

在他給我們講解的「人物描寫」中，他除了告訴我們理論方面的原則外，一定舉出實例來引證，而使我們體會深刻。他說：「如果我們在小說裡把景物、故事等等都處理得十分得體，但是沒有處理好人物的呈現，那是一堆軟而無骨的廢物，仍然是一堆沒有骨頭的行屍走肉，一無是處。」他舉出很多的例子，使你在捧腹大笑中體會深刻。其中有幾個例子，使我畢生難忘，而更深刻的體會到什麼是人物描寫。

中國人扇子的用法因人而異。以章回小說或平劇的表現為例，他說：「文人使用扇子時是正襟危坐，目不斜視，輕啓摺扇，向自己的前胸輕微搧動，優哉游哉；武官則兩腳叉開，將大扇用力向自己的腹部搧動，以解酷暑。和尚與道士輩的出世人物，則一隻手把自己的後領拉起，另一隻手把扇子向提高的領子裡搧風解熱；而媒人則一隻手把扇子向自己的肩上輕拍，另一隻手則比手勢向對方說：『啊呀，你知道這位小姐真是美若天仙，嫻靜溫淑』或者『他是一表人材，相貌堂堂，不知道多少人家想把家中千金嫁給他』；而當差的僕傭搧涼時，則因站在主人的身後，不能造次，所以即使很熱，也只能輕輕的向自己的袖口搧風解暑。至於妓女呢，則扇子另有功用，她們在拉客時會順著說話把扇子向自己的褲襠下上輕輕拍來拍去，以配合自己的說話：『哎呀，怎麼這麼久你都不來啊，可把我給想死了。』之類的客套話。」在我們的大笑聲中，他繼續慢慢的說：「這就是『文胸武肚僧道領，媒肩差袖妓扇襠。』」我立刻停止了笑聲，趕快把這兩句話記下來。

還有一次，他講了另一個笑話。

一個聽差跟主人進館子吃飯。吃完後付帳時，主人發覺忘了帶錢，就很不好意思的把自己的名錶解下來拿給堂倌說：「對不起，我匆忙間忘了帶錢。——這個手錶先押在這裡，等一下回去拿錢來還你。對不起。可以嗎？」堂倌連忙笑著說：「不要緊，不要緊，您不必急著送來，方便順路時帶來就可。——錶拿回去，不需要這樣做。」主僕兩人回去後，僕人想這可好，他也可用這個方法來白吃一頓。於是過了幾天，那個僕人一個人來吃飯，酒足飯飽後付帳時，摸了摸口袋說：「糟糕，今天出門時忘了帶錢，我回去拿給你。」可是那個堂倌說：「不行。」僕人說：「哎，我上次跟我的朋友來，忘了帶錢可以回去拿還給你，爲什麼今天我來就不行？你太看不起人了。」堂倌說：「你上次一起來的那個人是不是你的朋友我不知道。我只知道上次你們來時，因爲我們的筷子放得不十分整齊，所以他就把筷子拿起來，輕輕的把它放在碟子裡整平才使用。你老兄吃飯時，筷子不平直，把它向你的肚子上截平後去挾菜——你會有錢送來嗎？」

這樣使人記憶猶新的幽默，在動人的人物描寫中深深的印入了我們的腦海。還需要用什麼理論去說明什麼才是人物描寫嗎？

而我自己呢，則在這樣的旁敲側擊的笑談中逐漸，也是恍然大悟中懂得了如何描寫人物，不論正面的，觸類旁通的，或因而提醒我反思的，形之於外的，以及感之於內的。我感謝他，真誠的，永遠的。

然後，在第一期小說組結業將近一年的時候，我又從紀瀅先生那裡得到了遠比別的同學更多的鼓勵。

1952 年夏天，我把我第一個長篇的原稿拿到紀瀅先生的家裡請他指教，以便再做一次修改後出版。那是這本原稿已送給文獎會審查後，我得了一筆爲數不小的獎金，足夠我把這部 25 萬字的小說出版。然後，在下一次與小說組同學再去他家聆聽分組指導後大家起身告辭的時候，他要我留下，說已把我那部書的原稿再次看完。

再次看完？因此不只是那部稿子，那天我們談了更多的事。

「現在我可以告訴你了，你這部稿子我其實已看過一遍，這次是第二遍。」

我恍然大悟他在講什麼。原來他是文獎會的評審委員。

他對我這部書稿的評價，遠遠的超出了對一個學生作品的嘉勉。「我跟好幾位評審委員都有同感。但是有的委員認爲你的『時代意識』不夠，那不是他們受命擔任評審委員的大前提。所以結果只能得到實質的物質上的獎勵。」

聽完了他這段話，我一邊向他道謝，一邊說：「我得到老師這麼多的鼓勵，已經是完全出乎意外。得首獎，我根本從來沒想過，因爲我必須承認，我這部書稿裡的『時代意識』的確不夠鮮明。我只是把一個在這一代生活的青年，寫出他們心裡的想法與願望，以及他自己怎麼在這個原則下做他該做的事。」我再次謝謝他的關懷：「說真的，我需要學習的地方太多了，我會盡量去學。」

然後，他拿了一本他剛出版的《寄海外甯兒》，內頁上寫著「師範仁棣存正，紀瀅」送給我。我道了謝，他話題轉到我與幾個人合辦的那本雜誌上來。

「對了，你看到有一本雜誌上要我勸告你們的文章了吧？」他說：「你沒有來找我。」

那時我們幾個人辦的那本雜誌已出版了三十幾期，我們正在搜求更好的作品回報讀者們熱烈的支持，我們也看到了那篇文章，但是每人都有發表看法的自由，我們尊重任何人的意見，有則改之，無則加勉，所以我們以無愧於心的態度去面對那些無聊的「詰難」，而未暇處理。「如果真的我們有什麼欠周的地方」，我說：「我想老師您也許會主動規誡我們吧？」

「今天我所以要你多留一下」紀瀅先生說：「主要是要告訴你，我真正的看法。」說著他拿出一篇稿子來：「我已經爲你的書寫了一篇讀後感，也許可以做爲你出版這本書時的附錄什麼的。一方面是對你這本書的感想，是真的覺得它有一種特殊的味道：一方面坦白的說，是間接的告訴他們，我對一本正派雜誌的支持，因爲大家都知道這本雜誌是什麼人辦的——你知道我現在的身分跟立場，我不能正面的與這些人反駁，甚至必要時還得跟他們討個交情，給這些人出本書什麼的。所以以我現在的情形，我只好就你的書，間接寫出我內心要講的話。」

我一時說不出話來。我有這樣一個鼓勵我，支持我，支持我們，支持一本正派雜誌，但是只能用這種拐彎抹角的方式去做的老師，我還有什麼話能說呢？連感激都已是多餘的。這時我唯一要做的事，就是趕快把那本書出版，而且，不必再跟紀瀅先生說，你給我那篇書評，不是讀後感，而是序言。我從未夢想過，我能得到紀瀅先生爲我這本書作序！以及這篇序中對我這個學生如此鼓勵。它一開頭就指出，「去年有一個機會使我一連氣讀到十多部長篇小說，那些小說各有各的主題和風格，多數在水準之上。但能使我一時不容易忘記的，卻是師範先生這一部。當時我只覺得它有一股特殊味道，很難用幾個字眼兒形容得恰當。這種印象，一直保持到我再有機會重新讀它時，我才發現這部書的淳樸、沉靜和它整個孕育著愛的含蓄……」這篇序足足寫了近三千字。我把他這篇文章前面的標題與簽名，製版原樣刊在序文的前面。

因爲有紀瀅先生的推薦，這本書在 1952 年 8 月初版後，三個月內再版兩次共三版，售出了一萬冊，而超過當時任何一本小說的銷量。1954 年 4 月，《半月文藝》對我這本書的一篇長達五千字的書評中，更把它與紀瀅先生的《荻村傳》相提並論而備感榮幸。文中說：「……《荻村傳》記錄了中國農村在大動亂中的變遷，這本書寫出了中國智識分子在社會變遷中的徘徊與新生。在文藝園地中盡是野百合花的環境裡，人們習慣於在小樓上聽後庭花的時候，這兩本書像兩枝白楊，給軟綿綿的文藝園地裡帶來了嚴肅的氣氛，它們代表著文藝工作者應走的路，雖然這條路是剛剛開始。」

當然，在 2008 年百花齊放，連不管什麼內容的紙本都岌岌可危的今天，像紀瀅先生那樣著作等身，以身作則，孜孜不倦的在自己日新又新的創作之餘，還能全力的告訴後生小子應該怎樣去寫小說的人已經不多。做爲一個親炙教誨而受益最多的人，必須說出我一直想說的話才能使我安心。

而那麼多的話必要時也可以濃縮成一句。所以，我在新生南路禮拜堂裡他的追思禮拜上，我只低低的說了四個字：謝謝老師。

——選自《文訊》第 281 期，2009 年 3 月

兼談我與陳紀瀅先生

◎穆中南*

中南兄：

元月十七日的來信，早經收到，謝謝。聽說您開了刀，又去中部，可謂勇氣十足，盼加小心，仍等完全恢復體力再勞動為是。

關於拙稿事，茲再表達心意如下：（一）我老早就想寫一個長篇給您，完全為了報答您多年以來不棄之意，也可以說為了紀念咱們一生友誼，因為我可能於七十歲時即封筆；即不封筆，那時健康情形如何，也不敢保證再能寫。如今我自估健康情形尚佳，所以我一定在一二年內還此宿願。（二）但我既為還願，即不可要錢；若要錢，我就不應在《文壇》投稿。我相信今天我的稿子還賣得出去。有一二處常年向我要稿，我都婉拒，主要的是我寫作並非為了報酬。當然一個作家不應以拒酬，表示自己的清高。但這次對您，我只能「拒酬」，才能補償我心理上的虧欠和友情的缺失。（三）您的大方慷慨，我是知道的，過去我寫稿也支領過您的報酬，這次唯有不要一分錢才是我的本意。所以您任何善意的安排，都謝了。（四）你如果以成本賣我一套精裝《文壇》合訂本，我多感激不盡。這與我報答您，則是兩回事。（五）您說四月份開始，可以的。我既答應你，一定如期交稿，（第一篇二月底交稿）不必操心。（六）我希望同時保存一份可供印書的校正印本，所以排校一事就依您的意思辦理。（七）原稿我甚為注意，原因是我極注意「完整」，過去幾部長篇我都留存底稿，所以仍希望存我處；將來萬一有展覽機會時，自可借用。

---

*穆中南（1912～1992），山東蓬萊人。小說家。發表文章時爲《文壇》月刊發行人、社務兼主編。

關於寫稿過程中，因我有許多痛苦經驗。讀者與作家們因見仁見智對作品有種種不同反應，編者常常因這些反應對作者有精神的威脅，甚至困擾。如我這大把年齡，自己寫作好與壞，難道還不自知？所以我要求您：讀者反應好，固不必重視；反應壞，您也不必介意。因世界有許多怪事。若干年前，我發表某文時，就有此等事。編者一聽人叫好，即色喜；一聽人說壞，就要停刊或腰斬。我要您沈住氣。

穆蘭結婚我一點兒也不知道。我非常喜歡那孩子，如此疏慢，誠然不好。等正月十五前後，您可邀何子老喝酒，但不必非茅台不可，紹興亦可，因越好酒，反而喝著不隨意。我意如無礙，可邀上君石，因我喝酒實際二把刀也。匆匆祝

年禧

弟陳紀瀅拜　正月初三日即元月廿五甲寅

中南註：

（一）、我於 12 月底給 100 位老作家去函：爲抗議物價之上升，本刊不增價且加強內容，希各作家惠稿支持。紀瀅先生來函擬撰 25 萬字的長篇給我，又以東北、海外、臺灣爲主題的三篇任我挑選，並言不要稿酬。我即覆信選一篇以臺灣爲背景的，並說明致最低的薄酬。

（二）、本刊自第 3 號到 131 號精裝 27 大本合訂本 20 套，定價新臺幣 3,000 元，被國內外有名大學圖書館珍藏 15 套，僅餘五套，紀瀅先生擬購一套，我也不客氣，要向他收錢，擬自薄酬中扣之。

（三）、我這編輯最沉得住氣，23 年來出了很多怪事，我向來都能一肩擔起。

（四）、陳先生印書向以考究出名，此次我建議在未排連載時以印書時之每行高低，到印書時剪貼每頁固定的行數，即可影印，而省排、校的費用和時間。

（五）、我這裡幾乎存有每位作家的原稿，僅陳先生的原稿不多，所以這篇原稿徵求他的意見是否可存在我處。當然我尊重他的意見，此篇原稿還是退給他存。

（六）、何子老，即何子祥先生，亦即何容先生，國語推行委員會主委，對語文教育最有貢獻。屆「人生開始之年」，保持其青春氣息，尤其飲酒，遇有相知，向不辭杯，十分可愛。我於二、三年即想以好酒共享，但每次有了好酒，我就存不住隔夜，喝完了才想起「子老」，決心春節後共飲爲快。君石即鍾雷先生，酒後更有豪氣，酒友中之佳者。

一

我非常感激陳紀瀅先生，在他停筆撰寫小說十多年之後重拾起筆來（其實陳先生始終沒有停筆，而是在這十年多來沒寫小說而已，他在這十多年來寫了很多報導的文章，而且出版了十多種書，在我認識的作家中，陳先生是個最勤於執筆的人。）寫第一部就給《文壇》，陳先生的小說在老作家中是有口皆碑的。陳先生來臺的第一部小說《荻村傳》發表於民國 39 年。（？）這部作品代表了當時的文壇五、六年之久，也可以說《荻村傳》這部作品奠定了在臺文壇上的典範，開文藝之先河。而〈有情歲月〉是以臺灣二十多來的社會發展爲背景，在這部作品中我們可以看到每人自己的生活面。所以《文壇》和我都是很榮幸的。

〈有情歲月〉的催生，大概是二、三年前，我和陳先生同車到臺北，（他那時還住在永和。）他突然告訴我要給我寫個長篇連載。我每年都有三、五封信催他給我寫稿，但當面很少催請。他大概怕我當面提寫稿的事，所以先堵住我的嘴，可是我便抓住這個話柄，常在電話和信中提到這件事。他雖然常說：「文章是逼出來的」，可是逼他寫文章，他會煩。我爲《文壇》的讀者，我並不厭其煩。我知道陳先生講話算話，早晚會寫的，但我未想到他會在今年給我寫。

就如前信，這篇 25 萬言的〈有情歲月〉就如此談定了，將於下期開始在本刊連載。他不要我分文稿酬，使我非常感動，我感動的不是人家不要錢，（誰都知道《文壇》的稿酬最低，有時我沒有錢，乾脆分文不付，給《文壇》撰稿的文友都不是為了稿酬。）而是在這句話裡充分代表了中國文人的風格以及陳先生重視友情的道義精神。我願意這裡說幾句題外的話，也許可以供給年輕的朋友一些做人的參考。

二

我在大陸早就拜讀過陳紀瀅先生的大作，早在「九一八事變」前出現在哈爾濱的《國際協報》的副刊，陳先生那時的散文很美。至於陳先生編《大公報》「小公園」時，我更是他的忠實讀者。我正式認識陳紀瀅先生是在民國 39 年春天中國文藝協會發起人大會，我也倖而被邀，在中山堂他找到了我，記得我和杜衡兄（當年編《現代》的文壇老將）在一起，陳先生第一句話就說：「穆穆，這個名字很好，你姓穆嗎？」過後我問杜衡兄「這是誰？」我才知道這就是「陳紀瀅」。原來也是一條北方大漢型的人，真難以想像他當年會寫出那麼美的散文。

那年入秋，我接到陳先生給我一封信，內有一張立法院配給米的條子，送我去領，約有百斤。當時，我九口之家，常常家無隔宿糧，我確實需要這張米票。我那時沒有職業，專靠寫稿為生，每月必得寫出 200 元來，才能生活下去，可是，我那時的稿酬是一元到二元一千字，除了一星期或二星期能擠進一篇用「穆穆」署名的三、四千字的小說之外，只得聽編輯先生的吩咐，化了很多的筆名，專寫千字小說，也有稱袖珍小說的，要整一千字，有一個主題，一個完整的故事，帶點淡淡的黃色，還要輕鬆幽默。當時我製造這類的小說約四、五百篇，除了編輯之外，誰也不知是我寫的。（這些小說以後被香港報紙轉載了去，有些被臺灣報紙又轉載了回來，偶爾被我看到了，覺得好面熟，想起來了之後，不禁啞然失笑。）在我當時的情景，這百斤米無異是救命的恩物。但我想了想，我和陳先生素無淵源，不可輕易接受人家的餽贈，於是我寫了封感激的信給退了回去。

這就是我們的訂交之始。

民國 42 年，（那時《文壇》已經創刊。）我在一家報館做經理，我這個經理並非一般可比，由於主持人對我的信任，讓我有發揮的機會，不僅業務一手抓，連編輯部也採納我的意見而合作無間。這張報紙原屬一個機關的油印行情通訊。因爲業務開展，由每周出版六次的晚刊，改爲每晨出版的四開日報，再進而對開；由一個機關報變爲公營，再進而民營。不僅有了社址，有了基金，（在當時約五十餘萬。）還到了收支平衡的地步。有一天，陳紀瀅先生來找我，由於張其昀先生找他去做《中國一周》的社長，找我去做經理。原來《中國一周》的基金被前任負責人都賠光了，找我們去收拾殘局。我毫不考慮地在三天之內辭掉這家報館的經理，去做《中國一周》二人的經理。我和陳紀瀅先生編一本年鑑，二月之內賺了二十餘萬元，爲的是想把《中國一周》精編再改價一元，和當時的《今日世界》爭一長短；（這是我們去《中國一周》的唯一的希望與條件。）可是董事會並不同意這個構想，並且還要繼續出版一本經濟年鑑，非我與陳先生能力所及，於是我倆雙雙辭職退出。

他是立法委員，我失業了；陳先生和陳太太一直表示歉疚，陳先生也屢次表示願以實際的力量來資助我，但皆被我婉拒。從這件事，可以看出陳先生做人的忠厚態度。但陳先生不知道：第一、我自 14 歲對文藝發生興趣，決心把一生所學貢獻給文藝工作，我既能有力量創辦一張報紙，我就有信心把《文壇》維持下去。第二、即使陳先生和曉峰先生不找我去辦《中國一周》，我也打算把這家報紙的經理職務辭掉，因爲我的熱情，我的能力，我的忍耐力是個創業的人才。創業只要看得穩，有耐心拿出勇氣向前衝就行了，因爲從「無」變爲「有」就是成功。不管這「有」是多少或大小，都是成功。而發展則不同，發展需做得好和做得對，得有企業精神，並非我這文人的性格之所長。同時，據我創業的經驗，除了有衝勁之外還得謹慎，我這人看起來粗枝大葉，我處世用人非常重視小節，所以我的脾氣向來很火爆，一點涵養都沒有，這種性格保持文藝上的「真」則可，對發展事業則是最大的致命傷。尤其謹慎而不能變通，就是保守，「保守」是「發展」的最大障礙。我既然愛這張報紙，也愛這張報紙的主持人，我就得功成勇退。所以我辭掉過去優好的職務，與陳先生毫無關係，而且我還感謝陳先生看得起我，給我機會和他同事兩個月。第三、誰也不知道我是爲了報答張曉峰先生給我的恩情，連張其昀（曉峰）先生本人也不知道。在民國 38 年我借住在朋友家，也就是我以寫稿維持九口之家而家常無隔宿糧的時光，（但未向任何人借貸。）朋友趕我 15 日內搬家，我一口答應了下來。我看好現在仁愛國小當年板橋小學的滑梯之下那塊地方，如果在 15 日之內沒有辦法弄到房子，我會用當土匪時對待日本人的手法強占那塊土地，好保持我的信諾。我用兩天三夜的時間寫了篇以蒙陰山區爲背景的小說〈司令〉，請張其昀先生（他那時是宣傳部長。）代我賣出去，我聲明先拿錢，我等錢用。他很快的就交給現任考試院副院長、前任政大校長，當時的正中書局總經理劉季洪先生，季洪先生的工作很忙，他要自己看，而且公畢拿回家看，要命的是，劉太太也搶著看，（劉季洪先生夫婦的故鄉是徐州，對這故事的背景很熟悉。）等季洪先生看完答應給我 2,000 元稿酬時，已到我的期限 12 天了，那天是星期五，正中書局的會計、主計非常的幫忙，答應我第二天（星期六）去取錢，我在第二天去了，是張土地銀行的劃線支票，到了土銀，辦事員說要交換，一個撰稿爲生的窮文人，會在銀行開專戶使用支票？要提現就得把劃線取消。我敗興的又回到了正中。支票上是三個圖章，已有兩個圖章在劃線上蓋了章，我坐著等到中午，那時的人情味真濃，一個辦總務的人來告訴我：「你不必等了，即使現在蓋了章也提不到錢。銀行在星期六下午不上班，我今天下午去×××的公館辦事，順便給你蓋了章，你星期一早晨一開門就來，你就可以提到錢了。」我只有唯命是從。這些事，我一直沒跟家人講，我每天除了讀書就寫稿或抱著孩子到外面走走，向來是樂觀的；除了知道父親被匪鬥死而「楞克」了幾天之外，就是這幾天從外面回來也不工作也不逗孩子玩，楞得像「二百五」似的。家人還以爲到了限期不能搬家而發愁，所以也不敢理我。朋友夫妻嘻笑的幸災樂禍，以爲這次可把這「小子」的硬骨頭給「整」軟了。好容易熬到星期一，（也就是限期滿的最後一天。）我一早就起來，告訴內人：「把孩子打扮好，把東西都整理、捆包好，向朋友鄭重表示感謝，今天我一回來就搬家。」我到正中書局門前等了一個多鐘頭才開門，開了門等了半個多小時那位總務先生才到，他很高興地把消除了劃線的支票交給我，我很高興的到土地銀行提出了 2,000 元，就到臺北車站前租了一輛日本殘留下來車後燒木柴的汽車。（那時這種汽車已經是奇貨，大馬路上半天才過一輛汽車。）在這裡我要說明，在四天前我在現在的永和鎮那時的中和鄉看中了一幢日式的房子，四壁的木頭被人拆去燒火了；塌塌米早已不翼而飛，那是人家農夫養豬的地方，講的是金子，合新臺幣 1,700 元，我連價錢都未還就談定了。這就是我來臺後第一個家。這不是曉峰先生的賜予嗎？使我的妻、兒不必睡在滑梯之下，不應該報恩嗎？我事後也未謝他，但我深深銘記於心，現在他需要我，我有再好的事也該不顧一切來報答他，以解除心靈上的欠債。所以，我的辭職與陳先生無關。

（我說得這樣詳細，有些離題。但我願意說出，我能創下今天在自由中國最大的一張報紙，能維持《文壇》23 年之久，能幫五百多名作家經常發表作品，我是經過困苦的奮鬥，就是在臺灣這段時期的初期，我曾經有過這種生活。）

但，陳先生和陳太太一直認爲欠我的人情，到 20 年後還把停筆了十多年之後的第一個長篇不要稿酬給《文壇》，在這種工業社會現實的今天，這種人還有幾個？我這樣介紹〈有情歲月〉的作者，我認爲是有必要的。可是，陳先生並不欠我，而我欠他的卻太多，他在這 20 年來幫我許多的忙，給我的鼓勵太多，這是後話。

既然囉嗦，就多囉嗦幾句。我在這二十多年來最羨慕兩個人，就是《中國時報》董事長余紀忠先生和陳紀瀅先生。因爲他倆有共同的幸福，都有一個老母親，都事之至孝，兩位老人家都活了九十多歲，而且在前年也都相繼仙逝。而這兩個老人都拿我當自己的孩子看，我也占上一點幸福的溫暖。

是的，陳老太太和陳太太拿著我們家的人不當外人看，每次見面都親切的話家常。有一次老太太身體欠安，內人買了兩個蘋果（我家經常沒有現錢。）很不好意思的去看他老人家，辭別的時候他老人家費力的下了床，自床下掏出藏了好久的兩包配給鹽，內人只好尷尬地帶了回來。我對他們說：「你們曉得這兩包鹽的貴重嗎？陳先生的故鄉是在河北的內陸，（不沿海的地方鹽都貴。）老太太那個年代，居家過日子，鹽對於人們的生活是多麼重要，同時，他老人家把這最體己的東西送給咱們，咱們要珍惜的食用。」我們兩家相處由這個小故事便可以洞悉一切。

三

20 年來陳先生幫我和《文壇》的忙太多，我也欠陳先生的地方太多。不要說他在文藝界對我的鼓吹和鼓勵了。《文壇》創刊號上最主要的一篇小說〈有一家〉他就不要稿酬，多年來陳先生每次到海外都不忘記《文壇》，每次通訊，我都未付稿費。文壇函授學校是陳先生一手支持的，他還是函校的董事長。《文壇》之有今日，陳先生的鼓勵最大。

但我也曾使陳先生失望過，我們也起過衝突，我對陳先生也有過不滿。

有一個時期我喜歡跳舞，人家跳舞像小偷一樣認為是做壞事不敢張揚，我跳舞，見到誰都不避諱，他聽到了風聲，有一次在我們兩人回永和時在中正橋上吞吞吐吐的勸我，什麼身敗名裂啦，人家會借著因來攻擊啦，再者對子女要什麼身教啦！等等，這種忠言當然是逆耳的。我當時雖然聽之唯唯，心下很不高興，誰不知道這些老生常談。可是我，在民國 25 年於瀋陽日本憲兵本部受的刑，近年因身體漸衰，老病復發，什麼時候死都不知道，找點輕鬆而喜歡的事幹幹，也要說得那麼嚴重。態度必然是不大自然，陳先生看了這「食穀不化」的樣子，自然以後就不再提了，我相信他一定很傷心。我也怪陳先生，何必虛此一幌呢？既勸也勸到底，為什麼看到被勸的人不高興，就自此不提了呢？

大概是民國 43 年，文化清潔運動時，陳先生和幾個主要的人都是累垮病倒了，需要一個在文協坐鎮的人，我就自抱奮勇的做這幕後事務總其成的人。次年，趙友培、李辰冬諸先生看我還是一個事務人員的料，於是拉我到文協做總幹事，陳先生來勸我這「水到渠成」可以一為，我說搞文藝是貴族的事非錢莫可。他陪我去看黃少谷先生，（我在《和平日報》瀋陽社做過主筆兼經理，也算是少老的屬下。）在少谷先生第一次去西班牙時，我和陳先生到機場送行，少谷先生面告，行政院批准每年可補文協三萬元。但這錢領下來，陳先生又說這錢不能動，以他和我的名義存在臺灣銀行作優利存款。這不是捆著我的胳臂腿還讓我練把式嗎？也等於放著饅頭大餅讓我看著挨飢。讓我看守這文協的窮廟而不能做工作，等於浪費我的青春。我很不滿意，尤其不滿陳先生的作風。但我沒有言語。

當時文協的經常費每月 2,000 元，我去做總幹事不准我兼職，他們共議給我 800 元，一個幹事 600 元、一個工友 300 元，還剩 300 元，除了電水、電話、房稅，連訂份報的錢都沒有，還做什麼工作？我自動每月捐出二元來做工作費，陳先生每月看帳，我每月只實領 600 元，他並沒說一句勉勵的話。當時，文協在新公園音樂臺每星期六舉辦一次晚會和教唱反共歌曲，每月 1,000 元的經費，我便東省西節的剩下點錢做工作。我在文協任總幹事二年，開了三次會員大會，東打秋風西化緣節餘了五萬多元，而臺灣銀行優利存款變成了七萬餘元，（二年的補助費在內加利息。）同時，集中全力向中央請准每月一萬元的經費。其他沒有什麼建樹，這是我一生最窩囊的兩年。我把這筆帳都記在陳先生的頭上。

陳先生的年齡並不比我大多少。但我、王藍、鍾雷、宋膺、吳若甚至王集叢諸兄，都以陳先生為家長視之。我們常暗地談笑說：「陳先生連樹葉掉下來都怕砸死。」我們都認為文藝界應該大刀闊斧的做些事，他們也許碰過釘子，也許怕碰釘子，他們推我和陳先生說，請他領著我們放手的去做，不曉得陳先生那條筋不對，也許我談話的技巧不夠，當我把這些意見說出時，陳先生有些發火的說：「感謝你們看得起我。」底下的話好像一個文人到死以前都應當爲文藝工作，他不同意我們這種作法，也不領情我們對他的推崇。他走了之後，連我內人都奇怪：「陳先生爲什麼生那麼大的氣？」

我知道陳先生的心情，也知道藝術家和作家們是最難應付的，他的保守是有其道理。但各文藝團體紛紛成立，文藝界的不滿氣氛，文協的沒有作爲多少有些關係。再說有些朋友爲了一己之私，汲汲於名利，讓他們個別發展起來，也自然烘托出一個團體的地位。

以我和陳先生的友誼，我相信他應當信任我的，但是有一件小事也代表著陳先生的公廉。就在我做文協總幹事第二年，他不曉得聽到什麼閒話，在銀行關閉以後（注意關閉以後。）連招呼都不打一聲就去查我的帳，包括銀行存款簿的紀錄。要知道，陳先生曾做過郵局儲匯局的局長，懂得銀行的各種奧妙。我固然喜歡他這樣的作風，可以證明我的人格。但我有一種自尊心被侮辱的感覺。

在任何方面來說，陳先生應該是幫助我的，而在私人方面他確也如此。但有件事雖然表現了陳先生對此事失去了章法，但也表現了陳先生的大公無私。

我辭去文協總幹事那年，文協在水源路花 15 萬元頂了一座會所。我不敢說是由於我在文協辛苦節儉了兩年積儲了十幾萬元的緣故，但起碼也不無原因，因爲我接文協總幹事時是一個錢也沒剩下的。前幾年，文協又在羅斯福路買下了九樓一半做會所。水源路的房子空下來還要人去看守，而且破得搖搖欲墜。這幢房子頂期早已過時，我在民國 51 年輪值文協常務理事時就已滿期，叫房東退還押金還告到法院去未得解決。閒了數月文協未得處理，我打算頂下來做爲《文壇》的社址，我不讓文協損失，15 萬元照付文協，既然這個房子產權問題頗多，（押了兩次銀行，也換了兩人的手。）我答應三年分期付清，並且答應除了經常舉辦文協所應做的各種文藝活動之外並代爲籌備文藝學院。（那時辦學的風氣很盛，我有信心會做到大家所希望的願望。）這件事先跟陳先生和王藍先生商量，又在常理會把「細節」研討通過，大家都認爲這是給文協解決一個問題，又在理監會上通過。已到了契約上文字修正的階段，突然殺出一個程咬金，以舞蹈營利的李天民舞蹈社托何志浩（他也是理事兼常務理事。）給陳先生打電話，要把 15 萬元一次交頂這幢房子，常務理事會竟召開會議討論理監事會已通過的議案，（讓我迴避而何志浩竟不迴避。）決議雖然是：我有優先權，但又規定了一些比前所議更嚴苛的條款，換句話說，我不接受就讓給李天民。推王藍、鍾雷、宋膺（好像還有一位，我忘了。）幾人跟我談判。我請他們到會賓樓吃飯，我把那些條款揣在身上的皮夾裡，請他們愉快的喝酒吃飯。飯後付了帳，我對他們說：「我整日本人時很會使壞，我很壞。但我到臺灣從未使過一次壞，這回我要故技重施一次了。我不要那房子，李天民也別想要；告訴你們，我看不起你們；告訴他們，我要考慮這些條件，我現在不說我不要。」因爲我看他們給我的紀錄，疏忽了限定我答覆的日期，而且李天民和何志浩是因爲原房東逐他搬家才急著出這大的價錢，如果他冷靜下來就會知道他應付不了這棟房子的種種困難。（那房子以後被別人使用，果然出了問題，現於訴訟中。）自此文協開會我再也不參加。我也把這筆帳記在陳先生的頭上。

這些，都是我不滿陳先生的地方，即以前面這件事來說，雖章法有些亂，（不應把理監會通過的事由於別人的條件好而重議。）但如果陳先生拒絕何志浩不開會討論，我和陳先生的親近關係，人家會說陳先生偏袒我，此事表現了陳先生對事的大公無私。我們相處 20 年，以文協爲例：文協的大小事雖以陳先生的意見爲意見，但誰都知道文藝還是張道藩先生領導的，道公生前，事無巨細，他都請示道藩先生，而且也都和理事或常務理事討論之後而推行。他常說：「大事不瞞道藩先生，小事不麻煩道藩先生。」這種君子之風，非常人所可做到的。

四

說陳先生謹慎則可，說他膽小也不見得。有兩件事可以證明。

有位女作家，在某機關裡做事受了不被人諒解的氣，她油印了傳單四處發，被人抓到了小辮子要群起而整她，那時，這位女作家不見得和陳先生太親近，反而和我們幾人較近，找出陳先生商量對策，他竟當眾說出了這樣的話：「別說我們還沒有錯，即使有錯，也是無理要狡三分，油印傳單是不對，但不要怕，她們要『整』我們，我們跟她們幹到底。」

對方聽說，也就不敢有什麼動作而化為無事。王藍高興的在暗中說：「天下要變了，陳二爺還有幾分土匪氣呢！」

另外一個朋友，因事被當局誤會，由於苦修有出國的機會，但無人敢保，陳先生慨允作保，這個朋友學成回國，現在對國家對文藝大有貢獻。

這兩年，大家的生活富裕了，借貸的問題也少了。在民國 40 年前後，常有些不知名的人到陳先生那兒去借錢，陳家生活素稱儉樸，但陳先生向不讓人失望，只要能幫的，都把省下的錢借給人，（這些都是有借不還的。）而且向不對任何人提這種事兒。我就看到當時文藝界的一個朋友，向陳先生借了當時不算少的數目，但以後就斂跡於文藝界。以生活自檢到家的陳先生，向來不提這類的事。

這就是陳先生。

五

拉雜的說了這些，為了介紹陳紀瀅先生，也是為了介紹這篇〈有情歲月〉，也許牽扯到很多事情的是非，也許開罪許多朋友，（包括陳先生在內。）我並非僅僅為了一吐為快，而是說：以作者這種品德，認識事物的深刻，對社會了解的清楚，來寫二十多年（一個世紀的四分之一）來的臺灣，相信是讀者之福，也是《文壇》之幸。

——選自《文壇》第 165 期，1974 年 3 月

老小老小（節錄）

◎丘秀芷*

紀老

陳紀瀅先生，大家叫他陳委員或紀老。80 歲老人，說話滔滔不絕，有條有理，聲如洪鐘。

紀老喜歡請晚輩吃北方館子，點的是道地的北方菜。邊吃飯邊聊天，談興很濃。

他喜歡送書給愛看書的晚輩。而晚輩送他書，他必修書致謝，而且是用毛筆。這是一位堅持生活細節的老人，要請他吃晚飯，最好記住，晚間八點正，他一定離席回家去了！晚上九點以後切勿打電話打擾，他已入睡。

紀老還筆耕不輟，真是後輩的風範。

——選自丘秀芷《風範——文壇前輩作家素描》
臺北：正中書局，1996 年 10 月

*本名邱淑女。小說家、散文家。發表文章時爲行政院新聞局國內處顧問。

記陳紀瀅

◎張放*

早於 1938 年春，陳紀瀅先生便任武漢《大公報》副刊主編，論起資格，陳老稱得上當前兩岸老作家了。1990 年秋我訪北京時，著名詩人、前文化部部長賀敬之對我懇摯地說：「見了陳老，幫我代問好。我少年時候寫詩投稿，陳老對我鼓勵很大。」

陳紀瀅在武漢時，他的寓所成了作家聚會所。老舍、郭沫若、茅盾、姚蓬子、胡風等人都曾到他家作客。到了重慶，他時常提供貧病作家名單向國民黨中央宣傳部請求幫助，邵力子、張道藩確曾爲作家解決不少困難。那些接受救濟的作家幾乎沒有一位到了臺灣。這是國共鬥爭史上的一件趣事。

抗日戰爭時期，陳紀瀅曾訪問新疆，寫成《新疆鳥瞰》一書。出版前曾在《大公報》發表。當時新疆政情比較複雜，盛世才曾關押共產黨員，也排斥國民黨人士，這是眾所周知的事實。1950 年代初，蔣老先生曾在臺北召見陳紀瀅，陳老以爲總統垂詢有關文藝問題，誰想到晤面以後，蔣老先生問的都是新疆政情及民族團結問題。陳老告訴我此事時，禁不住拊掌大笑。看起來，在戰亂不寧的國家統帥，最關心的仍是政治問題，而文學藝術也只是點綴而已。這是從事文化藝術工作的朋友應該心知肚明的事，否則那才是傻瓜。但這是歷史，它已像大江東去，一去不復返了。

關於國民黨不重視文藝的舊話，我覺得應該實事求是去探討此一問題。有兩件不甚被人了解的祕史，不妨在此公布出來。魯迅在上海時，左

---

*張放（1932～2013），山東平陰人。小說家、評論家。

翼文藝青年團結在他的周圍，成爲一面文藝旗幟。當時，浙江省國民黨黨部主任委員許紹棣，不知怎的一陣心血來潮，或是奉了國民黨中宣部的指示，竟然稀里糊塗發出一紙公文，通緝反動作家魯迅。魯迅躲在上海日租界內，著文抗議受到政治迫害，引起廣大文藝青年強烈不滿。抗戰前夕，魯迅肺結核轉劇，他曾四處打聽赴蘇聯治療肺疾的事。此事傳到最高當局，蔣委員長把葉楚傖找來，他指示宣傳部設法撥出一筆錢幫魯迅去日本養病。他說：「我是浙江人，我知道浙江人的脾氣，魯迅是吃軟不吃硬的。送他去日本養病，他就不會罵了。」後來，蔣老先生透過蔣孟麟帶了中宣部一名職員，去看望魯迅，魯迅堅決不允赴日養病，這是事實。

抗戰勝利後，華北各大城市物價飛漲，作家生活困難。1946 年 1 月 24 日，國民黨中央祕書長鄭彥棻代表蔣老先生親自到北平八道灣周宅，給魯迅元配朱安送去法幣十萬元，做爲春節慰問金。後來，許廣平在上海曾寫信詢問此事，朱安於 2 月 1 日致函許廣平：「我辭不敢受，據云長官賜不敢辭，別人的可以不收，委員長的意思一定要領受的……，也就接受了。」朱安於翌年 6 月 29 日病逝。這件祕史，我曾於 1960 年代親自詢問鄭彥棻，他說那次去北平慰問十多位著名作家，名字已不能記憶，他確記得和朱安女士會面，她講著濃重的浙江話。

1949 年底，蔣老先生隱居草山，痛定思痛，決心把一切事業從頭做起。他爲了改造文藝，指定張道藩成立中華文藝獎金委員會，並核定張道藩、羅家倫、程天放、陳雪屏、胡健中、曾虛白、狄膺、張其昀、梁實秋、陳紀瀅、李曼瑰 11 人爲委員。文獎會經過籌備，擬定各種獎勵章程辦事細則，直到 1950 年 2 月 1 日蔣總統復職，宣告成立。文獎會獎勵戲劇、音樂、美術、舞蹈、廣播、曲藝、民間文學等。到了 5 月 4 日，中國文藝協會在臺北市中山堂宣告成立。這段期間，陳紀瀅付出了不少的心血，他是張道藩最知己的文藝戰友。

陳老雖是從舊社會走過來的人，但他嫉惡如仇，最厭惡官僚鄉愿的馬褂兒。有一次，他爲了糾正一位播音員的發音，給中央廣播電臺寫了一封厚達 12 頁的長信。孰料，電臺收到信，便放進抽屜不了了之。隔了半月，陳老禮貌地問及是否收到意見函，官僚馬褂兒傻了眼，互相推諉。後來，蔣維揚主任託我向陳老道歉，我硬著頭皮挨了他一頓罵。陳老說：「一位政治家、學者或作家應當注意回信，陳果夫、陳立夫、黃少谷、張曉峰等人，凡接到別人信件，他們一定回信。」這件風波平息後，給予我的影響最大，也是最好的機會教育。

1980 年代初，國民黨中央文工會增加一名總幹事，主管全黨文藝業務。遴選黨齡十年以上，具有一定的文藝水平並有著作者，同時在文化藝術界具有清高的聲譽。陳紀瀅是文藝領導人，他有決定性的建議權。那時我在行政院文化建設委員會任研究委員，根本不知此事。後來聽說陳老爲了推薦我去擔任此職，專程跑到文工會見 X 主任。那位躊躇滿志的官僚哼而哈之，一片感謝聲。不久，陳老在立法院接到他的電話：「張先生條件非常適當，我讀中學時就看過他的作品。可惜他……不是歐美留學生，哈哈，將來一定借重他……」爲了此事，陳紀瀅先生氣得血壓猛升，竟然在中華開放醫院住了一周。他從未向我講過此事，我也裝迷糊閉口無言，但是，今生今世我永遠感激他這份提攜我的恩情。

幸虧我沒有做了黨官，否則我無法勝任愉快，最後只得拂袖而去。我不會喝酒，也不會講「你乾杯，我隨意」等應酬話；我的喉嚨因少年啃豆餅、青年寫作猛抽香菸的影響，唱起《愛拚才會贏》如泣如訴，讓人頭疼、噁心；最難悔改的則是我患有「仗義執言」精神病，這種病患者怎能在歷史悠久的國民黨中央生存呢！

陳老不止一次對我說：「我是從舊社會走過來的人，對於舊官僚的毛病瞭若指掌，雖然舊官僚缺點很多，但是，他們還懂得禮貌，有人情味；如今我接觸的新官僚，過河拆橋，非常現實，一點兒人情味也沒有！」我勸他不要動怒，否則影響身心健康。做一個觀眾在劇場看戲，飾演壞蛋的虛僞、陰險的心胸與嘴臉，歷歷在目，你何必生演員的氣呢？那看戲豈不受罪麼！

陳紀瀅是行憲後首屆立法委員，他退休後，隱居新店群山環抱的幽靜樓房內，閉戶寫作，偶爾也到臺北和朋友聚會、餐敘。我旅菲三年多，曾和他通信，他鼓勵我趁思想成熟應寫一些比較扎實的作品。如今，陳老行年九十，耳朵重聽，因爲寫作近七十年，兩隻腿缺乏運動，顯得疲弱無力，這是他最苦惱的地方。他的夫人、賢慧而美麗的年屆八旬的汪綏英女士，無怨無悔地伴隨在他的身邊，頤養天年，願上帝祝福他們。

陳紀瀅是臺灣文藝圈的大老。他從不樹立山頭，也從不徇情徇私，他因爲講話太直，時常得罪了人卻不知道。平心而論，陳老確是一位耿介的君子。蘇聯作家奧斯特洛斯基給蕭洛霍夫的信上說：「真正的朋友應該說真話，不管那話多麼尖銳……」陳老具有這種美德，是當代文藝界難得的真正的朋友。

——選自張放《大海作證》

臺北：獨家出版社，1997 年 10 月

致陳紀瀅先生書

◎夏元瑜*

紀瀅先生：我對您一向景仰得很，您向政府質問三家電視公司爲什麼盡演武俠，要不就是哭哭啼啼或是低級趣味的鄉下戲。爲什麼沒人管、沒人理。我想您是有學問的人，只知道用「國計民生，高尚風雅」的眼光來看這些連續劇，所以不能領略他們的含意。我可是沒念過多少書的老土豹子，忠實的觀眾，熱心的擁護者，對那些劇佩服得不得了。您若不信請光臨舍下，瞧瞧我家牆上全貼著那些製作人的長生祿位呢。我把心中的「敬佩之忱」（對電視劇）跟您提提，愚者千慮，必有一得，也許有點兒可供您老人家參考之用。

先說武俠劇吧，刀光劍影，一言不合就打將起來，多乾脆、豪爽。年輕人看了，精神振作。長劍雖不好買，找把扁鑽可容易。老年人呢，看了更有益處。一看那些劇中若干老俠，鬚髮皓然，居然也一肚子的火氣，縱跳如飛。於是覺得自己身體也許還不錯，「烈士暮年雄心未已」，沒準兒還能恢復壯年時的荒唐呢。真是看了有返老還童的好處。

幾十年前洋人說中國人是東亞病夫，那怨他們沒看我們武俠小說之故，只要他翻過一薄本兒，就能知道中國遍地是俠，女俠、小俠更厲害。電視上也是一樣，好像全國沒有從事生產的普通人，人人皆俠，個個都苦練多少年，您別瞧那亂打幾下，人家是幾十年功夫練的哪，您若問我幾十年怎麼才練得那麼幼稚，我告您，古時的人太笨，練得慢。既是全國皆俠，洋人怎敢侵華。所以電視如早有一百年，把這些影集給洋人看看，比

---

*夏元瑜（1910～1995），浙江杭州人。散文家。發表文章時爲中國文化大學海洋系及戲劇系教授。

義和團都有效。我只歎惜當年的那些大師兄們（團中領袖）要是生在今日可多好，改行拿原子筆比耍拳頭強多了。

我有一位任公職的摯友——法院工友——告我說：每位推事一天要處理二十多件案子，真忙不過來。這問題就更跟提倡武俠精神有關了，正邪兩幫拼得你死我活，從不驚官動府的去衙門裡打官司，全自個兒解決。也沒有見過某俠挨了某人一刀而去驗傷，取得傷單再去法院按鈴控告的。全國之人若要全有了這種精神。法官們豈不省事，坐下抽煙看報而已。這也是值得觀眾仿效的。對也不對。

俠客最愛管閒事，路見不平，拔刀相助，為什麼不拔筆，幫著被害人寫狀子，去打官司呢。這麼一來俠客豈不改行變了律師了麼。我說決變不了，為什麼呢？律師要根據《六法全書》，要有憑有據，才能辯護。世上有若干提不出證據，也找不出法律條文的真正受害人，該怎麼辦呢？在古時候只好找俠客幫忙。這才是真正的俠。至於成天打群架的只能叫做流氓，哪兒配稱為俠。所以紀瀅先生如不贊成「古裝武俠影集」的話，我建議改稱「古裝流氓影集」，您看可妥當否。

中國舊小說中描寫的武俠，我覺得《儒林外史》中的鳳四老爹寫得最好，有武功，可不出手，幫窮人要了帳，並不要人謝，不過一時高興而已。他另有進錢的道路。合情合理，是人所辦得到的。現在的武俠小說和連續劇進步多了，不論黑白幫主全在深山大澤之中修宮殿，自稱本座，手下有男的護法，女的公主。而且全給他效死命，受懲罰，不會反、不會逃。忠心耿耿。真有那東漢時代的節操，這優點不值得提倡嗎？

再論到一幫裡宮室講究，舉動闊綽，人員眾多，開支繁浩。那筆偌大的經費哪兒來的。《水滸傳》中梁山泊的經費是搶來的，交代得明明白白。那幫裡的經費是怎麼來的，黑道的可以說是偷偷販賣鴉片（俗稱黑貨）得來的，那麼白道的幫派想必是販賣海洛英（俗稱白面）得來的。又如單身大俠，今天上峨嵋，明天去泰山，這筆旅費也就可觀得很啦，哪兒來的呢。一個孤身人閉在山洞裡練了三年功，一步不出，別說這三年的飯從哪兒來，光這三年的人體循環排出之物堆在洞裡也夠受的。這些並不是不合情理，而是我老土豹子猜不透。陳先生雖在文壇上有地位，想必也猜不透這些奧妙。我聽說幾十年前美國電影兒有部《科學怪人》，想必我們的武俠也跟科學怪人兒差不多，不吃不喝不拉，沒進項而有錢花。這麼神奇，奧妙的情節，演出戲來，怎麼不好呢。誰不想學學呢？

我聽念過古書的人說，《史記》裡有遊俠列傳，朱家、郭解之流全是交遊廣闊，肯幫助人，可也全不守法，結果不得善終。我前文說過俠客不能變律師，他在法律以外來助人，他的目的雖對，可是他的手段是背乎法律的。當然爲政府所不容，必須消滅。這種情形在一個安定的社會中是不該允許的。今天也有許許多多被訂了契約的被害人沒處伸冤去，認倒楣算了，這是閒話。現在的戲中俠客不表演這助人的精神，只好成天打群架了。打群架不是壞事，正是發揮了團隊精神，難道不對嗎？不值得提倡嗎？

聽說主管機構不許電視片裡刀上帶血，這也不錯，給人省了些開支，否則的話，說不定哪一處就許領先去買蕃茄醬或紅染料去了，給觀眾看個「滿堂紅」。那更爲精采絕倫了。

我不反對書中或戲裡爲個人恩怨殺人。《水滸傳》中武松殺了西門慶和潘金蓮，提著人頭去自首，光明磊落。現在的小流氓拿把小扁鑽在人背後偷偷的捅一刀，然後連竄帶爬的逃跑，太沒英雄氣概。應該拿武士刀一下把對方砍了，提著頭上派出所，向值日警員報告，這小子看我一眼，讓我砍了，才夠個派頭兒。咱們戲中的人物不是成天的爲了一丁點兒的小事去殺人嗎。天天去挑剔別人對我的小毛病，這樣對呢？還是寬恕對？我學問淺薄想不明白。我只知道出於愛心的講寬恕，出於恨心的講報仇。

現世之大患在人口爆炸，武俠殺人如拔草一般，概無人管，那怨古時警力不足，窮鄉僻壤，沒人去理。可是看了這些戲如入了迷，要去實行的話。結果一個被殺，一個償命，豈不達到了減低人口壓力的目的了嗎？

廢話別多說，我寫了這許多的武俠劇的好處，不知紀瀅先生以爲如何！贊我的成啊？還是反我的對啊！

再說到社會情節的民初打扮或現時打扮的連續劇。陳先生倒是很贊成。不論長白山上，母親、愛心、親情等等全有個一貫的主張，好人雖受盡艱辛，仍落個平平安安，壞人用盡壞主意，結果是一場空。更好的是在這些戲裡的臺詞全挺順溜，還有許多北平的俏皮話兒。在親情裡更含著一個意思，好人可當，可別胡塗。我一輩子就吃了這個虧，以至今天年逾七旬，連一任部長全沒當上！可歎！

我凡事樂觀，不愛看哭哭啼啼的傷心事兒，轉開一個節目，母女兩個掩面飲泣。趕快再換個臺，是位少女在嚎啕痛哭。又轉一下子到了第三個臺，不同了，這回是個男的，可也正在潸然淚下。再想想以前的洋節目《露西劇場》、《神仙家庭》，以及一再重演的「美國式戀愛」，全是讓人一日工作之餘，看了電視，來場歡歡喜喜。我們呢，一日工作之餘，再讓人鬱鬱寡歡，堵心而睡。我聽高人說過有位莎士比亞盡寫悲劇，可是戲裡並沒什麼哭的場面。今日的臺灣，繁榮安泰，並不需要看苦戲來解除心中的煩悶。這個道理，我研究出來了，洋人的叫「樂而忘憂」——要不得。我們的叫「居安思危」——硬是要得。

至於歷史劇，似乎總得跟正史差不太遠。查查二十五史就行了，就怕「腦子裡沒有圖書館」，那就吹了。有時節目主持人把「損」唸成了「捐」,「棘」念成「辣」,「齣」念成「句」，那更沒關係，好歹都有點類似。陳先生如不以爲然的話，不妨多買些國小用的字典分贈他們，人各一冊，一定十分感謝您的。

我百分之一百的贊成現在的電視，太好了，好得連我家的電視機被趙燕翎一劍劈壞了，也不敢去叫人來修，怕下回她跳出來把我也劈了，乾脆不看。

陳先生，我沒見過您，也許您上了年紀，一腦門子的想保持中國固有文化，缺少了生意眼光。我對您敬佩（不論你我的意見相同否）。我請會寫字的朋友寫了這封長信給您。如蒙指教，那可不勝榮幸之至了。

——民國 64 年 6 月 29 日

——選自夏元瑜《老生再談》

臺北：純文學出版社，1982 年 1 月

魂兮歸來
敬悼陳紀瀅先生

◎朱介凡*

半世紀的交往

日昨，綏英嫂收告紀瀅仙逝訊，電話裡，未敢多細問亡人臨走細情。大嫂遵從亡人意願，不願打擾親友，喪禮一切從簡，但在教堂行追思會而已。亡靈雖未入夢，這夜，醒來三次，腦中縈迴者，安國縣地土、人物，臺北半世紀歲月，跟他的交往。

半世紀臺北，紀瀅的情誼，乃爲可貴。他這一生，文壇、報界、政壇；國民外交，宣勞異邦，都身爲先驅。好是君子謙德，從不自負如何如何，一生充滿了感恩心情。讀他每一部著作，皆教人深刻體味得到。

二十多年前，他猶寓永和鎭竹林巷。其後，遷內湖，幾經轉徙，愈住愈遠，以至新店的玫瑰新城。文協跟語文學會裡，常有碰到，也常去他府上。伯母大人還健在。雖是如此，不僅信札來往密集，也常有電話連繫。但有遠遊文友來臺北，以盛宴相迎，總不忘邀我作陪，例如謝冰瑩大姐海外歸來那兩次。大鵬公演的貴賓，也屢蒙相邀，且定要爲晚食的東道主。

三兩天裡，總有通電話。談的是哪些呢？爲文述文壇往事，偶有問題諮詢，電話就來了。由於彼此都是少小即矢志文學生涯，所詢問者，事無鉅細，不待思索，立可得到滿意答覆。

---

*朱介凡（1912～2011），湖北武昌人。論述家、散文家、小說家。

其人其文皆質樸

陳紀瀅整整 91 年的人生，其人，其文，總結在兩個字上：質樸。河北人莫不如此。這也是全中國人的德性歸依。不過，這位亡人，特別顯現得多一些。

也無妨略述小事一二，以實此文。

伯母大人逝，我與王洪鈞，先後至竹林巷弔唁，此爲民國 60 年 2 月間事。紀瀅未等我倆開口說話，馬上就地下跪，誠心誠意，叩頭致謝。若干年後，我撰寫《中國民俗學歷史發微》，特就「陳紀瀅母喪敬行古禮」，寫了 300 字的短論。

紀瀅最是個情到禮周的人，十足中國士君子，加以農民淳樸的風貌。凡贈送他一本新著，必專函致謝。首先得到的首封謝函，必然總是他居於先位。絕不一通電話謝了。定然感到這不夠意思。

民國 65 年 3 月間，紀瀅爲《細說錦繡中華彩色珍本》寫了序文。書成，地球出版公司贈他兩冊以謝。他特地帶了一冊，自內湖專程搭計程車來我家，親手遞送。這部厚六百餘頁銅板紙精印的大四開本，足有十多公斤。是目前所僅存的少數畫冊，頂頂貴而且分量奇重的巨書。

紀瀅給我信函非少，民 80 年秋，全都贈與中研院近代史所了。今影印其贈書上的遺墨，足爲永恆懷念。巧的是，一流毛筆字，一爲硬筆，極見筆鋒下的感情。所留下典雅篆刻，足見士君子珍視書冊的一斑。

追思無限

5 月 25 日下午，至北市林森北路長老教會參加追思會。教堂潔白花朵簇擁，一片虔誠氣氛。來者大多爲相知文友，龔聲濤首迎門外。隨逢尹雪曼、魏子雲、呂潤璧、袁睽九、汪精輝、王藍夫婦、吳若、叢靜文等，還有些熟人，恕難一一記其尊姓大名。很有幾位，睽別久矣，驚見更是白髮蒼蒼。

中興錫安堂詩班獻詩，《夕陽西沉歌》、《與主接近》、《仰望新耶路撒冷》，導引了全體與會者，伴送亡靈，至入高上的靈境。

王藍報告紀瀅生平，恰似一篇可圈可點的略傳，結構緊密，章法極見層次；以他青少年才驚文壇的往事證之。

周聯華牧師證道，三番講辭，人皆感受教多矣。他特別提到，向來追思會舉行，全係家屬於喪期中邀請。唯獨紀瀅之逝不然。好幾年前，他便當面提出請求，既經慨允，三年來，且三函提醒周牧師。近來最後一函，且說此信已經另一半看過了。中國人的豁達，早把自己人生最後一程，安排得如此妥貼，不煩他人操心。

雅甯侄女謝辭，說得極見孝思。她節哀未哭泣，幾聲親切說「爸爸」，教人心碎。

延環人瘦了。還是獨一無二的一襲布袍。他一進教堂，便失聲慟哭，聲如金石。跟亡靈自小一塊長大。他的慟，代表了全體會眾的哀戚。

從茲。人生道上再難遇到紀瀅這樣的朋友！好寂寞神傷也。

紀瀅兄，魂兮歸來，
喜與那些先逝的諸親友好，
天國永恆相聚。
我好倦也，且早眠，
是必酣然就枕，
一仍黎明即起的慣性，
迎接明天美麗的早晨，
曉霞四射，朝氣蓬勃的日子。
人生遲暮，暮色蒼茫裡，
體味這每個日子之可珍惜，
卻也不必太斤斤計較它，
從吾所好，一切聽之自然。

追思有會，既有照相機特寫，也有電視攝影全程記錄，爲紀瀅留下完全句點，也是本國文藝史重要函頁。20 世紀文壇，並無陳紀瀅第二其人，非吾溢美。後世史家，必有定評讚頌非常。

——選自《文訊》第 141 期，1997 年 7 月

亦官亦民的陳紀瀅

◎古遠清*

1938 年 3 月，「中華全國文藝界抗敵協會」在武漢成立時當選爲理事的陳紀瀅，在中國現代文學史上幾乎沒有什麼地位。他去臺後卻名聲大震，憑借他的政治權勢成了臺灣文壇僅次於張道藩的二號人物。

陳紀瀅，本名陳寄瀅，河北安國人。1908 年 3 月 20 日生。北平民國大學、哈爾濱法政大學夜間部畢業。1923 年在北平《晨報》開始發表作品。1927 年和孔羅蓀共同發起成立「蓓蕾文藝社」，爲形成東北作家群起了重要的作用。1932 年到上海從事新聞工作與文學創作。1935 年創辦《大光報》，請原在哈爾濱郵局的同事孔羅蓀任文學副刊「紫線」主編。抗戰勝利後，陳紀瀅任哈爾濱市「文化指導委員會」主任。1948 年當選爲國民黨立法委員。後任中央日報社董事長、中國廣播公司常務董事、中國國民黨評議委員。

上世紀 1930 年代在大陸的文壇上，陳紀瀅的編輯家身分非常突出。1933 年夏天到 1934 年春，陳紀瀅從哈爾濱郵局告假來到原籍河北，在爲天津《大公報》赴僞滿州國作祕密採訪時，取代何心冷編《大公報》副刊「小公園」達半年之久。在編輯工作中，他最先認識的是老舍，後結識了唐弢、茅盾、洪深、田漢、陽翰笙以及演藝界的應雲衛、金山、袁牧之、陳波兒及劇評家石凌鶴、唐納。後來陳紀瀅又到漢口編《大公報》的「戰線」副刊。此副刊由張季鸞題寫刊頭，並由其定下這樣的辦刊宗旨：「只要是寫抗戰題材的，無論是何人執筆，也不管是什麼流派，均一律採用，否

*發表文章時爲中南財經政法大學教授兼臺灣文學研究所所長、湖北經濟學院藝術與傳播學系特聘教授，現爲中南財經政法大學教授兼世界華文文學研究所所長。

則割愛」。那時副刊登的多的是朗誦詩與報告文學。尤其是抗戰開始至1938年春，空軍捷報頻傳的時候，也是朗誦詩與報告文學最大限度發揮戰鬥功能的時期。光未然創作的〈黃河之水天上來〉、高蘭的〈祖國的天空開了花〉等膾炙人口的作品刊出後，被抗日軍民爭相傳誦。

那時陳紀瀅辦的「戰線」副刊，作者陣容頗爲強大，在西南、西北有沈從文、劉北汜、劉紹唐（筆名陳青）、尹雪曼，福建等地的王西彥、沙汀、黎烈文、覃子豪；五戰區有臧克家、碧野、姚雪垠、田濤；二戰區有黑丁、曾克、劉白羽、光未然、李輝英。西安的謝冰瑩，未去延安之前的蕭軍，以及去到八戰區的艾青、田間、艾蕪等人，都寄過作品給「戰線」。那時報紙僅有一張半，且在重慶出版時又改爲土紙印刷。在新聞與廣告的雙重夾擊下，副刊無法定期出版，像老舍的〈不成問題的問題〉，便分四次在第三版的首欄刊出。冰心的〈再寄小讀者〉也刊在第三版。郭沫若、茅盾、胡風等人的作品皆在新聞版中出現。

陳紀瀅在1986年接受李宗慈的採訪時，對當年作家們受到日寇侵略東三省所產生的強烈的精神衝擊及由此激發的愛國主義熱情，至今仍歷歷在目，他爲編過眾多不分派別的作家的抗日作品而自豪。少年賀敬之就曾向他投過稿，以至上世紀1990年代初臺灣作家張放訪問北京時，賀敬之曾托他問候陳紀瀅。此外，在上世紀1940年代後期，陳紀瀅還和沈從文一起主編過《華北日報》的「文學周刊」。

陳紀瀅在從事編輯工作時不忘創作，出版有小說《新中國幼苗的成長》（重慶：建中出版社，1944年9月）、《春芽》（上海：建中出版社，1947年1月），另有報告文學《東北踏勘記》（天津：大公報，1933年12月），但影響不大。

1948年12月8日，陳紀瀅離開北平，又經南京、上海到桂林，並於1949年5月1日主持郵政儲金匯業局分局的開幕式。那時由於人民解放軍已包圍武漢及進攻長沙，廣西局勢告急，已當選爲立法委員的陳紀瀅頓成驚弓之鳥，不得不以稽核名義於1949年8月12日渡海來臺。那時，他在文化界的知名度遠遠超過其官銜，因而在上世紀 1950 年代初，眾多臺灣報刊都約他寫文章。其中雷震於 1950 年初創辦《自由中國》半月刊時，邀他寫長篇，他便於該刊第 2 期起寫《荻村傳》。「荻村」，即北方的蘆葦之村。此小說長達 12 萬字，用了一年才連載完。這是臺灣最早出現的長篇小說之一。作品從義和團寫到國民黨兵敗大陸，重點寫 60 年來的時代變遷、鄉民生離死別的遭遇。字裡行間充滿了對共產黨人的憤怒和仇恨，故其開的文學花朵顯得蒼白而荒涼。值得肯定的是書中用了不少北方土語，增強了作品生活氣息，是名副其實的鄉土文學——只不過這「鄉土」不是指臺灣本土而是指大陸農村罷了。這是陳紀瀅的得意之作，有美、日、法三種譯本，其中一位譯者爲張愛玲。她是意譯，由美國新聞處爲其支付巨額報酬一萬元美金。

陳紀瀅去臺後另出版有《赤地》、《賈雲兒前傳》、《華夏八年》、《華裔錦冑》、《有情歲月》等長篇，還有大量的散文及少量的短篇小說集、戲劇集。其中《新中國的幼苗成長》、《華夏八年》曾獲「教育部」文學獎。

在臺灣時期，陳紀瀅創辦過重光文藝出版社，但他主要以從事文藝運動著稱。上世紀 1950 年代初，蔣介石曾在臺北召見過他。不過那次談話內容並不是文藝問題，而是詢問新疆政情及民族團結。陳紀瀅抗戰時訪問過新疆，寫有《新疆鳥瞰》一書，1943 年 5 月重慶建中出版社出版。由於他這種特殊身分，又是「立法委員」，再加上他主編《大公報》副刊達八年之久，因而當「中國文藝協會」於 1950 年 5 月成立時，他被任命爲三位常務理事之一，排名第二。那時臺灣當局爲了適應「戒嚴」形勢和嚴密控制島內人民的思想情緒需要，掀起了向大陸作戰的「戰鬥文藝」運動。陳紀瀅發表〈戰鬥是「戈矛」不是「皇冠」〉，提出「戰鬥文藝」的原則有消極和積極兩方面。所謂消極方面有：反頹廢、反消閒、反保守、反虛無、反機械、反盲動。積極的寫作原則亦有六個：以積極的精神確定作品的主題；以生動活潑的筆調爲寫作的風格；以前進的態度抒發人類本性的思想；以寫實的手法充實文章的內容；以藝術的手腕築造作品而完成作品；以有步驟的組織來擴大戰鬥文藝的影響。陳氏的結論是：使戰鬥的文藝表現在「創作」與「生活」兩方面，而「創作」與「生活」必須密切結合，「戰鬥文藝」才能有良好的效果。

陳氏的「消極」與「積極」六原則，看似空洞浮泛，其實矛頭指向十分明顯，它的「六個反」概括起來就是「一反」即反共。

1953 年冬，蔣介石發表了〈民生主義育樂兩篇補述〉，其中提到文藝要清除「赤色的毒」和「黃色的害」。由此，臺灣文藝界於 1954 年掀起一股聲勢浩大的「文化清潔運動」。在文壇、政壇身兼要職的陳紀瀅一馬當先，以「中國文藝協會」負責人的身分於 1954 年 7 月 26 日在《中央日報》、《臺灣新生報》發表談話，指出文壇「赤色」與黃色、灰色「三害」情況之嚴重，並表明推行以除「三害」爲中心的「文化清潔運動」的重要意義。在陳紀瀅帶領下，臺北各大報均發表了〈自由中國各界爲推行文化清潔運動厲行除三害宣言〉，簽名的有各界人士近千人。參加這個運動的社團有 150 多個，支持除「三害」宣言的人士達 200 萬人之多。這場運動給臺灣文藝發展帶來沉重的災難。當局以反「赤色」之毒爲名，把有左翼傾向的反映民間生活的寫實文藝全打了下去。官員們動輒審查作品的政治背景，稍有嫌疑的就遭查禁，弄得文藝界百花凋零。

陳紀瀅去臺後還寫了一些回憶錄，如《抗戰時期的大公報》（臺北：黎明文化公司，1981 年 12 月）、《三十年代作家記》（臺北：成文出版社公司，1980 年 5 月）。其中《三十年代作家直接印象記》（臺北：臺灣商務印書館，1986 年 8 月），所記的是作者在編輯工作中與作家們的交往，除專闢篇章的人物外，寫到左翼作家的有舒群、羅烽、端木蕻良、巴金、周揚、劉白羽、姚雪垠、臧克家等人的言論和創作心態。這些作家大都採用寫實主義手法。這對讀者理解當時左右翼文壇互相鬥爭的情況極有幫助。作者回憶時，筆調平實，使讀者對上世紀 1930 年代作家產生敬意的同時，也對他們在大陸各種政治運動中所受到的嚴重傷害深表同情。此外，陳紀瀅還有《文藝新里程》（臺北：中央文物供應社，1956 年 1 月）、《文藝運動二十五年》（臺北：重光文藝出版社，1977 年 3 月），也很具史料價值。他筆下的傳記人物全是好友，如張季鸞、胡政之、梅蘭芳等。

做爲國民黨官方文藝代表人物，在上世紀 1970 年代後期發生的鄉土文學大論戰中，陳紀瀅於 1977 年 10 月 29 日在《中華日報》副刊上發表了〈「鄉土文學」的正常觀念〉，認爲部分「鄉土文學」作家所走的是「工農兵文學」的路子，這是共產黨「在文藝滲透臺灣」的表現。這種與政治掛鉤的論述，給鄉土文學作家施加了政治壓力。但此文有一小段反對鄉土文學論者中的「分裂主義」，認爲臺灣農村是中國農村的一部分，則表現了作者的前瞻性。後來確有部分鄉土作家倒向臺獨一邊，這預見了陳紀瀅當年下列一段話的正確性：「如果說，臺灣是孤立的獨特的，是與中國分裂的，那我們百分之百的反對。那是『臺獨』思想。」在 1980 年《聯合報》副刊爲紀念「五四」而召開的「1950 年代文學座談會」上，他不因「戒嚴」時期嚴禁上世紀 1930 年代乃至 1920 年代文藝的傳播而否認臺灣文藝與「五四」新文藝的聯繫，而強調臺灣的上世紀 1950 年代文學仍繼承了抗戰以來的愛國傳統，而不似今天某些臺獨人士矢口否認臺灣文學與祖國大陸文學的血緣關係。

陳紀瀅一生分別在文壇、報界、政壇擔任要職，其地位雖然比張道藩略遜一籌，但他的作品數量卻比張道藩多得多。據他的好友回憶：其文其人具有農民式的質樸，並講究傳統禮節，凡贈他一本著作，必專函致謝。對不回信的人，他常以陳立夫、陳果夫、黃少谷這些前輩逢信必覆的榜樣告誡他們。他一生自律甚嚴，潔身自愛。有一年，他率領臺灣作家代表團訪問泰國，休閒時多數人結伴逛外面的花花世界，唯獨他一人留在旅館寫日記。他於 1975 年退休後隱居在臺北縣新店市群山環抱的幽靜書齋裡埋頭寫作，偶爾到臺北市和老友敘舊。他篤信基督教，生前交代死後不發訃聞、不開追悼會。他在晚年仍思念大陸故鄉，尤其懷念他抗戰時期編《大公報》時結識的眾多大陸文友。

1997 年 5 月 22 日，陳紀瀅辭世，享年 90 歲。

——選自《武漢文史資料》2004年第12期，2004年12月

人情練達即文章

陳紀瀅先生訪問記

◎胡有瑞*

青年人的文章是寫出來的，老年人的文章是逼出來的。因為青年人有靈感、有追求；老年人靈感已枯竭，一切歸於平淡，故少創作。即偶有寫作，也無非基於多年的一種經驗，要發洩、要告訴世人而已。曹雪芹曾說：「世事洞明皆學問，人情練達即文章。」我深佩此語。

文壇耆宿陳紀瀅先生寫下了這段話送給我，細細讀來，是感慨、也是經驗、更是智語。

走上寫作的路既後悔又快樂

陳紀老說：「我一方面後悔走上寫作的路，但是，我也感到快樂和滿意。」

民國前四年出生的紀老，今年（1982 年）也已經 75 歲了，從北京民國大學暨哈爾濱法政大學畢業後，他就一面在郵政局做事，一面替《大公報》寫文章。

走入半世紀前的記憶中，紀老很得意地說：「幸虧當年我只是票友記者，而沒有專做職業報人。」

當時，不少人都很嚮往《大公報》的記者生涯，可是，曾經先後兩次，張季鸞先生和胡政之先生力邀紀老正式加入《大公報》行列，都被他

---

*胡有瑞（1942～2013），江西南昌人。論述家、散文家。發表文章時爲《中央月刊》總編輯。

拒絕了。理由是：「郵局的待遇好，又不要人事關係，更何況我是考進去的。」

五十年中寫了四十餘本書

不過，紀老就從民國 22 年開始，替《大公報》負責編「小公園」副刊和「本市附刊」。一直到民國 35 年 7 月辭職起，這十多年間，「報社的工作，除了經理部門外，我全做過，一度還編過國際版呢！」

在副刊編輯的時期中，紀老除了是編者外，也是作家，因此，他與好些作家都熟稔，逐漸地，他也開始了文藝運動的推動工作，成爲我國文藝運動的領導人之一，在這方面做了極大的貢獻。

長長的 50 年之中，紀老是位辛勤的筆耕者，數數看著作真多，他說：「我寫了四十幾本書，其中包括了小說、散文、理論、傳記、遊記等，還有兩套叢書。」

四十年前出版第一本書

民國 33 年，他出版了他的第一本書，這是部創作小說：《新中國幼苗的成長》。「是用愛的教育方式，將抗戰時期幼年教育作一描述。」全文先在《大公報》刊登，出版後，還曾獲得教育部的獎金。

來到臺灣後，紀老推出了轟動一時的《荻村傳》；「這是部長篇小說，最初是刊登在雷震和胡適辦的《自由中國》雜誌上，所謂長篇，其實字數還不到十五萬字。」

說到《荻村傳》受歡迎的原因，他說：「可以用現代術語來說，這是部鄉土文學，可以說，我也是寫鄉土小說的，以一個村莊爲背景，再貫穿人物和故事，將六十年來中國的變化逐一地報導出來。」

作品譯成外文廣受國際重視

這本書也受到了美國人士的注意，他們認爲這本書：「很鄉村化，沒有一點都市氣。」美新處當時的負責人還說：「這是部多彩的書」。結果，特請張愛玲將它翻成英文，後來也有了日文譯本。

接著，他又推出了長達六十萬字的《華夏八年》。「是藉著華與夏這兩家，來反映抗戰八年間人民的一切生活情形。」當然，這也是本普受大眾喜愛的文藝創作。「我一連出了九版。」說完，紀老不禁泛出了自得的笑意。

來臺後的第三本小說是《赤地》：「是以北平爲背景，寫一個大家庭從民國 35 年到 38 年間，受到共產黨壓榨的悲歡離合的故事。」

第四本是《有情歲月》，第五本是《華裔錦冑》，前者是用小說的體裁，寫出臺灣光復後的光明面；而後者，則是寫美國華僑的故事。

文學領域中獨愛小說創作

對於小說創作，紀老承認：「他較偏愛」，因爲，「小說，不會將自己的意思直接告訴人，而是通過寫作的技巧，人物和結構，讓讀者去體會，去研究其中的思想和影響。」

寫了這些本膾炙人口的小說，紀老有著充實般的快樂。他說：「可是，這幾年人們已經沒工夫看小說了，使得小說的創作就難看得見了。」

儘管是如此，對這位文壇健者來說，依然有著小說創作的熱情，他說：「我希望再寫一部以東北爲背景的小說，題目就叫『淞花江畔一世紀』，因爲我在東北住了很多年，對那裡我有感情，更何況我知道那裡的很多事。」

傳記筆下的人物全是好友

這些年來，紀老寫了不少的傳記，因爲，在他筆下的人物，全是他的好友，他用翔實而生動的文筆，將他的記憶打開來，使更多的人同他一樣的認識和了解這些位 1930 年代赫赫有名的人物，像張季鸞、胡政之、梅蘭芳、茅盾等。

做爲一個作家，紀老說：「有痛苦，也有快樂。」

「在創作的過程中，是很痛苦的，必須安下心來靜心寫，那過程是很吃力的。」

出書有人看是文人的最大快樂

至於快樂呢？他說，書出來後，有人讀，就很快樂。

民國 51 年，他在紐約與已故學者林語堂相遇，當時這位一代大師就對紀老說：「文人的快樂是什麼，就是出了書有人看，就很快樂。」

紀老說：「我很同意林先生的這一說法。」相信這也是他徜徉在寫作道路上五十多年，依然興味盎然的道理。

隨著社會的進步，報業的發達，如今走上寫作道路的人愈來愈多了。「只是，他們要出名可難了，要知道，民國初年時的作家像謝冰心、蘇雪林、謝冰瑩等，她們的作品都刊在《大公報》、《益世報》、《申報》、《新報》等這些有限的報上，而全國的讀者全集中看這些報，自然，出名就容易了」。

寄望年輕作家下筆謹慎

他覺得，現在的作家，水準和技巧，都不比老作家們差，「只是，今天的作者下筆不夠慎重，我希望，年輕的作家不要輕易落筆，要慎重選題，好好地寫，使人看了後就留有印象，這樣才會受人注意。」

回想起來，再比較一番，今天創作的環境，可真自由，同時刊登的地方也多，稿費也比較充裕，「這是作家們幸運的地方，不過，我覺得我們現在的寫作範圍太過自由了一些，應該是，大的原則上是自由的，但小的方面就要注意些，以免使得一些作家走入了歧途。」

結語

高大的身體，宏亮的嗓音，這幾十年來，凡有文藝集會的場所，必會見到陳紀老，而他也給予人熱情、正直、豪邁的形象。

那天，他興致勃勃地暢談著，他告訴我：「任何事，都有止境，唯獨寫作，至死不休！」多豪邁、多感人的心語，紀老真不愧是文壇的健士，中華民國文藝運動的開拓和實行者。

——選自《文運與文心——訪文藝先進作家》

臺北：中央月刊社，1982 年 2 月

《大公報》「戰線」副刊

專訪陳紀瀅

◎李宗慈*

談起大公報

早在民國 22 年夏天，到 23 年的春天，陳紀瀅即曾經在郵局請假，在自哈爾濱返回河北原籍期間，不但爲天津《大公報》赴僞滿洲國做祕密採訪，並且還曾代替何心冷，留編當時天津版《大公報》的副刊——「小公園」，爲時長達半年之久。

由於留在天津編「小公園」副刊，認識老舍，並一度藉由魚雁的往返而相互聯絡。除老舍之外，在這期間，他經由直接或間接的介紹，結交了許多 1930 年代的作家及平津報人。除孔羅蓀與他同在郵政局任職外，更認識了張宓公、李大章；寫雜文的唐弢，再如茅盾、洪深、田漢及戲劇界的應雲衛、陽翰笙、金山、王瑩、袁牧之、陳波兒等。另外，劇評家如石凌鶴與唐納，也都是在這個時期認識的。

《大公報》在天津、上海時均有副刊，一個即是「小公園」，另一個叫「文藝」。「小公園」是天天見報的日刊，「文藝」則是周刊。而漢口的副刊卻是「戰線」。

「戰線」之名緣由張季鸞先生有感於時代變了，一切在戰時，副刊也應該隨著時代變。再也不能刊載一些風花雪月與時代無關的文章，每篇文章應該是戰鬥的，是合乎時代意識的。

---

*文字工作者，發表文章時爲《文訊》主編。

「他立在我辦公桌旁，順手拿起桌上的毛筆，就在紙上寫下『戰線』二字。季鸞先生寫這兩個字的神情與那兩個字的帖式，四十餘年後的今天，我還清楚地記得，嚴肅極了！也興奮極了！」陳紀瀅回憶著說。

關於「戰線」的內容及作家

張季鸞先生爲「戰線」定下了明確的取稿原則：只要是合乎抗戰需要，無論是何人執筆，也不管文章是何流派，一律採用，否則一律割愛。因此，那時候朗誦詩與報導文學成爲「戰線」兩大主要內容。尤其是抗戰爆發那年年底至民國 27 年春天，是空軍最活躍的時期，也是朗誦詩與報導文學發揮最大功能的時期。

朗誦詩和普通詩不同，除了詩體的用語格外鮮明，音韻也需要響亮，並且涵蓋著豐富的感情，描寫的必須是一個故事。故事的內容不論是誰聽了，都可以立刻了解，完全不需要思索或翻譯，卻非常感人而容易喚起共鳴。因此，抗戰時，幾乎所有驚天地、泣鬼神的大事，多由朗誦詩中表現出來。陳紀瀅先生到如今還非常清楚的記得光未然一首模仿李白〈將進酒〉的〈黃河之水天上來〉、高蘭的〈八百壯士致敬禮〉和〈祖國的天空開了花〉等膾炙人口的作品。

陳先生回憶說，像〈祖國的天空開了花〉這首詩，於 2 月 19 日的報上刊出，在不到 12 小時的功夫，就把前一天下午兩軍交戰的情形，描寫得淋漓盡致，也把民眾觀戰的景況敘述得有聲有色。當報紙一出刊，就被群眾搶購一空，而那天社評也是歌頌空戰大捷的文章。如此以新聞、社論與副刊相互配合，一直到今天，仍是從事報業工作的最高要求。

至於描述各種戰事的報導文學，更有如雪片般，由各個戰區中，擲寄而來。

由於有民國 22 年在天津編「小公園」的經驗，再加上當時結識了不少作家，所以到了漢口的「戰線」，陳紀瀅從來不曾爲稿源而耽憂，反倒是爲著沒有篇幅來包容好稿、大作，而時常開闢新的版面。

那時刻，各著名大學都散布在西南、西北兩大地區，陳紀瀅的稿源之一，便是在西南聯大任教的沈從文。當年《大公報》「文藝」的報楣及「戰線」的報楣，都還是出自他的手筆呢。

沈從文除了寄來自己的作品外，更寄來大批他學生的作品或是朋友託他寄的作品。有的，他看過並在上邊批幾個字，有的他沒有，就批了個「此件未看」的字樣。稿件中有小說、散文、詩歌及論文。在這些他所介紹的文章作家中，有幾位後來成了名，一位是方齡貴，一位是莊瑞源，還有一位就是劉北汜。

再者，早期在四川自流井讀高中的劉紹唐，也曾在《大公報》上寫稿，到了抗戰時期，他在「西南聯大」也是「戰線」的撰稿人之一，當時他以「陳青」爲名，曾發表了一篇很美的散文〈茶街〉。另外還有流金、羅常培及王了一等。

其次，西北大學也是「戰線」重要稿源，其中尤以尹雪曼、夏照濱二人最爲著名，不但寫稿多，且內容精采。而本名依凡，又名尚倫的依風露，擅長以邊疆故事爲寫作內容，雖然在東北大學攻習政治，但卻嗜好寫作，他的第一篇作品〈巴爾虎之夜〉，便是一篇很好的邊塞作品。其他許多篇少數民族的小說，也是寫得生動萬分，引人入勝。

第三個稿源，則是分散在各省境內的各個戰區。

抗戰時期，文人作家在戰區從事文宣工作的很多。他們辦報、辦刊物，也演話劇、組織歌詠隊。如福建、永安等地，有王西彥、沙汀、黎烈文等及詩人覃子豪。五戰區有詩壇祭酒的臧克家及田濤、碧野、姚雪垠。二戰區有黑丁、曾克、王余杞、劉白羽、光未然等。他們均經常將前方所見所聞，寫成各種不同形式的作品寄到「戰線」。其中尤其是臧克家、碧野、田濤、姚雪垠及黑丁、曾克的文章最多。

陳紀瀅憶及，有一時期，李輝英、張周也在五戰區，由於他們早就是《大公報》副刊的經常撰稿人，因此在這個時期文章也就特別多。而在西安編《黃河》的謝冰瑩，未去延安之前的蕭軍，以及去到八戰區的艾青、田間、艾蕪等人，都寄過文章給副刊。

當然，直接在重慶的作家如臧雲遠、方殷、高蘭、王語今、鐵弦、羅蓀、孫陵、徐步、張志淵、白薇、厲揚、李岳南、曹靖華、馬彥祥、陽翰笙等發表的文章最多。

總之，因爲《大公報》銷行網普遍，較之於其他報紙，無論是在前方抑或是後方，都有它廣大的讀者，也有它廣大的作家群。

副刊應該參加文藝運動

可惜，那時候報紙僅有一張半，且到了重慶改成土製紙，真是物資艱難，困苦極了。

那時候，副刊在新聞與廣告業務日增的情況下，成爲不定期出刊的刊物，後來迫不得已，陳紀瀅乃協商報館當局，採取兩項臨時措施：一項是在新聞版中刊登文藝作品，另一項則是加張時出副刊。

在當時，老舍的〈不成問題的問題〉，即曾分四次在第三版的首欄刊出。冰心的〈再寄小讀者〉也刊在第三版。其他如郭沫若、茅盾、胡風、蕭軍等作品，皆曾在新聞版中出現。

而所謂的「加張」，即是當廣告太多，原來的一張半版面容不下時，或是有人要刊登全幅廣告，而把其他廣告擠下來的時候，就必須加半張才能應付，這時也正是副刊稿件刊出的最佳時機。陳紀瀅說：「我常常跑到廣告課去問廣告的多少，也巴不得禱告能有大量的廣告，好讓作家們的作品有地方發表。」

陳紀瀅以爲，當時期編副刊，完全是服務的態度，和今天一些報社編者不一樣。他說：

> 那年代的人們非常熱情，青年們尤其富於理（幻）想，尤其在七七事變前，全中國的青年男女，受到日本軍閥在東北四省侵略的衝擊，大家不分男女，心中充滿了悲憤的熱血，心中的抱負卻又無法伸展，只好說一

些相互安慰的話，描繪著對未來各種各樣的憧憬，並且只要談話，必定是討論天下大事，每每自國家大事，世界大事而談到人類的未來。

他以爲，一個報社、一個刊物，除刊登新聞與文章外，應該有服務讀者與服務社會的天然義務，尤其是副刊，更應該參加文藝運動。

今天，住在內湖的陳紀瀅，訂有七份報紙，每天除閱讀報紙外，更將重要的新聞以及值得保留的文章剪下來，他說，「這是編副刊時留下的習慣。唯有如此，才能時刻與社會同進步。」

——選自《文訊》第22期，1986年2月

賈雲兒這個人
陳紀瀅先生著《賈雲兒前傳》讀後

◎王鼎鈞*

人生真的像雲。初出岫時，痴茫茫一片乳白，十分滿足的偎依在峰頭，好比人的童年；被朝雲著手裝扮，被清風送到天外，變化出許多美麗的姿態，好比人的青春；風急天高，暗雲四合，可以象徵人的憂患；在雷聲催促中滴著點點清淚，復回到未生以前之地，正像人生最後的歸宿！

跟書中的女主角叫「賈雲兒」，作者這種構想就是一「絕」：她天真，像雲一樣無心；她信教，像雲一樣接近上帝；她流浪，像雲一樣隨處寄留；她受命運播弄，像雲一樣被扭曲成各種形狀；她能怒，像雲裡藏著雷。她的半生，無所謂成功失敗，她生存的經驗只是內心永不休止片刻的衝擊，雲的內部也如此。展卷之前看她的名字，引人奇想，合卷後再看她的名字，這三個字貫串全局，把三百頁喜怒哀樂化成一片淡淡的愁緒，拂之不去。「幸福」固然短暫，「不幸」也非永恆，幸與不幸都不久長，都是過眼煙雲；但不論幸與不幸時，人的內心都有衝擊存在，人間若有永恆，永恆即是方寸間的擾攘不寧。賈雲兒生平事蹟的前半部固不曾有意給我們這樣的結論，但也不曾禁止我們得到這樣的感動！

賈雲兒半生的經歷，是愛情，政治，宗教。它們是本書的三大主題。這是一本難寫的小說：愛情因被別人寫過的次數太多而難寫，政治和宗教因被別人寫過的次數太少而難寫。作者勇敢的同時寫了這三者。找最難寫的題材寫，或者找自己向少寫過的題材寫，大作家俱應如是。在這裡，愛

---

*知名作家，發表文章時為中國廣播公司編撰。

情、政治、宗教，三種情感，三樣意境，三項結果，彼此相互間帶著競賽的意味，看誰能把女主角烘托裝點得令人最不能忘記。

女主角的父親是牧師。照基督教一般的說法，她是上帝特別揀選了的孩子，誠然，農之子恆為農，牧師的女兒很難不是教徒。她的家庭幸福極了，除了父母的愛，還有上帝的愛。故事的開頭，方值賈雲兒童年，作者寫了一場聖誕節景，那一段文筆明淨華麗，把聖誕節的溫馨和樂、天人交流的情景完全描寫出來，然而不知怎地，讀來有點淒涼，彷彿聖誕節的空氣應該有點冷，彷彿這樣的人間太美滿了，在人類已往失去的樂園和未來可能獲得的天堂中，神並不曾準備安排這樣的福分，因此未免無福消受。果然，抗戰期間的大遷徙開始。等到抗戰勝利，賈雲兒也長大了。人因長大而必須離開父母，是一種不幸；因長大而又必須或久或暫離開上帝又是一種不幸。命定的不幸臨到了她的身上。

所以然之故，是由於她在父母的愛和上帝的愛之外，開始需要另一種愛。父母常常忽略兒女成熟，孩子的年齡在他們想像中總比實際上小得多，直到赤裸裸的事實跑來拆破他們這一心理：賈雲兒隨著男友私奔。作者插寫女主角的身世，極盡鋪陳，宗教氣氛十分濃厚，顯出賈雲兒在上帝眼中的聖潔與在父母掌上的嬌貴，她到布滿殘缺的人間社會去生活，很難維持原來的樣式。她既不能像先知以利亞那樣直線飛升，仍得用雙腳在地球的平面上行走，每走一步即殘缺一分。生活對她就是損失，但是她不能不生活。她身上開始有了悲劇主角的意味。

依宗教的看法，下墜皆由於情欲使然，棄情絕欲，人格始能高尚虔誠。在教堂裡對「情」與「欲」二者似乎並不加以區別。賈雲兒的私奔，在我們看來屬情，但她得到的報償，與由「欲」得來的無別。她最陶醉的初戀，最滿意的婚姻，實際上是最壞的配搭，沒想到男的是個匪諜！洞房花燭之夜，婚姻因匪諜之被捕而破碎。依照人之常情，她有過傷心及自甘寂寞的日子，等這些日子過去，情感的溫度又被春風吹回來了。（她早已不再是一個安琪兒，已是一個成年的女人。）她在教堂裡結識了一個假基督徒，他做禮拜是爲獵豔來的，他又是個利祿中人，政治信仰也是假的。她失足再嫁，再殘缺，再受損失，後來費了很大的氣力，幾乎付出了「死」做代價，才把對方擺脫。第一次婚姻太容易破碎，第二次又太堅固了，兩者同樣傷她的情感。就文章的布局說，第一次婚姻把故事背景移到臺灣，第二次婚姻其實是宗教性的題材與政治性的題材結婚，而布置都自然而嚴密，極是氣魄。

據說，婚姻是女人事業的全部。對於一個流亡在外的女人，一個爲爭取婚姻自由而脫離家庭的女人，這話有時的確可信。賈雲兒就是這樣一個人，婚姻失敗，在她即是全部人生都失敗了。創巨痛深之餘，她一向所抱的人生觀根本動搖，恰於此時有一個更壞的消息傳來：她父親，那個一生努力傳道救人的牧師，慘遭共匪殺害。這噩耗在文字上分量不多，在情節上卻有千鈞之重。賈雲兒無法再承受這樣的重量，幻滅感遂由內心溢到表面的行動上來。她對人對神一致叫出絕望。這是故事的最高潮，作者的大章法，是總結上文，展布新猷的大開端。此處收住了千頭萬緒，再放出去千頭萬緒，是結構上的一大樞紐。寫小說能如此心造意營，真可以裁雲爲衣。

真正信了教的人與別人不同。一個基督徒每逢臨到得失榮辱的關頭，向不以世俗的觀點爭衡，他要回到自己服膺的教義裡去求解答，那個教義內容豐富，彈性甚大，能消融人間許多痛苦。它在這方面有兩條可用的公式：其一、善即是福，上帝所喜悅的人會在世上平安如意，地上的平安是天國福樂的影子；其二、善即是苦行，上帝所喜悅的人在世上動心忍性，地上的痛苦是天國的入境證。聖經中記載的典型人物境遇或爲禍，或爲福，大家輪流使用這兩項公式，證明自己爲上帝所親信，後世信徒也多如此。賈雲兒小姐，她似乎只肯接受兩大公式中的第一個。她把自己所受的打擊放進公式裡去「代」不出得數來，於是斷定神根本不能貫徹自身的意志，根本沒有支配人類命運計劃世界前途的力量，他在空中說不負責任的大話而不管地球上的實際情形，信神敬神，爲神效忠，根本是一大愚行。

不僅如此，她進一步斷定上帝賣弄權術，以萬物為芻狗，與歷史上一切暴君惡徒可以同類相聚。她乒乒乓乓搗毀了一座教堂。

書中這一段描寫，犀利無情，讀來使人咋舌不置。不過我們知道，即使在基督教的經典中，也有與上帝質疑問難滿腔怨尤的文句。你很容易想起《約伯記》。約伯信神得禍，家破人亡，痛憾神的公道不能伸張，他那些露骨的牢騷長篇累牘的收在舊約裡。法國詩人也是天主教徒的維尼，在詩中說上帝既聾又瞎，對萬民的哀聲充耳不聞，耶穌受難前對天祈禱，汗如雨下，上帝同樣的無動於衷。神學家約翰・喀爾文乾脆說人的祈禱根本無用，人只能一面信仰上帝一面忍受一切。大家早即發現，善惡報償的問題從來不像先知所寫的那樣簡單。由此觀之，賈雲兒反教詆教的故事，有基督徒身分的作者不妨寫，有基督徒身分的讀者也可以毋固毋必，駐足欣賞。須知「欣賞」不等於「贊成」。

非僅此也，我們還可以注意這種寫法的文藝價值，那即：「寫」也不等於「贊成」。小說中人物的思想言行，不必是作者的思想言行的翻版，人物不必是作者的代言人或留聲機。《賈雲兒前傳》的寫法，是採取了吳爾芙夫人所說的「莎士比亞的寫法」，作者任憑賈雲兒昏熱狂亂，詆辱神祇，他既未助「惡」也不去護教。採取了「莎士比亞的寫法」，不替筆下的人物做保證人，不要求筆下的人物分當護衛隨從，《賈雲兒前傳》才能寫得如此灑脫，如此放達，如此渾化。

同樣的理由，賈雲兒才能有如此凸出的性格。作者對人性澈底揭發，腕力是可驚服的。由賈雲兒身上可以看出，人是「信仰的動物」，沒有信仰就沒有容身立命之地，壞信仰「優於」無信仰，人的雙足有時只好插在泥裡，但不能懸在空中。賈雲兒小姐的宗教信仰幻滅時，她需要新的信仰，新信仰的抵補不能這樣快，倉促之間，她只得以反對原來的信仰暫時做為今後的信仰。西諺云：「你須相信一點什麼，那怕是相信魔鬼也好」，恰可移來為賈小姐解。在這裡我們發現，描寫人物的思想變化，可以逐步蛻變，也可以這樣一刀劈開，這種寫法在本書中是一大成就。

賈雲兒因自殺，反教，離婚三事成爲新聞人物，依稀李宗芝當年惹遍街談巷議。賈雲兒若善於利用時勢，可以從此變成一個名女人，可是她在享受了社會的同情之後，唯一願做的是韜光養晦，立志從新聞欄內退出。某些新聞紙的所有人不允許她表現這樣的德性，在她的生活裡業已沒有新聞的時候，繼續捏造一些新聞來刊登，弄得她十目所視，十手所指。她急需一點幫助，但是人類社會中沒有什麼可以幫她：法律不能，訴訟乃黃色刊物最好的廣告；長一輩的經驗不能，長者們言人人殊；書本也不能，知識或哲理的本身都互相矛盾。人力窮，神力顯，到了產生宗教的時候。這時，作者再寫一次聖誕節景來激動她。故事結尾的聖誕與開端時的聖誕遙遙相對，女主角回顧半生，悲愴不勝。她覺得室內滿布針氈，就到街上去疾走，走來走去總是碰到報佳音的隊伍，唱著歌的孩子似乎是來驅逐她的。她從此沒有再回寓所。前傳到此，趁勢收筆。以出走爲結尾，整個故事的格調很高，可以說「良好的結尾，是成功的一半」。

賈雲兒走後怎樣？這是異日「後傳」的內容。然而此時讀者不能釋然於懷。作者特地在前傳之末，加寫一章「尋人」，比讀者先生作各種猜測，似幻似真，疑是疑非，令人眼花撩亂，興味無窮，打破了讀者對前傳的附會，擴大了對後傳猜測的範圍。

她到哪裡去了？依我猜測，她大約要去一個完全陌生的地方，那裡的人不用特別的眼光看她，認爲她與那千千萬萬平凡的女人完全相同。孤立無助的她能夠立足麼？應該有個熟人幫她？如果有一個熟人她相見之下不至於覺得慚愧難堪，那人當然能留在她的新環境裡。

她以後幹些什麼？前傳暗示她可能到鄉間屯墾，一如童年時在抗戰的大後方所經歷過的。但在屯墾之前，也許要先寫她生出新的人格來。她已下墜，必須再升，她的再升大約仍要借重宗教的力量。並且改用逐漸蛻變的寫法。作者如果加強宗教力量入世的部分，可以再與政治性的題材合流。這二者在後傳中大約要由反到正，大放光明。

她繼續反教嗎？大概不會了。狂風暴雨是不能持久的，反教大約終將成爲一時的憤慨，一時的快意之言，她的新人格裡包含著對基督的重新認識與重新皈依。後傳大約仍要保持相當濃厚的宗教氣氛，對人性另作新的探索，文章一定另有一番精彩動人。

她還結婚嗎？這一項最難預計。就宗教色彩言，她不再嫁最好；但這不妨礙她再有一次戀愛。如果有，那或者很像中世紀宮廷間「殷勤的愛」，她對這次戀愛很滿意，卻不願它有結果。此後，她的危機業已躲盡了，她將有很多的建樹，成果半屬天上，半屬人間，沒有一樣屬於自已。但她將照上帝的樣子，因自己一無所有而高過一切所有。……

直到有一天，作者把「後傳」寫出來結束這一切對女主角的猜測，安慰一切人對女主角的關懷仰慕！

——選自《暢流》第 17 卷第 9 期，1958 年 6 月

我看傻常順兒

◎鍾梅音*

花了整整三個夜晚，我仔細拜讀了陳紀瀅先生新著《荻村傳》。

據陳先生說，當他第一次讀魯迅〈阿 Q 正傳〉時，便想到《荻村傳》上的主人翁——傻常順兒，那麼傻常順兒又是怎麼一個人呢？

> 上額極圓，下頦極尖的一副臉，兩條掃帚眉，既黑且粗，兩隻牛眼，圓而突出。塌陷的鼻梁，像一道溝渠。兩隻牛鼻孔，又大又圓。兩隻貓耳朵，不但小，而且捲成一團。胳膊，手掌，腳片，肌肉都是粗壯的。鼻孔裏永遠淌著鼻涕，嘴唇邊不住流著吐沫，眼角裏包藏著眼屎，說話時，結巴、擠眼、向上抽搐鼻子。走路時，兩隻腳一齊向外撇，一個怪模怪樣，極傻極骯髒的莊稼漢。

平心而論，這麼一副尊容，除了怪他父母不曾給他捏好模子之外，還得歸咎不曾受過教育，然而自始至終，我對傻常順頗有幾分同情。他傻，只因爲他長得笨，可是他卻有一副好心眼兒——至少不能說壞——他實在比阿 Q 有個性、有人性、有血肉、有感情，比阿 Q 生動，而且比阿 Q 接近現實，較之阿 Q 那種莫名其妙的性格，簡直不可以道里計。

跟阿 Q 一樣的是傻常順兒的身世，永遠是個謎。在將成年之前，被義和團拉去做團員，由於他的忠厚天性，使他不敢下手殺人，倒幾乎被人殺了，事後才被荻村的人們從屍首堆裡發現，解衣推食，並且給他治好創

---

*鍾梅音（1922～1984），福建上杭人。散文家、小說家。

傷，讓他在關帝廟裡住了下來，他的故事便從這兒開始。

四、五十年前的荻村是富足安樂的，人民也是豁達而風趣的，因爲傻常順兒傻得連自己父母是誰都不知道，他們給他的批評是：「草包！混球兒一個，屎蛋加三級！」雖然謔之甚，倒也沒有什麼惡意，他每天給人做短工，起糞，挑水，「做活兒快，要錢少，不挑鼻子剔眼，好說話。」於是他成成荻村公共僱用的打短工人，大家都樂意差使他。

傻常順兒被孩子們引爲取笑對象，笑完之後又揪住他的辮子使勁往門扇上一磕一磕，完了還要唱歌給他們聽，叫他們「爺爺」，等孩子們一鬨而散，他也知道傷心，想來想去，想不出爲什麼受孩子愚弄，忽然靈機頓開，揪起自己的尺八辮子來看了又看，對著辮罵：「他媽的！都是怪你，你爲什麼被他們揪住，害我腦袋碰了幾個大疱？……」傻常順兒在陳先生筆下輕輕寫來，真是寫得傻態畢現！

正如水向低處流，人，誰不想穿好的，吃好的，住好的，乃至娶一房妻子？雖然艱苦卻很安定的生活，給傻常順兒帶來些願望，更因爲常受村中大人小孩的愚弄，使他產生一種自卑的心理，也產生了提高自己地位的決心，於是夢見關公託夢，又想給張舉人家做活，並且轉歪歪桃兒的念頭，花樣都來了，張舉人家的房子，張舉人家的排場，都是他羨慕的對象，但他欲望不大，只希望給張舉人做個「牽馬墜鐙的隨身奴婢」。

可是人家如何肯要這麼一塊料來做「牽馬墜鐙的隨身奴婢」？他的願望不但沒有現實，連歪歪桃兒也陪著張夫人跟隨張舉人到關外走馬上任去了，他仍只有每天給人起糞，挑水，算是釦兒蘑菇特別垂青他，讓他搬進釦家牲口棚裡住下，平日給釦大爹趕蒲欏車，實在氣得想不開時，便到關帝廟指著周倉說：「我拔你這黑王八的鬍子！」可是回家剛一躺下，覺得有些頭痛，「不好，不好，得罪了周倉，周老爺，鬍子拔不得，拔不得！還得給他補一綹。」傻常順兒與所有的荻村人民，都是受統治於「舉頭三尺有神靈」的世界裡。

他並不懦弱，當他被煙村擄去拷打時，就沒哼過一聲氣。當黑心鬼實在欺人太甚時，他也倒過黑心鬼給他的樹葉混合穀糠湯。當他最後被共產黨活埋時，理直氣壯地罵完了共產黨，還不慌不忙地說：「可惜坑兒太淺了，我摔不死。不介，我摔死，也要做人！」較之骨頭沒有四兩重的阿Q，可真有種多了。

荻村最初情勢的轉變關鍵在村正副陳三爺與郝秀才之退位讓與張五爺，自張五爺上臺以後，又值內戰迭起，徵糧徵伕，再加上張五爺的奸險貪鄙，安靜的荻村從此多事了。傻常順兒一度徵去當兵，他也願意當兵，爲的有個出頭日子，這時他與釦兒蘑菇已經有了感情，臨走噗通跪在地上說：

> 釦大爹！釦大娘！我，我，常順兒要，要，要走了。這些年來，我，我累了你，你們。常順兒是個苦，苦，苦命孩子，從小沒爹，沒，沒娘，你們老，老公倆，就是我，我，我親身父母，再造，再造恩人。

說著說著，他哭了，釦大娘搭過碴來：

> 常順兒，你釦大爹待你不錯……去吧，也許你陞個一官半職的，你可別忘了我們公母倆，我們沒兒子，還指著你哩，你的身價錢，我們替你保存著，你放心吧。

釦兒蘑菇在一邊也抹淚。

寫到此地傻常順兒的一切，我們已大致都了解了，只是以後他在軍隊裡充了一名伙伕，戰事平息又遣了回來，他想出頭的希望已經破碎，而且吃過完蛋蛋兒的虧，又吃過狗兒老咬的虧，當狗兒老咬和他爭釦兒蘑菇這份家產時，他回答的話可一點也不傻：

> 老咬！我不姓李，你他媽的姓李，對咧，釦大爹倒霉的時候，你不認是

他的孫子，你不提姓李，鈕大爹用人的時候，你他媽的一回也沒幫過他，你也沒說過你們是一個祖宗，今天鈕大爹要死了，你看上他的產業，你又是姓李咧，一個祖宗咧，遠咧，近咧，好咧，我明兒個搬走，我到城裡給日本人做事去！你來侍候鈕大爹，我常順兒傻還他媽的有志氣，不和狗爭這口食！

至於給日本人做保安隊是否榮耀，這是有關知識問題，我不願苛責傻常順兒，反正這種境遇叫誰受都差不多，假如以後沒有學會憑著身上那張老虎皮去敲詐百姓與姦汙良家婦女的事，那麼傻常順兒這一輩子也沒有什麼罪大惡極。然而一回到荻村，他還是很念舊的，還是敬愛鈕大爹夫婦如生身父母，還是尊重張一刀、小淘氣兒、大腳蘭兒這般老朋友，這樣一個受盡凌辱卻仍沒有完全迷失本性的人物，以後如何不被共產黨活埋？共產黨原以爲傻常順兒一直被人愚弄，欺侮，很可以利用他的仇恨心理去清算，鬥爭，殺掉荻村所有的土豪劣紳與公正人士，但他們認識錯誤，傻常順兒畢竟也有一點正義感，當他發覺連女人也被清算鬥爭時，也感到惶惑。他雖一生希望的就是榮華富貴，然而當他發覺榮華富貴的代價是自由的剝削與荒謬的罪行時，他的良知更覺得不勝負荷。他反而留戀住在關帝廟時聽任孩子們打打鬧鬧那種無牽無礙的舊日子了。於是他情願放棄村長的權位，情願放棄張舉人那幢曾經是他夢寐求之的華堂大廈，只恨這時連死活都已不由自己做主，在共產黨的統治之下，傻常順兒的悲劇之上演是必然的，假如換了阿 Q，雖也仍是同一結局，可是前者只因爲他還有人性，後者才是真的糊塗。

《荻村傳》長達十餘萬言，故事發展的空間雖然一直繞著荻村，卻有四十多年之久。開始充滿著拳匪劫後的恐怖氣氛，可是隨著傻常順兒的傷愈，漸漸又轉入太平盛世的景象，對北方鄉村的過年，廟會的景色，以及焰火賽會的燦爛神奇場面，與收穫棉花的和諧美麗場面，都曾加以刻意的描摹，著墨並不多，形象卻極爲突出生動。尤其是焰火賽會，使讀的人覺得眼花撩亂，別處過年的情形雖與荻村不盡相同，但也大同小異，大概三十歲左右的人，都曾體驗過那種令人神往的情調。以後就越寫越苦了，四十多年滄桑，畢竟是樂少苦多，爲之數度掩卷，不忍卒讀。末了作者說：「舊的荻村早已死了，另一個荻村正待新生。」張龍英與小淘氣兒正象徵潛伏著的荻村新生的希望，我相信他們正在華北的大平原上努力奮鬥中。

——選自《自由中國》第 5 卷第 1 期，1951 年 7 月

《荻村傳》的時代

◎穆穆[*]

《荻村傳》從常順兒「先殺天主教，後殺洋鬼子」出場，到「先殺共產黨，後殺老毛子兒！」常順兒收場，其中 40 年，（其實是四十多年。）也是傻常順兒糊裡糊塗在荻村裡出現——中國的人世間活了 40 年。

這 40 年，中國社會變化最大，那是從義和團造亂到共匪占領了大陸，作者煞費苦心地取材這一段背景。

荻村雖小，它和中國的命運一樣！一樣是受了時代的洗禮，在動盪中淪陷下去，從一個東方文明裡墮落到鬼影四布的地獄裡。也就是「從石頭縫裏爆出來的」傻常順兒有史可查的生活裡，渲染著整個中國人的哀傷史。《荻村傳》裡雖然記載傻常順兒有史可查的四十幾年，也是惡運的中國血淚詩史。

作者把這 40 年代，劃成四個大階段，一個是清朝的沒落，一個是軍閥的割據，一個是日本的侵略，一個是共匪的作亂。也是這四個內憂外患，把整個的中國給葬送了。

義和團所給人民的恐怖是什麼呢？

> 血淋淋的人的殘肢斷骸和牲畜的屍體紛然雜陳在街心牆角。……血，染紅了黃土地；糞，堆滿了各條街；沒有聲音，只有紅的顏色，腥臭的氣味，織成了恐怖和死寂。唯一的一點生動，還是那被火燒了的房屋餘燼冉冉地冒著最後一縷白煙。

[*]本名穆中南。

義和團以前人民的生活如何呢？

「這個村裏的人有活一輩子不知什麼是河，什麼是山。」「他們相信皇上，唯有皇上是金口玉言。」其他如閻王爺，判官，小鬼維持了社會的秩序。關公、岳飛、劉伯溫維持了社會的道德。劉秀、黃天霸、竇爾敦這班人物影響了人民的心理。作者曾寫：「有一個人曾在城裡縣衙大堂口看見大老爺路過，引為一生無上光榮，連他的子孫都也會把這件事，流傳幾代，歸功於祖先的陰德。」

作者給我們指出，那時的中國是迷信、封建、落後，然而另一方面卻反映安定，雖然經過義和團的屠殺，但剎那過去仍然未變。

當大清國的龍旗，在曆書上換了五色旗，中國雖然起了一點惶惑不安，但是那是因為沒了皇帝，和歷代一樣，只要真龍天子出世，換朝改帝是沒多大的影響。改了共和之後都做了些什麼呢？剪髮放足，雖然也有些學生下鄉講些老百姓聽不懂的演說，但是作者指示給我們的，那時革命並非深入民間，僅是在形式上換湯不換藥而已。民間的勢力仍然把握在張舉人的部下，如陳三爺、郝秀才等一般舊式紳士的手裡。直到軍閥四起，尤其直奉之戰，民間才真的感到了兵禍，燒殺、姦淫、擄掠，打勝了是逃兵，打敗了也是逃兵，民不聊生。老一輩的如陳三爺、郝秀才都死了，而換了一批惡霸如張五爺，黑心鬼，大粗腿之流，人人都知道在變，可是不知變在哪裡，連常順兒也由義和團又變成了軍閥的伙伕。

中國是變了，不但生活變苦了，物價變貴了，就是人世都在變，作者說：

> 大廟大寺都拆了改做學堂，只剩下十字街口三個廟。女人不再纏足，男人剃成光和尚，讀私塾的改上洋學堂，外國貨一天比一天多，誰也不愛穿本地織的布了。年老的死了，一般年輕人是那麼飛揚浮躁，尤其是一般姑娘媳婦們不像過去那麼害臊了。

變來變去，日本鬼子也來了，當然也缺不了傻常順兒的角色，他又當了日本的「保安隊」，共匪藉著這個機會抬頭了，也就是共匪的游擊隊，他們打著抗日的旗，但是見了日本就跑，夜出日伏，老百姓卻遭了殃，在這個禍患的夾縫裡生活，日本要草要糧，共匪也要草要糧，日本要一個，共匪要兩個，共匪是怎樣起來的呢？作者告訴我們：「我們八路軍是奉中央政府的命令，蔣委員長的命令，來打日本的。」

「你們不是望中央嗎？我們就是中央隊伍，我們的毛主席已經接受蔣委員長的領導了，趕快幫助我們打走日本鬼子，咱們大家好過太平年。」這都是八路在初出現時的言語。

張五爺之流也藉著這個機會抬頭了，他們白天應付日本，夜晚應付八路，自己從中漁利。傻常順兒也抬頭了，他升了皇軍的班長，也學會了強姦良家婦女，向老百姓要錢，討東西。

但是傷害了好人，氣壞了好人，如釦兒蘑菇，小淘氣兒等。

日本投降了，且看八路的政工員說什麼：「和日本鬼子作戰完全是八路軍打勝的，……中央軍從來沒有和日本軍做過戰……八路軍是人民的救星」。

「你們知道蔣介石是什麼人？」這是八路政工員問的，而老百姓答的：「是我們中央政府的主席啊！是委員長啊！」但是八路卻捫住良心說：「……他不是人民真正的領袖，因爲他並不抗日。他整天介製造內亂，壓迫人民。真正的領袖是毛主席，毛澤東同志，就是他，我們偉大的領袖！」

這樣的挑撥，這樣的宣傳，這樣的攫奪中國的土地。

這樣一幕昏天黑地顛倒乾坤的大事，當然缺少不了「從石縫裏爆出來的」傻常順兒。他，第一次做了一個赤臂、光腳、紅布包頭、手拿紅纓槍的義和團，第二次是個軍閥的伙伕，第三次是個皇軍的班長，而在共匪的手上卻大大翻了身，代替了陳三爺，張五爺的職務，升了村長，不過陳三爺的背景是張舉人，而傻常順兒卻是共匪的傀儡而已。

這個時代的人民生活又是怎樣呢？作者說：

> 富一點的掃地出門，指定地區去討飯，拆牆，掘地，揭房頂，鑽探老鼠洞，搜刮人民掩藏的財富。好，連茅廁坑也光顧了，大糞翻身，耗子解放。
>
> 娘不知兒到那裡去了？媳婦兒不知丈夫怎麼死的？兒子和爹一塊不見了，女兒和娘一對對離開家……

荻村呢？張五爺，黑心鬼，大粗腿等都被殺了，張舉人的如花似玉的女兒配給傻常順兒，一夜蹂躪之後也死了，她媽歪歪桃兒也上吊死了，大腳蘭兒活到 60 還改嫁給傻常順兒，因此也瘋了，村中比較正義一點的張一刀卻遭到了慘死，「把荻村的所謂人民大眾兩百多男女，分別讓他們沒蹤影了。」

這就是共匪的解放，張一刀說得好：「我這一輩子僅是開了一個作房，宰了些豬，沒有像你們開的那個屠場，天天在殺人！」

咦！這四十多年，確實是中國的不祥，作者用他沉痛的筆給我們刻畫得很清晰，人民都在憤恨，無怪傻常順兒在臨死前唱完「先殺天主教呵，後殺洋鬼子兒！」之後又唱：「先殺共產黨呵，後殺老毛子兒！」

——原載《中華日報》「文藝」版

——選自陳紀瀅《荻村傳》

臺北：皇冠出版社，1985 年 9 月

回顧《荻村傳》的農村背景

◎林柏燕*

陳紀瀅先生的《荻村傳》，以中國農村背景爲緯，以傻常順兒的一生爲經，點出時代動亂中，廣大中國農村所立刻暴露出來的愚弱。它不但是書中男主角傻常順兒的悲劇，也是中國農村在政治動亂中，所經常扮演的殺人盈野，野有饑殍的悲劇區。其震撼力，重讀於 20 年後的今天，猶感悍烈無比。

日人藤晴光的日譯本《荻村の人びと——動乱中国の渦巻》（東京：新國民出版社，1974 年）曾介紹它是臺灣最具「爆發性」的巨著。在此以前，名作家張愛玲曾譯成英文，名爲 Fool in the Reeds（荻草中的愚人們）（香港 Rainbow Press 出版，1959 年），日譯重點在「人びと」（即人人之意），易言之，受苦受難，喜歡使別人受苦受難的到頭來，通通是愚人村的一分子。張譯書名則比日譯尤具象徵意味。荻草是脆弱的，隨風搖擺的，加上愚蠢，更是搖擺得離奇而可憐。

張譯日譯，各有千秋，不過，由於原著用了許多土話，譯筆難免小錯，如完完蛋兒逗常順兒唱歌時，常順兒說：「我唱，我唱：先殺共產黨呵！後殺老毛子兒！先殺王子和呵，後殺馬克新兒！」（《荻村傳》，頁 206，重光版）。日譯張譯，都把「老毛子」譯爲毛匪。日譯作：「それから毛匪を殺せ！」（頁 263）張譯作：「Then Kill Chairman Mao.」（頁 294）顯然，兩譯皆不了解「老毛子」是北方土話，指的是「俄國人」。

欲深入《荻村傳》，最好並讀《華夏八年》與《赤地》。以故事的時間

---

*林柏燕（1936～2009），新竹人。論述家、散文家、小說家、兒童文學家。發表文章時爲新竹內思高工教師。

言，《華夏八年》、《赤地》皆不及《荻村傳》歷時漫長。《荻村傳》從義和團寫起，歷經清廷崩潰，民國成立，軍閥割據，日本侵華，以至土共猖虐，但由於《荻村傳》以固定的北方農村予以濃縮，故歷時雖長，篇幅卻遠不及《華夏八年》與《赤地》。

《荻村傳》，做為「有不忍人之心，斯有不忍人之文」的「人的文學」，它對中國農村有深入的悲憫。《赤地》，在抗戰之後，對東北易旗，大陸變色，有相當坦誠的自省意識。《華夏八年》，若做為「戰記文學」，它並沒有充分發揮戰記文學的特色。不過，它至少也反映了堅強的抗戰意識。

我們的文藝作品，一向喜愛「庖有肥肉」，而厭惡「野有餓殍」的文學，尤其是一旦碰到需要自省與批判時，除了逃避，就是一片矯飾。

而《荻村傳》是一部中國農村的真正血淚史。

中國農村到底如何？雖說夏禹有治水之功，晁錯有貴粟之論，孟子也一再頗通成本會計地在那兒「五畝之宅，百畝之田」一番，但老實說，算來算去，中國農村自古以來就是一團糟。在古籍裡，我們一再看到中國的村史，事實就是一部水災史、旱災史、逃荒史、病蟲害史、技術落後史、乏官照料史、苛捐雜稅史。朱熹〈奏救荒事宜狀〉云：

> 紹興府之饑荒，昔所未有。民情嗷嗷，日甚一日，不獨下戶乏食，而士子官族，第三等戶有自陳願預乞丐之列者，賣田拆屋、砍伐桑柘、鬻妻子、貨耕牛。野菜草根，所掘又盡。百萬生靈，饑困支離。衣不蓋形，面無人色。

紹興府應該算是江南魚米之鄉了。再看看陸游〈致曾逮書〉:「東人流殍滿野，今距麥收尚百日，奈何？如僕輩，既憂饑死，又畏剽竊，日夜凜凜，而霪雨復未止，所謂麥，又已墮可憂境矣。……」

在這種又怕饑死，又怕被搶的心情之下，恐怕陸游不會再「滿園春色宮牆柳」亂填〈釵頭鳳〉吧。以上是發生在宋孝宗淳熙八年（1181 年）的事。（資料根據陳鐵凡著，〈判院討原〉，《新社》季刊第 5 卷第 4 期。）這些也太遠了，不妨看看滿清末年，「御史曹志清奏牒」：

> 直隸省差徭之繁重，甲於天下，常年雜差，民力已苦不支，去歲兵差絡繹，州縣橫斂暴徵，而民愈不堪命矣。不肖州縣，藉差為肥私之計，胥役視差為致富之奇，敲骨吸髓，毫無顧忌。尤可駭者，去秋水災，哀鴻遍野，皇上軫念民疾，撥款賑濟，乃聞灤州，徐亭各州縣，將賑銀扣抵兵差，聲言不足仍向閭民苛派。災黎謀食維艱，又加此累，多至轉於溝壑，無所抗告，是民非困於災，直困於貪吏之苛斂也。……

以上是發生在甲午戰爭前一年的事。（資料據：呂士朋著，〈戊戌百日維新的經濟改革及其影響〉，《東海學報》第 10 卷第 1 期）至於民國，以至於今天的大陸，人民的生活仍是苦不堪言。

看看「民情嗷嗷」，再聽聽「敲骨吸髓」，已可見大半中國。而曹史所謂「無所控告」，意即這些農民口不能言，手不能寫，欲哭無淚，欲訴無門是也。而《荻村傳》，正是以上農村諸史的綜合濃縮，外加戰亂。

《荻村傳》裡，對農村人物是這樣分析的：

> 荻村這班人物和中國任何農村人物沒有兩樣。他們隨著時代的輪轉，踏入每一段行程，他們的遭遇雖不盡同，但在基本性質上並沒有什麼差別。他們保守、愚蠢、貧苦、狡詐、盲昧，永遠是被支配者。然而他們中間也有智慧，忠實和樂天知命的大眾。

這是隱藏在作品背後的分析，等到一落入小說，它創造了這麼一個「無可控告」的典型人物——傻常順兒。陳紀瀅先生對它，曾這樣概說：

> 傻常順兒，這一個時代的玩偶，在任何齒輪上，他都扮演悲劇角色，而

> 在他個人的尺度上，渾渾噩噩，是悲是喜，平常他自己不能十分辨得清，等到重要節骨眼兒，他才覺悟了，分明了恩怨。他這一輩子正代表著中國北方廣大農村的變化，每個來自田間的讀者是熟習的；傻常順兒這個人物是農村中的可憐蟲，代表著生活在夾縫中的勞動者，他幻想了一輩子，但當他被活埋時，他還希望做人！阿斗，阿 Q 之流是沒有這種勇氣的。

以上陳先生強調的是：農民在貧苦愚昧，控告無門之下的宿命論。這種宿命論，卻牢牢地統治了他們「渾渾噩噩」，一方面也常常是一種自嘲的痛苦慰藉。從這裡分野，傻常順兒與阿 Q 是處理宿命論兩種不同的典型。

陳先生說：「多少年來，傻常順兒和阿 Q，就在我腦海裡翻騰，……從那時起，我便計劃寫傻常順兒這一輩子，比阿 Q 更生動，更現實的這麼一個代表著大時代的人物。」事實上，《荻村傳》與〈阿 Q 正傳〉，都是具有中國人性與不忍人之心的雙重特色的「人的文學」。陳作出自悲憫，周作則加上嘲謔。傻常順兒是這個大時代所產生的悲劇人物，阿 Q 則是這個大時代所產生的悲劇人物，阿 Q 則是這個大時代所形成的人性典型。一個是渾噩認命，起糞鋤草以「常順」，一個是突梯滑稽，把命運看成「兒子打死老子」的反嘲。一個被活埋時，還希望做個「人」；一個被砍頭時，對這個中國「人」卻是不做也罷，這是一種木然。也可以說，阿 Q 是在中國社會之下，徹頭徹尾的絕望者。

所謂「木然」，正如牟宗三先生所說：「我愛中國，我也討厭現時的中國。我愛人類，我也討厭現時的人類。……勿論是山東人，中國人，以及現時風氣中的人類，我都有點木然。」(〈懷鄉〉,《生命的學問》) 這種矛盾的情懷，固然是由於拔根掛空，一再游離的結果，正如徐訏先生所說：「生活上是流浪漢，思想上是虛無主義」(見〈個人的醒覺與民主自由〉) 但，「木然」與「熱愛」仍是無法一致的矛盾。這種矛盾在逐漸的麻木中，慢慢的變成可怕的宿命論，甚至在聲色馬殺雞，秋波加臀浪中習慣了。這是沒有「根」的生命。阿 Q 與傻常順兒，都是沒有根的，置之於中國的土地，卻又是最根深的，但他們的根被拔斷嘶傷了。不宿命，又奈何？

荻村裡「有一些人活一輩子，不知什麼是河，什麼是山。」這是愚昧，正如他們從未聽過什麼是「共和」，什麼是「民主」。即便是荻村的秀才舉人，也算知識分子的話，大概也只能作「項羽拿破侖亦能戰」這類文章吧。傻常順兒開口閉口是「操他親祖奶奶的」，這是一種阿 Q 的憤懣。傻常順兒，厚嘴唇、貓耳朵、流涕鼻、黃板牙，是中國農村一輩子娶不到老婆，一輩子不必刷牙洗澡的長工典型。《荻村傳》除了它的文學語言潑辣利落之外，它對中國農村有相當深入的剖析與完整的結構。它的剖析，是相當理性的，而它的結構，則超越了政治的表皮，與中國農村史的發展，有其牢不可破，密不可分的結合。從「傻常順兒」，提著禿纓槍，被拉伕去參加義和團受傷逃奔到荻村，一直到被土共活埋，真是無一處不具有「爆發性」的震撼力。「天災、人禍、疾病經常籠罩鄉村」（頁 111），那是農村的寫照，但他們迷信、保守，還要械鬥。「兩村參加械鬥共有一千多人」（頁 77）械鬥，在　國父的《三民主義》演講稿裡，已指出它是「一般散沙」的毒害。專放高利貸，甚而引誘良家婦女逼迫成姦的張五爺以為：「任憑你世界怎麼變，可是荻村不會變。」（頁 113），但這個世界，已無「老死不相往來」的淨土，結果荻村變得天翻地覆。「白天是日本人的天下，夜晚是八路的世界，集中兵力的時候，他們服從日本人，兵力分散的時候，他們聽命於八路軍，真中了小淘氣兒的話柄——好他媽的希罕」。

傻常順兒當上皇軍的班長，驍勇善戰，日本隊長誇獎他「大大的好」（協和語）。但他也學會了欺壓老百姓，強姦婦女，穿上皇軍制服，愛幹什麼就幹什麼。從義和團到皇軍的班長，是相當滑稽的，最後還當了荻村的村長，一直演的是布袋戲，當了村長，他得扭秧歌。「當年我給人家起糞的時候，我當個燈官兒，今兒個當了村長，還叫我扭屁股，這是他媽的什麼鬼道理。」（頁 175）但他還是扭了，還帶著比他老的「上級分發之妻」蘭兒大娘，扭成壓軸大戲。傻常順兒整肅、公審、鬥死過不少人，到頭來自己也「渾身犯下錯誤」，最後是新任村長完完蛋兒，替他挖了坑。「他從容將頭朝下，鑽入坑內，兩腳朝天」算是無顏見天。而整個《荻村傳》，使人低迴良久的那一句話：「想來想去，這叫做全本『老百姓倒霉大出演』。連臺戲，從頭到尾，老百姓去的是全本武大郎」（頁 144）。

中國的小說創作，自古以來，有沒有像《荻村傳》，如此合乎「人的文學」的呢？《荻村傳》應是第一部。而夏志清先生卻說：

> 讀章回小說，一直要到二十世紀初年的《老殘遊記》，我們才碰到一位在專制政治下，真正為老百姓請命，人道主義的作家。周作人在「人的文學」從沒有提到它，想來他覺得劉鶚有些地方，還是舊腦筋。……《老殘遊記》同杜甫不少詩篇一樣，是真正人的文學的傑作。
>
> ——夏志清，〈人的文學〉

其實，夏先生那篇〈人的文學〉，縱觀全文，對「人的文學」本身並不太推崇，雖在結論裡，他勉強地說了一句：「人的文學這個觀念，仍是值得我們借鏡活用的。」不過，一向喜歡把文學當作純藝術品去批判的夏先生，能夠提出「人的文學」，畢竟是可喜的。夏先生批評周作人把《紅樓夢》算得上「人的文學」，是一種偏狹。而今，夏先生提出《老殘遊記》才是第一部真正人的文學，這個觀點，以「偏狹」，一詞而言，也不過是五十步與百步吧！？

《紅樓夢》、《老殘遊記》都不合「人的文學」。不能因爲《紅樓夢》「描寫出中國家庭的悲喜劇」或「研究平民生活——人的生活——的文學」（皆周作人語）就算是「人的文學」。再說，《紅樓夢》是研究「平民生活」的嗎？中國家庭，擁有大觀園的，又有幾家？周作人不但是偏狹，而且也「渾身犯下錯誤」，做爲知識分子比荷索（Herzog）還要糟糕。再說，《老殘遊記》，到底爲老百姓請了那些命？也許它有人道主義的色彩，但置之中國人的背景，它只是偏狹的官場諷刺而已。

杜甫、鄭板橋的一些「農民詩」，對於人道主義、農民文學（以農爲背景）都多少企及，卻是即興式的悲憫，零碎的諷喻，而大多數的詩人，也許只爲了表現自己的清高、歸隱意識，以至天下蒼生一番。

即便詩人也能夠行而起，不僅止於坐而吟——像徐世昌一樣來一首「聞砲聲有感」，即便杜甫、鄭燮，也算是「人的文學」，但也畢竟「太少了」。何況詩與小說，在「群治」的實際效用裡，其差別是很大的。

一些士大夫文學、貴族文學、宮廷文學、山林文學、酬唱文學、遊仙文學，以至《紅樓夢》與《老殘遊記》，在文學的領域，有它不可磨滅的價值，但從未爲「人」請過命。直到《秧歌》，直到《荻村傳》，才那樣正視了「中國人」。注入了普通「人」的生命與感情，這是《荻村傳》的價值。

——選自《書評書目》第 55 期，1977 年 11 月

千年之淚

反共懷鄉文學是傷痕文學的序曲（節錄）

◎齊邦媛*

文學常是一個民族集體的回憶紀錄，而苦難的回憶更是何等荒涼！隨著臺灣社會的安定與日趨富裕，反共懷鄉文學已全被後起的現代文學、鄉土文學、乃至海外留學生文學等新的聲音所掩蓋，淹沒，近於遺忘了。但是那十年間（1949～1960 年）確也留下了一些不能遺忘的作品。長篇小說方面即有陳紀瀅的《荻村傳》、《華夏八年》、姜貴的《旋風》與《重陽》、潘人木的《蓮漪表妹》、孫陵的《大風雪》、司馬中原的《荒原》和《狂風沙》、孟瑤、田原、尼洛等人的作品等，在當年曾引起廣大的共鳴，在今日再做冷靜的評估，仍具有藝術上的價值和深刻的時代性。

1980 年以後，記述大陸文革悲劇的「傷痕文學」漸漸為世人所知，有些且被譯成外文，造成了一種奇怪的「大陸熱」，是一種政治性好奇與人道同情的混合，藝術的意義並不甚強，早期在臺灣出版的楊明顯的《姚大媽》、金兆的《芒果的滋味》、冬冬的《反修樓》、梁恆的《革命之子》、白樺的《苦戀》，到近兩年聲名大噪的阿城的《棋王、樹王、孩子王》、張賢亮的《男人的一半是女人》與《綠化樹》和古華的《芙蓉鎮》等……應已相當有效地讓臺灣讀者看到「解放」後中國大陸的實況，能冷靜地作進一步思索。

這些「傷痕文學」（或者覺醒文學、暴露文學、抗議文學、反思文學等不同的名稱）作品，在我閱讀時竟引起了極強的似曾相識的感覺！它們使

---

*臺灣大學外國語文學系榮譽教授。

我想起李荊蓀評陳紀瀅的《荻村傳》所引：「『舊的荻村早已死了，另一個荻村正待新生。』每一個人心中都有一個荻村，無數個荻村的接壤即是中國。」因爲它們所顯露的時代傷痕和四十年前反共懷鄉者割捨之痛有極多相似之處。

這強烈的似曾相識的感覺，使我們必須回頭去肯定當年懷鄉文學的預言性。那些歌哭追懷故鄉廢墟的塵封之作，竟是全然契合成爲傷痕文學的序曲，中國現代苦難的序曲！四十年前家破人亡的悲愴曲從未止息，一章又一章地在延續著，三十天前又一次血洗天安門，新傷舊痕循環不已，新的荻村何日可能誕生？

懷鄉四十年祭

荻村可以代之以許多親切的村名：范家屯、李家莊、大河口、小西山……無數個村、莊、屯、集接壤即是中國。荻村故事因陳紀瀅 40 年前出版的懷鄉小說《荻村傳》而成爲苦難農村的共同紀錄，它也可說是中國人半世紀在政治動盪中顛沛流離的序曲。荻村是一個典型的北方村莊。因村北有一道盛產荻葦的葦濠而得名，而荻葦是一種最接近泥土，完全自然生長的植物，可以摻泥作泥牆，也可以織成粗蓆，鄉下人用它晾曬菜乾。荻葦也是一種悲悼的象徵，初秋的荒地上颯颯吹拂，在臺灣也是處處可見的。在一些短暫太平的日子裡，荻村算是個富裕的村子：

> 可誇耀處是村子大，人口眾，財主多，房舍好。有五條大街，有三座藥鋪，兩座雜貨店，兩家炸菓鋪，兩家棧房，一起吹鼓班、一個剃頭匠、三個油醋挑、一家燒鍋，其餘紮紙、屠宰、槓房、泥瓦作、星相醫卜，無不應有盡有，最稱得起榮耀的，要算功名人輩出，自進士、賜進士、舉人、秀才，甚至於捐班監生，掐指算算，統共也有二十名之多，在本縣也算得起人傑地靈了。

這個村子進入 20 世紀以後，幾乎很少有幾年太平安居的日子，作者藉書中的主角，傻常順兒的一生，寫出了村子的興衰。傻常順兒是個孤兒，1900 年（清光緒 26 年）被義和團拉伕，因受傷被遺留在燒殺了三晝夜的荻村。村人以「上天好生之德」收容了他，給了他一條打工維生的活路。直到 1948 年被土共活埋，他經歷了義和團作亂、民國成立、軍閥蹂躪、日軍占領，到土共的「解放」。半世紀的生命在血腥、恐懼和迷茫中度過。他死了之後：

> 白天，荻村是獸世界；晚上，荻村是鬼天下。無數的冤鬼、黑影幢幢，在街心蠕動，尖厲淒慘的哭聲，常從村四周的葦濠內發出。荻村的人民在天一黑時就躲在屋子裏不敢動彈，陣陣的哭聲，往往使共產黨幹部們衝著葦濠放起槍來，然而槍聲越響，哭聲越大。這時狗夾著尾巴藏在櫃下，雞不啼，鳥不語，連草蟲兒也停止了歌唱。
>
> ——《荻村傳》，皇冠版，頁 213

20 世紀中葉，全中國許多舊的荻村都這樣死了。40 年後，世紀已近尾聲，許多隔絕失散的遊子欣喜若狂地還鄉，卻找不到當年的廢墟，也找不到新生的荻村。

牽牽扯扯的群聚世界

陳紀瀅在《荻村傳》的代序〈傻常順兒這一輩子〉中，自述當他第一次讀魯迅的〈阿 Q 正傳〉時就想起荻村的傻常順兒，多少年來，他和阿 Q 就在作者腦子裡翻騰，想寫這本書，藉著這樣一個卑微人物的「翻身」和毀滅去了解那個「喜謔殘酷的時代」。「荻村的這班人物和中國任何農村人物沒有兩樣，他們保守、愚蠢、貧苦、狡詐、盲昧，永遠是被支配者。」他要寫的這個人物是「比阿 Q 更生動，更現實的這麼一個代表著大時代的小人物。」魯迅用嚴峻的刀筆刻畫出阿 Q 的輪廓，也許是大師的風格，也許是不屑細述，阿 Q 的真骨真肉有待不同時代的讀者爲他添加。而陳紀瀅寫傻常順兒這一輩子時似乎將這個典型的愚民和苦難故鄉的土地融合爲一，心懷哀矜，口調親切，甚少嚴峻的批判。他筆下這個渾渾噩噩的「時代的玩偶」具有一切人性的弱點，經常是善惡不分的。但是到了「節骨眼兒」，他也知覺悟，分明了恩怨。他也和一切農民一樣，有保護自己的「敬天畏神」的宗教觀，相信廟裡關老爺託夢告訴他的：「靠賣力氣喫飯，四十年後，大富大貴，住最好的房子，穿最好的衣裳。」——這個夢確在他被活埋前曇花一現的實現過。只是代價太高。日本戰敗撤退，土共立刻占據了荻村，傻常順兒被利用，當了傀儡村長，享受了幾天夢中的「榮華富貴」。但是目睹村人在「無產階級新社會」中種種慘死，他良心不安。現在荻村已是他的家鄉，這些人和他，以鄉民粗糙的方式，也曾建立一種密切的人際關係——好似表演者和觀眾間的依存關係，而非個人感情關係。村民在這種粗糙的行爲觀察關係中，互相以傳神的綽號相稱，如張一刀、釦兒蘑菇、大粗腿、完蛋蛋兒、黑心鬼、小淘氣鬼、大腳蘭兒，歪歪桃兒等。這幅以北方鄉村方言組成的人物風貌畫，本身即是鮮活的。這些鄉村的基層人物和傻常順兒之間的恩恩怨怨構成了《荻村傳》最大的特色，即是寫活了在共產黨控制大陸之前，中國鄉村中尚存溫情，較少心機的牽牽扯扯的群聚世界。

——選自齊邦媛《千年之淚》

臺北：爾雅出版社，1990 年 7 月

《赤地》

◎歸人*

一

三個月前，陳紀瀅先生就告訴我說，他的《赤地》準備出版了；他說，這部書是他的著作中，比較最下過功夫的一部。

今年五月末，《赤地》果然由文友出版社出版了。其時我正在南部旅行，剛剛把原來的工作辭掉，無事一身輕，直到六月初，我回到臺北時，才得以讀完《赤地》。〈著者自白〉中，作者曾這樣的說：

> 使我感觸最深的是接收東北時那班青年軍官，他們滿懷希望，一腔熱血，矢志要建立功勞，為國家打出一條出路；他們那種忠勇之氣可以泣天地，動鬼神，然而由於著著失措，使他們鬱鬱不得志，最後竟在挫敗中狼狽而退——他們的創傷代表著整個國軍的創傷；他們的苦悶代表著所有國軍的苦悶。這口冤枉氣，至今尚存胸臆！一個從事寫作生活的人，有義務替他們剖白；也有責任把他們的傷痕忠實地顯現出來。

這一段乃是《赤地》寫作的基本動機，《赤地》的故事內容，便是以「三個青年軍和一個飛行員」，再加上「兩個大家庭，一群販夫走卒之輩和幾個『時代寵兒』」所串演成的。他希望藉這個故事，「向人世界傾訴衷曲，爲正義招魂；替失敗後的國人記取教訓，爲抗戰勝利後四年的社會悲歌！」

---

*歸人（1928～2012），本名黃守誠，河南湯陰人。散文家、評論家。發表文章時爲臺北市立商職國文教師。

唯因如此，所以，當我們展讀本書時，只要是二十餘歲以上的中國人，莫不有一種痛切的感覺，我們似乎又回到了對日抗戰勝利的時際，那時，中國勝利了，但廣大的國土不能立即接收，共產黨徒們興風作浪，舉棋不定的和戰局面，動盪的金融政策，青年們的苦悶情緒，都一幕幕的展現在我們的眼前。

這樣龐大的局面，要想收在作者的筆底，不是一件容易的事情。一般言之，如果把這樣的紛亂故事，放在西方作家們的筆下，至少應該有百萬言的篇幅，方能完成。但，《赤地》的作者，僅僅用了 30 萬言的篇幅，將所有的局面，便大致收羅在讀者眼前了。

這種手法，是作者的一大成就。於此，我願談談小說的創作問題；近四十年來的中國小說，由於西方文化的侵入，我們的作家，無論在描寫手法與小說結構方面，都受了很深的影響，嚴格的來說，今天的中國小說，幾乎已經完全成了歐化的製作品了。自然，我們無需要澈底反對這種趨勢，但，歐化得不像中國人寫的作品，總是不應該而且是一個不正確的創作路向。更何況，中國小說的卓越手法，尤為西方所不及呢！大抵而論，中國小說，以描寫大場面擅長，如《紅樓夢》，如《水滸傳》，莫不包羅萬象，人物繁多，筆觸自由而拙於布局；西方小說，以刻畫人物典型見勝，如《包法利夫人》，如《玖德》，如《可倫巴》，莫不有上述趨勢，結構謹嚴，刻畫細緻，但流於沉悶。從另一方面言之，中國小說長於橫的刻畫，西方小說善於縱的敘述。中國小說長於一般的描寫，西方小說長於突出的雕塑。

《赤地》的作者，很能擇取二者之長，拋棄兩者之短，雜揉了中西小說的創作方法。

二

《赤地》以「序曲」開始，經過抗戰勝利的「狂歡」、「迎新」，然後寫到東北的「滿炭」、「寒光」，此後就變為「春夢」了。在「春夢」以前，作者採取「由先及後」的縱的敘述方法，有《紅樓夢》的場面，「春夢」之後，「初蝕」、「蠱惑」，橫在面前的「歧路」，瞬息而過的「夏陽」，繼之的「災年」，擺不掉的「情盲」以及世紀末的「萬象」，作者採用的乃是橫的陳列，有《雙城記》（*A Tale of Two Cities*）的風格；此後的「再蝕」、「秋風」，一直到「苦果」和「尾聲」，則是縱橫兼用，趁以悲涼，幽憤的氣氛。譬如一個音樂演奏會，最初是金鼓齊鳴的戰鬥凱歌，其次是憤怨的琴音，再後，則是幽邃深切的清歎低吟。這種轉變雖然各個不同，但它的中心思想，則是一致的：作者想以文藝的手法，史家的忠實態度，將中華民國對日抗戰勝利後四年的沉痛史實，記錄下來。

故事展開與結束的地方，都是故鄉北平；故事開始與結束的時間，是對日抗戰勝利到北平陷匪的前夕；故事中的主要人物乃是三個青年軍人；作者以「序曲」開場後，便將勝利的「狂歡」展現在讀者面前。

誠如作者所說，他之寫作《赤地》，是感動於抗戰勝利後之一般軍人的愛國精神，以及一些其他的情形。他又說：「我也觸及到各種問題，包括軍事，政治、經濟、外交、與社會等方面的重要措置。」這個包容龐大的故事，作者以范統——一個勝利歸來接收大員，及范縉——一個未能逃出北平的知識分子，范統的長兄，兩個大家庭爲發展的樞紐，全書的故事，便一直繞著這兩個家庭變化，進展。

在這個龐大的故事中，作者以陶蘋（范二少奶奶）代表北平大家的典型少奶奶，能幹、聰明，類似王熙鳳；以范志英、冷方、翁子龢代表三個愛國的軍人；以范志豪和他的夫人金二小姐代表無以數計的「時代寵兒」；以范志婕代表那些淺薄、冷酷、醉心共黨思想的少女；以范再智，范再仁代表那些思想浮淺，受共黨利用的青年學生；以范志聖代表真正清白的教授；以六指兒宋、豆汁兒張、富二、獨耳王等人代表北平的一干販夫走卒，另外有投機取巧，發戡亂財的錢溥文、金立哉；有聰明美麗的女侍美鳳，有鑽營反覆的謝濱；……這故事，是 1950 年代的中國人民所共同見過的故事，也是 1950 年代中國人民所親見的事實。當我讀《赤地》的時候，我恍如倒退回去了數年，又生活在那一頁痛心的歷史中了！

如同作者的《荻村傳》一樣，本書也以「口語」見長。作者對於口語的運用，是罕見的成功者。本書之內，無論言物論事，作者全能出之以自然，鄉土的文字，代表出人物的個性與感情，給人以「真實」的感覺。例如本書第五章中，魏三兒向豆汁兒張說：

> 老大爺！有什麼心事？沒有。我真佩服咱們七爺直筒子裡會打出過山砲來。人家真會來事，見風轉舵，寧扶竹竿，不扶井繩。我真是有眼不識泰山。不過話又說回，可有什麼用喲！范三爺即使賺了萬貫家財，不會分給您一個針線頭兒；王九爺穿的怎麼闊，還當不了您穿二尺半的破棉襖。誰有錢誰享受，誰該死誰去見閻王！這叫做有福之人不用忙，無福之人空斷腸。白巴結有什麼用？當不了我們扛櫃子，提籃子！

這種口語的運用，不僅生動，並且，也把人物的知識水準生活習慣，統統告訴我們了。

但在口語的運用上，作者也有一個缺點：有些對白，嫌過於冗長了。如第三章（頁 41）志英的談話，第五章（頁 80）魏三兒的話語等等均超過一千餘字，占有一面之多，這種談話，縱然是「真」的，但從藝術的觀點而論，仍是不恰當的。試以《紅樓夢》爲例，在全部《紅樓夢》中，只有第 45 回中李紈與鳳姐的一段對白，偶然超過了二百餘字外，其餘的都在幾十個字左右。過長的對白，只能偶然爲之。因爲：「話」是代表人物感情的，應以精采簡要爲原則。

三

藝術的功用在於表現，但表現則忌抽象而宜具體，忌直陳而宜襯托。我覺得作者忽略了這一點，有很多地方，作者太偏重了直接的陳述。本書第八章中，作者曾這樣的描寫全國經濟的紊亂：「存糧食，存銀圓，存貨品，存金鈔，只是不存法幣！全國人民接受貨幣貶值的襲擊，在痛苦中學習經濟知識。」

像這種痛切的深沉體驗，如果不以直陳，而以具體的事實，如杜甫採用的「朱門酒肉臭，路有凍死骨」的方式表達出來，豈不令人怵心動魄嗎？

再次，我也以為，作者涉及的範圍太廣了，因此之故，故事的進行顯得是「平流競進」，缺乏高潮與低潮的控制；同時，由於作者偏重史實的關係，對於軍事的描寫，都肯定地說出各部隊的真正番號，分散了藝術的氣氛。因為，作者寫的是小說，而不是記戰史；是藉此而表現戰局失利所引起的悲劇，而不是記某一部隊的勝敗存亡。

總括來說，《赤地》是本難得的作品，作者對口語的運用，語文的訓練，是特別成功的。它之缺點乃是，涉及的範圍過於「廣泛」，又受了「史實」的約束；所以在情緒及故事的發展上，缺乏疏落的安排。

——選自《赤地論》

臺北：重光文藝出版社，1960 年 5 月

關不住的鄉情
從兩篇一九五〇年代小說看懷鄉意識的幽然產生

◎傅怡禎*

一、前言

自佛洛伊德以降，精神分析已被公認爲閱讀文學作品時不可或缺的一部分。[1]尤其面對 1950 年代具有懷鄉意識或反共意識等意識形態糾葛的文學作品時，這種精神分析式的觀點，或多或少可以幫助閱讀者了解作者內心幽微的旨意。

馬森曾在呂正惠〈王安憶小說中的女性意識〉一文的講評意見中指出：「我覺得也許應該把其中無意識所流露出來的女性意識和有意識借著小說來宣揚的女性意識區分開來。當然，這樣的區分並不容易，不小心會流於妄自猜測，但是這種區分是重要的，儘管區分得不一定全部正確，但是會提醒我們無意識和有意識的女性意識之間到底有什麼區別，而區別的理論和例證又是什麼？」[2]無意識的創作是指作者在創作過程中，不自覺流露出來的主題意識或字句，換句話說就是潛意識在作祟。馬森在此並無明確指出如何區分才能使無意識的創作主題從自覺性的創作主題中分開，並且明顯地呈現於讀者眼前。所以本文擬用精神分析法中的「錯誤」（Errors）和「轉移關係」（Transference）來分析兩篇 1950 年代的小說，以嘗試區別有意識和無意識的懷鄉意識。

---

*發表文章時爲大仁藥學專科學校夜間部國文科講師，現爲臺東專科學校通識教育中心副教授。

[1]（美）威爾伯恩著；張雙英譯，〈佛洛伊德之後的閱讀〉，收錄於張雙英、黃景進編譯，《當代文學理論》（臺北：和森文化出版社，1991 年 9 月），頁 251。

[2]收錄於文訊雜誌社編，《苦難與超越》（臺北：文訊雜誌社，1991 年 12 月），頁 115。

二、精神分析法中的錯誤和轉移關係

不論是引用事物的不正確、遣詞造句的不當或細節描寫的失真，皆可當成錯誤來處理。佛洛伊德說：「每一個『錯誤』的背後，都有被潛抑著的心理內容。更清楚地說：每個『錯誤』隱藏著一份『不真實性』、而其不真實性則來自潛抑思想的扭曲。」[3]梅林格與馬耶也說過：「你已知道，錯誤不會無故發生。我們其他活動的失誤，也是這樣。」[4]尤其面對屬於記憶層次的懷鄉意識，最容易讓作者進入「虛幻回想」（False Recollection），導致錯誤產生。

「轉移關係」的原意是：「在生活中的不同時刻裡，每個人會對某個人產生特殊的感覺，可能是愛或恨，可能是親切或厭惡，也可能是各種不同的感覺的綜合。……當我們有了這種混合的感覺時，我們通常會很輕易地向自己或別人解釋它，不過即使我們的理由很充足，也是表面的。它們實際上不合邏輯。在這種情況下，一個人在對著他目前生活裡的某個人，重過著他過去經歷過的感覺。」[5]用在本文時，會把它擴大成佛洛姆所解釋的「社會性轉移關係」。

三、作品分析

（一）引用上的錯誤

一些研究「魔鬼學」的人認爲，作品裡所發生的錯誤，是由於作家「筆上的小鬼」搗蛋的結果，這種推論自是無科學根據的說法。馮特曾對這種現象做過解釋：「平常說話的時候，意志的壓抑力量經常作用，使發音時的思路趨於和諧。如果思想的流動受阻於表達上的緩慢，比如在書寫的

---

[3]（奧）佛洛伊德著；林克明譯，《日常生活的心理分析》（臺北：志文出版社，1990 年 3 月），頁 172。
[4]同前註，頁 124。
[5]（美）洛斯奈著；鄭安泰譯，《精神分析入門》（臺北：志文出版社，1985 年 6 月），頁 74。

時候，前移現象就很容易發生了。」[6]佛洛伊德也順著這番解釋說：「錯誤的呈現，每每指出這個人的心智受到某種影響力的擾亂，正在劇烈掙扎之中。但是侵擾思緒的性質，並不決定錯誤的方式，所以光從這一方面來考量，則侵擾的思緒很難找出來。許多單純的語誤和筆誤，也有同樣的情形。」[7]然後，佛洛伊德下了個不是結論的結論：「我們反倒更相信，當我們機械式地做一件事，一點也沒有意識參與其間的時候，發生的錯誤愈少。」[8]作家在寫作時，不可能沒有意識參與，所以，錯誤發生的機率也時有所見。像下面所分析的這篇長篇小說，便出現一個不很明顯卻耐人探索的錯誤。

在陳紀瀅的名著《赤地》中有一段這樣的情節，男主角范志英因爲東北接收工作不順，大半地區已陷入共黨統治，心中煩悶，開始學抽煙：志英從來不吸煙，近來因爲夜間工作時多，遂漸漸學會了吸煙。他隨手取出一支「八一四」牌香煙抽著，一面無精打彩地翻看那張舊報。[9]查這「八一四」香煙，係臺灣爲了紀念抗戰勝利，1949 年後由空軍在臺出售，張九如在〈讀陳紀瀅著《赤地》後〉一文，也曾指出這一個小錯誤。[10]在分析這個引用品牌上的小錯誤到底有什麼潛藏的懷鄉意識之前，先讓我們看看《赤地》一書中煙及抽煙，豆汁兒張是書中最早出現抽煙鏡頭的人（頁 2），他抽的是旱煙袋，這煙在遺老階層中很常見，如在日軍和共軍合計 14 年統治下仍不屈不撓的反抗日共的東北封莊大莊主，抽的就是五尺長的旱煙袋（頁 339）。到了八路軍坐大，國共關係吃緊，北方烽煙又起，豆汁兒張改

---

[6]（奧）佛洛伊德著；林克明譯，《日常生活的心理分析》，頁 98。

[7]（奧）佛洛伊德著；林克明譯，《日常生活的心理分析》，頁 75。

[8]（奧）佛洛伊德著；林克明譯，《日常生活的心理分析》，頁 98。

[9]陳紀瀅，《赤地》（臺北：重光文藝出版社，1960 年 8 月），頁 306。以下爲了行文方便，凡是引自《赤地》之文句，皆用括號寫明頁數，不再另註。

[10]張九如，〈讀陳紀瀅著《赤地》後〉，收錄於陳紀瀅《赤地》，頁 436。國民政府於 1949 年撤退來臺時，由駐防新竹基地的空軍轟炸大隊第八大隊和運輸大隊第二十大隊派員成立「八一四煙廠」，專門生產「八一四香煙」，由於香煙的品質不錯，在軍中相當搶手。並於 1962 年生產非常著名的「八一四冰棒」。爾後因爲僱員與成本等問題，空軍把「八一四香煙」生產權轉讓公賣局，公賣局便將「八一四香煙」改名爲「國光牌香煙」。而今日新竹南門綜合醫院原址，即是 1950 年代「八一四煙廠」的所在地。

抽紙煙了（頁 218、328），像張鵬飛、冷方、王瞎子、王葫蘆兒等一般老百姓所抽的煙就是這種無品牌的紙煙，彷彿標示豆汁兒張從遺老的身分轉成中華民國一般百姓似的。

搖針兒魏三、推水果車富二也是同豆汁兒張是一夥人，不過他們抽煙，又是另外一種描寫：

> 魏三兒打過了一串呵欠，見富二今天穿著一件褪了色的藍夏布大褂，又長又瘦，騎衩挺長，領子既寬又高，袖子倒短得剛剛露出胳膊肘兒；滿臉胭粉氣，還梳著一個亮光光的大背頭。魏三兒望見他今天忽然穿一件男不男，女不女的衣裳，覺著好笑。又看見他無精打彩的神氣，點了點頭，衝富二瞧了瞧，然後從口袋裡摸了摸，拿出一個大前門牌香煙盒兒，用手一摸，摸出了那保護煙的錫紙，但不見一枝煙；他又「吧唧」吐了一口唾沫，用那錫紙包起，往影壁根下一個垃圾堆裡扔去。
>
> 「富二爺！給咱們弄棵煙抽！」魏三兒說了，富二並沒還言，只從口袋裡一摸，就摸一個銀白的扁形煙盒兒，把開關一捺，煙盒兒張開，富二就問：「三爺要抽什麼？有駱駝、瑪爾斯、加立克、白鍋包、黃錫包、紅鍋包，哈德門、三九、品海、兵船、翠鳥兒、還有單刀兒！就差著沒三五和炮臺！您得意哪個，您就拿哪個。大雜會，都是撿人家抽賸下的零頭兒。」
>
> 魏三兒認不清煙盒兒上的英文字，一邊挑，一邊說：「富二爺！您這煙盒兒成了什錦匣子！誰聽您瞎白話，咱們煙口兒也守舊，趕快給咱們一棵哈德門吧。」富二從煙盒裡挑了又挑，結果唯獨沒有哈德門。他拿出一棵駱駝，遞給魏三兒，說：「三爺！來一棵駱駝，這是美國貨。勁兒足得很，就跟大老美一樣，有股衝勁。」
>
> 魏三兒接過煙去，富二又從衣兜裡掏出一個小型打火機，「嚓」一下打燃了火，給魏三兒點著了煙。這種精巧玲瓏的打火機，雖然時興了多年，

可是魏三兒還是初次用。他一邊抽著煙，一邊從富二手裡要那隻打火機來。

——頁 206～207

魏三在前清，是個皇親國戚之流（頁 8），就算是倒回 20 年前，也是北京城的風光人物，怎知最後會淪落至穿巷搖針兒的地步，「想當年我……」之類的話便成了魏三解饞的東西，這和找遍什錦匣子也不見哈德門煙，只得拿駱駝牌煙屁股湊合湊合的心態不是沒兩樣嗎？富二是富連成的科班小生，師傅是頂有名的程繼光老闆（頁 11），可是他並沒混出個字號，拾別人抽剩的洋煙屁股，可算是他最佳寫照。

范志強和范家姑爺吳詩夢抽的也是外國煙，境界卻和魏三他們不同。志強是北京市政府的小官：吳詩夢是左翼作家，最後當上城區委員，他們豈能和魏三等同而語嗎？所以志強抽的是瑪爾斯煙（頁 169），吳詩夢一天得抽上四包洋煙（頁 393）。至於錢溥文這全國有名的大實業家，抽的當然是煙斗了（頁 285）。由此可知，《赤地》中的煙，不但代表各類角色的身分，也可看出作者所塑造的角色個性。

巧的是上面抽煙人物多和「吃」沾上邊，豆汁兒張賣豆汁兒、富二賣水果、封莊主賣酒、王葫蘆兒賣冰糖葫蘆，王瞎子和錢溥文一個算命一個愛財，和「口」有著密切的關係。至於范家人，可說是具體力行「吃」的一家人，抗戰勝利第一個慶祝活動儀式，便是全家人一塊吃飯；志英由南方帶朋友回到家，第一件事也是吃；最後，志英與美鳳於逃出北平前結婚，當時時局緊迫，志英想去祠堂磕個頭算了事，范家人極力反對，典賣借貸勒褲帶，好歹又湊出兩桌來吃。這種極端注重口欲的心態，雖是來自於整個民族的風俗習慣，但是在這種風俗的影響下，人人彷彿退化到口腔性欲期（Oral Stage），[11]憑著咬嚼與吸吮，以充滿空空如也的皮囊，達到如

[11]「口腔性欲期」是佛洛伊德性心理發展理論的第一階段，人從出生到周歲時，其原始性欲望集中於口部，靠吸吮吞嚥等動作，獲得快感與滿足，若口腔性欲發展不順利，可能會對未來人格發展

嬰兒靠吸吮所產生的快樂經驗，於是有東西就拚命吃，無法吃就抽煙。所以，在糧食日漸缺乏的當兒，對於出身吃飯世家（范家）的志英而言，學抽煙的安排是合理且必要的動作。

讓我們再回頭看看抽八一四煙的范志英吧！范家宅院位於北京城的某條横街上。因著地理環境因素，被街隔成東西兩院，兩院門口有著四株老槐樹，所以門口常有小販（即豆汁兒張、魏三他們這夥人）納涼，東院屬范家大老爺范縉之宅第，西院屬三老爺范統。范志英是范縉三兒子，抗戰時，到重慶後方參加青年軍，抗戰勝利後，奉命接受東北，於是他返回北京，回到八年不見的舊宅園，故事的發展就從這裡開始。在陳紀瀅的《親屬篇》一書中所敘說到關於他家庭的一切，和《赤地》所描述的范家有著相當程度的吻合，這不是偶然，是陳紀瀅有意以他的經歷爲背景，去敘述那個烽火遍地的悲慘時代。了解這一層關係，就可明瞭八一四在陳紀瀅心中占著很重要的地位。

民國 34 年 8 月 14 日（1945 年），日本天皇發表無條件投降的聲明，這一刻，原本是中華民國最光榮的時刻，可是就在同時，王世杰代表中華民國政府與莫洛托夫在莫斯科簽下「中蘇友好同盟條約」。[12]條約的簽定，不但使外蒙古獨立，東北接收失敗，最後還導致共黨坐大，大陸因而失陷。當時身爲東北接收員的陳紀瀅，眼看著東北不能接收，返回北京，派人把他父親接到北京，他母親不幸被共黨扣留，直到民國 36 年年中（1947 年）才得以脫逃。母親回來了，父親卻又去世，緊接著赤燄迅速高升，陳紀瀅不得不匆忙地帶著家人逃到臺灣，[13]這一幕一幕家庭悲劇和國家慘劇，皆是源自於八一四那一天。

小說中的范志英出身豪門出家，所以處在衣食漸缺的東北，安排抽煙

有不利的影響。引自王溢嘉編譯《精神分析與文學》（臺北：野鵝出版社，1987 年 4 月），頁 39。

[12]郭廷以，《近代中國史綱》（香港：香港中文大學出版社，1980 年），頁 736。

[13]以上關於陳紀瀅的事蹟請詳參陳紀瀅《親屬篇》（臺北：成文出版社公司，1980 年 7 月）中的〈我的父親〉與〈我的母親〉兩篇文章。

鏡頭是有其合理與必要性，只是得安排什麼煙才能符合志英愛國憂國的特性，並且具有永恆的象徵意義？作者在懷鄉意識不自覺的作用下，誤用了對個人富有特定意義，卻是時空不合的「八一四煙」，才導致引用錯誤的產生。

（二）社會性轉移關係

轉移關係是佛洛伊德的重大發現之一，是指精神分析過程中，被分析者對分析者逐漸產生一種非常強烈的牽繫，而這牽繫本身具有複雜的性質，它混揉了愛、仰慕和依戀，換句話說被分析者把原先的對象轉移到分析者的身上。佛洛姆把這轉移關係更擴大到社會層面，稱之為「社會性轉移關係」，他說：

> 情感轉移現象，也就是一個人對其他權威者自願的依賴，在此狀況中個人感到無助，亟需一個強權的領導者，隨時準備服從這個權威，這也是社會生活中最常見、最重要的現象之一。[14]

在反共或懷鄉等意識形態充斥的 1950 年代，這種社會性轉移關係常常出現，如街道巷衢以偉人或大陸城市為名就是一例。

小說中路名的出現，不外是以下幾種情況：提示要去那裡，經過何處，或是一種伏筆，有作用的暗示，又或只是隨手一提而已。由於路名在小說中所出現的頻率不算太大，一般讀者往往視而不察，毫不留意。如楊念慈這篇短篇小說〈陋巷之春〉：

> 把皮匣子塞進褲袋，我走向中山北路。在馬路口兒上，碰到徐三哥正斜靠在車子裡抽煙。看見我過去，他把手裡的煙頭兒扔掉，迎上來。「今兒起得早啊，老弟。」徐三哥說。看到我胳膊下面挾一捲稿紙，便知道我

---

[14]（德）佛洛姆著；于人瑞譯，《超越佛洛伊德》（臺北：志文出版社，1991 年 2 月），頁 62。

> 是去做什麼了！「又到羅斯福路去？」我點點頭，站下來和三輪車伕中的熟人們說了一陣閒話兒。
>
> 我替一份青年雜誌代編幾頁篇幅的「文藝」，那雜誌是十日刊，每月出期，逢初三，十三，二十三發稿。我的事情，徐三哥沒有不知道的，即是我和女朋友有約會，什麼時間到什麼地方去了，他全能探聽得出來。我的三輪車伕朋友太多，把守著每一道馬路的關口，我從那條路上和什麼人走了一道，全瞞不了他們。發稿的日期，徐三哥一樣記得極準，他的心思兒很細，徐三哥拍拍車墊，說：「上來，我送你。」過了總統銅像，車子慢下來了。在那寬闊清靜的中山南路慢慢兒走著，徐三哥輕鬆自在的蹬著腳踏子，時時回過頭來和我談話。[15]

這段情節乍看之下，會單純認爲只是敘述主角的房東徐三哥（三輪車伕）踩著三輪車載主角從中山北路到羅斯福路的過程，是一種提示要上哪裡，也看不出有任何暗示企圖的描寫，至於文中所說及的總統銅像或中山南路，也只是所經過的地點或路名，可當成隨手一提而略過。因爲，從中山北路經過總統銅像到中山南路，再到羅斯福路，是很普通的走法。但是，讓我們小心地對照小說中人物的年齡層與經歷，會找到一個有趣的結果。

通篇小說中所出現的角色，年齡最大的是五十來歲的徐三哥，最小的是 17 歲的鳳姑娘，換算成出生年是民國前十多年（1894～1900 年）到民國 26 年左右（1937 年），這段時間正大約是興中會成立之後到對日抗戰之前的年代，而推翻前清及二次世界大戰的重要領導人恰巧就是孫中山及羅斯福。於是由中山北路到羅斯福路的路程和小說中的人物由孫中山領導國民革命年代到羅斯福與蔣中正、邱吉爾並肩指揮二次大戰的年齡層有些類似。而小說中他們由中山北路出發，經總統銅像到寬闊清靜的中山南路，

---

[15]楊念慈，〈陋巷之春〉，收入正中書局編《自由中國文藝創作集》（臺北：正中書局，1954 年 5 月），頁 6～8。以下爲了行文方便，凡是引自〈陋巷之春〉之文句，皆用括號說明頁數，不再另註。

再到羅斯福路的這一路過程，不也等於孫中山的推翻前清、蔣中正領導北伐、二次大戰光榮勝利的艱辛歷史回顧與縮影嗎？所以藉由這段路程，可知整篇小說筆下人物所經歷過的諸多風浪，正也符合了這些人物爲什麼在里長選舉中會那麼團結，讓徐三哥當選，而使金權主義的錢姓候選人落選的心理因素。讓我們再看看由總統銅像後到羅斯福路間，他們的談話內容：

> 我們談的不是別的，又是關於競選里長的事情。徐三哥的本意沒有改變，還是不想幹，但他覺得眾人的心願難違，必須想出一套話兒推開他們。他又聽說另一位候選人——就是李公館的那個姓錢的，人品不大正派，自己若是不「出馬」，對方就垂手而得，倘使萬一所選非人，闔里的人家都會平添許多煩惱。他正為這樁事兒犯難呢，要我替他拿個主意，看究竟是答應了的好，還是絕拒了的好。「三嫂也要我勸勸您呢。」我說。「她是不想讓我幹，我知道。」徐三哥說。「三嫂說啦，若是您答應了他們，她就和您離婚。」「喲，那我是捨不得她，別的不說，誰給我洗衣服呢。」徐三哥大笑著。又說：「離婚是以後的事情，先教我聽聽你的看法。」「我覺得三嫂也自有她的道理。」「她是怕我太操勞了，老伴兒的情義不壞。」「還有，里長是義務職，工作太忙，卻沒薪水拿。三嫂是顧慮當選之後的生活問題，她大概覺著當里長夫人不如三輪車伕的太太實惠，日子過得方便些。」徐三哥沒再說什麼，車子已經駛到雜誌社的門口。
>
> ——頁 8～9

依照當時的觀念，女人在選舉中所扮演的角色是一種無知與被動的綜合體，總認爲選舉的實質意義大不過日常生活的所需。而一般男性的選民所以對選舉有興趣，卻不是落實在選賢與能上，多是一些原始的真誠或另有他因。顯而可見的，談話中有關於選舉的問題，是一種實施民主政治的雛型樣本。這不正和北伐完成後，民國 17 年 10 月（1928 年）所頒布的《訓政綱領》的訓政時期模式略同。

讓我們再來看看新世代詩人林燿德〈交通問題〉一詩，有意識的運用路名，以達到彰顯政治批判的效果：

紅燈／愛國東路
／限速四十公里
／黃燈／民族西
路／晨六時以後
夜九時以前禁止
左轉／綠燈／中
山北路／禁按喇
叭／紅燈／建國
南路／施工中請
繞道行駛／黃燈
／羅斯福路五段
／讓／綠燈／民
權東路／內環車
先行／紅燈／北
平路／單行道／[16]

詩人利用後現代主義的拼貼技巧，透過七條愛國性或政治性的路名和 14 種交通號誌或標語的組合，對當時思想箝制、作法矛盾及自行設限所產的「出門一步天地窄」的施政方針進行嘲諷與批判。例如諷刺政府當局以反共復國大業尚未成功爲藉口（建國路施工），禁止一些原本是正常的活動出

[16]林燿德，〈交通問題〉，引自林燿德、簡政珍編，《臺灣新世代詩人大系》（臺北：書林出版公司，1990 年 10 月），頁 702。

現（施工中請繞道行駛），再如以三民主義為名的道路，只提民族和民權路，不提民生路，不也是對施政中常被忽略的民生問題所提出一種無言的批判。

做為象徵系統，臺灣的街道命名也是一張可供閱讀的文本，生活於其中的人們則是它的讀者。[17]〈陋巷之春〉裡所出現的中山路、羅斯福路及建國路等路名，在〈交通問題〉一詩中全部出現，所以，我們由這個巧合點來看，有意識的運用路名，可以讓閱者無礙地洞悉作者的企圖，而無意識所流露出來的路名，卻容易使人忽略。本文的作者並非刻意著筆於路名的暗示，但透過分析，可以使我們看出隱藏於作者心中幽微處的懷鄉意識是藉由路名的巧合點，被隱隱約約的召喚出來。而文中另一處提及的路名——鳳姑娘的姊姊住在建國北路——在這不自覺的懷鄉意識襯托下，更彰顯出它的意義來。

四、結論

廣義地說，一切文學都有回憶的成分在內。文學不只是紀錄，而更是對人生的觀照與反省，從觀照與反省中的了悟、悲憫，廣而深的了解與同情，才是偉大文學的質素。[18]若我們能拋開一些對 1950 年代文學過分歌功頌德的正面評價與刻意狹隘苛求的負面評論，只從憂患中懷鄉意識的面相切入，我們不但可以豁然的窺見作者內心關不住的澎湃鄉情，還可聽見悲痛的時代在瘖闇地說出了荒涼的苦難。

——選自傅怡禎《理論、現象與批評論考》
臺中：天空數位圖書公司，2009 年 2 月

[17]陳允元，〈命名、記憶與詮釋——戰後臺灣現代詩的「街道命名」書寫〉，《臺灣詩學》學刊第 7 號（2006 年 5 月），頁 60。
[18]彭歌，《回憶的文學》（臺北：聯經出版公司，1977 年 9 月），頁 3。

陳紀瀅《華夏八年》評介

◎任卓宣*

友人陳紀瀅先生是名小說家。他雖然參加立法工作，非常之忙；卻努力寫作，爲自由中國之一多產作家。單就他來臺以後而言，便出版了《荻村傳》、《賈雲兒前傳》、《赤地》、《華夏八年》等書。在小說以外，他還出版了《寄海外甯兒》、《報人張季鸞》、《歐遊剪影》等屬於散文一類的著作。他這樣的努力，實在令人欽佩！

尤其令人欽佩的，是陳先生底《華夏八年》一書。這部書有五十幾萬字，比他來臺所寫各書說來，是最大的一部。不止於此。就自由中國小說方面所出版的長篇小說而言，《華夏八年》也是最大的一部。而且它所描述的題材，是抗戰八年，實爲中國歷史上的大事。像這樣的大事乃是不能沒有小說來作文學上之記載的。文學要反映時代，如何可以忽視抗戰？然而抗戰勝利以來有十幾年了，尙無此類文學著作。現在有了，就是《華夏八年》。可見此書底重要。

這就不能不評介一下。但是它出版以來，尙未見有好多評介的文字。我是從事思想工作，亦有時評論政治，對於文藝實在是外行。現在受朋友底慫恿，寫一篇充數。希望拋磚引玉，使一部反映時代的巨著，引起社會底注意。

《華夏八年》是以華世輔和夏維中兩家爲主，旁插入劇藝社、雜技團、曲藝團、平津學生團、民大、保育院及其他機構。出現人物，有姓名的，約九十個之多。華夏兩家是代表中國的，因爲中國原有華夏之稱的緣

---

*任卓宣（1896～1990），本名任啓彰，四川南充人。評論家。發表文章時爲政工幹部學校教授。

故。這兩家底生活和思想，是一舊一新的。但舊的後來已漸開放，新的則有誤解及散漫之失。這表示中國處於新舊交替的變革時代。陳先生以這兩家從民國 26 年南京失守逃難到重慶，後於 35 年國府還都時回到上海和北平，中間所經過的八年，來表現抗戰底一切。這是非常對的。

八年爲時很久，中國爲地很大，抗戰時代爲事很多，陳先生寫得有條有理的，讀起來好像很好的山水人物圖，覺得山是山，水是水，人是人，物是物，非常清晰，如臨其境。故事和人物雖多，卻又各有交代。敘述起來，沒有板滯、平淡之失。正面側面，重點不同；或明或暗，出沒無常。有時「如平川尋勝，突遇奇峰」；有時「也如黑夜行舟，忽然明日高懸。」何容先生稱說書中葉靈的話，大可以拿來稱說書底技巧。《華夏八年》是成功的。

寫長篇小說如本書，不僅需要技巧，而且需要經驗、見解、學識、思想。著者底技巧固然純熟，而經驗、見解、學識、思想也是豐富而深刻，並且又很正確。這裡，我想分別說明一下。

從經驗來講。書中的人物幾乎各式各樣都有，如軍人、官吏、學者、教員、作家、詩人、畫家、演員、學生、商人、拳師及各種藝人等便是。以年齡和性別而言之，則男女老少，也很齊全。至從故事上說，則涉及各種活動或各種行爲。這是非經驗豐富莫辦的。當然還需要一般的社會經驗和政治經驗。著者具備了這些，所以寫得近情近理，而且深刻。葉靈任兒童保育院院長徵求同事意見所得到的種種看法（頁 410～413），就是一例。

從見解來講。著者對於人情世故，觀察入微，富有見解。書中人物底對話，都說得很有道理。例如這一段：「夏紫棋道：『……我總覺得，不愛回憶的人，其人必冷酷無情！』錢韻琴緊跟著說：『只愛回憶，不往前看的，其人必少理想。』張亞男忙插言：『歷史就是活生生的事實。耳聞目睹的歷史事實，令人回憶起來，越發親切。……憑真實歷史，展望前途，豈不比空想可靠？』……」（頁 719）。這三個人不都各說得深刻嗎？

拿學識來講。著者了解的學識很廣博，是做了一些研究工夫的。例如華老太太對於中國畫的講解（頁 360～361）和她自己對於畫的看法（頁 673～674），華小輔和黃玉對於曹禺《北京人》劇本的討論（頁 301～307），都可做為證明。其中很多地方富有哲學意義和科學意義。書中描寫共黨分子對於非共青年的思想鬥爭，表明著者了解共黨情形及其理論。總之，沒有廣博的學識，不能寫《華夏八年》。

拿思想來講。本書有思想，並且正確，而沒有「抗戰八股」和「口號文學」之失。所謂思想，當然是民族主義。因為抗戰根本是民族主義與帝國主義之爭的緣故。這從青年遠征軍夏繼綏信中明白而堅定地表示出來（頁 421）。同樣也主張民主自由。因為抗戰中的共黨區域已實行極權奴役，引起「民先」學生底反對了。其投奔自由而成功的夏紫棋、錢韻琴、張亞男，則決心為民主自由和國家民族而奮鬥。本書在抗戰之末和勝利之初，對於她們寫得很多，而且還不限於她們三人呢！

以上都是本書底優點。它以著者底技巧、經驗、見解、學識、思想來寫抗戰大事，以表現一個空前的時代，使得本書在自由中國底小說界成為重要的著作，獲得特殊的意義。

但是本書也有一些缺點。第一，本書描寫抗戰八年，從南京失陷之時開始，不如從盧溝橋之役開始為好。這是事實，也是英勇的應戰。其後的淞滬之役，也不應除出八年之外。第二，描寫抗戰，對於八年之中的重要戰後，如前述淞滬之役及臺兒莊之捷、長沙之勝利、衡陽之保衛等，本書並未選擇一、二個作正面的描寫。第三，對於軍人，只把軍官說及多次，並未從事軍事上作正面的敘述。至於兵士在戰爭中和生活中的情形，根本沒有提及。第四，八年抗戰中的工人和農民，貢獻很大。尤其農民出穀子和壯丁，是支持八年抗戰的主力。本書對於他們沒有描寫，也沒有提及。第五，書中主角和配角俱由東北和關內一隅來，華家也是住在北方的。東南、中部、西南和西北，似乎沒有一個人穿插進去。這就未把全國抗戰底事實表現出來了。有人以為本書對於共黨描寫得少是一缺點，我則不以為然。對於共黨底描寫恰到好處，多不得。共黨對於抗戰原無何種貢獻，不須多加敘述。

此外還有一些缺點要說出來。第一，說「馬賽曲引起法國大革命」（頁119～120）的話，與事實有距離。因爲馬賽曲是發生於法國大革命之中，倒是爲後者所引起。第二，陳薏到相國寺會黃玉時，「已近黃昏」（頁479）。乃經過品茗、做菜、喫飯以後，「他倆挽臂把相國寺大街小巷都走遍了，引得當地老百姓們都在背後……投以豔羨的眼光」（頁 483），好像又在白晝。如謂夜遊，但在前面已表明相國寺用桐油燈，街上是無電燈的。這在時間上似乎有不配合之處。

當然，這兩個缺點是細微的；前五個缺點比較重大。雖然如此，它們於本書已達到的成就，並無損害。究竟我所謂缺點是否有當，也是問題。因爲我對於小說，讀得很少，實在是外行話。希望批評家與陳先生加以指正。

——原載《政治評論》第 5 卷第 1 期

——選自文訊雜誌社編《智慧的薪傳——十五位學界耆宿》
臺北：文訊雜誌社，1989 年 4 月

五〇年代國家論述／文藝創作中的「家國想像」

以陳紀瀅反共小說爲例的探討

◎梅家玲*

反共小說是 1950 年代臺灣文學中的主流。在國共分立，兩岸睽隔伊始的歲月裡，小說尤其銘記了無數因烽火政爭而起的傷痕血淚，並播散強烈的政治訊息。經由國府政權大力倡導，它們曾風起雲湧，盛極一時，[1]卻也因時移勢異，成爲當今兩岸文學史家共同議訕撻伐的「反共八股」。[2]然而，反共小說果真千篇一律，乏善可陳？事實上，齊邦媛、王德威兩位先生，早已分別指出：不僅從文學史觀點看來，「反共懷鄉文學是傷痕文學的

*發表文章時爲臺灣大學中國文學系教授，現爲臺灣大學中國文學系暨臺灣文學研究所特聘教授。

[1]「反共文學」的口號，係由孫陵於 1949 年《民族晚報》副刊創刊號中所提出，隨即得到各大報刊熱烈響應。1950 年，張道藩在政府支持下，成立中國文藝協會與中華文藝獎金委員會，以豐厚獎金號召獎勵，掀起反共文藝創作熱潮。同年蔣經國擔任當時的總政治部主任，翌年即發表〈敬告文藝界人士書〉，號召「文藝到軍中去」，1954 年並設置「軍中文藝獎」，鼓勵創作。而《文藝創作》、《中國文藝》、《軍中文藝》、《幼獅文藝》的相繼創刊並配合推動，益使反共文藝盛極一時。據葛賢寧估計，彼時的小說創作，「全年該有七百萬字」，以此類推，1950 年代小說的字數總量，當有七千萬之鉅。參見張素貞，〈五十年代小說管窺〉，《文訊》第 9 期（1984 年 3 月）；鄭明娳，〈當代臺灣文藝政策的發展、影響與檢討〉，《當代臺灣政治文學論》（臺北：時報文化出版公司，1994 年），頁 11～71。

[2]臺灣學者如葉石濤以爲：「他們的文學來自憤怒和仇恨，所以五〇年代文學所開出的花朵是白色而荒涼的；缺乏批判性和雄厚的人道主義關懷，使得他們的文學墮爲政治的附庸，最後導致這反共文學變成令人生厭的、劃一思想的、口號八股文學」。葉石濤，《臺灣文學史綱》（高雄：文學界出版社，1991 年），頁 88；彭瑞金也說「『反共文學』大鍋菜式的同質性（公式化）、虛幻性和戰鬥性等反文學主張，是它的致命傷，所以儘管它霸占了整個臺灣文學發展的空間，文學的收成還是等於零」。彭瑞金，《臺灣新文學運動四十年》（臺北：自立晚報社，1991 年），頁 75。大陸學者古繼堂則指稱：「五十年代臺灣的反共文學，是一種人爲的文學潮流，不僅被廣大臺灣同胞厭惡，而且被他們自己的第二代所唾棄」。古繼堂，《臺灣小說發展史》（臺北：文史哲出版社，1992 年），頁 155。

序曲」；[3]它意識形態強烈的「八股」敘事學，甚且還是「辯證國家與文學、歷史與虛構的最佳（反面？）教材」。[4]因此，與其一以概之地貶之抑之，視而不見，不如調整觀照角度，重新探問：擺盪在意識形態與傷痕見證、美學關懷之間，反共小說「如何」開展國家與文學、歷史與虛構的辯證？內蘊於其中的「家國想像」，與當時國府大力鞏固的「國家論述」[5]關係如何？除了是傷痕文學序曲外，它是否還有其他的文學或美學意義？而作者的個人背景與政策宣導、文藝創作之間，又具有何種對話關係？陳紀瀅（1908～1997）於 1950 年代前後所創作的《荻村傳》（1950 年）、《赤地》（1955 年）、《賈雲兒前傳》（1957 年）、《華夏八年》（1960 年）四部小說，或可為上述問題，提供若干思考面向。

一、關於陳紀瀅其人其文

無論是在文藝政策的宣傳推動方面，抑是創作實踐活動的本身，陳紀瀅其人其文都有值得注意之處。就前者言，陳先生早先負責東北、上海、漢口、重慶等地郵務多年，同時還曾兼任《大公報》東北祕密通信員，並先後主編該報「小公園」、「本市附刊」、「副刊」等文藝性版面，在新聞界與藝文界皆頗具影響力。抗戰伊始，武漢各界成立「武漢文化界宣傳工作團」，陳即被推舉為工作團工作指導委員之一。1938 年，「中華全國文藝界抗敵協會」成立，陳亦參與籌備，與老舍、郭沫若、茅盾、田漢等人多有往還。1946 年，哈爾濱市擬於市府內成立「文化工作指導委員會」，以期藉文化工作幫助市府推行政令，支持政府。當時在哈的陳，亦被聘為主任委員，負責報刊通信社之管理聯繫、宣傳設計與指導，及推動社會文化運

---

[3]齊邦媛，〈千年之淚——反共懷鄉文學是傷痕文學的序曲〉，《千年之淚》（臺北：爾雅出版社，1990 年），頁 31。

[4]王德威，〈一種逝去的文學？——反共小說新論〉，《如何現代，怎樣文學？——十九、二十世紀中文小說新論》（臺北：麥田出版公司，1998 年），頁 141～142。又，張素貞〈五十年代小說管窺〉一文，曾就彼時反共小說佳作多所論析，亦可見其分殊之特色。

[5]所謂「國家論述」，意謂以「家國想像」為基礎而生之國家觀念，詳見本文第二節「家國想像的建構進程」。

動等事宜。[6]國府播遷之後，他與張道藩同為中國文藝協會之核心成員，並於 1954 年，發動了力掃「黑色新聞」與「赤、黃、黑」三害的「文化清潔運動」，「為當局檢查新聞、管制言論等措施提供了有利的社會基礎」；[7]而立法委員、國民黨高級黨工身分，更使他成為主導當時「國家論述」的重要人物，一再提出「不能孤立看文藝」、「讓文藝操主動」之說，並強調文藝創作須「擴大陣容為反攻作準備」。[8]他在文壇／政壇的特殊地位，備受國際矚目，曾被美、比、西德等國邀訪，並在美國、以色列各著名大學演講；更多次出席國際筆會及率文藝團體訪問歐、亞、非等國家，對當時國家文藝活動的國際化，頗多貢獻。

就後者言，他 1920 年代中便已在東北廣結文友，成立文藝性社團「蓓蕾社」，於文壇嶄露頭角。其後筆耕不輟，著有小說、散文、遊記、傳記、文藝論述等不下數十種；[9]甚至花甲之後，尚有《華裔錦胄》、《松花江畔百年傳》等大部頭著作發表。[10]其中，1943 年完成的《新中國幼苗的成長》，曾於次年獲教育部年度文學類獎金，1950 年問世的《荻村傳》，有英、日、法等多國譯本，歷來頗有好評；[11]《華夏八年》出版後，也廣受矚目，

[6]關於陳先生在大陸時期的主要經歷，請參見陳紀瀅，《我的郵員與記者生活》（臺北：臺灣商務印書館，1988 年）。

[7]鄭明娳，〈當代臺灣文藝政策的發展、影響與檢討〉，《臺灣當代政治文學論》，頁 33。

[8]在〈百年來中國文藝的發展〉及〈六十年來我國文藝思潮的演變〉二文中，他曾一再強調，大陸失陷，「吹風點火的首在宣傳，而宣傳中以文藝作品、文藝工作，為執行瓦解人心與煽動叛亂的重要工具」，「我們雖極力反對文藝附屬政治之說，但絕不能否認政治影響文藝」。因而國府播遷後，他即積極介入反共文藝政策的倡導與推動。詳見《百年來中國文藝的發展》（臺北：重光文藝出版社，1977 年）；〈中國文藝發展的方向〉，收入《文藝論叢》（臺北：幼獅文化公司，1968 年），頁 39～48。

[9]陳先生的著作，小說部分除本文所論及之外，尚有《藍天》、《新中國幼苗的成長》、《華裔錦胄》等；散文集有《寄海外甯兒》、《夢真記》等；傳記有《齊如老與梅蘭芳》、《報人張季鸞》、《我的郵員與記者生活》；文藝論述《三十年代作家記》、《文藝運動二十五年》、《百年來中國文藝的發展》等，凡五十餘種。

[10]關於陳紀瀅先生的生平資料，可參見其〈自傳〉，《陳紀瀅自選集》（臺北：黎明文化公司，1975 年），頁 3～12；《我的郵員與記者生活》；〈我的求學歷程〉，《大成》第 146 期（1986 年 2 月）；〈我的記者生活歷程〉，《大成》，第 150 期（1986 年 5 月），頁 19～26、第 151 期（1986 年 6 月），頁 25～33 等。

[11]《荻村傳》自從在《自由中國》第 1 卷第 5 期開始連載以來，各方反應即十分熱烈，牟宗三、李荆蓀、鍾梅音等人均曾撰文推介，這些評論文字，後來還被結集為《《荻村傳》評介文集》，由重光文藝出版社出版。詳見陳紀瀅，〈《荻村傳》英日法文譯印記詳〉，《傳記文學》第 45 卷第 1 期

除再度獲得教育部文學獎之外，並被改編爲舞臺劇演出，[12]其創作質量之可觀，於此可見。

不過，正由於他既是反共文藝政策推動者，又是實際從事寫作的作家，則其人與其文的相互映照，自然也就成爲研探國家論述／文藝創作之辯證實況的極佳實例——究竟，「國家論述」將如何藉「文藝創作」而完成（或消解）？因之而成的小說，會是政治理念的表態宣示？是血淚傷痕的見證反思？抑是尚有可供玩味的其它面向？這些問題的澄清與釐析，勢將有助於吾人對「反共小說」之內涵、意義的多方了解。因此，以下論述，將以前述四部小說爲具體素材，先檢視其於一般反共小說間的異同出入，再由「家國想像」之觀點切入，探勘文本中「家國」意識的形成與建構、修辭策略，以及由此衍生的多種辯證關係。循此，亦將發現：在現今被目爲「八股」的是類小說中，「性別」亦是其著墨的一大重點，它與國家論述間往來交鋒的過程，同樣值得注意。

檢視陳紀瀅的小說，可見的是：《荻村傳》重在藉主角傻常順兒的一生，表現從義和團事件到共軍占領荻村五十年間（1900～1948 年）的農村變遷。傻常順兒渾噩盲昧，卑瑣無行，他因義和團之亂而不明所以地流落至荻村，從此落地生根，與荻村土地人民結下不解之緣，並以一己的愛欲悲喜、榮辱生死，見證了荻村五十年間，是如何在各種不同政治勢力介入後，終至赤化變色的滄桑。日軍固然暴虐不仁，共黨挑動仇恨鬥爭，對無知村民百般摧殘迫害的事實，更是最後重點。根據陳紀瀅〈傻常順兒這一輩子——代序《荻村傳》〉所言，該書的撰寫，乃因悲憤於自己父親及鄉親們遭受共黨迫害致死之故。因此，雖然主角人物的靈感得自魯迅「阿 Q」，

（1984 年 7 月），頁 96～102。

[12]根據姜龍昭的說法，《華夏八年》刊行後，「隨即轟動遐邇，佳評如潮，不但再版、三版，很快發行到八版，而且由名劇作家鍾雷先生，將之改編爲舞台劇，由空軍大鵬劇團在舞台上演出」後來「在國軍文藝金像獎的演出競賽中，榮獲『最佳演出獎』」。〈《華夏八年》讀後〉，《大華晚報》，1986 年 1 月 12 日。而針對此書專文推介者，前後尚有鍾梅音、朱介凡、楊念慈、梁宗之等多人。

終究不以探討國民性爲依歸，而企圖讓他成爲一個「比阿 Q 更生動，更現實的這麼一個代表著大時代的小人物」。[13]

《赤地》寫抗戰勝利至其後四年間（1945～1948 年），東北失守及北平范氏家族由盛而衰的過程。在書前〈著者自白〉中，他同樣明白表示：該書是藉由「三個青年軍和一個飛行員，兩個大家庭，一群販夫走卒之輩和幾個『時代寵兒』的故事、動作、語言，向人世間傾訴衷曲，爲正義招魂；替失敗後的國人記取教訓，爲抗戰勝利後四年的社會悲歌！代大陸淪陷前的中國歷史做腳註，爲反共復國的誓師吹起前進的號角」。[14]但除此而外，范家的二媳婦陶蘋，實爲貫串全書的靈魂人物。她精明幹練，總攬家務，幾乎是《紅樓夢》王熙鳳的翻版；最後因共黨誣陷，家業蕩然，終致仰藥自盡，遂與傻常順兒之於荻村一般，以個人的死生遭逢，代言了家園易主，山河變色的愴痛。

《華夏八年》的敘事始於華、夏兩大家庭及劇團、雜藝團等一干百姓同船避難的重慶之行，終於勝利還鄉；重在圖寫抗戰八年間（1937～1945 年）全民抗日及共黨爲患的社會動盪圖景。此書「有所爲而爲」的色彩尤其強烈，篇首〈著者自白〉即坦承：該書之作，實因《赤地》出版後，引起廣大迴響，《香港時報》希望他「以寫實手法，把抗戰時期全國上下堅苦卓絕的事實，藉故事烘托出來，以糾正某些歪曲宣傳，使海內外讀者留下一公正印象，也好對抗戰八年死難同胞有一交代」，並以連載方式在該報刊登。[15]因此，對當時史料紀錄的大量援引，遂成該書一大特色，而藝術與現實人生的互動互滲情形，亦是其著墨重點。

綜觀這三部小說，在敘事成規上，可說完全吻合了一般反共小說所普遍具有的三項特色：

1.一反日後文學以曲折婉轉，隱喻多義爲能事，它必須直截了當的劃

[13]陳紀瀅，〈傻常順兒這一輩子——代序《荻村傳》〉，《荻村傳》（臺北：重光文藝出版社，1950 年），頁 5。
[14]陳紀瀅，〈著者自白〉，《赤地》（臺北：重光文藝出版社，1955 年），頁 4。
[15]陳紀瀅，〈著者自白〉，《華夏八年》（臺北：重光文藝出版社，1960 年），頁 3。

分敵我，演述正邪。

2.故園之思與亡國之痛是爲互爲表裡的象徵體系，它是一種文字的宣傳攻勢，也是文字的猶豫失落；作家們一再重複個人及群體的痛苦經驗，實爲藉文字以自圓其說，重溯安身立命的源頭。

3.它們分享了如下的時間架構：共產黨崛起前中國社會的浮動現象；共黨「邪惡」勢力的滲透；國共內戰期的悲歡離合；國府遷臺後的復員準備。在一定的歷史時間的演述安排下，迎向未來也正是回到過去，但「現在」的層面卻被有意無意地抹銷了。[16]

然而，值得注意的是，《賈雲兒前傳》一書，雖在敘寫時間上仍係由西安事變起，通過抗日勘亂以至 1950 年代的臺灣，在內容上並未曾遺漏對共黨暴虐的指控，但卻既不直截了當的劃分敵我，演述正邪，也不刻意強調故園之思與亡國之痛，反倒著重於女主角賈雲兒輾轉煎熬於愛情婚姻、虛榮欲望、宗教救贖間的心路歷程。再者，全書不但揚棄一切「告白」、「代序」等昭顯著作動機的文字，最後文本中的賈雲兒不知所蹤，各路人馬齊至「作者」家中指證歷歷，硬將其人其事對號入座，並欲共同找尋，實以幾近「後設」的手法，呈顯了（仿）傳記真僞交錯，虛實掩映的特質。同時，也顯現出與其他三書迥不相同的書寫風貌。

此一現象，提示我們：既然在看似「大同」的反共小說——尤其是出自同一個文藝政策執行者之手的小說中，依然存在著一定的「小異」，那麼，令人好奇的是：這些「小異」何以出現？它是否會反過來質疑、撼搖了原先的「大同」？在已被目爲「八股」的書寫模式中，具有何種意義？

二、家國想像的建構進程

基本上，「劃分敵我，演述正邪」的寫作姿態，實奠基於一特定的「社群想像」（落實於本文中，則成爲「家國意識」）——亦即想像個人之「小

[16]王德威，〈一種逝去的文學？——反共小說新論〉，《如何現代，怎樣文學？——十九、二十世紀中文小說新論》，頁 142～145。

我」乃繫屬於某一團體性之「大我」（小者，如宗親、會社、宗教團體，大者，如國家、民族）；其個別小我之間，儘管大多數實未曾謀面，互不相識，然卻都因「想像」關係的牽引，產生同氣連枝、血濃於水的情感連繫。在近代，「民族／國家」正是如此地被想像建構爲一具有深度廣度的生命共同體，[17]並具有一定的界域劃分：或是地理疆界，或是血緣語言，歷史文化——當然，更重要的恐怕還是政權與意識形態，以及隨之而來的種種選擇性記憶與遺忘。而此一休戚與共的同胞手足之情，往往又與「祖國」、「故園」等一系列與「家國」相關的字眼，內化爲個人生命中最神聖的一部分，在國家（政權）面臨被邊緣化的危機時，召喚了人們甘心爲之犧牲奉獻，在所不惜的情操，[18]其「敵／我」、「正／邪」之間，自然也因此劍拔弩張，不共戴天。反共小說所以政治意味濃厚，正導因於家國意識的強烈。

由於，「家國」意識實源於「想像」，且其型塑與傳播亦須透過一定之媒介。[19]落實到反共小說的討論，它所涉及的，遂不僅是讓小說做爲歷史現實的見證註腳，同時也將讓歷史成爲小說敘事／虛構的一部分；不僅是小說如何「反映」家國現實，更是如何「參與」並「實踐」其「家國想像」之建構過程的問題。尤其，陳紀瀅身爲國家反共文藝政策的推動者，其念茲在茲者，即是如何藉由文藝創作「爲正義招魂」、「爲反共復國的誓師吹起前進的號角」，其強烈的家國意識，必當循由一己的親自操觚，流灌於小說敘事之字裡行間。於是，前述四部小說，當可視爲 1950 年代官方操演

[17]Benedict Anderson, *Imagined Communities: Reflections on the Origin and Spread of Nationalism*. Rev. and Extended ed. London; New York: Verso, 1991.按：安德森之說，重在論證近代「國家」意識的源起，但此一「國家」與「家庭」的關係，則並未論及。然在中國傳統文化中，「家」與「國」向爲互爲表裡之象徵體系，前者且爲後者建構形成之基礎，故本文在此名之爲「家國」想像，其原因，即重在強調其間「家」與「國」的密切關係，並與原先的「國家」觀念，略作區隔。

[18]莊坤良，〈想像／國家——喬伊斯與愛爾蘭民族主義〉，《中外文學》第 26 卷第 5 期（1997 年 10 月），頁 38～54。

[19]根據安德森的說法，由於資本主義及印刷工業興起，透過資本流通及報紙傳播，人們在日常生活中與素未謀面的他人同時進行「社群想像」的活動，因而萌生現代國家的觀念。其「國家意識」，亦隨著文字的凝定與傳播，成爲個人心中之共識。

「家國想像」建構進程的極佳實例。

首先，我們要問的是：這些小說中的「家國」是怎樣被呈現、被建構的？它與土地、人民、政權、意識形態間的關係如何？儘管多位西方學者早已指出：原本被認爲天經地義的種族（血緣）、語言、地理疆界等，其實均未必成爲現代國家建構的必要條件，[20]但在傳統中國文化之安土重遷、由內及外的「齊家—治國—平天下」觀念中，人民對於「家」及「鄉」的情感認同，實遠甚於「國」。而外在政權更迭，也只有在影響於一家一鄉之人倫關係、土地所有權時，才有實質意義。土地／家「園」／人民／倫常之間，遂有互爲表裡的密切關係，這在偏遠落後地區，尤其如此。即以《荻村傳》爲例，一開始，荻村封閉保守，蒙昧魯樸，根本無所謂「國家」觀念可言，居民們多數沒出過遠門，「活一輩子不知什麼是河，什麼是山」；「他們相信皇上，唯有皇上是金口玉言」；「相信鬼神，大寺的閻王爺、判官、小鬼最有權威。老天爺是他們隨時賭咒起誓的最高法官」[21]；以至於，「當大清國的龍旗從曆書上消逝了已兩年以後，荻村的老百姓們才曉得天變了，換了朝代」。「村中人自老至小都惶惑不安，他們以爲一個國家如果沒有皇帝，那還成什麼體統？」[22]

也因此，儘管自義和團之亂起，荻村曾歷經諸多重大政治變革，然無論國民革命也好、直奉戰爭、日本侵華也好，又哪裡比得上共黨的赤化家園、破壞倫常更令人驚心動魄？在共黨的「倒行逆施」下，「使西頭一家親兄妹二人成了親，北頭一家父女倆結了婚，親嬸娘嫁給姪子，外甥女許配外祖父」[23]；「張五爺、黑心鬼、大粗腿被槍殺和傻常順兒榮任村長，並獨據張舉人家的宅第，這是荻村人連做怪夢也不敢做的奇事」。因爲，「張五爺是荻村土皇帝，誰能殺他？張舉人是官宦人家，誰敢強占他家的房產？

[20]如 Benedit Anderson, *Imagined Communities*，Ernest Renan 著；李紀舍譯〈何謂國家？〉，《中外文學》第 24 卷第 6 期（1995 年 11 月），頁 4～18，皆有相關論證。
[21]陳紀瀅，《荻村傳》，頁 16～17。
[22]陳紀瀅，《荻村傳》，頁 61。
[23]陳紀瀅，《荻村傳》，頁 169。

傻常順兒是個屎蛋加三級的大傻瓜，有什麼資格當村長？又怎配住張舉人家的房子？」當這些不可能的問題竟成事實後，荻村人才「驚奇共產黨原來才是比皇帝更有權威的人類主宰！」[24]

正由於「藥舖、雜貨店、炸果舖、棧房早已封閉，關帝廟、觀音廟由八路軍的紀念物已變爲殺人場，張舉人家那大而宏敞的公館已成凶宅」；「白天，荻村是獸世界；晚上，荻村是鬼天下」[25]，政權改易才顯得如此翻天覆地，教人痛心疾首。而個別的「人」亡「家」破，故園易主後，繼之而來的，自然是整個「國」土的淪陷易幟。李荊蓀、齊邦媛在評述《荻村傳》時，曾一致慨歎：「無數荻村接壤處即是中國」，[26]所著眼者，也正是土地／家／國／人民之間，原本表裡因依，具有可以相互轉換喻託的關係之故。

以是，不僅在《赤地》、《華夏八年》中，強調家／國／個人關係的對白幾乎俯拾即是，如：

> 年青人志在報國，沒有國哪有家？今兒國家勝利了，所以才回到家來。[27]
> 大家都是中國人，把救國建國的責任一齊擔負起來，建設我們中華民國成一個富強康樂的國家，人人有飯吃，個個有衣穿。[28]
> 打仗的目的是要收復失土，使每個老百姓都能回到自己溫暖的家鄉呀！仗雖是舉國打的，但最終目的卻為保衛個人！[29]

甚且，「以家喻國」還成爲縱貫該二書最重要的修辭策略。只是，「中日」之戰與「國共」之爭，究竟在性質上有「外患」與「內亂」之別，故相應

[24]陳紀瀅，《荻村傳》，頁 164。
[25]陳紀瀅，《荻村傳》，頁 208。
[26]分見陳紀瀅，〈《荻村傳》英日法文譯印記詳〉；齊邦媛，〈千年之淚——反共懷鄉文學是傷痕文學的序曲〉。
[27]陳紀瀅，《赤地》，頁 62。
[28]陳紀瀅，《赤地》，頁 48～49。
[29]陳紀瀅，《華夏八年》，頁 567。

而起的「以家喻國」，重點遂有不同。如重在敘寫全民抗日的《華夏八年》，全書一開場，著墨的便是抗戰伊始，金融界的「華」家與軍政界的「夏」家於風雨飄搖中同船撤往大後方的情節；「風雨同舟」之意，顯然可見。而華夏兩家初識，在船上各敘世系，更兼具「史話」與「神話」雙重寓意：

> 夏將軍說：「先八世祖原籍浙江杭州，在明朝永樂年間到北京作綢緞生意，又在天津、唐山一帶開分支店。到了五世祖就在冀東落戶，不再回杭州。曾在鄉間置有廣大田產。兄弟就生在豐潤縣。先父從小又把兄弟帶到東三省去開荒，所以要尋根究柢，我們還算南方人。」華老先生一聽，不由得笑起來，忙說：「事情真也湊巧，我們華家現在籍貫雖是浙江，祖先卻是北方人。在華家家譜上記載著：原籍陝西，在明朝末年為了躲避闖亂，逃難到山西洪桐縣大槐樹，又由那兒移民到河北中部。先祖因隨曹禊在江南督造織錦，後來才輾轉落籍湖州。…所以現在舍下名義上雖是南方人，實際卻是來自北方。」
>
> 夏將軍聽華老先生這樣述說，格外高興，就接著說：「中國人最初移民情形大概都是由西向東，由北而南。黃河流域的人往南走，漢水流域的人往東走，總而言之，咱們都是黃帝的子孫，是一個來源；不過年代久了，才分出張王李趙百家姓。」[30]

在此，原本定居一地、固守家園的「家庭」，開始追溯具有遷徙流動之過去的「家族」史，其目的，無非是在延擴、交錯出「國族」之空間版圖的同時，也推衍出「都是黃帝子孫」的歷史／神話想像，藉以型塑並鞏固「具有深度廣度的生命共同體」的情感。於是，日軍侵華，既已造成對「生命共同體」的嚴重威脅，則全民「外禦其侮」，投身抗戰，自是天經地義，理

[30]陳紀瀅，《華夏八年》，頁25～26。

所當然。然而，同屬「生命共同體」，又爲何會造成國共分立，兩岸睽隔的事實？其間的分化離析因何而起？《赤地》男主角范志英與好友冷方、翁子龢議論時局的一段言辭，幾可視爲其演述家／國分合關係的總綱：

> 假若是把一個國家比作家庭，今天正有賢與不肖的人物在擔任不同腳色；一方面有人維護這個家庭的命脈，一方面也有人破壞這個家庭的存在。共產思想從四面八方而來，如水銀瀉地，無孔不入。..它特別要從拆散每一個家庭起，使人類社會最基層的社會基礎根本動搖，然後才能便利共產主義社會的建立。[31]

故而，在《赤地》中，我們所看到的范氏家族，便既有慷慨赴東北打保衛戰的三少爺志英，也有加入共產黨的小妹志婕；既有守正不阿，不願向惡勢力低頭的大老爺范縉（犯禁？），也有夤緣附勢，見風轉舵的三老爺范統（飯桶？），以及具財經背景，卻貪婪營私，擾亂金融的姻親「金」某。最後，范家祖產、祠堂爲曾是范家奴僕的共幹強占，操持家業的靈魂人物陶蘋自盡，其欲以之隱括神州棄守的微言大義，正是呼之欲出。

從《荻村傳》的蒙昧，到《華夏八年》「共同體」意識的清晰圖現；從中日抗戰時「敵我」判然，到國共內鬥時一家人「賢與不肖」之分，陳紀瀅小說於「家國想像」的建構，自有特定進程；在其中，土地是爲政權的重要象徵，「反『共』（政權）」與「復『國』（土地）」，便以此（被化約）成爲一體之兩面。

三、國家與文學、歷史與虛構的辯證弔詭

但深究之下，問題顯然並不如此單純。且不說除卻土地屋舍易主外，《荻村傳》所凸顯的另一重點，乃是共黨對倫常秩序的破壞，以及無所不

[31]陳紀瀅，《赤地》，頁 200。

在的迫害殺虐；《赤地》陶蘋之死，尚涉及人性與性別的複雜因素，不宜就此化約。更重要的是，「家國想像」之建構，原本就離不開「文字」的編排揀擇、凝定固著。尤其在一意想要「爲歷史做腳註」、「糾正歪曲宣傳」之寫作動機的作用下，書寫行爲已成社會實踐之一端，文字非但不止於虛構想像，紙上談兵，更是反共作家力圖參與家國重建，爲歷史爭正朔的重要憑藉。何況，陳紀瀅出身報界，且以自幼便曾擔任新聞「傳播者」爲榮，[32]他積極推動反共文藝政策，並身體力行，寫作不輟，有很大部分原因，是來自對文字的「功能」深信不疑；這一份執著沉迷，甚且內化、融滲到他小說中，成爲推展敘事，組構情節的有機成分。然而，逝者已矣，無數的傷痕血淚，真能藉文字召喚、延宕而收警醒人心之效？白紙黑字的紀錄資料，果然可成爲鐵案如山的史實佐證？「以少總多」是否同時也是「掛一漏萬」？當小說家愈是企圖以「我記得」、「我要說」的姿態振筆「紀實」時，又是否反而愈透顯了文字的無能，敘述的虛妄？經由《華夏八年》和《賈雲兒前傳》的對照，恰可見出其間的辯證與弔詭。

從稍早的《賈雲兒前傳》開始，「文字資料」——尤其是報紙新聞，便在陳紀瀅的小說中被賦予重任。該書肇始於敘事者應賈雲兒要求而爲她作「傳」，終於雲兒不知所蹤，眾人登「報」尋人。其間，雲兒原爲虔誠教徒，但因歷經兩度婚姻挫折，復以父親遭共黨迫害致死而瘋狂反教，最後不堪於「輿論」詆毀，欲投河自盡，獲救之後，又在「報紙」報導下獲得平反，其與男方之分合、與第二任丈夫奚攸間的種種恩怨情仇，乃至於個人正反形象的型塑，莫不繫因於文字運作——所謂「我成全於輿論，我也毀敗於『輿論』」，[33]該書的重要關目，於是一語道破於賈雲兒的慨歎之中。

[32]陳先生曾在〈自傳〉、〈我的記者生活歷程〉等文中一再提及，幼時家中物力唯艱，但祖母節衣縮食，自其九歲起便爲他訂閱平津報紙一份，命他讀報並將重大新聞轉告家人，同時還至村中廟臺前，說與鄉親知曉。因此，他津津樂道地說：「我自九歲起，就是我村國內外大事的『傳播者』，甚受到家人與鄉親們的喜愛。」見陳紀瀅，〈我的記者生活歷程〉，《大成》，第150期（1986年5月），頁19。
[33]陳紀瀅，《賈雲兒前傳》（臺北：重光文藝出版社，1957年），頁257。

報紙輿論、文字紀錄既能左右個人生命歷程的發展，則於國家歷史的建構方面，自然絕不會缺席。前述藉「文學」以建構「國家」論述的進程，即爲其中之一端。然除此而外，《華夏八年》中歷史與虛構的交錯，以及隨之而生的辯證，尤堪注意。乍看之下，在這部力圖敘寫全民抗戰實況的小說中，對「文字」功能的倚重，幾可謂無以復加。它不但在敘述中一再強調報紙報導對當時民心士氣之影響，甚且將應戰爭、政治事件而生的「條約」、「宣言」等文字紀錄，完全「等同」，並「取代」了事件本身的意義。如該書第 22 章，描寫夏紫棋、錢韻琴、張亞男三女性議論抗戰國是，所著重的，竟然是三人對〈波茨坦宣言〉和蔣委員長〈廬山告國民書〉的競相背誦。試看以下敘述：

> 錢韻琴道：「我因為特別重視這個文件（〈波茨坦宣言〉），反覆研究過多次，也許我還能背誦全文，試試看！」她開始背誦道：「第三款：……」
>
> ……
>
> 張亞男一面欣羨錢韻琴的好記性，一面也不甘示弱地說：「〈波茨坦宣言〉，一共十三款，…第六款就是：……」
>
> ……
>
> 錢韻琴見張亞男一再逞強，哪能讓她占先，也背誦道：「第十款：……」[34]

繼二人後，夏紫棋隨之跟進，「站住腳步，整裝肅立」，「不慌不忙把馳名中外的〈廬山告國民書〉，第一段原文背了一遍之後，她才恢復原來步行姿態，再繼續前進」。待全部背誦活動結束，張亞男乃作結說：

> 歷史就是活生生的事實。耳聞目睹的歷史紀錄，令人回憶起來，越發親

---

[34]陳紀瀅，《華夏八年》，頁 714～715。

切。今兒個無意中我們背誦兩大文獻，也等於溫習了八年全部歷史！憑真實歷史，展望前途，豈不比空想可靠？[35]

在此，「背誦兩大文獻」即等同於「溫習了八年全部歷史」，而它又是可據以展望前途的「真實」歷史，其對文字功能的信賴倚重，由此可見。據以推衍，則反共小說（家）所以一再要藉文字「爲正義招魂」、「爲歷史做腳註」，正是良有以也。

然而，微妙的是，《華夏八年》一方面呈現對文字功能的高度信賴，另一方面，卻也在意圖「紀實」的同時，不經意地暴顯了文字敘述的虛妄不實。如第六章記述戰時報紙報喜不報憂的情形，即是一例：

自抗戰以來，對於軍事進退，主管發佈新聞當局挖盡心思，創造名詞，以掩飾失敗。譬如以「撤守」代替「失陷」，以「轉進」代替「後退」。至於某地未聞失陷，忽然出現已經克復的消息，更屬常見。報紙讀者在日久天長之後，也學得很聰明，只要報紙上登載某地情況不明，就料定某地必早已失陷；縱然標明某軍轉進，閱報的人仍以後撤的心情看待。因此軍事名詞變成與字面相反的定義。[36]

今日的新聞，其實就是明日的歷史。既然，軍事名詞會在日久天長之後，「變成與字面相反的定義」，那麼，反共小說呢？以文字所凝塑的「家國想像」和它內蘊的政治意圖呢？抗戰時「主管發布新聞當局挖空心思，創造名詞」的做法，與反共文藝政策推行者致力於反共小說的寫作，本質又有何異？歷史與虛構、國家與文學間的矛盾張力，於是成爲前述敘事中的最大弔詭——宣言、文獻被視爲歷史的真實，卻是演述於小說的虛構想像之中；原本欲以紀實文字鞏固國家論述的小說，反倒在敘事中不經意地

[35]陳紀瀅，《華夏八年》，頁 719。
[36]陳紀瀅，《華夏八年》，頁 152。

揭露了國家論述本身的虛幻。

其實，對於文字與真實之間的落差，以及敵／我、正／邪之間的分判，陳紀瀅並非毫無思辨。在《賈雲兒前傳》中，一再被強調的賈雲兒名言：「我的事業就是我赫赫不朽的傳記，我的愛情已非文字所能描寫；世界上只有默默無聞的人才夠偉大，描寫不出來的愛情才最真摯」，[37]原就是「言不盡意」之演述。文末儘管眾人一起登報尋人，雲兒仍然不知所蹤，終究逸遁於文本之外（《前傳》著成後，一直未有《後傳》問世），似也意味了企圖以文字捕捉人事萬象的徒勞——這在特重文字功能的反共書寫中，毋寧是個異數。由於，《賈雲兒前傳》乃是以女性人物為傳主的（仿）傳記書寫，它的別樹一幟，似乎也暗示了以下的問題：在看似以反共為唯一內涵的是類小說書寫中，是否仍隱含了其他值得關注的面向？由賈雲兒所發出的「女性」聲音，又將如何與「反共」、「家國」等大敘述對話？

四、大敘述中的小敘述：當「家國」遇上「性別」

事實上，以「想像」方式建構的家國論述，固然能在統一步調抵抗外來威脅時，凝塑成員間的向心力，卻也不免因強調「總體化」，連帶壓抑了性別、階級等內部存在的不同聲音；落實到大眾文藝的創作與解讀，亦是如此。[38]即就前述四部小說而言，雖然「反共」是其共同主要訴求，但由《賈雲兒前傳》所牽引出的，關乎性別／書寫／家國間的辯證張力，毋寧更堪注意。

本來，反共小說中的國家論述，既奠基於由「家」而「國」的延展推衍，則一般根植於家庭的「性別」觀念，自然也會浸滲其中，並參與敘事

---

[37]陳紀瀅，《賈雲兒前傳》，頁 279。

[38]即以文藝創作的解讀為例，如蕭紅《生死場》一書，歷來皆與蕭軍《八月的鄉村》等小說相提並論，同被視為民族抗日之作。但事實上，該書對女性生存困境的強調、對性別問題的關懷與思辨，實另有引人深思之處，甚且，還反過來質疑、顛覆了原有的大敘述。詳見劉禾，〈文本、批評與民族國家文學——《生死場》的啓示〉，收入《再解讀——大眾文藝與意識形態》（香港：牛津大學，1993 年），頁 29～50。

運作。其中，「男主外，女主內」的家庭結構，固然一以貫之於各小說之中，幾無例外可言；即或偶有女性走出家庭，參與社會既定性別規範之外的報國行動，也須以依附男性的姿態出現。如《赤地》男主角之一翁子龢的表妹曲芳霞欲追隨他參與游擊隊，她的理由竟然是：

> 我這個人說能吃苦就能吃苦，您不信，咱們試試看。我會騎馬，會打槍，您想：我若是騎一匹紅鬃白馬，咱們倆一同馳騁在高高的山上，或是那一望無邊的曠野，該是多麼美啊！
>
> 我什麼也不怕，如今我沒有三親二故，只有您是我唯一的親人，..我的生活不能再這樣游擊下去，我要改行，改成真正游擊隊。為什麼不許女性參加？我們女的可以給你們造飯，縫洗衣服，還可以替你們傳遞消息。[39]

就此看來，女性的救國報國，不但須依附在對男性的浪漫情愛憧憬之上，而且縱使走出個人的小家庭，依然免不了要在「大家庭」裡造飯洗衣。由於對女性而言，男性經常兼具報國行動中的「情人」與「指導者」雙重角色；[40]於是，救國一如治家，其「男外女內」、「男主女從」的性別觀念，自是如出一轍。

男性在「情人」與「救國指導者」身分上的重疊，實則就是「性別」與「家國」論述所以接榫處。在一切「總體化」的要求下，固然似乎順理成章，各得其所；但若深入探析，則其間隱含的對話交鋒，卻是耐人尋思。

再以《賈雲兒前傳》爲例，涵蓋於「家國」論述之下的「性別」配置，一方面理所當然地決定了賈雲兒在前後兩任丈夫面前的「從屬」位置，另一方面，卻非但反諷地暴顯了「愛國」行爲其實並非如一般表面所

[39]陳紀瀅，《赤地》，頁 127。

[40]此一現象，同樣出現於大陸「十七年小說」對「女英雄」形象的塑造上。見陳順馨，〈當代「十七年」小說敘事話語與性別〉，《中國當代文學的敘事與性別》（北京：北京大學出版社，1995年），頁 31～117。

見的公而忘私，義無反顧；同時也混淆了敵／我、正／邪間原來涇渭分明的截然對立。蓋雲兒以童稚之齡，因緣際會，偶然參與當時青年學生的抗戰愛國遊行，從此即在學生領袖（也是她後來的情人與第一任丈夫）馬龍軍促導下，被群眾譽爲「愛國小英豪」。但她對「國家」真有清楚認知和堅定信念麼？此後多年，在馬龍軍的指導安排下，連串愛國歌曲演唱、演說與戲劇演出的成功，使她陶醉於個人情戀與各方讚譽之中，不能自拔，並「用抗戰的大帽子」壓得父親不得過問她的戀愛情事。「愛國」、「愛情」和「虛榮」，遂以此混融錯雜，曖昧難分——「天知道，我愛國爲的甚麼！」[41]雲兒所以捫心自問，正是意識到其間的複雜性。

再者，在賈雲兒的際遇方面，最令人訝異的是，她最後所以精神瀕臨崩潰，亟欲自尋了斷，追根究柢，既非日寇侵逼，也非共黨迫害，竟反是來自於自己第二任丈夫奚攸——一個國民黨政工幹部的精神凌虐。表面看來，奚攸具有「文職軍官的溫情」和「充滿英雄氣概的儀表」，向來以「革命軍人」自命，實際上卻唯升官發財是務。他與雲兒情海生波，夫妻反目，實導因於在工作上位居下屬的她，曾在他主持的一項座談會上公然駁斥媚俗的「革命」謬論，嚴重影響其仕途發展。二人勃谿之際，奚攸的說法是：

> 一個人娶了老婆之後，不能升官發財，那個老婆就註定要不得！看你的像貌不像一個沒福氣的人，為什麼竟影響我走背運？[42]
>
> 我對於你，實負有雙重責任，我是主管，而那時又是你的未婚夫。上面雖未指明把我調開的原因，是由於座談會事件，卻毫無庸懷疑，與此事絕對有關。……所以，為了咱倆未來的幸福，我要求你好好考慮是否有離開的必要？[43]

---

[41]陳紀瀅，《賈雲兒前傳》，頁 41。
[42]陳紀瀅，《賈雲兒前傳》，210。
[43]陳紀瀅，《賈雲兒前傳》，頁 212。

雲兒則痛斥他：「你口口聲聲革命，你口口聲聲喊上帝！你的心腸卻毒辣得與那萬惡的，禽獸不如的共產黨還有什麼差別？」[44]至此，「共產黨」雖然仍是「萬惡的，禽獸不如」，卻不再只是彼岸政權的專利，反是具國民黨革命軍人身分的、利欲薰心的丈夫的寫照。性別與人性因素一旦介入，遂不僅使敵／我、正／邪於簡單的二分法之外，另顯錯綜糾結的變貌，甚且，還在瓦解婚姻家庭關係的同時，也質疑了「國家」、「革命」等大敘述的唯一合理性。

然而，大敘述果真被質疑、顛覆了麼？若再細思輻輳於其間的「書寫」與「作者身分」問題，則此一家國與性別的對話，實另有曖昧與弔詭處。前已述及，《賈雲兒前傳》乃是一後設意味濃厚的小說，全書結尾，曾在書中出現的各色人物紛紛齊聚「作者」家中，意欲在「現實」生活中找尋失蹤於文本之中的賈雲兒；「作者」則面對高朋滿座的「虛構」人物，一再解釋：「書中的主角，完全由我平空捏造，我不是寫真人真事，卻企圖藉它來反映這個動亂的時代！」[45]其於真／假、虛／實之間，本就蘊含了多重游移。況且，即便不必追究賈雲兒其人是真是幻，她的「女性」聲音，實際上乃出自一「男性作者」的代言。如此，則被書寫呈現於該書中的性別論述，究竟是真正質疑、解構了原先強勢的家國論述？抑是仍然被收編於「企圖藉它來反映這個動亂時代」的國家論述之中？性別／家國之間的辯證張力，亦於焉展現。

五、餘論：依違擺盪於意識形態與傷痕見證、美學關懷之間

顯然地，無論是後設手法的運用，抑是性別／家國之辯證張力的呈現，《賈雲兒前傳》都堪稱在反共小說中別開生面，異幟獨樹。更何況，雲兒出身宗教家庭，由虔誠教徒轉而瘋狂反教，尚另有對宗教救贖問題的反思。其內蘊的複雜性，原就非「反共八股」一詞所能牢籠。此特殊視野的

[44]陳紀瀅，《賈雲兒前傳》，頁 213。
[45]陳紀瀅，《賈雲兒前傳》，頁 269。

開展，未嘗不是同時喻示了「美學形構」在「家國想像」之建構／解構過程中所發揮的微妙作用。因而，它和《荻村傳》、《赤地》、《華夏八年》等文本的相互對話，便不僅鋪織出 1950 年代國家論述／文藝創作中「家國想像」的建構進程，同時也揭示了此一進程之自我消解、自我質疑的內在弔詭。對力倡反共文學，並肯定其必然功能的陳紀瀅而言，這或許爲始料之所未及；正是如此，循此而牽涉出的，關乎政策推動者／文藝創作者身分之流動轉換，及其間所隱含之意識形態／傷痕見證／美學關懷的錯綜糾纏，便頗堪注意。

前曾述及，《荻村傳》之作，乃因陳慟於自己父親及諸多鄉親受共黨迫害致死，意欲以具體事實爲據，做爲時代的傷痕見證。除此而外，《赤地》、《華夏八年》、《賈雲兒前傳》等作中之人事雖未必俱可對號入座，但抗戰前後「郵員兼記者」的特殊身分，使陳得以因工作所需，輾轉於東北、北平、武漢、上海、重慶等地，其間，他對政局的波譎雲詭，人心的擾攘浮動，共黨的奸險暴虐，自是體驗獨深。這些經歷，一皆成爲《赤地》等書之取材本源。[46]在作者、記者、受害人親屬、政策推動者多重身分重疊下，小說創作所成就的，其實正是意識形態／傷痕見證／美學關懷間糾結多變的依違拉鋸——政策推動者或不免須爲意識形態而服務，但記者驚心動魄的耳聞目見、受害者椎心刺骨的家破人亡，又豈只是看似僵化的教條口號所能一以概之？家園殘破，親人慘遭屠戮，千萬人背井辭鄉，流離道途，這是個人命運的不幸，更是家國的歷史悲劇，教人不堪而又不甘。痛定思痛，反共作家們於遷臺之後撫今追昔，銜淚筆耕，一再地控訴不義，想像家國，其目的，無非是要藉文字力量、美學形式來見證傷痕，以爭千秋。

然而，弔詭的是，見證的可貴本在於無可替代的親驗性，若「一旦經

[46]關於陳紀瀅的郵員兼記者生活，可參見其《我的郵員與記者生活》。而《華夏八年》的戰時重慶生活、勝利後的歡欣激昂；《赤地》之東北保衛戰與撤退實況、《賈雲兒前傳》中的教會活動，皆可於該書〈堅苦抗戰〉、〈勝利以後〉、〈父親之死與王明道牧師〉等章節中得見其本源，頁 381～425，511～578。

由他人轉達、重述，或報導，就必然失去見證的功用」；[47]逝者已矣，既成的苦難事實無從以任何形式救贖。傷痕寫作，遂既是「文義指涉的負債，對歷史的憂患與死者的常態義務」，[48]另一方面，卻也是永遠不可說又說不清的「令人顫慄的啞然失聲」。[49]生還者固無法代言亡故者的憾恨，即或是一己親身遭遇，亦必在不斷地刻板重述之中，流失其原本撼動人心的悲慨（這就有如〈祥林嫂〉對喪子悲劇的一再訴說，再多愴痛也不免要成爲鄰里間的笑談）。因之而生的美學關懷，若不能自省於敘述的虛妄、自知於寫作本身的「不可能」，若不能自警自惕於莫使傷痕見證淪爲意識形態的假面，則其關懷的內在意義，終將自我消解。畢生堅持反共的陳紀瀅，儘管不斷身體力行，寫作不輟，最後卻不得不面對反共文學大量生產後的負面效應與困境。在爲建國 60 周年編選的《六十年小說選》序言中，他曾坦承：1950 年代起，「小說類多半以抗戰時期，日本軍閥侵略中國，共匪陰謀倡亂，以及大陸淪陷後，毛共政權如何壓榨人民，人民如何反抗爲寫作內容」，但是，漸漸，這類體裁近於枯竭，新的資料，不易搜集；書的銷路，陷於停滯，於是不能不轉變方向，另謀發展。[50]

檢視他個人創作歷程：《赤地》完成後，計畫中原還應有《沃野》、《青天》之作，以鼓吹復國大業。[51]但事實上，自從應報刊邀約撰寫《華夏八年》一書，並於 1960 年出版後，類似題材便未曾繼續。1975 年，縱又有二十餘萬言的《華裔錦胄》長篇出版，但寫的已是海外華僑的艱辛創業奮鬥史了。此一「轉變方向，另謀發展」的創作實踐，豈不也是反共文學無以爲繼的再度宣告？

---

[47]參見費修珊（Shoshana Felman）、勞德瑞（Dori Laub）合著；劉裘蒂譯，《見證的危機——文學．歷史與心理分析》（*Testimony: Crises of Witnessing in Literature, Psychoanalysis, and History*）（臺北：麥田出版公司，1997 年），頁 32。

[48]同前註，頁 171。

[49]費修珊（Shoshana Felman）、勞德瑞（Dori Laub）合著；劉裘蒂譯，《見證的危機——文學．歷史與心理分析》（*Testimony: Crises of Witnessing in Literature, Psychoanalysis, and History*），頁 60。

[50]陳紀瀅，〈六十年來我國文藝思潮的演變〉，《六十年小說選》（臺北：正中書局，1971 年）頁 18。

[51]陳紀瀅，〈著者自白〉，《華夏八年》，頁 3。

正是如此這般地依違擺盪於意識形態、傷痕見證與美學關懷之間，從一開始，1950 年代國家論述／文藝創作中的「家國想像」，便內蘊了一定的緊張性：意識形態與傷痕見證的道德動機，何其不同，當二者同時落實於小說創作的美學形構之中，所呈顯的「家國」，遂一方面是「反共復國」政治意圖的昭然若揭，另一方面，卻也因傷痕的不可言說、美學形構本身的周折多變，以及欲籠括小敘述（如性別）而不可得，隱含著自我質疑與消解。陳紀瀅的反共小說，正所以提供了一個典型實例，它所引發的種種思辨，亦當促使吾人對反共小說以迄傷痕寫作的種種是非功過，再行深思。

——選自梅家玲《性別，還是國家？——五〇與八、九〇年代臺灣小說論》
臺北：麥田出版公司，2004 年 9 月

陳紀瀅與重光文藝出版社

◎應鳳凰*

寫文章的人，自己籌錢辦出版社，這樣的風氣，早盛行於臺灣 1950 年代文壇。民國 39 至 50 年之間，可舉的例子就不少——例如鳳兮的「群力出版社」、王臨泰的「亞洲文學社」、葛賢寧的「中興文學出版社」、王藍的「紅藍出版社」……這其中，壽命最長，並且辦得有聲有色，書籍廣為發行的，應屬陳紀瀅主持的「重光文藝出版社」。

「重光文藝出版社」成立於民國 39 年 11 月 29 日，誕生的地點，就在朱撫松先生的公館裡。朱太太即女作家徐鍾珮女士，她是這個出版社創社之初的成員之一。「重光」的名字，則是耿修業想出來的。那個時候，他們剛到臺灣，一心想著國土重光；這個名字多少也代表了當時一般人的心境。

在成立之前，他們曾商談過幾次，希望結合起來成立一家出版社，也就在這一天，正式定案。發起人包括有：陳紀瀅、徐鍾珮、趙友培、耿修業、陸寒波等。

他們的出版理想是——自寫、自印、自銷，希望以最佳的內容，最廉的價格，來服務讀者大眾。第二年年初，即民國 40 年元月，「重光」的第一本書：徐鍾珮的散文集《我在臺北》便堂堂上市了。

文人集合

「重光文藝出版社」有一份創社宣言，在這篇文字中，說明了他們創

---

*發表文章時為成功大學臺灣文學系副教授，現為臺北教育大學臺灣文化研究所教授。

立的宗旨，以及對出版社的期望：

> 三十九年度是自由中國臺灣文藝工作者最辛苦，也最活躍的一年。但在書店裡，報攤上，除了擺著不少雜誌外，而代表自由中國的文藝書籍卻不多見。於是愛好文藝的讀者不得不尋找舊的翻譯作品，甚至於以毒素書籍來滿足閱讀的慾望。這是非常可怕的現象。因此，加強文藝書籍的出版，擴大文藝運動的效果，替讀者服務，已成為讀者和作者迫切的要求。三十九年匆匆過去了，讓我們把四十年度作為我們文藝書籍的出版年。

「重光」集合數位作家，希望在自由中國地區，當一名「文藝出版事業的先鋒」，他們真的做到了。這篇發表於民國 40 年初的〈出版小言〉，還提到他們有兩大志願：

> 為了……實踐文藝工作理想，我們集合一部份文藝作者，完全靠自己的血汗，組成這個出版社，經過也是富有文藝性的，我們有計劃，有遠景。但現在我們只想做兩件事：
>
> 第一、決把這個出版社做到為讀者服務的目的。為達到這個目的，我們一定慎重選擇書稿，絕不濫出一本無益於讀者的書籍。將儘量把定價減低，使讀者花少錢讀到有價值的書，並力求印刷精美，便利閱讀。
>
> 第二、決把這個出版社做到為作者服務的目的。文藝作者最可悲的一件事，是出了書，被人剝削，拿不到應得的版稅。我們的社不是商人組織，乃是文人集合，我們希望得到作者的通力合作，做到作者自己養自己，出版社靠作者的協助而能發展。我們樂意公開發行情形，把出版社完全貢獻給作者。
>
> 我們的力量雖有限，但有充分信心與勇氣，如果再能邀得讀者和作者的愛護與合作，一定可以達成上述兩個志願。

從兩個志願的內容，可以看出他們是有經營觀念的，也有選書的眼光。果然「重光」前十年的出版品，都頻頻再版，有很好的口碑與銷售成績。

作家的第一本書

「重光」出版社最足以自豪的，是他們出版了好多著名作家的第一本書；這個特點，正足以顯示一家出版社有著過人的眼光，也證明「重光」在文學出版史上的重要性。

「重光」出版的作家第一本書，至少有下列各種：

1.鍾梅音的散文集《冷泉心影》（民國 40 年 7 月）

2.鍾雷的詩集《生命的火花》（民國 40 年 9 月）

3.朱西甯的短篇小說集《大火炬的愛》（民國 41 年 6 月）

4.林海音的散文集《冬青樹》（民國 44 年 12 月）

5.鍾肇政的翻譯《寫作與鑑賞》（民國 45 年 10 月）

6.何欣的文藝理論《海明威創作篇》（民國 46 年 12 月）

從這張書單中，也看得出內容的多樣性，幾乎網羅了文學創作的各種文體。而這六位作家，如今無不是寫作界的佼佼者。30 年後的今天，多半的出版著作，已在二十種以上。

鍾梅音的《冷泉心影》是一位家庭主婦以散文的筆，寫生活的形形色色。「實在是因爲鄉居無俚，夜坐寂寞，在與知己剪燭西窗的心情之下寫成的。」司徒衛批評這本書，說她把身邊瑣事「真是說得淋漓盡致，繪影繪聲；她說得又多，又快，又傳神」，是一位文雅、深具人情味的家庭主婦。

朱西甯《大火炬的愛》收小說九篇，也是他初試小說寫作的最早篇章。但此書新鮮活潑的口語運用，各篇創新而獨特的形式表達，在在顯示了朱西甯驚人的潛力。篇中有憤怒的、復仇的悲慘故事，充滿陽剛之氣。「這股高熾的反共大火，與我們自由民主燈塔裏的聖潔之光，相互輝映。我們一顆顆堅強的心，是一個個閃耀的火炬，勝利的光熱使得每個人勇往直前。」

林海音的《冬青樹》是一本樂觀、爽朗而又內容豐富的文集。她在後記中說：「我出版此書，目的在祝禱人間的愛永不凋謝，像冬夏長青的樹木一樣」。此書亦以家庭生活爲背景，但作者是一位新形態的賢妻良母，她是快樂家庭的中心，且是家庭和諧的原動力。《冬青樹》包括 32 篇文章，主要是描寫夫婦、親子、師生之愛，異常的婚姻問題，以及一般家庭生活情趣等。

徐鍾珮的五本書

《我在臺北》是「重光」的「創業鉅獻」。徐鍾珮是寫過《英倫歸來》（民國 37 年，中央日報社出版）的女記者，在新聞工作崗位上傑出的表現。此書寫於民國 39 年 6 月至 9 月間。〈序〉中談到她愛家，也愛新聞工作，魚與熊掌不可得兼，令她苦惱。其實她在家中寫散文，記下身邊所見所聞，從一些小小的生活實錄，無形中也描繪了大時代的風貌——動亂的時代裡，多的是平凡而又真實的血淚故事。

徐鍾珮的文字，清麗明快，精確中帶著凝鍊，字裡行間神采飄逸。《我在臺北》收散文 20 篇，包括〈地獄天使〉、〈寄居〉、〈我的家〉、〈書中情趣〉等等，頗受讀者歡迎，隔年即再版。《英倫歸來》後來也由「重光」再版發行。

《餘音》初版於民國 50 年 4 月，以第一人稱寫一個女孩從童年到初中畢業的故事，全書以抗戰前十年的中國社會爲背景，「描寫一個因時代轉變而無法適應的書香門第」（馬星野序）；書中對於父女之愛，有深入的描述，親情感人。因爲書中用了作者自己的生日，也寫及父親，很多人以爲是作者寫了自傳。

《餘音第二部》，民國 51 年 2 月出版。從七七事變，「我已就讀了一年大學」寫起，到畢業後的記者生涯，抗戰勝利，總共分成 35 章。

徐鍾珮另外爲「重光」翻譯了兩本書，一是毛姆的《世界十大小說家及其代表作》，另一本是莫里哀的《哈安瑙小姐》。前者由毛姆介紹了世界十大小說，包括《戰爭與和平》、《紅與黑》、《咆哮山莊》、《包法利夫人》等經典鉅著，廣告詞說這本書「是青年了解近代世界名著的鎖鑰」。的確不錯，這本書是較早爲臺灣文壇引介西洋文學名著的翻譯作品，尤其徐鍾珮首創「毛姆」的譯名，以後即爲大家沿用至今。

《餘音》及毛姆此書，後來交由「純文學出版社」再版印行。

翻譯小說類

翻譯作品是「重光文藝」的一大特色。最膾炙人口的，便是余光中的《梵谷傳》及《老人和大海》。

《梵谷傳》初版於民國 46 年 3 月，是余光中在民國 44 年 10 月譯畢的。英文原名《生之慾》，作者伊爾文・史東，也是美國有名的傳記作家；畫家梵谷一生的痛苦、瘋狂，創作的炙熱與情感的濃厚盡在其中，是一本精采的藝術家傳記。

《老人和大海》初版於民國 46 年 12 月，作者海明威。這本美國文學經典名著要譯得好，很不容易，海明威以文字簡潔有力聞名；但譯成中文之後，如何保持他那乾淨俐落、粗獷清爽的文字韻味，這就得看譯者的功力了。

與這本書同時間出版的，是何欣所著的《海明威創作論》。「在這部書裏，他對海明威的作品，作一有系統的研究，將海明威的單純而深邃，粗獷而優美，似平淡而實絢爛……的作品，探發幽微，作一深入的闡釋、分析……」(張秀亞序)。此書是臺灣第一本探討海明威的專著。

何欣也有一本翻譯作品交給「重光」出版——《佛克納短篇小說選》。

另《失鳴鳥》是黎烈文譯自法文的短篇小說集，共收 16 篇，也是黎烈文在臺灣出版的第三本同類作品；作者包括左拉、米爾、莫洛亞等，民國 53 年 3 月初版。

其他翻譯書尚有：王瑛譯的《再吻我，陌生人》以及潘煥昆譯的《小天地》。

茹茵等人的散文

創辦者之一的耿修業先生，以「茹茵」的筆名寫散文，他在「重光」出版了兩本書——《第一筆》及《茹茵散文集》，都是方塊專欄的結集。

《茹茵散文集》初版於民國 43 年 5 月。耿先生如今是「大華晚報社」社長；那時該報尚未創刊，他正擔任《中央日報》副刊主編，每天要爲副刊寫一篇千字左右的方塊文章，這是該刊的「傳統」，一周七篇，沒有假日。本書即收方塊文字將近百篇。茹茵的文字經過精密思考，富於建設性，「一掃過去那種尖酸刻薄，挑撥是非、專門罵人的短評」（陳紀瀅語）。本書各篇章，如〈談人事制度〉、〈夏夜〉、〈知趣〉、〈青年與詩〉、〈新樂園〉等等，無不信手拈來，平和親切。《第一筆》是同性質的續篇，民國 44 年 12 月出版。

張秀亞的《三色堇》出版於民國 41 年 6 月，這也是她到臺灣之後，出版的第一本書。她的抒情文字，深具感染力，本書後來交由「爾雅出版社」再版。

另有梁實秋的《清華八年》，記述作者當年讀清華大學時的人物與情景，作者文字老練，筆調幽默，既是清華創校的珍貴史料，又是一流的散文作品。

陳紀瀅與趙友培

趙友培的《文藝書簡》，早在民國 41 年 3 月即已出版，書信文字娓娓道來，引導青年朋友走入文藝殿堂，用語懇切，深入淺出。趙友培也是「重光出版社」的五個創辦人之一，民國 51 年元月，他再出版了《藝術精神》一書，同爲文藝理論類。

「重光」的創辦人差不多全是文壇知名作家，唯有陸寒波——她雖較少寫作，但對文藝出版有很大的熱誠，爲人熱心豪爽，極有人緣，「重光」

的開辦，她是最大的功臣，不但極力促成，並且主動向外募捐到一筆可觀的開辦費，使得文人理想得以付諸行動。她是前財政部長、中央銀行總裁徐柏園的夫人。

把陳紀瀅放在最後面，因為他是「重光文藝出版社」的靈魂人物，也是負全責的主持人，總攬雜務及出版事宜。他由「重光」出版的作品也最多，總冊數超過其餘各家的總合。

陳紀瀅的重要作品，幾乎全由「重光」出版——

1.《寄海外甯兒》（散文）

2.《荻村傳》（長篇小說）

3.《華夏八年》（長篇小說）

4.《赤地》（長篇小說）

5.《賈雲兒前傳》（長篇小說）

6.《報人張季鸞》（散文）

7.《在柯峯》（散文）

8.《歐洲眺望》（遊記）

9.《西德小駐》（遊記）

《華夏八年》得到教育部 50 年度文藝獎，全書 55 萬字，前後發行了九版。以抗戰八年為時代背景，以重慶及大後方為地理中心，拿「華」、「夏」兩家的故事發展，刻畫抗戰八年中國人民的生活。

《赤地》藉北平「范」姓家庭，刻畫大陸淪陷的部分歷史，「充滿濃厚的故都情調與世家的禮儀傳統」。

《荻村傳》是作者來臺之後寫的第一部長篇小說，曾於《自由中國》半月刊連載達半年之久。以北方一個小村落為背景，描寫六十年來中國農村的演變，頗具鄉土風味與農村色彩。

《寄海外甯兒》用 20 封寫給出國留學女兒的信，表達父女之情，也「寓教於信」中。

《在柯峯》是記載世界道德重整會（M. R. A.）。另外兩本皆為遊記。

陳紀瀅另外印了一套「研究美國文化與生活叢書」，共八種十冊，書名是——

1.《美國訪問》（上中下三冊）

2.《常春藤盟校及其他》

3.《美國的新聞事業》

4.《《讀者文摘》是怎樣辦起來的？》

5.《《時代》雜誌四十年》

6.《美國的圖書館》

7.《普林斯頓大學蓋斯特東方收藏》（胡適著；陳譯）

8.《美國的博物館與陳列館》

另外陳紀瀅由「重光」出版了三本別人對他的小說的「評論集」，收集各家對他的作品的評論，包括《《荻村傳》評介文集》、《赤地論》、《評賈雲兒前傳》。

劇本及其他

「重光」出版了一本戲劇《音容劫》。《音容劫》原是陳紀瀅的一篇短篇小說，經陳文泉改編成四幕五場的話劇，十多年來，演出不下三百場。至於詩集，除了鍾雷的《生命的火花》，另有一本彭家駒的《綠瓦集》。

《國劇藝術彙考》為齊如山遺著，介紹國劇源流、演變、組織、行頭、臉譜、音樂等等。「重光」又曾發行《齊如山全集》九厚冊，堪稱大手筆。

《戲畫戲話》可能是「重光」出版的最後一本書（民國 60 年元月），作者張大夏，包括 76 篇劇談，每篇由作者自畫國劇圖像，頗有特色。

「重光文藝出版社」直至 1980 年代都未註銷登記，仍留存於新聞局檔案裡，只是不再出書營業而已。陳紀瀅先生身兼多種工作，曾任「中國文藝協會」理事長，本身又是立法委員，「亞洲華文作家協會」會長，重任很多，年紀也大，不願再忙出版社這類瑣碎雜務。「重光文藝出版社」曾光輝於 1950 年代，所剩部分尚未賣完的書刊，1980 年代中期仍堆放在陳紀瀅家中的小閣樓上。「重光」經營期間，帳目十分清楚，「重光」的作家每年都會收到一份版稅清單，報告其書的銷售狀況。後來決定不再經營，也把書的版權讓作者自己收回。經營文藝出版社並不容易，從「重光」的出版成績看，它在我國文學出版史上曾經扮演了重要角色，也完成了它的歷史任務。

——選自應鳳凰《五〇年代文學出版顯影》
臺北：臺北縣文化局，2006 年 12 月

反共文學的典範與批評的範式

◎簡弘毅[*]

陳紀瀅小說創作的主要時期，發生在反共文學高張的 1950 年代。做為一個文壇大老及文藝運動領導者，陳紀瀅 1950 年代所創作的反共文學作品，必是動見觀瞻，倍受重視，其原因不單是他的創作實力與技巧不凡，更在於他所參與的文學創作，必當成為反共文學的典範。文藝政策與反共論述，當為陳紀瀅所熟悉、所參與，他所寫的小說作品是否依循著反共論述的發展而行，也必將成為仿效的對象。《荻村傳》、《赤地》、《藍天》、《華夏八年》等作品既有一定分量，同時也提供了反共文學的典範價值，更為反共論述建立了一套批判的範式。究竟，陳紀瀅小說將如何透過文本中美學、國族的辯證衍繹，而構築反共文學的基本典型與模式？值得我們予以探究。

一、《荻村傳》：典範之作

陳紀瀅一生中最為重要的作品《荻村傳》，既是他來臺灣後所創作第一篇中長篇小說，也是 1950 年代反共文學的第一個代表作。在歷來文學史著作或論述中有關 1950 年代反共文學的篇章，必然不會錯過討論這部小說。何以《荻村傳》如此重要？在於它所提供後續諸多反共文學作品一個典範，足以仿傚、沿襲其精神及寫作模式；陳紀瀅在反共文藝運動與反共論述上的主導地位，更使作家們在寫作反共作品時必然以他為模仿對象。《荻村傳》所提供的典範價值，導致反共文學作品走向直接批判的寫實手法，

---

[*]發表文章時為靜宜大學中國文學系碩士生，現為國立臺灣文學館研究助理。

以及絕然的二元對立模式，在描寫、批判「萬惡共匪」的敘述過程中，衍繹敵我分明的態勢，並訴諸於傷痕見證的情感共鳴；因而也藉此鞏固了反共論述所追求、強化的政治意識形態價值。

《荻村傳》最早連載在雷震所創辦的《自由中國》上，由於雷震曾任國民參政會副祕書長，[1]與曾任國民參政員的陳紀瀅相識，因此在《自由中國》創刊後，陳便成了雷震的邀稿對象，《荻村傳》也就是在這樣的背景下發表在《自由中國》，一共連載 14 期（1950 年 4 月 1 日～1950 年 10 月 16 日），後由陳自己經營的「重光文藝出版社」出版。雖然是「隨寫隨發表」，[2]但仍是陳計畫已久的寫作題材：

> 父母親先後逃到北平，……等安定之後，雙親對我舉述共產黨統治下的種種經過，包括農村時代變化、鄉人死亡遭遇，以及每個人的細節，尤其是以「傻常順兒」為經的歷史變遷。這些事實，引起我寫《荻村傳》的動機。[3]

這部小說的主角「傻常順兒」及所描寫的場景「荻村」，陳紀瀅一再強調其真實性，即透過雙親轉述的家鄉故事，以及作者個人兒時記憶，交構出《荻村傳》大部分的場景、情節、人物，充其量只是把陳紀瀅家鄉「齊村」取諧音改為「荻村」而已，其餘的都與真實情景相同。1946 年其雙親逃至北平的這段遭遇，觸使他開始計畫將這段故事與遭遇，透過傻常順兒這個人物而寫成一部小說。在陳紀瀅到了臺灣之後，這部小說終於寫成發表，成了 1950 年代第一篇發表的中長篇小說。

《荻村傳》是發生在中國北方一個農村荻村的故事，從 1900 年義和團

---

[1]有關雷震創辦《自由中國》的緣由與經過，參閱馬之驌，《雷震與蔣介石》（臺北：自立晚報社，1993 年 11 月）。

[2]「因之，我是隨寫隨發表，好在沒誤過一次，經過半年之久才刊完了。」陳紀瀅，〈傻常順兒這一輩子——《荻村傳》代序〉，《荻村傳》（臺北：皇冠出版社，1985 年 9 月），頁 11。

[3]陳紀瀅，〈我為什麼要寫《荻村傳》〉，《文訊》第 30 期（1987 年 6 月），頁 47。

之亂開始，經歷國民革命、軍閥割據、日本侵略，一直到日本投降，共產黨勢力進入荻村爲止，而由村中一人物「傻常順兒」戲劇性的一生爲主軸，貫穿整個荻村半世紀的動盪。雖然以中國近代歷史與政治事件做爲小說的時間背景，但荻村仍像是多數中國農村一樣，活在一個安定而置身於大時代動盪之外的世界：

> 當大清國的龍旗從曆書上消逝了已兩年以後，荻村的老百姓們才曉得天變了，換了朝代。
>
> ——《荻村傳》，頁 67
>
> 袁世凱改洪憲和張勳復辟所給荻村村民的記憶，遠不及一場水災更為深刻。
>
> ——《荻村傳》，頁 78

小說舞臺在如此一個與大時代保持距離的村鎮，上演的也全是地方村落的小人物，例如傻常順兒、大粗腿、釦兒蘑菇、完蛋蛋兒、小淘氣兒等人，都有鮮明的性格，卻也都有傳統中國人的特性：保守、迷信、守舊。傻常順兒在義和團亂中被帶到荻村來，就此一生與荻村發生密切關係，他與荻村人一起尋常地生活著，雖然偶有動亂，卻不致真正擾亂村民生活。但時代在變，荻村生活也愈來愈多變，傻常順兒一會被軍閥徵去當伙夫，後來又被日本調去作皇軍，最後被共產黨迎回荻村作村長，但他始終糊塗地過日子，被欺負、被擺布、被設計，都是他自己無法決定的事，就像荻村的命運總是被他人決定是一樣的。故事最終是以傻常順兒村長因爲不再被共產黨利用而被鬥爭，最後遭到活埋的悲劇來收場，結束了傻常順兒乖舛的一生。他的死去，作者似乎有意將之象徵爲中國大陸在共產黨「解放」之後，最後的一線希望已經消逝。所以，小說的最後一句話，頗有將希望放諸未來之意，在反共論述的年代，其意不言而喻：「舊的荻村早已死了，另一個新的荻村正待新生」。(《荻村傳》，頁 213)

在《荻村傳》中，時間的進行是雙線並進的：一是中國大歷史的推進，一是荻村與傻常順兒的歷史推進，這兩條線時而交會，時而分別。但是荻村的歷史演進，終究無法逃避中國歷史大敘述的干擾，荻村和傻常順兒的命運發展最後仍是被放到中國歷史的脈絡之中。作者在書寫這部分時，仍然跳脫不了歷史大敘述的格局，況且反共論述本身即不容許太多多元的、非線性的歷史敘述，文學的書寫必須放在家國情仇的情境之中。《荻村傳》的大敘述格局使得小說能夠把中國半世紀的動亂與傻常順兒坎坷的一生拉在一起，構成他個人與整個中國共同的悲劇；卻也因此使得反共論述得以介入小說文本，破壞了小說的自主性格。

這部小說因爲所描寫的北方人物及土地，而有著較爲鄉土的書寫風格，刻畫人物對話也以北方土話來增加小說的道地北方色彩。北方小村與中國大時代的糾結所造就出來如傻常順兒等人的命運，本應是一個鮮明而深刻的主題；但這部作品模仿魯迅〈阿 Q 正傳〉的痕跡是明顯的，對照阿 Q 與傻常順兒的性格、身影，都有著相似之處，連陳紀瀅都不諱言指出這部小說受〈阿 Q 正傳〉的影響：「從那時起，我便計劃寫傻常順兒這一輩子，比阿 Q 更生動、更現實的這麼一個代表著大時代的小人物」。(〈傻常順兒這一輩子——《荻村傳》代序〉,《荻村傳》，頁 11)

《荻村傳》之所以成爲後代文學史必提的一部作品，除了它是文壇要角陳紀瀅寫的 1950 年代第一篇中長篇，更重要的還是在於這部小說所帶給反共文學的典範價值。陳芳明對陳紀瀅在反共文學中的位置有這樣的評語：

> 陳紀瀅作品是反共文學的典範，這不只是因為他在當時擁有非常的權力，他的創作方式大約也就是後來反共作家模仿的對象。他所發展出來的小說模式，基本上建立在人性的光明與黑暗之相互對比。[4]

[4]陳芳明，〈五〇年代的文學侷限與突破〉,《聯合文學》第 200 期（2001 年 6 月），頁 169～170。

而《荻村傳》最具典範價值之處，就在於對共產黨寫實地批判與控訴。《荻村傳》第 11 至 13 章處，描寫了共產黨八路軍進入荻村進而統治、改變荻村的情形，占全書約三分之一的篇幅，並竭力刻畫共產黨統治下荻村的混亂與破敗：

> 張五爺、黑心鬼、大粗腿被槍殺和傻常順兒榮任村長，並且獨據張舉人家的宅第，這是荻村人連做怪夢也不敢做的奇事。正因為把不可能變成可能，一切反傳統，反倫常，打破道德觀念和姑息惰性，用殘殺制服怕死而求生的本能，用事實誇張它的成功。……於是一切對於共產黨懷疑，而卻生活在共產黨範圍以內的人民懾服了，使他們驚奇共產黨原來才是比皇帝更有權威的人類主宰！
>
> ——《荻村傳》，頁 169
>
> 荻村的街道雖然仍是五條，但四十年前的那種興旺氣象卻再也看不見。藥舖、雜貨店、炸菓舖、棧房，早已封閉。關帝廟、觀音廟，由八路軍的紀念物已變為殺人場。張舉人家那大而宏敞的公館已成凶宅。陳三爺、郝秀才家的闊莊戶已被拆得片瓦無存。連大街上那棵老槐樹也被砍倒做了木柴，最兇的禿梟也不見了。
>
> ……
>
> 白天，荻村是獸世界；晚上，荻村是鬼天下。
>
> ——《荻村傳》，頁 213

對照小說開頭第二章對早年荻村正面、平靜的描寫，便立見前後的差異與改變之巨大了。而這樣的荒謬改變與混亂破敗，正是共產黨徒暴行惡行的最佳詮釋。

陳紀瀅經營此篇小說，頗有以荻村隱喻全中國，爲近代苦難歷史作傳的企圖，從書名即可略窺一二。「我的書，不但爲荻村作傳，也爲六十年來

（自義和團到大陸淪陷）的中國作傳。」[5]透過「無數個荻村的接壞即是中國」[6]的寫作隱喻，將荻村的命運與中國的命運緊接起來，而荻村的破敗與淪亡，也就象徵著大陸「故土」淪喪的苦難與悲憤。爲荻村作傳，等於是替中國作傳；而描寫荻村裡共產黨的惡行，自然也就指涉了當前共產黨占據大陸的罪不可赦。固然這部小說的終極目的就是爲了描寫、控訴共產黨統治下的暴行，但如此直接的陳述與描寫，則是誇張而露骨的，當然也就達到了醜化、批判共產黨的「反共」目的。誠如司徒衛所分析反共文學第一個時期的特色：

> 小說作家在大陸沉淪、國破家亡之後，滿懷悲愴憤激的情愫，在作品中直接暴露共匪的猙獰面目，刻畫共產極權的暴政……。作者並非僅為了個人情感的發抒而創作，還抱有鼓舞士氣、振奮人心的意旨，也可說純粹基於憤激的反共意識而執筆。[7]

將共產黨予以醜化、妖魔化，固然能鼓舞士氣、振奮人心；同時，也提升了國府奉行三民主義的正當性與神聖性，提供了「反共」的正當理由。透過批判共產黨對荻村的破壞，投射爲對全體中華民族與民族文化的破壞，與 1950 年代的文藝政策相契合。

另外，全書鮮明的寫實手法，既爲所欲營造的主題提供了真實性，也成爲後世反共文學作品所奉行的準則。如此的典範價值引導日後反共文學走上此一道路，即文學著重在對共產黨統治惡行的揭露和批判，是否具有文學技巧與藝術價值並不是最爲重要的，「只「反共」不「文學」的結果，自然也就難以從反共文學中產生什麼有流傳價值的作品了。

[5]陳紀瀅，〈我爲什麼要寫《荻村傳》〉，《文訊》第 30 期，頁 47～48。
[6]李荊蓀，〈一疋錦緞〉，收錄於陳紀瀅《荻村傳》，頁 227。
[7]司徒衛，〈泛論自由中國的小說〉，《書評續集》（臺北：幼獅文化公司，1960 年 6 月），頁 129。

二、從《赤地》到《藍天》：正／邪對立的敘述

反共文學在陳紀瀅手上所型塑的典範，不僅只是寫實的與批判的。《荻村傳》揭櫫的批判共產黨統治的模式，是光明與黑暗的對立；而如此的二元對立敘述，在後續他的作品中，更可以看到他戮力刻畫經營的痕跡。正／邪、光明／黑暗、善良／邪惡……等界線分明的對立，其間是沒有模糊地帶的，如此才能劃分出敵方之惡與我方之善，也才能具有批判的效果與能量。因此，在小說題材、人物、情節與敘述上，就必須極力畫出一道明確的界線，以絕對的二元劃分來呈現所欲批判、「重現」的歷史，進而導入政治宣傳所需要的敵我分明、不共載天。梅家玲分析這樣的操作手法其目的在於政治的意識形態需求：

> 在近代，「民族／國家」正是如此地被想像建構為一具有深度廣度的生命共同體，並具有一定的界域劃分：或是地理疆界，或是血緣語言、歷史文化。……而此一休戚與共的同胞手足之情，往往又與「祖國」、「故園」等一系列與「家園」相關的字眼，內化為個人生命中最神聖的一部分，在國家（政權）面臨被邊緣化的危機時，召喚了人們甘心為之犧牲奉獻，在所不惜的情操，其「敵／我」、「正／邪」之間，自然也因此劍拔弩張，不共載天。反共小說所以政治意味濃厚，正導因於家國意識的強烈。[8]

陳紀瀅的小說，也極力操作此二元對立的敘述，以不斷出現的情節與人物，強化敵惡我善的意識形態論述。例如在《荻村傳》裡，固然傻常順兒不是一個正義凜然的化身，但在面對殘暴統治的共產黨時，他仍在臨終

[8]梅家玲，〈五〇年代國家論述／文藝創作中的「家國想像——以陳紀瀅反共小說爲例的探討〉，收錄於彭小妍編，《文藝理論與通俗文化》（臺北：中央研究院中國文哲所籌備處，1999 年 12 月），頁 147。

前覺醒了他對生命的渴求以及對共產黨邪惡勢力的唾棄。

同樣的操作出現在《藍天》與《赤地》這兩部小說裡。《赤地》與《藍天》這兩部小說，在題材、內容，甚至書名安排上，皆有相對而立的巧合。《赤地》寫中國自抗戰勝利後方復員，一直寫到共產黨北京城，「豆汁兒張」等人逃離北京而止；而《藍天》雖是多篇各自獨立的小說，但其中大部分寫隨國府來臺灣的人物在臺灣所發生的故事。「豆汁兒張」一行人逃往哪去？《藍天》裡的大陸人又是從哪來遷來臺灣的？雖然之間沒有必然的連接性，但兩本小說卻因此而有了巧妙的承續關係。《赤地》與《藍天》，一寫國府在大陸的失敗，一寫在臺灣的種種復興基地面貌，既在場景、題材上已有所區分，書名更是各有所喻的將「赤地」大陸與「藍天」臺灣作了最澈底的分別。在《赤地》出版後，有評論者認爲當可以此爲起點，續寫《青天》[9]，或與《綠島》、《沃野》合爲三部曲，[10]雖然後來陳紀瀅並沒有以此小說續寫下去，但隨之又將出版的短篇小說集名爲《藍天》，已經能夠明白看出他的微言大意了。

《赤地》的情節處處充滿了正／邪對立的安排，同時也承載了戰後四年中國情勢的變化。戰後「前方」種種復員工作的混亂、東北接收的失利、接收人員的攀附權貴、共產黨趁勢占據人心等，凡此種種都具體而微的在小說中加以呈現，而小說所依據的，則是對善惡的劃分，即追求國家重建、民族發展、人性光明的人事物屬於正義的一方；而破壞建設、分化民族、腐化人心的人事物，則應當遭到批判與唾棄。正如范志英在分析學生遊行行動時的說法一樣：

> 假若是把一個國家比作家庭，今天正有賢與不肖的人物在擔任不同腳色；一方面有人維護這個家庭的命脈，一方面也有人破壞這個家庭的存在。共產思想從四面八方而來，……它特別要從拆散每一個家庭起，使

[9]朱介凡，〈《赤地》——良心論〉，《赤地論》（臺北，重光文藝出版，1960年5月），頁23。
[10]曾虛白，〈讀《赤地》〉，《赤地論》，頁3。

人類社會最基層的社會基礎根本動搖，然後纔能便利共產主義社會的建立。

——《赤地》，頁 200

在人物安排上，更可見小說中正／邪對立的描寫。《赤地》中范家東、西兩府的主人各自名爲「范縉」與「范統」（諧音飯桶？），已將兩家各自的命運作了隱喻：忠義守節的范大爺范縉、投身戰後東北接收保衛戰的范志英、操持家務最終在宅第被共產黨徒占去後自縊的陶蘋等正面人物皆出自東府；而趁復員時期攀附權貴的范三爺范統、加入共產黨甚而違逆長輩的范志婕、范再仁等人，則都是出自西府。小說最後安排東府宅第遭到投共人士謝濱的占據，陶蘋自縊身亡，而西府一家大小先後離開了北京城。連「東」、「西」府（象徵海峽之東、西？）的成員及最後落得的遭遇，都能以正／邪加以明確區分，則西府遭人占去，家人逃散的情節，不就是對大陸淪陷，國民黨自中國逃至臺灣的具體象徵嗎？同時，我正／敵邪的對立敘述也就巧然確立了。

如果善／惡、正／邪是基本的區別，那麼光明／黑暗的對抗就是對命運與前途的隱然指涉了。小說中封子龢所談及的理想，便把這種隱喻表明的十分直接：

當黑暗遮蓋了大地，那微弱的曙光，雖然僅有一線，也正預示著光明。真理與正義永遠是最難顯現的東西，但真理與正義永遠不會磨滅，而為人類所共同追尋！」

——《赤地》，頁 106～107

《赤地》最後寫到「豆汁兒張」等一行人離開北京時的滿懷希望。如果他們一行人所追求前往的真是充滿光明希望的「青天」，那《藍天》裡所描繪的復興基地臺灣，自然就是他們最佳的落腳之處。〈有一家〉、〈協防前後〉、〈菊車〉、〈大地春回〉等篇所描寫的光明未來與美好前程，都在在相對於《赤地》裡描寫大陸的混亂與動盪，有著明確的區別。《藍天》的作者自序裡一段話很能表現這種有別於「赤色大陸」的心情：

> 臺灣氣候，四季少變；夏日炎炎，時間最長。寫這些文章的時候，多半是在蝸居斗室，伏案望天，邊寫邊望，而天色蔚藍時居多。因此以《藍天》代書名，既別《赤地》，也是象徵作者的心情。
>
> ——〈《藍天》自序〉，《藍天》，頁 2

臺灣如此宜人的氣候，在這些經過顛沛流離，從赤色中國裡逃離到此島上的人士看來，實在是再美好不過的「藍天」。而當「藍天」的意象與國民黨旗的符碼相吻合之際，臺灣也就不僅只是一個「蔚藍時居多」的宜人島嶼，更是相對於「赤色」大陸的反攻基地。因此，《藍天》裡有許多篇小說內容提到了從軍、動員的情節，將充滿光明希望的「藍天」與儲備軍力、準備反攻的希望，緊密的連結在一起：

> 清晨與太太同去街心，見成群結夥的人，燃放爆竹，又在歡送壯士入伍。……久雨初晴，泥濘的道路完全乾燥。蔚藍的天空中，白雲朵朵。遠近傳來送壯丁入伍的爆竹聲。
>
> ——〈大地春回〉，《藍天》，頁 182

因此，在《藍天》裡最常出現的角色不是忙著眼前生活的尋常百姓，而是從軍報國、以待來日反攻的軍人、戰士們。（如〈音容劫〉、〈有一家〉、〈再嫁〉、〈菊車〉、〈大地春回〉等。）但即使如此極力描寫復興基地的光明，仍然必須有幾個負面的人物與作爲，用以襯托大多數人於復國建國的努力與期盼：

……第三封是李格非自本市寄，寫著：「……聞劉廣富此次騙款總計在新臺幣千萬元之譜，掃數為企圖高利貸放之款，……又李綺梅及其夫某局長係奉匪方命令破壞臺省經濟金融者，……提倡奢華，麻醉社會，激動軍民惡感，消滅人民反共意志為務，……再有附告者，聞王不凡委員，當局以其思想乖謬，行為腐化，已送往某處管訓，……丹妮小姐劇團已請准當局減租免稅上演反共抗俄劇本，刻正加緊排練『協防前後』一劇，不日上演。……」

——〈協防前後〉，《藍天》，頁 85～86

這麼一封信的內容，即已把《藍天》裡所出現的負面形象人物大致涵蓋進來了，用這幾種典型人物來反差大多數人的正面、積極。而不論是何種類型的負面角色，都必是與國家建設、反攻復國大業相抵觸，甚至蓄意予以破壞的「共匪」之徒；就連消極的心態也會遭到譴責與不屑。[11]整本書中唯一的共產黨徒角色，〈碧若〉裡碧若的同鄉，且看作者是如何予以描寫：

那天，她打扮得完全是闊公館裡的少奶奶模樣，粉面朱唇、珠光寶氣、新式衣履、動作洋派，她好像久居在北平似的，處處入派入時，她拉我到市場潤明樓喫了餐飯，一舉一動她都像個京油子。

——〈碧若〉，《藍天》，頁 58

但在路上，常常看見她，她一會兒乘三輪車，一會兒汽車，一會兒吉普。時而少婦打扮，時而交際花裝束。有一次她還穿了一身工人裝呢。陪她的人有軍人、政客、文人、學生，還有工商界的人。總而言之，她是為共產黨在北平做工作無疑。……

[11]「……他對自己的父親雖然很孝順，但對老人家這種過分貪戀過去，幻想未來的習慣，內心裡實在不愉；對於大哥頹唐失望，只認命運的人生觀，也著實不贊成。……」〈有一家〉，《藍天》（臺北：中央文物供應社，1954 年 10 月），頁 95。

——〈碧若〉,《藍天》,頁 60

如此刻畫一名共產黨徒,竭盡所能的予以醜化和汙名化,對照碧若「一副瓜子兒形的臉兒,深深的眼窩兒,兩道清秀的眉」[12]的描繪,其間醜陋/清純的分野已經十分鮮明了。

而在《華夏八年》裡戮力營造後方重慶的「生命共同體」,不就是企圖劃分同舟共濟的中國人,與侵略國土、民族文化的日本人的差異嗎?而在後方重慶進行滲透、反政府的共產黨,在此一標準上,與侵略者日本人是沒有什麼差距的,都是劃歸入同一陣營,必須加以討伐和批判的對象。因此,在這部小說中也努力進行正/邪的劃分,而一刀劃開的,就不只是外來侵略者,更可能是「自家人」的共產黨徒。

不論是以何種形式與內容形成二元對立的敘述,終將導入我/敵的明確區別,進而衍繹不共載天之仇,也就是反共文學所要追求的批判與控制。在將黑暗的、邪惡的、醜陋的、敵對的一方加以描寫敘述的同時,便進而確認、提升了我方的光明、正義、善良,也就能對共產黨予以嚴厲批判,並將造成中國苦難歷史的責任推卸給對方,而把退守所據的臺灣放置在相對神聖的位階上。正/邪、我/敵的分際,必須是直接了當、義無反顧的絕然劃分;而所依據的,或許也就是反共文學所欲追求、建立的,政治意識形態的標準了。

三、「華夏」如何「八年」?:家/國想像的鋪展

將個人、家庭的命運與全民族、國家的命運緊密連結,是陳紀瀅小說經常使用的方法,無論是《荻村傳》、《赤地》還是《華夏八年》,這種企圖以個人、家庭「小我」延伸鋪展爲國家、民族「大我」的手法,都是十分明顯的。究竟「以家喻國」的延伸,存在著何種目的或企圖?家/國想像

[12]陳紀瀅,〈碧若〉,《藍天》,頁 43。

的交錯鋪陳，所構築的書寫範式又呈現怎樣的面貌？

Benedict Anderson 曾論及民族的構成與民族內成員間的關係：

> 民族的屬性就融入膚色、性別、出身、出生的時代等——所有那些我們沒有選擇不得不然的事物之中。而且在這些「自然的連帶關係」中我感受到了也許可以稱之為「**有機的共同體**之美」（the beauty of gemeinschaft）的東西。換個方式說，正因為這種連帶關係是不容選擇的，他們因此就戴上了一種公正無私的光圈。……毋寧說，傳統上家庭一直被設想成是屬於無私的愛與團結的領域。所以，儘管歷史學家、外交家、政客和社會科學家對「民族利益」的理念頗為安然自在，但對大多數來自任何一個階級的一般人而言，民族這個東西的整個重點正是在於它是不帶有利害關係的。正因為這個理由，民族可以要求（成員的）犧牲。[13]

在此觀念之下，民族對其下組成的成員，可視爲「有機的共同體」的不可分割的部分。因此，當民族的利益遭到損害時，民族成員也將難逃連帶的犧牲；反之，個人、家族的顛沛流離也就可以隱含全民族、國家的被破壞與遭受威脅。由此來檢視陳紀瀅極力鋪陳小說中家／國的不斷交錯糾葛，就可明瞭他所欲以局部托喻全局，而達成召喚全民族、國家精神的企圖。

《華夏八年》裡華家和夏家在開往後方的渡輪上相遇，各自介紹自己的家世時，便把這種家／國想像延伸到極致。華家籍貫在浙江，先祖卻是北方人；而夏家原籍浙江，最後卻落籍北方。因此，夏將軍便有感而發的將這樣的巧合歸因於全中華民族的共同起源：

[13] Benedict Anderson 著；吳叡人譯，《想像的共同體：民族主義的起源與散布》（*Imagined Communities: Reflections on the Origin and Spread of Nationalism*）臺北：時報文化出版公司，1999 年 5 月，頁 156～157。

中國人最初移民情形大概都是由西向東，由北而南。黃河流域的人往南走，漢水流域的人往東走。總而言之，咱們都是黃帝的子孫，是一個來源；不過年代久了，才分出張王李趙百家姓」。

——《華夏八年》，頁 26

作者透過刻意的安排，讓「華」家與「夏」家同在撤退到後方的船上相遇，又演繹了這段「天下一家親」的身世巧合，不正是以此兩家合而爲一中華民族的全體化身嗎？讓這兩家同在一條船的安排，一同在中日戰爭爆發後往後方撤退，又在抗戰勝利後搭兩條船同行回到南京，既開啓了小說中這兩家在抗戰八年間往來的起點與終點，同時也象徵了中華民族在抗戰中「同舟共濟」共赴國難的精神。甚至在船由南京開往漢口的途中，還遭遇到了空襲警報及「淅瀝淅瀝的細雨，爲苦難的全船合奏安眠曲。」[14]企圖將船上包括華、夏兩家及其他全體往後方撤退者的命運緊密連繫在一起。這樣刻意的安排，是跟作者寫作這部小說的期待有直接的關聯：

以寫實手法，把抗戰時期，全國上下，堅苦卓絕的事實，藉故事烘托出來，以糾正某些歪曲宣傳。使海內外讀者留下一公正的印象，也好對抗戰八年死難同胞有一交代。

——《華夏八年》，頁 3

既然所欲烘托、呈現的是抗戰八年的中國歷史，那麼用「華」、「夏」二家在八年裡的種種際遇爲主軸來描寫，所寓含的用意就昭然若揭了。就連小說中葉靈服務的育幼院所收養的孤兒也「男孩子都姓華，女孩子都姓夏」，[15]大至家庭，小至孩童，幾乎全被納入中國歷史的命運軌跡中。

八年的時間內，小說以三組路線的人物串聯全篇。既寫重慶裡華、夏

[14]陳紀瀅，《華夏八年》（臺北：文友出版社，1960 年 5 月），頁 22。
[15]同前註，頁 401。

兩家人以及劇團人的生活種種，也刻畫了葉靈、夏繼綬、華雲霓等青年的思想行為，另外夏紫棋、張亞男、錢韻琴等人見證共產黨在陝北的發展情形。這些不同命運、不同思想的人最後都聚集在重慶，而於抗戰勝利後各自展開其人生。在這八年當中，不同的人馬經歷不同的遭遇與苦難，最後都能夠尋得一己的發展，並共同期許勝利復員後的光明前程，毋寧是象徵著全體中國人在經歷八年顛沛流離後苦盡甘來的見證。特別是夏紫棋、錢韻琴等「平津學生團」自平、津流落至南京後，卻遇上「南京大屠殺」的歷史現場；在僥倖逃出後，卻又被迫踏上往晉南陝北共產黨勢力範圍的路。這段經歷，簡直就是企圖透過這些角色，將這段混亂的歷史加以還原，以為傷痕的見證。

不論是荻村的破敗、北平范家的淪亡，還是《華夏八年》裡一行人流亡大後方的顛沛流離，在在都是以小我的遭遇托喻全中華民族近半世紀來的苦難與國破家亡。因此，「每一個人心目中都有一個荻村，無數個荻村的接壤即是中國」，[16]而每一個范家、華家、夏家都可以是動盪中國裡的每一個組成單位，這些家庭、村落的命運，都跟全民族國家的命運緊緊牽扯在一起。也就是說，小說中的家破人亡，都是因為象徵著國土喪失、政權易幟，才得以顯現其傷痛的全面性。相對的，土地、家庭的追討、恢復，必須要依繫著政權、國家的恢復和重建才得以實現。個人—家族—民族—國家這四層關係，是相互衍繹的，「小我」與「大我」間不單只是「以小喻大」的連結，更是一體兩面、相互托喻的鋪陳延伸：

> 我們打仗的目的是要收復失土，使每個老百姓都能回到自己溫暖的家鄉呀！仗雖是舉國打的，但最終目的卻為保衛個人！
>
> ——《華夏八年》，頁 567

> 若干年後，也許我們這種近似愚狂的舉動，有人加以記載，……使後人

[16]李荆蓀，〈一疋錦緞〉，《荻村傳》，頁 227。

知道，在舉世滔滔，邪說橫流的季節裡，曾有一群青年男女保持冷靜，為時代悲歌；也放言高論，劃出未來世界面貌的輪廓。

——《華夏八年》，頁 857

打仗的目的既是「收復失土」，也是「保衛個人」；局勢動盪裡，也有一群人「爲時代悲歌」，並擘畫未來的輪廓。小說中所欲呈現的已不只是以小我的犧牲成就大我的完滿；相反的，失土的收復也可以象徵個人生命的開展：

此時，紅日正透過城牆垛口，照射在她們的身上，幾位女士貪戀欣賞落日的餘暉，面向紅光似火的太陽，佇候它徐徐墜落。……當她們走出公園門首，擴音器內再播放一首「勝利進行曲」。她們肩比肩，腳和腳，踏著拍子向前愉快地進行。

……

紫金山巔，星光燦爛，正預示一個晴朗的明天。

——《華夏八年》，頁 923～924

將個人的生命開展與國家勝利前景的美好，相互緊扣在一起，便成了小說中家／國想像的完美鋪展了。陳紀瀅善用此一手法，透過小說的書寫將中國歷史與民族遭遇行於文字之間，完成家國想像的相依相喻，而具體烘托出所欲表現的意識形態。

落實到反共小說的討論，它所涉及的，遂不僅是讓小說做為歷史現實的見證註腳，同時也將讓歷史成為小說敘事／虛構的一部分；不僅是小說如何「反映」家國現實，更是如何「參與」並「實踐」其「家國想像」

之建構過程的問題。[17]

而這也終將成為反共文學，甚至懷鄉文學所普遍構築的敘述架構。

四、是「夢」還是「真」？：虛／實歷史的交織

前文敘述了陳紀瀅寫作中國歷史小說的企圖，但小說終究不是歷史敘述，自不能等同於血淚斑斑的歷史見證。小說終究是想像、虛構性的，與歷史書寫的性格相異；但陳紀瀅卻仍極力鋪展小說中的歷史敘述，企圖以現實的歷史脈絡與虛構的人物情節相契相繫，以求得小說為歷史代言的效果。

為了符合歷史敘述的脈絡發展，小說中不斷援引大量的史料與事件，甚至用報導文學式的手法，以佐證所鋪展開來的歷史敘述。例如《赤地》裡大量出現的東北戰事敘述（如第 6、9、17 章等），《華夏八年》裡對中日戰爭裡部分戰役的描寫，以及戰爭文獻的背誦（頁 714～719）等，「這部小說，藉用許多史料與新聞記載，事實與虛構交織進行，那種企圖在反共小說中極為罕見。」[18]而人物、情節的安排與故事發展，也跟隨著歷史事件和歷史進程同步進行，期望透過這些史料、事件與報導，使小說得以與歷史發展的脈絡相契合。《華夏八年》裡夏紫棋與錢韻琴等人爭相背誦〈波茨坦宣言〉等歷史文獻後，張亞男的一段話，頗能將歷史敘述在陳紀瀅小說中的位置作一說明：

歷史就是活生生的事實。耳聞目覩的歷史紀錄，令人回憶起來，越發親切。今兒個無意中我們背誦兩大文獻，也等於溫習了八年全部歷史！憑真實歷史，展望前途，豈不比空想可靠？

---

[17]梅家玲，〈五〇年代國家論述／文藝創作中的「家國想像」——以陳紀瀅反共小說為例的探討〉，《文藝理論與通俗文化》，頁 148。
[18]陳芳明，〈五〇年代的文學侷限與突破〉，《聯合文學》第 200 期，頁 170。

——《華夏八年》，頁 719

憑藉著背誦文獻即可溫習八年歷史，則援引這些史料做爲小說敘述的一部分，不也等於同時書寫了這段歷史？在真實歷史之上所填補的人物情節，與其說是做爲一文學表現，不如將之視爲歷史書寫的具體呈現，更能說明陳紀瀅文學與歷史敘述的相互關係。雖然他不斷強調小說中「國家大事都是真實歷史，但人物與故事則完全是虛構」，但相對虛構的人物情節，卻總有得以與現實相互參照，甚至對號入座的可能空間，所以，在反共文藝運動領導者陳紀瀅的思考裡，小說不應該只是做爲文學藝術的表現，而更是如何透過文學作品表現民族、國家的歷史命運，「代大陸淪陷前的中國歷史作腳註，爲反共復國誓師吹起前進的號角！」的表現手段，以召喚同仇敵愾的反共意識，達到反共文學的終極目標。因此，大量書寫戰事的報導，既與小說人物一同見證了時代變局，也能夠透過歷史書寫與文藝政策、意識形態相互呼應，「書寫行爲已成社會實踐之一端，文字非但不止於虛構想像，紙上談兵，更是反共作家力圖參與家國重建，爲歷史爭正朔的重要憑藉。」[19]

只是，歷史的弔詭處，在於沒有真正客觀而純然的歷史。小說所援引的眾多史料，儘管史料再正確齊全，新聞報導再詳實準確，也都可能只是經過篩選的真相，甚至可能刻意遺忘了某些片段，只爲了建構符合一己利益的歷史。那麼，小說所選擇的史料、事件，也同時是爲了符合政治利益而進行的安排；記錄、書寫歷史的同時，也「重建」了一套選擇過的，符合政治意識形態的歷史詮釋。例如《赤地》裡東北戰事的描述，全然從國民黨部隊的角度來撰寫，卻以類似新聞報導的筆法欲呈現其客觀性，事實上則是企圖透過這些報導，合理化東北接收工作的失敗以及隨之而來的大陸失守。當然，出身新聞記者的陳紀瀅，必然明白新聞傳播的功能性，也

---

[19]梅家玲，〈五〇年代國家論述／文藝創作中的「家國想像」——以陳紀瀅反共小說爲例的探討〉，《文藝理論與通俗文化》，頁 153。

不會不知曉新聞報導必然存在的偏頗角度。因此他所在小說中呈現的報導、史料，即凸顯了小說文本欲透過現實敘述來增強其說服力，也同時巧妙的利用新聞報導將歷史事實與小說虛構間的關係，作一隱喻：

> 自抗戰以來，對於軍事進退，主管發佈新聞當局挖盡心思，創造名詞，以掩飾失敗。……報紙讀者在日久天長之後，也學得很聰明，只要報紙上登載某地情況不明，就料定某地必早已失陷；縱然標明某軍轉進，閱報的人仍以後撤的心情看待。因此軍事名詞變成與字面相反的定義。
>
> ——《華夏八年》，頁 152

抗戰時期正擔任報館工作的陳紀瀅，當是以自身經驗與感觸寫下這段詮釋；但在反共作品裡加上這段文字，亦無形中揭露了反共文學本身的荒謬性。透過歷史敘述堆砌的真實性與政治意識形態，在虛構的小說作品內，正好凸顯反共宣傳的不真實。既然挖盡心思所創造出來的軍事名詞成了反面的定義，那麼苦心建立的反共論述與文藝政策，也就成為虛幻的空中樓閣，只能在當下發揮效用，無法通過歷史檢驗而流傳後世。

虛／實交錯的敘述手法，不只表現在歷史場景與情節上，同樣也表現在小說文本中想像延伸的部分。《荻村傳》中共產黨進入荻村後的情節，雖然作者自述經由其父母口述之，以做為其事實根據，但「口述」本身亦是一種想像的延伸，無法成為現實體驗的依據。荻村被「解放」後的景象，應該僅是作者以有限的聽聞而誇張想像出來的，缺乏親身參與的直接感受。因而透過想像與口述資料而延伸出來的場景敘述，必然滲雜入政治意識形態的需求，以符合反共論述的取向。

另外，《夢真記》雖然只是不強調虛構性的散文集，但一樣呈現了陳紀瀅作品思想於現實與想像間的擺盪：「九篇短文，非『夢』即『憶』，『憶』是『真』的，『夢』也會變成『真』，因題名為《夢真記》」。（〈自序〉，《夢真記》，頁 1）

「夢」與「真」透過真實性的媒介而連接起來，是本書的寫作企圖；而這真實性的媒介，則是回憶與想像。這九篇中，雖多以夢境的形式表達，仍充分表現了陳紀瀅對回憶過去和重返故土的強烈渴求，也與刻意遺忘當前現實的反共論述相吻合。〈夢真記〉裡描繪了一幅反共大陸成功，政府復員的光輝景象，當可成爲反共論述者心中最理想的藍圖：

> 十月十日的清晨，陽光普照，和暖如春。好多從南方來的朋友都詫異，天氣真有點變了，江南落雪，華北燕飛，真是少有的現象，也許是老天爺故意替國慶高興，他老人家一裂嘴天便溫煦了。
>
> 總統府慶祝大典在懷仁堂舉行。當初有人建議把懷仁堂改名，又有人說：我們在復國之初，正該懷仁，有我們今日之仁，才顯出共匪的殘暴。……總統全副大元帥裝，佩帶勛章，精神煥發，從來沒看他這樣高興，一直在微笑。
>
> ——〈夢真記〉，《夢真記》，頁 18～19

這段描述，勾勒出反攻復國後的美麗景象，雖是難以實現的虛幻想像，倒也將這批人心中的情景具體描繪了出來。而對過去美好時光的回憶，更成爲取代現實世界的最好方法。〈我的周末〉裡記敘了作者從幼年、青年到出社會後各個時期的周末生活，雖然只是生活片段的瑣碎記憶，串聯起來的仍是感傷昔日生活與故土的已然不復返，僅能將這些回憶和感傷形諸文字，充當現實生活的情感依據：

> 雖然不敢高攀孔老夫子的「發憤忘食，樂而忘憂，不知老之將至。」但「大陸不回，何以樂為？」確常在耳邊震盪。於是，僅能在文字裡找「周末」，寫到得意處，也可以忘形。
>
> ——〈我的周末〉，《夢真記》，頁 86

對過去記憶的不斷回憶，以及對未來世界的強烈渴求，「大陸不回，何以樂爲？」這毋寧是對眼前現實的刻意遺忘。回憶、渴求與遺忘之間，所依據的準則已不只是虛構和真實間的距離，更是政治意識形態考量的痕跡。「……被視爲歷史的真實，卻是演述於小說的虛構想像之中；原本欲以紀實文字鞏固國家論述的小說，反倒在敘事中不經意揭露了國家論述本身的虛幻。」[20]歷史敘述可爲虛構的小說所援引，而虛幻延伸的想像情節，又在不強調虛構性的散文中，取代了現實而成爲可相信的題材；虛／實之間的交錯與擺盪，實造就了反共文學與反共論述本質的荒謬。

——選自簡弘毅〈陳紀瀅文學與五〇年代反共文藝體制〉
臺中：靜宜大學中國文學系碩士論文，2003 年

[20]梅家玲，〈五〇年代國家論述／文藝創作中的「家國想像」——以陳紀瀅反共小說爲例的探討〉，《文藝理論與通俗文化》，頁 157。

輯五◎

研究評論資料目錄

作家生平、作品評論專書與學位論文

專書

1. 牟宗三等　　《荻村傳》評介文集　臺北　重光文藝出版社　1954年11月　34頁

本書爲小說《荻村傳》之評論集合。全書收錄牟宗三〈虛僞的時代讓它過去〉、李荊蓀〈一疋錦緞〉、逸常〈一部農村傳記〉、蕭鐵〈《荻村傳》底主題、人物和口語〉、穆穆〈《荻村傳》的時代〉、葛賢甯〈評介《荻村傳》〉、黃公偉〈《荻村傳》的時代性〉、鍾梅音〈我看傻常順兒〉、張愍言〈我讀《荻村傳》〉、穆穆〈傻常順兒〉、楊念慈〈一座待開採的金礦——由《荻村傳》談到「文學語言的再創造」〉，共11篇。

2. 曾虛白等　　赤地論　臺北　重光文藝出版社　1960年5月　49頁

本書爲小說《赤地》之評論集合。全書收錄曾虛白〈讀《赤地》〉、張九如〈讀陳紀瀅著《赤地》後〉、邱楠〈寫實的創作方法抉微〉、朱介凡〈《赤地》——良心論〉、李金曄〈現實政治的警鐘〉、李輝英〈從創作經驗論《赤地》〉、稼青〈我讀《赤地》〉、黃公偉〈往東南天邊走〉、歸人〈《赤地》〉、麋文開〈臺灣文壇的異彩——《赤地》〉、會池〈陳紀瀅的《赤地》〉、江東〈我看《赤地》〉、郭紘綾〈形象、格局、風緻〉、趙家驤〈讀《赤地》有作〉，共14篇。

學位論文

3. 簡弘毅　　陳紀瀅文學與五〇年代反共文藝體制　靜宜大學中國文學系　碩士論文　胡森永，陳芳明教授指導　2003年7月　178頁

本論文自反共文藝角度探討陳紀瀅先生於反共文藝體制中的角色與創作，並進一步研究其反共論述及文學創作技巧。全文共5章：1.緒論；2.陳紀瀅與反共文藝體制；3.陳紀瀅文學與反共論述；4.陳紀瀅作品的文學技巧；5.結論。正文後附錄〈陳紀瀅年表〉、〈著作繫年〉。

作家生平資料篇目

自述

4. 陳紀瀅　　自序　新疆鳥瞰　長沙　臺灣商務印書館　1941年5月　頁1—2

5. 陳紀瀅　　初版自序　新疆鳥瞰　重慶　建中出版社　1943年5月　頁1—3

6. 陳紀瀅　　自序　新疆鳥瞰　臺北　臺北　1969年7月　頁1—2
7. 陳紀瀅　　再版自序　新疆鳥瞰　重慶　建中出版社　1943年5月　頁1—3
8. 陳紀瀅　　後記　新中國幼苗的成長　上海　建中出版社　1947年6月　頁304
9. 陳紀瀅　　後記　新中國幼苗的成長　臺北　〔自行出版〕　1992年2月　頁342
10. 陳紀瀅　　傻常順兒這一輩子——（代序《荻村傳》）　荻村傳　臺北　重光文藝出版社　1951年4月　頁1—6
11. 陳紀瀅　　傻常順兒這一輩子——（代序《荻村傳》）　荻村傳　臺北　重光文藝出版社　1955年2月　頁1—6
12. 陳紀瀅　　傻常順兒這一輩子——代序　荻村傳　臺北　皇冠出版社　1985年9月　頁7—12
13. 陳紀瀅　　自序[1]　寄海外甯兒　臺北　重光文藝出版社　1952年12月　頁1—2
14. 陳紀瀅　　關於《寄海外甯兒》　中央日報　1953年1月3日　6版
15. 陳紀瀅　　除夕之憶　聯合報　1953年12月31日　6版
16. 陳紀瀅　　自序　夢真記　臺北　中央文物供應社　1954年8月　頁1
17. 陳紀瀅　　《藍天》自序　藍天　臺北　中央文物供應社　1954年10月　頁1—2
18. 陳紀瀅　　《荻村傳》再版記　荻村傳　臺北　重光文藝出版社　1955年2月　頁211
19. 陳紀瀅　　《荻村傳》再版記　荻村傳　臺北　皇冠出版社　1985年9月　頁217—218
20. 陳紀瀅　　《荻村傳》三版記　荻村傳　臺北　重光文藝出版社　1955年2月　頁211
21. 陳紀瀅　　《荻村傳》三版記　荻村傳　臺北　皇冠出版社　1985年9月　頁

[1]本文後改篇名爲〈關於《寄海外甯兒》〉。

218

22. 陳紀瀅　《荻村傳》四版記　荻村傳　臺北　皇冠出版社　1985年9月　頁218—219
23. 陳紀瀅　〈音容劫〉創作簡要經過　中央日報　1955年5月19日　6版
24. 陳紀瀅　《赤地》的取材和寫作[2]　中央日報　1955年5月30日　6版
25. 陳紀瀅　著者自白　赤地　臺北　文友出版社　1955年6月　頁1—2
26. 陳紀瀅　著者自白　赤地　臺北　重光文藝出版社　1960年5月　頁1—4
27. 陳紀瀅　〈音容劫〉創作及改編劇本經過　音容劫　臺北　重光文藝出版社　1955年12月　頁1—3
28. 陳紀瀅　自序　文藝新史程　臺北　改造出版社　1956年1月　頁7
29. 陳紀瀅　陳紀瀅《報人張季鸞》序　自由報　第679期　1957年9月9日　4版
30. 陳紀瀅　自序　報人張季鸞　臺北　文友出版社　1957年9月　頁1—2
31. 陳紀瀅　自序　報人張季鸞　臺北　重光文藝出版社　1971年2月　頁1—2
32. 陳紀瀅　重視文學翻譯工作——《赤地》英文本出版經過　中央日報　1959年12月11日　7版
33. 陳紀瀅　《歐遊剪影》前記　中央日報　1960年4月7日　5版
34. 陳紀瀅　文藝閒筆——關於《歐遊剪影》——關於這本書　晨光　第8卷第3期　1960年5月　頁6
35. 陳紀瀅　自序　歐遊剪影　臺北　中央日報社　1961年5月　頁1—2
36. 陳紀瀅　十年文藝工作透視　中央日報　1960年5月4日　5版
37. 陳紀瀅　著者自白　華夏八年　臺北　重光文藝出版社　1960年5月　頁1—7
38. 陳紀瀅　《華夏八年》自白（1—4）　中央日報　1960年6月11—14日　7版

[2]本文後改篇名爲〈著者自白〉。

39. 陳紀瀅　《華夏八年》答客問　晨光　第8卷第7期　1960年9月　頁6
40. 陳紀瀅　從小說到電影——《音容劫》影片的誕生　中央日報　1960年10月14日　8版
41. 陳紀瀅　《華夏八年》話劇序　華夏八年　臺北　中央文物供應社　1961年5月　頁1—2
42. 陳紀瀅　自序　在柯峰　臺北　重光文藝出版社　1962年2月　〔1〕頁
43. 陳紀瀅　以一日爲例（1—8）　徵信新聞報　1963年4月12—19日　8版
44. 陳紀瀅　樂園中的巨創——代自序　美國訪問（上）　臺北　重光文藝出版社　1965年4月　頁1—11
45. 陳紀瀅　歉疚和愉快——代後記　美國訪問（下）　臺北　重光文藝出版社　1965年4月　頁1089—1091
46. 陳紀瀅　自序　美國的新聞事業　臺北　重光文藝出版社　1965年7月　頁1—2
47. 陳紀瀅　自序　常春藤盟校及其他（美國的學校）　臺北　重光文藝出版社　1965年7月　頁1—2
48. 陳紀瀅　自序　美國的圖書館　臺北　重光文藝出版社　1965年10月　頁1—4
49. 陳紀瀅　自序　美國的博物館與陳列館　臺北　重光文藝出版社　1965年11月　頁1—4
50. 陳紀瀅　《瞭解琉球》自序　瞭解琉球　臺北　臺灣商務印書館　1967年6月　頁3—4
51. 陳紀瀅　臺版自序　新疆鳥瞰　臺北　臺灣商務印書館　1969年7月　頁1—2
52. 陳紀瀅　自序　西德小駐　臺北　重光文藝出版社　1969年11月　頁3—4
53. 陳紀瀅　寂寞的歐洲（代序）　歐洲眺望　臺北　重光文藝出版社　1969年12月　頁1—12
54. 陳紀瀅　自序　西班牙一瞥　臺北　臺灣商務印書館　1969年12月　頁1

—2

55. 陳紀瀅　　自序　白霜湧路　臺北　傳記文學出版社　1969年12月　頁1—2
56. 陳紀瀅　　再版自序　報人張季鸞　臺北　重光文藝出版社　1971年2月　頁3—4
57. 陳紀瀅　　辨交代:「世系表」與「事略」　聯合報　1972年3月7日　9版
58. 陳紀瀅　　《有情歲月》上場引——我寫作這個長篇的時代與心理背景　文壇第165期　1974年3月　頁9—15
59. 陳紀瀅　　這個長篇的時代與心理背景（代序）　有情歲月　臺北　黎明文化公司　1979年8月　頁1—9
60. 陳紀瀅　　《有情歲月》的時代與心理背景　青年戰士報　1979年9月21日　10版
61. 陳紀瀅　　《荻村傳》英、日文本出版經過（上、下）　聯合報　1974年11月18—19日　12版
62. 陳紀瀅　　《荻村傳》英、日文本出版經過　文壇　第175期　1975年1月　頁8—17
63. 陳紀瀅　　胡夫人的四封信（代序）　胡政之與大公報　香港　掌故月刊社　1974年12月　頁1—8
64. 陳紀瀅　　後記　胡政之與大公報　香港　掌故月刊社　1974年12月　頁333—334
65. 陳紀瀅　　出版後記　胡政之與大公報　香港　掌故月刊社　1974年12月　頁335
66. 陳紀瀅　　序　華裔錦胄　臺北　地球出版社　1975年7月　頁1—5
67. 陳紀瀅　　跋　華裔錦胄　臺北　地球出版社　1975年7月　頁409—412
68. 陳紀瀅　　憶往事懷新願　文藝復興　第68期　1975年12月　頁16—33
69. 陳紀瀅　　前記　陳紀瀅自選集　臺北　黎明文化公司　1975年12月　頁1—2
70. 陳紀瀅　　自傳　陳紀瀅自選集　臺北　黎明文化公司　1975年12月　頁3

—12

71. 陳紀瀅　陳紀瀅自傳　陳紀瀅文存　北京　華齡出版社　2011 年 1 月　頁 1—6
72. 陳紀瀅　只覺時間不夠用　臺灣文藝　第 54 期　1977 年 3 月　頁 103—104
73. 陳紀瀅　我的生活情趣　生活在興趣裡　臺北　黎明文化公司　1977 年 12 月　頁 35—46
74. 陳紀瀅　我的平淡生活　中華文化復興月刊　第 11 卷第 4 期　1978 年 4 月　頁 85—89
75. 陳紀瀅　我的平淡生活　中國文選　第 134 期　1978 年 6 月　頁 150—160
76. 陳紀瀅　《大公報》與我　抗戰時期文學回憶錄　臺北　文訊雜誌社　1978 年 7 月　頁 89—97
77. 陳紀瀅　《大公報》與我　文訊雜誌　第 7、8 期合刊　1984 年 2 月　頁 129—136
78. 陳紀瀅　自序　三十年代作家記　臺北　成文出版社公司　1980 年 5 月　頁 1—6
79. 陳紀瀅　引言　三十年代作家記　臺北　成文出版社公司　1980 年 5 月　頁 7—10
80. 陳紀瀅　書緣　書與我（一）　臺北　中華日報社　1980 年 6 月　頁 32—46
81. 陳紀瀅　自序　親屬篇　臺北　成文出版社公司　1980 年 7 月　頁 1—4
82. 陳紀瀅　爲什麼召開「亞洲華文作家會談」？　中央日報　1981 年 12 月 16 日　10 版
83. 陳紀瀅　前記（代序）　抗戰時期的大公報　臺北　黎明文化公司　1981 年 12 月　頁 1—2
84. 陳紀瀅　自序　一代振奇人——李石曾傳　臺北　近代中國出版社　1982 年 8 月　頁 1—3
85. 陳紀瀅　倖得博士學位記：坦白的紀述經過　大成　第 122 期　1984 年 1 月

頁 23—27

86. 陳紀瀅 《荻村傳》英日法文譯印紀詳 傳記文學 第266期 1984年7月 頁96—102
87. 陳紀瀅 後記 荻村傳 臺北 皇冠出版社 1985年9月 頁275
88. 陳紀瀅 我的求學歷程（上、下） 大成 第146—147期 1986年1—2月 頁27—31，42—46
89. 陳紀瀅 中學時代的國文 國文天地 第9期 1986年2月 頁44—45
90. 陳紀瀅 我的記者生活歷程（上、下） 大成 第150—151期 1986年5—6月 頁19—26，25—33
91. 陳紀瀅 自序 三十年代作家直接印象記 臺北 臺灣商務印書館 1986年8月 頁1—2
92. 陳紀瀅 抗戰那一年——一些往事瑣記 大成 第154期 1986年9月 頁21—26
93. 陳紀瀅 《荻村傳》翻譯始末——兼記張愛玲 聯合文學 第29期 1987年3月 頁92—94
94. 陳紀瀅 留學生家長的代言 聯合報 1987年4月4日 8版
95. 陳紀瀅 我與《大光報》 中國當代散文選（一） 香港 新亞洲文化基金會 1987年5月 頁185—191
96. 陳紀瀅 我爲什麼要寫《荻村傳》？ 文訊雜誌 第30期 1987年6月 頁45—49
97. 陳紀瀅 我爲什麼要編著《松花江畔百年傳》？（上、下） 臺灣新生報 1988年2月29日—3月1日 23版
98. 陳紀瀅 我爲什麼要寫《松花江畔百年傳》？ 傳記文學 第310期 1988年3月 頁99—101
99. 陳紀瀅 我爲什麼要寫《松花江畔百年傳》？——代序文 松花江畔百年傳 臺北 臺灣商務印書館 1990年3月 頁1—8
100. 陳紀瀅 自序 我的郵員與記者生活 臺北 臺灣商務印書館 1988年8

月　頁 1—2

101. 陳紀瀅　陳紀瀅先生致詞　中國語文　第 64 卷第 5 期　1989 年 5 月　頁 11—12

102. 陳紀瀅　《東北踏勘記》序——一部分未刊出的遺稿　東北踏勘記　臺北〔自行出版〕　1991 年 10 月　頁 1—2

103. 陳紀瀅　四十年前舊著複印記　東北踏勘記　臺北　〔自行出版〕　1991 年 10 月　頁 3

104. 陳紀瀅　《新中國幼苗的成長》臺第四版序言　新中國幼苗的成長　臺北〔自行出版〕　1992 年 2 月　頁 3—4

105. 陳紀瀅　再版小言　新中國幼苗的成長　臺北　〔自行出版〕　1992 年 2 月　頁 344

106. 陳紀瀅　自序　從巴黎到綺色佳　臺北　黎明文化公司　1992 年 8 月　頁 1—2

他述

107. 魏子雲　陳紀瀅先生　筆匯　第 27 期　1958 年 7 月 16 日　3 版

108. 〔聯合報〕　羅家倫陳紀瀅・昨飛港去德・代表我國參加筆會　聯合報　1959 年 7 月 13 日　3 版

109. 羅家倫　《歐遊剪影》序　中央日報　1960 年 4 月 8 日　5 版

110. 羅家倫　《歐遊剪影》　晨光　第 8 卷第 3 期　1960 年 5 月　頁 6

111. 羅家倫　序　歐遊剪影　臺北　中央日報社　1961 年 5 月　頁 1—2

112. 〔聯合報〕　文協昨開大會・頒發文藝獎章——陳紀瀅談文化清潔運動　聯合報　1963 年 5 月 5 日　2 版

113. 〔聯合報〕　邱楠、陳紀瀅・赴象參加筆會　聯合報　1967 年 7 月 27 日　2 版

114. 穆中南　陳紀瀅著《有情歲月》——兼談我與陳紀瀅　文壇　第 165 期　1974 年 3 月　頁 16—30

115. 〔中央日報〕　陳紀瀅的小說《荻村傳》日文本・將在東京出版　中央日

報　1974年8月28日　4版

116. 中央社　《荻村傳》日文版，明在東京發行，作者陳紀瀅今訪日　聯合報　1974年10月7日　9版

117. 〔聯合報〕　陳紀瀅新書出版・今後要專心寫作・將告別文藝運動　聯合報　1975年10月6日　3版

118. 趙友培　陳紀瀅——文壇的耕耘者　中華日報　1977年5月7日　11版

119. 立　一　壽陳紀瀅　青年戰士報　1977年5月7日　11版

120. 魏韶蓁　郵匯專家文藝長才——祝陳紀瀅兄七秩大慶作　暢流　第55卷第9期　1977年6月　頁4—7

121. 周安儀　票友記者陳紀瀅　青年戰士報　1977年9月30日　11版

122. 〔民生報〕　陳紀瀅倦問「文協」事　民生報　1979年6月9日　7版

123. 〔周錦主編〕　本書作者　三十年代作家記　臺北　成文出版社公司　1980年5月　頁3—4

124. 〔周錦主編〕　本書作者　親屬篇　臺北　成文出版社公司　1980年7月　頁5—6

125. 〔聯合報〕　亞洲華文作家協會・昨在臺北成立・陳紀瀅爲會長　聯合報　1981年12月22日　2版

126. 魏子雲　與陳紀瀅先生的君子交　陳紀瀅先生著作及贈書簡目　臺北　國立中央圖書館　1983年4月　頁11—14

127. 林佩芬　陳紀瀅坐擁五岳書城　聯合報　1983年9月5日　12版

128. 〔文訊雜誌〕　文苑短波——陳紀瀅率作家赴菲訪問　文訊雜誌　第5期　1983年11月　頁164

129. 遠　園　今世說（47）〔陳紀瀅部分〕　藝文誌　第221期　1984年2月　頁36—37

130. 鄭榮珍　化身郵士的戰地記者——陳紀瀅　益世雜誌　第74期　1987年1月　頁10—11

131. 丘秀芷　老小老小——紀老　青年日報　1988年10月19日　19版

132. 丘秀芷　老小老小——紀老　風範——文壇前輩素描　臺北　正中書局　1996年10月　頁150
133. 李宗慈　他們是一本本好書〔陳紀瀅部分〕　臺灣新聞報　1988年10月19日　12版
134. 李宗慈　他們是一本本好書〔陳紀瀅部分〕　風範——文壇前輩素描　臺北　正中書局　1996年10月　頁182—187
135. 衛　民　陳紀瀅推動華文文學　聯合報　1990年3月19日　29版
136. 鄭　和　陳紀瀅寫長篇小說　聯合報　1991年1月16日　25版
137. 王晉民主編　陳紀瀅　臺灣文學家辭典　南寧　廣西教育出版社　1991年7月　頁270—272
138. 胡紹軒　記臺灣老作家陳紀瀅　文史雜誌　1991年第4期　1991年12月　頁25—26
139. 明　月　陳紀瀅自印「東北踏勘記」分贈親友　聯合報　1992年6月25日　25版
140. 張　放　彩霞尚滿天——記陳紀瀅先生[3]　中華日報　1992年9月19日　11版
141. 張　放　記陳紀瀅　大海作證　臺北　獨家出版社　1997年10月　頁71—75
142. 卓芬玲　一輩子都在寫作——陳紀瀅終身奉獻給新聞藝文[4]　中央月刊　第26卷第2期　1993年2月　頁90—102
143. 卓芬玲　一輩子都在寫作的陳紀瀅　亞洲華文作家雜誌　第48期　1997年7月　頁111—119
144. 江中明　文學領航員・陳紀瀅走完一生　聯合報　1997年5月24日　6版
145. 陳文芬　名作家陳紀瀅病逝　中國時報　1997年5月24日　25版
146. 張夢瑞　文友親朋追思陳紀瀅　民生報　1997年5月26日　19版

[3]本文後改篇名為〈記陳紀瀅〉。
[4]本文後改篇名為〈一輩子都在寫作的陳紀瀅〉。

147. 張　放　真正的朋友應該說真話——追憶文壇大老陳紀瀅　臺灣新聞報　1997年5月28日　13版

148. 鍾　雷　平生風義兼師友——悼懷陳紀瀅先生　聯合報　1997年6月12日　41版

149. 袁睽九　敬悼文壇宿將陳紀瀅　亞洲華文作家雜誌　第48期　1997年7月　頁96—102

150. 朱介凡　魂兮歸來——敬悼陳紀瀅先生　文訊雜誌　第141期　1997年7月　頁73—74

151. 林婷婷　沒有封面的書——懷念作家陳紀瀅先生　聯合報　1997年8月26日　41版

152. 張　默　辭世作家小傳——陳紀瀅（1908—1997）　1997臺灣文學年鑑　臺北　行政院文建會　1998年6月　頁223—224

153. 關國煊　陳紀瀅（1908—1997）　傳記文學　第487期　2002年12月　頁137—148

154. 古遠清　亦官亦民的陳紀瀅　武漢文史資料　2004年第12期　2004年12月　頁35—37

155. 許俊雅　新店溪流域的文化與文學——永和市——現代文學——陳紀瀅（一九〇七年—一九九七年）　續修臺北縣志・藝文志第三篇・文學（上）　臺北　臺北縣政府　2008年3月　頁160—161

156. 〔封德屏主編〕　陳紀瀅　2007臺灣作家作品目錄　臺南　國立臺灣文學館　2008年7月　頁887

157. 師　範　陳紀瀅：孜孜不倦的小說大家[5]　文訊雜誌　第281期　2009年3月　頁70—72

158. 師　範　良師素描——陳紀瀅　紫檀與象牙——當代文人風範　臺北　秀威資訊科技公司　2010年5月　頁87—93

159. 古遠清　陳紀瀅：由「戰鬥文藝」到反臺獨　幾度飄零——大陸赴臺文人

---

[5]本文後改篇名〈良師素描——陳紀瀅〉。

浮沉錄　桂林　廣西師範大學出版社　2010年2月　頁157—162

160. 簡弘毅　反共筆部隊，集合！——中國文藝協會及其作家群　文訊雜誌　第295期　2010年5月　頁63—68

161. 簡弘毅　反共筆部隊，集合！——中國文藝協會及其作家群　文協60年實錄（1950—2010）　臺北　普音文化公司　2010年5月　頁114—116

162. 余　冰　《微波》的停刊〔陳紀瀅部分〕　尋根　2012年第5期　2012年　頁116—120

訪談、對談

163. 〔聯合報〕　今訪陳紀瀅　聯合報　1960年12月31日　6版

164. 治　岐　專訪：從事文藝40年的陳紀瀅先生　中國語文　第16卷第6期　1965年6月　頁37—40

165. 黃添盛　戲劇：陳紀瀅教授談歐美劇壇的趨勢　中國一周　第926期　1968年1月22日　頁23

166. 陳紀瀅等[6]　葡萄園九週年慶——大會紀要　葡萄園　第38期　1971年10月　頁6—12

167. 周安儀　陳紀瀅先生談：新文藝運動成效和影響　青年戰士報　1978年1月18日　11版

168. 陳紀瀅等[7]　專題座談——如何展開對大陸文藝進軍座談實錄　中華文藝　第128期　1981年10月　頁15—23

169. 蕭海天專訪　培養年輕海外作家・繼續傳播中華文化・陳紀瀅談華文作家會談的收穫　中央日報　1981年12月22日　4版

170. 胡有瑞　人情練達即文章——陳紀瀅先生訪問記　文運與文心——訪文藝先進作家　臺北　中央月刊社　1982年2月27日　頁27—29

---

[6]與會者：陳紀瀅、鍾雷、余光中、馬莊穆、于還素、羊令野、上官予、宋膺、吳濁流、張肇祺、陳敏華；紀錄：文曉村。

[7]主席：尹雪曼；與會者：陳紀瀅、唐紹華、尹雪曼、張秀亞、劉枋、琦君、尼洛、趙淑敏、朱西甯、魏萼、呼嘯、李牧、古錚劍、于還素、施良貴、岳騫、司馬中原、丁潁、程國強；紀錄：沙金。

171. 胡有瑞　人情練達即文章——陳紀瀅先生訪問記　中央月刊　第14卷第7期　1982年5月　頁27—29
172. 方梓專訪　無心插柳柳成陰　人生金言（上）　臺北　自立晚報社　1983年9月　頁86—88
173. 李宗慈　永遠的長青樹——陳紀瀅先生　文訊雜誌　第12期　1984年6月　頁140—167
174. 李宗慈　永遠的長青樹——陳紀瀅先生的新聞與文學事業　筆墨長青——十六位文壇耆宿　臺北　文訊雜誌社　1989年4月　頁86—109
175. 李宗慈　永遠的長青樹——陳紀瀅先生　紙筆人間　臺北　臺北縣立文化中心　1994年6月　頁261—295
176. 李宗慈　《大公報》「戰線」副刊——專訪陳紀瀅　文訊雜誌　第22期　1986年2月　頁52—55
177. 林漢傑　文學領航——拜訪文壇耆宿陳紀瀅先生　聯合報　1996年2月9日　37版

年表

178. 〔編輯部〕　著作繫年　陳紀瀅先生著作及贈書簡目　臺北　國立中央圖書館　1983年4月　頁35—69
179. 簡弘毅　陳紀瀅年表、著作繫年　陳紀瀅文學與五〇年代反共文藝體制　靜宜大學中國文學系　碩士論文　胡森永，陳芳明教授指導　2003年7月　頁169—178

其他

180. 〔聯合報〕　文學美術獎金・陳紀瀅等候選　聯合報　1961年1月8日　2版
181. 〔聯合報〕　教部學術文藝獎金・昨評定得獎人——農科張德粹，文藝陳紀瀅，美術馬壽華　聯合報　1961年2月12日　2版
182. 陳　宏　陳紀瀅以著作原稿贈給美國一圖書館　大華晚報　1979年9月16日　7版

183. 曾意芳　世界華文作家協會正式成立，李總統頒發終身成就獎給陳紀瀅　中央日報　1982年11月24日　5版
184. 中央社　七五高齡的陳紀瀅・獲頒文學博士學位　中央日報　1983年10月8日　10版
185. 〔中央日報〕　黃君璧、臺靜農、梁實秋、陳紀瀅等四人獲國家文藝基金會頒發文藝特別貢獻獎　中央日報　1984年5月7日　3版
186. 〔中央日報〕　國軍文藝金像獎昨舉行頒獎典禮・陳紀瀅等人獲特別貢獻獎　中央日報　1984年11月1日　2版
187. 邱　婷　普及華文文學・在全世界拓展園地・聯合報系獲肯定・文學耕耘終身成就・陳紀瀅將獲大獎　民生報　1992年11月23日　14版
188. 杜工部　陳紀瀅獲「華文文學終生成就獎」　自由時報　1992年11月23日　25版
189. 朱恩伶　新聞界老兵陳紀瀅文采獲肯定　中國時報　1992年11月24日　20版
190. 劉芬宏　陳紀瀅熱心文學培植後進，總統親頒文學終生成就獎　中華日報　1992年11月24日　12版
191. 邱　婷　陳紀瀅獲文學貢獻獎　民生報　1992年11月24日　14版
192. 蒲　明　陳紀瀅獲「華文文學終身成就獎」　文訊雜誌　第87期　1993年1月　頁19—21
193. 徐開塵　陳紀瀅老兵老矣・回味無窮・捐贈著作與藏書　民生報　1993年4月11日　14版
194. 張伯順　文學耆老陳紀瀅辭世・藝文界舉行追思禮拜　聯合報　1997年5月26日　18版

作品評論篇目

綜論

195. 楊昌年　陳紀瀅　近代小說研究　臺北　蘭臺書局　1976年1月　頁548

—549

196. 何　欣　三十年來的小說〔陳紀瀅部分〕　中華文化復興月刊　第 10 卷第 9 期　1977 年 9 月　頁 25

197. 舒　蘭　中國新詩史話——陳紀瀅　新文藝　第 271 期　1978 年 10 月　頁 70—74

198. 舒　蘭　陳紀瀅　中國新詩史話（二）　臺北　渤海堂文化公司　1998 年 10 月　頁 492—503

199. 舒　蘭　陳紀瀅　抗戰時期的新詩作家和作品　臺北　成文出版社公司 1980 年 7 月　頁 49—61

200. 夏元瑜　致陳紀瀅先生書　老生再談　臺北　純文學出版社　1982 年 1 月 頁 7—12

201. 宋田水　要死不活的臺灣文學——透視臺灣作家的良心——陳紀瀅　臺灣新文化　第 14 期　1987 年 11 月　頁 36

202. 古繼堂　五十年代反共小說的主要代表作家和作品（上）〔陳紀瀅部分〕 臺灣小說發展史　臺北　文史哲出版社　1989 年 7 月　頁 162—164

203. 張超主編　陳紀瀅　臺港澳及海外華人作家辭典　江蘇　南京大學出版社 1994 年 12 月　頁 39—40

204. 皮述民　從反共小說到現代小說〔陳紀瀅部分〕　二十世紀中國新文學史 臺北　駱駝出版社　1997 年 10 月　頁 314—315

205. 梅家玲　五〇年代國家論述／文藝創作中的「家國想像」——以陳紀瀅反共小說爲例的探討[8]　文藝理論與通俗文化　臺北　中央研究院中國文哲研究所籌備處　1999 年 12 月　頁 139—165

206. 梅家玲　五〇年代國家論述／文藝創作中的「家國想像」——以陳紀瀅反共小說爲例的探討　性別，還是國家？——五〇與八、九〇年代

[8]本文論述陳紀瀅之反共小說中的家國觀念及寫作技巧及情感、美學。全文共 5 小節：1.關於陳紀瀅其人其文；2.家國想像的建構進程；3.國家文學、歷史與虛構的辯證弔詭；4.大敘述中的小敘述：當「家國」遇上「性別」；5.餘論：依違擺盪於意識形態與傷痕見證、美學關懷之間。

臺灣小說論　臺北　麥田出版公司　2004年9月　頁33—62

207. 梅家玲　性別論述與戰後臺灣小說發展——男性家國觀念下的性別建構與解構〔陳紀瀅部分〕　中外文學　第29卷第3期　2000年8月　頁130

208. 陳芳明　臺灣新文學史——五〇年代的文學侷限與突破——陳紀瀅與反共文學的發展〔陳紀瀅部分〕　聯合文學　第200期　2001年6月　頁169—170

209. 陳芳明　一九五〇年代的臺灣文學局限與突破——陳紀瀅與反共文學的發展〔陳紀瀅部分〕　臺灣新文學史　臺北　聯經出版公司　2011年10月　頁297—300

210. 古遠清　資深編輯出身的陳紀瀅　古遠清自選集　臺北　馬來西亞嬌火出版社　2002年5月　頁116—120

211. 應鳳凰　陳紀瀅與重光文藝出版社　五〇年代文學出版顯影　臺北　臺北縣文化局　2006年12月　頁58—72

212. 張堂錡　「禁區」與「誤區」——臺灣的「三十年代作家論」——〔陳紀瀅部分〕　西北師大學報　第51卷第2期　2014年3月　頁23—30

分論

◆單行本作品

論述

《抗戰時期的大公報》

213. 曾虛白　值得珍藏的野史資料——陳著《抗戰時期的大公報》讀後感（1—4）　中央日報　1982年8月12—15日　10版

214. 曾虛白　值得珍藏的野史資料——陳著《抗戰時期的大公報》讀後感（上、下）　香港時報　1982年8月27—28日　11版

215. 方劍雲　評介：陳紀瀅先生新著《抗戰時期的大公報》（1—9）　香港時報　1982年10月2—10日　9版

216. 劉昭晴　讀《抗戰時期的大公報》　中央日報　1983 年 12 月 3 日　10 版

散文

《寄海外甯兒》

217. 俞蕙君　愛的啓示——《寄海外甯兒》讀後　中央日報　1953 年 3 月 18 日　6 版

《美國訪問》

218. 朱介凡　鄉土味與親情——談陳紀瀅《美國訪問》　文學評論集　臺北　重光文藝出版社　1960 年 5 月　頁 158—161
219. 朱介凡　鄉土味與親情——談陳紀瀅《美國訪問》　晨光　第 13 卷第 4 期　1965 年 6 月　頁 2
220. 龔選舞　《美國訪問》讀後　中央日報　1965 年 6 月 15 日　6 版

《報人張季鸞》

221. 史紫忱　報人讀後　中國一周　第 389 期　1957 年 10 月 7 日　頁 8
222. 羅　七　陳紀瀅《報人張季鸞》讀後　自由報　第 688 期　1957 年 10 月 9 日　3 版
223. 羅超華　陳紀瀅《報人張季鸞》讀後——一朵燦爛的星光　青年戰士報　1968 年 4 月 6 日　7 版

《歐遊剪影》

224. 程之行　讀《歐遊剪影》略論遊記的三種形式　中央日報　1960 年 5 月 15 日　7 版

《常春藤盟校及其他》

225. 孫邦正　《常春藤盟校及其他》　中央日報　1965 年 11 月 7 日　6 版

《美國新聞事業》

226. 馬星野　紐約報紙合併有感——並介紹陳紀瀅的《美國新聞事業》一書　中央日報　1966 年 4 月 16 日　6 版

《歐洲眺望》

227. 王少雄　淺淡陳紀瀅的《歐洲眺望》　臺灣時報　1974 年 7 月 18 日　9 版

《胡政之與大公報》

228. 趙效沂　《胡政之與大公報》簡介　中華日報　1975年11月26日　12版

《憶南山》

229. 小　民　逆流時期雜寫十種讀後　中華日報　1977年11月10日　9版

《三十年代作家記》

230. 〔周錦主編〕　本書題記　三十年代作家記　臺北　成文出版社公司　1980年5月　頁5

231. 吳友詩　讀陳紀瀅的《三十年代作家記》　青年戰士報　1980年10月26日　10版

《親屬篇》

232. 〔周錦主編〕　本書題記　親屬篇　臺北　成文出版社公司　1980年7月　頁7—8

233. 劉昭晴　讀《親屬篇》　中央日報　1980年12月16日　10版

234. 宋　瑞　感人肺腑的《親屬篇》　臺灣新生報　1981年3月27日　12版

235. 吳詠九　《親屬篇》讀後感　青年戰士報　1981年4月9日　11版

236. 唐潤鈿　談陳著——《親屬篇》　書僮書話　臺北　文史哲出版社　1983年2月　頁262—263

《三十年代作家直接印象記》

237. 尼　洛　曾領風騷的一群——讀紀瀅先生《三十年代作家直接印象記》　文訊雜誌　第27期　1986年12月　頁44—47

238. 張　放　寒凝大地發春華　臺灣新生報　1987年4月23日　7版

239. 朱星鶴　生死兩茫茫——讀《三十年代作家印象記》（上、下）　中央日報　1987年9月14—15日　10版

小說

《荻村傳》

240. 蕭　鐵　《荻村傳》底主題、人物和口語　中華日報　1951年5月13日　6版

241. 蕭　鐵　《荻村傳》底主題、人物和口語　《荻村傳》評介文集　臺北　重光文藝出版社　1954 年 11 月　頁 8—11

242. 蕭　鐵　《荻村傳》底主題、人物和口語　荻村傳　臺北　皇冠出版社　1985 年 9 月　頁 233—239

243. 葛賢甯　評介《荻村傳》　文藝創作　第 1 期　1951 年 5 月　頁 148—153

244. 葛賢甯　評介《荻村傳》　《荻村傳》評介文集　臺北　重光文藝出版社　1954 年 11 月　頁 16—20

245. 葛賢甯　評介《荻村傳》　荻村傳　臺北　皇冠出版社　1985 年 9 月　頁 246—254

246. 李荊蓀　評《荻村傳》[9]　中央日報　1951 年 5 月 31 日　6 版

247. 李荊蓀　一疋錦緞　《荻村傳》評介文集　臺北　重光文藝出版社　1954 年 11 月　頁 2—4

248. 李荊蓀　一疋錦緞　荻村傳　臺北　皇冠出版社　1985 年 9 月　頁 223—227

249. 鍾梅音　我看傻常順兒　自由中國　第 5 卷第 1 期　1951 年 7 月 1 日　頁 38—39

250. 鍾梅音　我看傻常順兒　《荻村傳》評介文集　臺北　重光文藝出版社　1954 年 11 月　頁 23—26

251. 鍾梅音　我看傻常順兒　海濱隨筆　臺北　大華晚報社　1954 年 11 月　頁 79—82

252. 鍾梅音　我看傻常順兒　荻村傳　臺北　皇冠出版社　1985 年 9 月　頁 257—262

253. 牟宗三　虛僞的時代讓它過去　《荻村傳》評介文集　臺北　重光文藝出版社　1954 年 11 月　頁 1

254. 牟宗三　虛僞的時代讓它過去　荻村傳　臺北　皇冠出版社　1985 年 9 月　頁 221—222

---

[9]本文後改篇名爲〈一疋錦緞〉。

255. 逸　常　　一部農村傳記　《荻村傳》評介文集　臺北　重光文藝出版社　1954年11月　頁5—7

256. 穆　穆　　《荻村傳》的時代　《荻村傳》評介文集　臺北　重光文藝出版社　1954年11月　頁12—15

257. 穆　穆〔穆中南〕　《荻村傳》的時代　荻村傳　臺北　皇冠出版社　1985年9月　頁240—245

258. 黃公偉　　《荻村傳》的時代性　《荻村傳》評介文集　臺北　重光文藝出版社　1954年11月　頁22

259. 黃公偉　　《荻村傳》的時代性　荻村傳　臺北　皇冠出版社　1985年9月　頁255—256

260. 張愍言　　我讀《荻村傳》　《荻村傳》評介文集　臺北　重光文藝出版社　1954年11月　頁27—28

261. 穆　穆　　傻常順兒　《荻村傳》評介文集　臺北　重光文藝出版社　1954年11月　頁29—30

262. 穆　穆　　傻常順兒　荻村傳　臺北　皇冠出版社　1985年9月　頁266—269

263. 楊念慈　　一座待開採的金礦——由《荻村傳》談到「文學語言的再創造」　《荻村傳》評介文集　臺北　重光文藝出版社　1954年11月　頁31—34

264. 楊念慈　　一座待開採的金礦——由《荻村傳》談到「文學語言的再創造」　荻村傳　臺北　皇冠出版社　1985年9月　頁270—274

265. 李　嘉　　あとがき　荻村の人びと——動乱中国の渦巻　東京　新国民出版社　1974年10月　頁266—268

266. 林柏燕　　回顧《荻村傳》的農村背景　書評書目　第55期　1977年11月　頁40—45

267. 林柏燕　　回顧《荻村傳》的農村背景　文學印象　臺北　大林出版社　1978年8月　頁367—377

268. 張素貞　五十年代小說管窺〔《荻村傳》部分〕　文訊雜誌　第 9 期　1984 年 3 月　頁 88—90
269. 逸　常　一部農村傳記　荻村傳　臺北　皇冠出版社　1985 年 9 月　頁 228—232
270. 張愍言　我讀《荻村傳》　荻村傳　臺北　皇冠出版社　1985 年 9 月　頁 263—265
271. 齊邦媛　時代的聲音〔《萩村傳》部分〕　千年之淚　臺北　爾雅出版社　1990 年 7 月　頁 11—12
272. 齊邦媛　千年之淚——反共懷鄉文學是傷痕文學的序曲〔《荻村傳》部分〕　千年之淚　臺北　爾雅出版社　1990 年 7 月　頁 31—35
273. 黃重添，莊明萱，闕豐齡　50 年代小說創作——「戰鬥文學」的氾濫〔《荻村傳》部分〕　臺灣新文學概觀（上）　廈門　鷺江出版社　1991 年 6 月　頁 64—65
274. 莊明萱　文學的極端政治化和非政治化傾向對它的離棄——「戰鬥文學」的高倡及其演變和特點〔《荻村傳》部分〕　臺灣文學史（下）　福州　海峽文藝出版社　1993 年 1 月　頁 33
275. 齊邦媛　二度漂流的文學〔《荻村傳》部分〕　中華文學的現在和未來——兩岸暨港澳文學交流研討會論文集　香港　鑪峰學會　1994 年 6 月　頁 135
276. 王保生　兩岸文體風貌〔《荻村傳》部分〕　揚子江與阿里山的對話——海峽兩岸文學比較　上海　上海文藝出版社　1995 年 12 月　頁 332
277. 應鳳凰　陳紀瀅長篇小說《荻村傳》　明道文藝　第 296 期　2000 年 11 月　頁 28—32
278. 應鳳凰　陳紀瀅《荻村傳》　五〇年代臺灣文學論集　高雄　春暉出版社　2004 年 6 月　頁 61—62
279. 應鳳凰　「反共+現代」：右翼自由主義思潮文學版——五〇年代臺灣小說

——小說文本的敘事與想像——群魔亂舞型：《旋風》、《荻村傳》、《蝗蟲東南飛》　臺灣小說史論　臺北　麥田出版公司　2007年3月　頁163—164

280. 葉石濤　走過紛爭歲月，邁向多元世代——臺灣文學的回顧與前瞻〔《荻村傳》部分〕　葉石濤全集‧評論卷三　臺南，高雄　國立臺灣文學館，高雄市文化局　2008年3月　頁296

281. 應鳳凰　五○年代臺灣小說「反共美學」初探〔《荻村傳》部分〕　臺灣文學史書寫國際學術研討會論文集‧第二集　高雄　春暉出版社　2008年6月　頁451—452

282. 陳康芬　「我們」的政治、「我」的文藝——反共敘事中的共產黨想像——非人性化、怨恨心理語社會階級意識〔《荻村傳》部分〕　斷裂與生成——臺灣五○年代的反共／戰鬥文藝　臺南　國立臺灣文學館　2012年10月　頁186—187

283. 應鳳凰　傻常順兒這一輩子——陳紀瀅來臺第一本書　文訊雜誌　第331期　2013年5月　頁11

284. 侯如綺　文化斷裂的危機——離散者的道德文化信仰與敘事策略——承載道德價值的農村——《荻村傳》　雙鄉之間——臺灣外省小說家的離散與敘事（1950—1987）　臺北　聯經出版公司　2014年6月　頁155—162

《赤地》

285. 李金曄　讀陳紀瀅《赤地》[10]　自由報　第446期　1955年6月11日　3版

286. 李金曄　政治現實的警鐘　赤地　臺北　重光文藝出版社　1960年5月　頁451—452

287. 李金曄　現實政治的警鐘　赤地論　臺北　重光文藝出版社　1960年5月　頁24—26

[10]本文後改篇名為〈政治現實的警鐘〉。

288. 曾虛白　讀《赤地》　中央日報　1955年7月14日　6版
289. 曾虛白　讀《赤地》　赤地　臺北　重光文藝出版社　1960年5月　頁433—435
290. 曾虛白　讀《赤地》　赤地論　臺北　重光文藝出版社　1960年5月　頁1—3
291. 趙家驤　讀《赤地》　中央日報　1955年8月21日　6版
292. 趙家驤　讀《赤地》有作　赤地論　臺北　重光文藝出版社　1960年5月　頁48
293. 朱介凡　《赤地》——良心論　自由中國　第13卷第3期　1955年8月　頁27—30
294. 朱介凡　《赤地》——良心論　赤地　臺北　重光文藝出版社　1960年5月　頁441—450
295. 朱介凡　《赤地》——良心論　赤地論　臺北　重光文藝出版社　1960年5月　頁11—23
296. 會　池　陳紀瀅的《赤地》　新聞天地　第38期　1955年9月　頁15
297. 會　池　陳紀瀅的《赤地》　赤地論　臺北　重光文藝出版社　1960年5月　頁44—46
298. 張九如　讀陳紀瀅著《赤地》後　暢流　第12卷第2期　1955年9月　頁27
299. 張九如　讀陳紀瀅著《赤地》後　赤地　臺北　重光文藝出版社　1960年5月　頁435—437
300. 張九如　讀陳紀瀅著《赤地》後　赤地論　臺北　重光文藝出版社　1960年5月　頁4—6
301. 糜文開　臺灣文壇的異彩——《赤地》　民主評論　第6卷第18期　1955年9月　頁25—26
302. 糜文開　臺灣文壇的異彩——《赤地》　赤地論　臺北　重光文藝出版社　1960年5月　頁39—44

303. 邱　楠　寫實的創作方法抉微——紀瀅先生的《赤地》讀後雜記（上、下）　新生報　1955 年 10 月 19—20 日　6 版
304. 邱　楠　寫實的創作方法抉微——紀瀅先生的《赤地》讀後雜記　赤地　臺北　重光文藝出版社　1960 年 5 月　頁 438—440
305. 邱　楠　寫實的創作方法抉微——紀瀅先生的《赤地》讀後雜記　赤地論　臺北　重光文藝出版社　1960 年 5 月　頁 7—11
306. 黃公偉　往東南邊走——《赤地》讀後　軍中文藝　第 22 期　1955 年 10 月　頁 37
307. 黃公偉　往東南天邊走——《赤地》讀後　赤地　臺北　重光文藝出版社　1960 年 5 月　頁 458—459
308. 黃公偉　往東南天邊走——《赤地》讀後　赤地論　臺北　重光文藝出版社　1960 年 5 月　頁 33—34
309. 李輝英　從創作經驗論陳紀瀅《赤地》　海風　第 1 卷第 4 期　1956 年 4 月　頁 6—7
310. 李輝英　從創作經驗論《赤地》　赤地　臺北　重光文藝出版社　1960 年 5 月　頁 453—456
311. 李輝英　從創作經驗論《赤地》　赤地論　臺北　重光文藝出版社　1960 年 5 月　頁 26—30
312. 稼　青　我讀《赤地》　赤地　臺北　重光文藝出版社　1960 年 5 月　頁 456—458
313. 稼　青　我讀《赤地》　赤地論　臺北　重光文藝出版社　1960 年 5 月　頁 31—32
314. 歸　人　《赤地》　赤地論　臺北　重光文藝出版社　1960 年 5 月　頁 34—39
315. 江　東　我看《赤地》　赤地論　臺北　重光文藝出版社　1960 年 5 月　頁 46—47
316. 郭紘綾　形象・格局・風緻　赤地　臺北　重光文藝出版社　1960 年 5 月

頁 459—460

317. 郭紘綾　形象、格局、風緻　赤地論　臺北　重光文藝出版社　1960 年 5 月　頁 47—48

318. 傅怡禎　關不住的鄉情——從兩篇一九五〇年代小說看懷鄉意識的幽然產生〔《赤地》部分〕　大仁學報　第 14 期　1996 年 3 月　頁 125—134

319. 傅怡禎　關不住的鄉情——從兩篇一九五〇年代小說看懷鄉意識的幽然產生〔《赤地》部分〕　理論、現象與批評論考　臺中　天空數位圖書公司　2009 年 2 月　頁 189—203

《賈雲兒前傳》

320. 江　森　陳紀瀅《賈雲兒前傳》讀後　聯合報　1958 年 2 月 16 日　6 版

321. 凱　德　讀陳紀瀅《賈雲兒前傳》——兼論陳紀瀅的小說題材（上、下）　自由人報　第 735—736 期　1958 年 3 月 22，26 日　3 版

322. 魏子雲　讀《賈雲兒前傳》——兼論陳紀瀅先生的小說題材　偏愛與偏見　臺北　皇冠出版社　1965 年 8 月　頁 137—144

323. 林文泉　《賈雲兒前傳》讀後記　海風　第 3 卷第 3 期　1958 年 3 月　頁 18

324. 季　薇　神・仁・人——讀《賈雲兒前傳》　中國憲兵　第 85 期　1958 年 3 月　頁 34—35

325. 江石江　陳紀瀅《賈雲兒前傳》之宗教觀　自由報　第 742 期　1958 年 4 月 16 日　3 版

326. 王鈞〔王鼎鈞〕　賈雲兒這個人——陳紀瀅先生著《賈雲兒前傳》讀後　暢流　第 17 卷第 9 期　1958 年 6 月　頁 23—24

327. 王鼎鈞　賈雲兒這個人　人生觀察　臺北　文星書店　1965 年 1 月　頁 275—282

《華夏八年》

328. 朱介凡　《華夏八年》論　文學評論集　臺北　重光文藝出版社　1960 年

5月　頁21—55
329. 朱介凡　《華夏八年》論　文壇　第8期　1960年10月　頁8—16
330. 桑韻琴　《華夏八年》與八年抗戰——談陳紀瀅的寫史小說　自由青年　第24卷第2期　1960年7月16日　頁16—17
331. 鍾梅音　《華夏八年》讀後　暢流　第21卷第12期　1960年8月1日　頁22—23
332. 言　曦　《華夏八年》——小說閒話之一　中央日報　1960年8月14日　9版
333. 邱言曦　小說閒話——《華夏八年》　言曦散文全集　臺北　臺灣中華書局　1975年4月　頁292—299
334. 夢　隱　鑑往知來——《華夏八年》讀後感　婦友　第72期　1960年9月10日　頁26—27
335. 梁宗之　《華夏八年》讀後感　暢流　第22卷第3期　1960年9月16日　頁11—13
336. 任卓宣　陳紀瀅《華夏八年》評介　政治評論　第5卷第1期　1960年9月　頁30
337. 任卓宣　陳紀瀅《華夏八年》評介　智慧的薪傳——十五位學界耆宿　臺北　文訊雜誌社　1989年4月　頁50—53
338. 李荊蓀　評介《華夏八年》　中央日報　1960年11月14日　5版
339. 楊念慈　評介《華夏八年》　文學自由談　1960年第11期　1960年11月　頁24—25
340. 王集叢　《華夏八年》評價　中央日報　1961年1月17日　3版
341. 王集叢　陳紀瀅《華夏八年》評價　文藝評論　臺北　林白出版社　1969年6月　頁137—146
342. 王集叢　陳紀瀅的《華夏八年》　王集叢自選集　臺北　黎明文化公司　1978年5月　頁251—260
343. 舒傳世　陳紀瀅《華夏八年》　臺灣日報　1982年1月12日　8版

344. 姜龍昭　《華夏八年》讀後　大華晚報　1986年1月12日　11版

345. 秦慧珠　主要反共小說作家及作品——陳紀瀅（二之二）　臺灣反共小說研究（一九四九年至一九八九年）　中國文化大學中國文學系博士論文　金榮華教授指導　2000年4月　頁144—148

346. 蜀　弓　冒昧的探求——《華夏八年》讀後　方眼中的跫音　臺北　藍星詩社　〔未著錄出版年月〕　頁148—157

《華裔錦冑》

347. 高登河　《華裔錦冑》讀後　中華日報　1975年10月13日　5版

348. 本　社　民主社會絕不容許特權觀念〔《華裔錦冑》剽竊事件〕　新夏月刊　第48期　1975年12月30日　頁3

349. 許　逖　許逖對被陳紀瀅誣諂之自辯〔《華裔錦冑》剽竊事件〕　新夏月刊　第48期　1975年12月30日　頁4—8

350. 聽　禪　移花之木・非木之花——評《華裔錦冑》之剽竊風波　新夏月刊　第48期　1975年12月30日　頁9

351. 鄒　紋　從不同的取向看陳紀瀅的《華裔錦冑》　新夏月刊　第48期　1975年12月30日　頁10—12

352. 冰　懷　文化風氣與誹謗官司〔《華裔錦冑》剽竊事件〕　新夏月刊　第48期　1975年12月30日　頁13

353. 楊　恕　旁觀陳、許文化官司及今日報人精神〔《華裔錦冑》剽竊事件〕　新夏月刊　第48期　1975年12月30日　頁14

354. 本刊資料室　作家控告發行人兼編輯誹謗罪——臺灣多年來首次筆墨官司〔《華裔錦冑》剽竊事件〕　新夏月刊　第48期　1975年12月30日　頁16—17

355. 〔新夏月刊〕　文壇官司又登場！——《華裔錦冑》被指「剽竊」，陳紀瀅說：只少數「引用」　新夏月刊　第48期　1975年12月30日　頁18

356. 傑　布　讀者投書——希望陳紀瀅的官司打起來〔《華裔錦冑》剽竊事

件〕 新夏月刊 第48期 1975年12月30日 頁44
357. 何志浩 《華裔錦冑》讀後感 中國與日本 第182期 1975年12月 頁10—13
358. 許 逖 兩份可供公評的判決書〔《華裔錦冑》剽竊事件〕 新夏月刊 第49期 1976年2月30日 頁4—6
359. 許 逖 對自訴陳紀瀅誣告誹謗之補充自訴理由〔《華裔錦冑》剽竊事件〕 新夏月刊 第49期 1976年2月30日 頁7
360. 尚文友 看陳紀瀅如何「引用」吳尚鷹《美國華僑百年紀實》 新夏月刊 第49期 1976年2月30日 頁20—22
361. 舒 復 何以「剽竊」已取得時效——從《華裔錦冑》的「註」說起 新夏月刊 第49期 1976年2月30日 頁23—25
362. 下官青天 旁聽打官司爲何告而不別〔《華裔錦冑》剽竊事件〕 新夏月刊 第49期 1976年2月30日 頁26—27
363. 愚 公 警告許逖君，供法院參考〔《華裔錦冑》剽竊事件〕 新夏月刊 第49期 1976年2月30日 頁28
364. 李震洲 悲哀乎？驕傲乎？——陳紀瀅《華裔錦冑》 臺灣時報 1976年5月11日 12版

《有情歲月》

365. 朱介凡 評《有情歲月》——兼說墨人、盧克彰、巴金、蕭乾 文學評論集 臺北 重光文藝出版社 1960年5月 頁56—61
366. 朱介凡 評《有情歲月》——兼說墨人、盧克彰、巴金、蕭乾 幼獅文藝 第316期 1980年4月 頁147—151
367. 曾虛白 陳紀瀅《有情歲月》讀後感 中華日報 1979年10月22日 10版
368. 田 航 《有情歲月》讀後 中央日報 1980年1月16日 11版
369. 劉昭晴 讀《有情歲月》後 中華日報 1980年3月24日 10版
370. 侯如綺 本土的震盪——離散族裔面對本土化的身分調適與思索——在本

土化下外省第一代小說家的敘事策略〔《有情歲月》部分〕　雙鄉之間——臺灣外省小說家的離散與敘事（1950—1987）　臺北　聯經出版公司　2014年6月　頁379—381

◆多部作品

《荻村傳》、《華夏八年》、《華裔錦胄》

371. 周　錦　中國新文學第四期的特出作品〔《華夏八年》、《荻村傳》、《華裔錦胄》部分〕　中國新文學簡史　臺北　成文出版社公司　1980年5月　頁276—278

《荻村傳》、《赤地》、《賈雲兒前傳》

372. 王德威　五十年代反共小說新論——一種逝去的文學？〔《荻村傳》、《赤地》、《賈雲兒前傳》部分〕　四十年來中國文學　臺北　聯合文學出版社　1995年6月　頁75—76

373. 王德威　一種逝去的文學？——反共小說新論〔《荻村傳》、《赤地》、《賈雲兒前傳》部分〕　如何現代，怎樣文學？——十九、二十世紀中文小說新論　臺北　麥田出版公司　1998年10月　頁149—150

374. 王德威　一種逝去的文學？——反共小說新論〔《荻村傳》、《赤地》、《賈雲兒前傳》部分〕　中華現代文學大系（貳）‧臺灣一九八九—二〇〇三評論卷（二）　臺北　九歌出版社　2003年10月　頁744—745

375. 王德威　一種逝去的文學？——反共小說新論〔《荻村傳》、《赤地》、《賈雲兒前傳》部分〕　20世紀臺灣文學專題1——文學思潮與論戰　臺北　萬卷樓圖書公司　2006年9月　頁167

《荻村傳》、《赤地》

376. 秦慧珠　主要反共小說作家及作品——陳紀瀅（二之一）　臺灣反共小說研究（一九四九年至一九八九年）　中國文化大學中國文學系博士論文　金榮華教授指導　2000年4月　頁56—64

377. 莊文福　陳紀瀅《荻村傳》、《赤地》　大陸旅臺作家懷鄉小說研究　中國文化大學中國文學系　博士論文　邱燮友教授　2003年　頁25—37

《百年來中國文藝的發展》、《文藝運動二十五年》

378. 古繼堂　臺灣文學史研究概況〔《百年來中國文藝的發展》、《文藝運動二十五年》部分〕　臺灣新文學理論批評史　臺北　秀威資訊科技公司　2009年3月　頁223—226

單篇作品

379. 文　泉　編劇者的話〔〈音容劫〉〕　音容劫　臺北　重光文藝出版社　1955年12月　頁1—2

380. 王志健　寫實與朗誦——陳紀瀅〔〈烏魯木齊的原野〉〕　中國新詩淵藪（上）　臺北　正中書局　1993年7月　頁942—947

作品評論目錄、索引

381. 〔編輯部〕　評論文獻目錄　陳紀瀅先生著作及贈書簡目　臺北　國立中央圖書館　1983年4月　頁81—87

382. 〔封德屏主編〕　陳紀瀅　臺灣現當代作家評論資料目錄（五）　臺南　國立臺灣文學館　2010年11月　頁3074—3087

國家圖書館出版品預行編目資料

臺灣現當代作家研究資料彙編. 57, 陳紀瀅 / 應鳳凰編選. -- 初版. -- 臺南市 : 臺灣文學館, 2014.12
面 ; 公分
ISBN 978-986-04-3262-6(平裝)

1.陳紀瀅 2.傳記 3.文學評論

863.4 103024271

【臺灣現當代作家研究資料彙編】57
陳紀瀅

發行人 翁誌聰
指導單位 行政院文化部
出版單位 國立臺灣文學館
地 址／70041 臺南市中西區中正路 1 號
電 話／06-2217201 傳 真／06-2218952
網 址／www.nmtl.gov.tw 電子信箱／pba@nmtl.gov.tw

總策畫 封德屏
顧 問 林淇瀁 張恆豪 許俊雅 陳信元 陳義芝 須文蔚 應鳳凰
工作小組 汪黛妏 陳欣怡 陳鈺翔 張傳欣 莊雅晴 黃澧婷 詹宇霈 蘇琬鈞
編 選 應鳳凰
責任編輯 黃澧婷
校 對 杜秀卿 陳欣怡 陳鈺翔 黃澧婷 蘇琬鈞
計畫團隊 財團法人台灣文學發展基金會
美術設計 翁國鈞・不倒翁視覺創意
印 刷 松霖彩色印刷事業有限公司

經銷展售 國家書店松江門市（02-25180207）
國立臺灣文學館—雪芙瑞文學咖啡坊（06-2214632）
三民書局（02-23617511） 五南文化廣場（04-22260330）
台灣的店（02-23625799） 府城舊冊店（06-2763093）
南天書局（02-23620190） 唐山出版社（02-23633072）
草祭二手書店（06-2216872）

初版一刷 2014 年 12 月
定 價 新臺幣 400 元整
第一階段 15 冊新臺幣 5500 元整 第二階段 12 冊新臺幣 4500 元整
第三階段 23 冊新臺幣 8500 元整 全套 50 冊新臺幣 18500 元整
全套 50 冊合購特惠新臺幣 16500 元整
第四階段 14 冊新臺幣 5000 元整

GPN 1010303060（單本） ISBN 978-986-04-3262-6（單本）
1010000407（套） 978-986-02-7266-6（套）

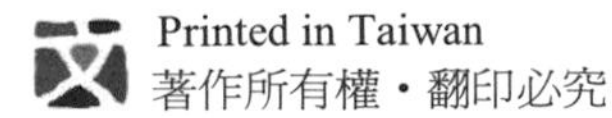